国家社会科学基金重大项目「中国近代日记文献叙录、整理与研究」（项目编号：18ZDA259）阶段性研究成果

江苏省「十四五」时期重点出版物出版专项规划项目

中国近现代稀见史料丛刊【第十一辑】

张剑　徐雁平　彭国忠　主编

俞泽箴日记

俞泽箴　著

孙玉蓉　整理

本辑执行主编　徐雁平

凤凰出版社

图书在版编目（CIP）数据

俞泽箴日记 / 俞泽箴著；孙玉蓉整理. -- 南京：
凤凰出版社，2024. 12. --（中国近现代稀见史料丛刊）.
ISBN 978-7-5506-4298-0

Ⅰ. I265

中国国家版本馆CIP数据核字第2024ZF7507号

书　　　　名	俞泽箴日记
著　　　者	俞泽箴
整　理　者	孙玉蓉
责　任　编　辑	单丽君
特　约　编　辑	姜　好
装　帧　设　计	姜　嵩
责　任　监　制	程明娇
出　版　发　行	凤凰出版社（原江苏古籍出版社）
	发行部电话 025-83223462
出　版　社　地　址	江苏省南京市中央路165号，邮编：210009
照　　　排	南京凯建文化发展有限公司
印　　　刷	江苏凤凰通达印刷有限公司
	江苏省南京市六合区冶山镇，邮编：211523
开　　　本	880毫米×1230毫米　1/32
印　　　张	11.375
字　　　数	296千字
版　　　次	2024年12月第1版
印　　　次	2024年12月第1次印刷
标　准　书　号	ISBN 978-7-5506-4298-0
定　　　价	78.00元

（本书凡印装错误可向承印厂调换，电话：025-57572508）

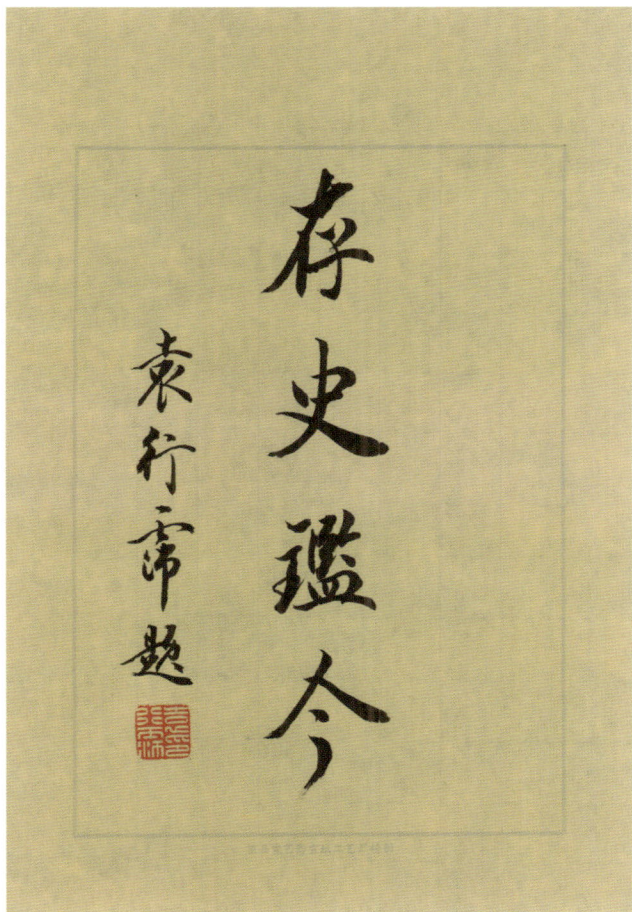

存史鑒今

袁行霈題

袁行霈先生題辭

「音实难知，知实难逢，逢其知音，千载其一乎！」（《文心雕龙·知音》）今读新编稀见史料丛刊，真有治学知音之感大。

傅璇琮谨书
二〇一三年

傅璇琮先生题辞

殫精竭慮旁搜遠紹
重新打造中華文史資
料庫

王水照 二〇二三年一月

王水照先生題辞

俞泽箴日记封面

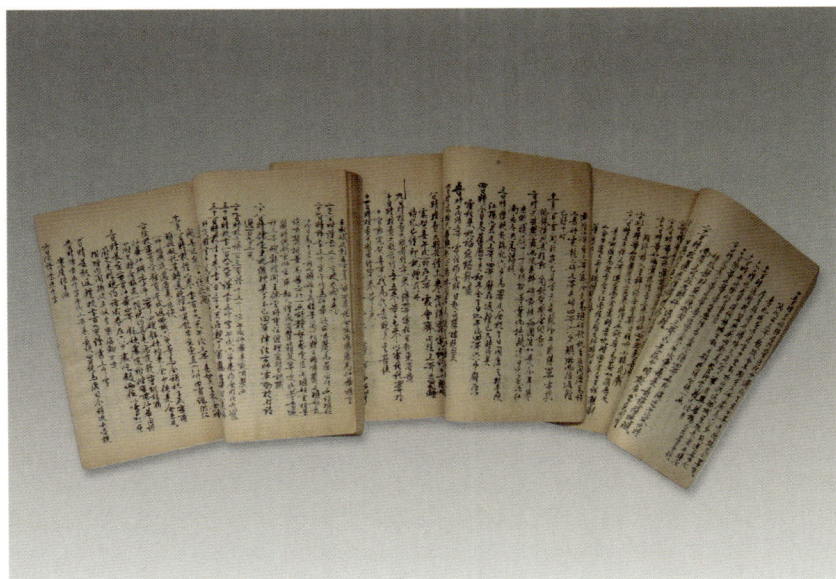

俞泽箴日记内页书影

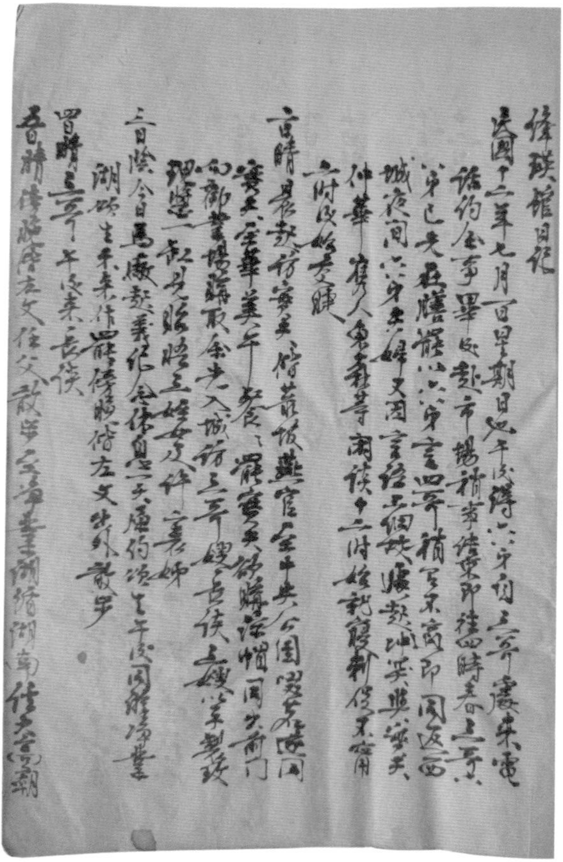

《绛瑛馆日记》内页书影

《中国近现代稀见史料丛刊》总序

　　在世界所有的文明中，中华文明也许可说是"唯一从古代存留至今的文明"（罗素《中国问题》）。她绵延不绝、永葆生机的秘诀何在？袁行霈先生做过很好的总结："和平、和谐、包容、开明、革新、开放，就是回顾中华文明史所得到的主要启示。凡是大体上处于这种状况的时候，文明就繁荣发展，而当与之背离的时候，文明就会减慢发展的速度甚至停滞不前。"（《中华文明的历史启示》，《北京大学学报》2007年第1期）

　　但我们也要清醒看到，数千年的中华文明带给我们的并不全是积极遗产，其长时段积累而成的生活方式与价值观具有强大的稳定性，使她在应对挑战时所做的必要革新与转变，相比他者往往显得迟缓和沉重。即使是面对佛教这种柔性的文化进入，也是历经数百年之久才使之彻底完成中国化，成为中华文明的一部分；更不用说遭逢"数千年来未有之变局""数千年未有之强敌"（李鸿章《筹议海防折》），"数千年未有之巨劫奇变"（陈寅恪《王观堂先生挽词序》）的中国近现代。晚清至今虽历一百六十余年，但是，足以应对当今世界全方位挑战的新型中华文明还没能最终形成，变动和融合仍在进行。1998年6月17日，美国三位前总统（布什、卡特、福特）和二十四位前国务卿、前财政部长、前国防部长、前国家安全顾问致信国会称："中国注定要在21世纪中成为一个伟大的经济和政治强国。"（徐中约《中国近代史》上册第六版英文版序，香港中文大学出版社2002年版）即便如此，我们也不能盲目乐观，认为中华文明已经转型成功，相反，中华文明今天面对的挑战更为复杂和严峻。新型的中华文明到底会怎样呈现，又怎样具体表现或作用于政治、经济、文化等层面，人们还在不断探索。这个问题，我们这一代恐怕无法给出答案。但我们坚信，在历史上曾经灿烂辉煌的中华文明必将凤凰浴火，涅槃重生。这既是数千年已经存在的中华文明发展史告诉我们的经验事实，也是所有为中国文化所化之人应有的信念和责任。

不过，对于近现代这一涉及当代中国合法性的重要历史阶段，我们了解得还过于粗线条。她所遗存下来的史料范围广阔，内容复杂，且有数量庞大且富有价值的稀见史料未被发掘和利用，这不仅会影响到我们对这段历史的全面了解和规律性认识，也会影响到今天中国新型文明和现代化建设对其的科学借鉴。有一则印度谚语如是说："骑在树枝上锯树枝的时候，千万不要锯自己骑着的那一根。"那么，就让我们用自己的专业知识与能力，为承载和养育我们的中华文明做一点有益的事情——这是我们编纂这套《中国近现代稀见史料丛刊》的初衷。

书名中的"近现代"，主要指 1840—1949 年这一时段，但上限并非以一标志性的事件一刀切割，可以适当向前延展，然与所指较为宽泛的包含整个清朝的"近代中国""晚期中华帝国"又有所区分。将近现代连为一体，并有意淡化起始的界限，是想表达一种历史的整体观。我们观看社会发展变革的波澜，当然要回看波澜如何生，风从何处来；也要看波澜如何扩散，或为涟漪，或为浪涛。个人的生活记录，与大历史相比，更多地显现出生活的连续。变局中的个体，经历的可能是渐变。《丛刊》期望通过整合多种稀见史料，以个体陈述的方式，从生活、文化、风习、人情等多个层面，重现具有连续性的近现代中国社会。

书名中的"稀见"，只是相对而言。因为随着时代与科技的进步，越来越多的珍本秘籍经影印或数字化方式处理后，真身虽仍"稀见"，化身却成为"可见"。但是，高昂的定价、难辨的字迹、未经标点的文本，仍使其处于专业研究的小众阅读状态。况且尚有大量未被影印或数字化的文献，或流传较少，或未被整合，也造成阅读和利用的不便。因此，《丛刊》侧重选择未被纳入电子数据库的文献，尤欢迎整理那些辨识困难、断句费力、衷合不易或是其他具有难度和挑战性的文献，也欢迎整理那些确有价值但被人们习见思维与眼光所遮蔽的文献，在我们看来，这些文献都可属于"稀见"。

书名中的"史料"，不局限于严格意义上的历史学范畴，举凡日记、书信、奏牍、笔记、诗文集、诗话、词话乃至序跋汇编等，只要是某方面能够反映时代政治、经济、文化特色以及人物生平、思想、性情的文献，都在考虑之列。我们的目的，是想以切实的工作，促进处于秘藏、边缘、零散等状态的史料转化为新型的文献，通过一辑、二辑、三辑……这样的累积性整理，自然地呈现出一种规模与气象，与其他已经整理出版的文献相互关联，形成一个丰茂的文献群，从而揭示在宏大的中国近现代叙事背后，还有很多未被打量过的局部、日常与细节；在主流周边或更远处，还有富于变化的细小溪流；甚至在主流中，还有漩涡，在边缘，还有静止之水。近现代中国是大变革、大痛苦的时代，身处变局中的个体接物处事的伸屈、所思所想的起落，借纸墨得以留存，这是一个时代的个人记录。此中有文学、文化、生活；也时有动乱、战争、革命。我们整理史料，是提供一种俯首细看的方式，或者一种贴近近现代社会和文化的文本。当然，对这些个人印记明显的史料，也要客观地看待其价值，需要与其他史料联系和比照阅读，减少因个人视角、立场或叙述体裁带来的偏差。

知识皆有其价值和魅力，知识分子也应具有价值关怀和理想追求。清人舒位诗云"名士十年无赖贼"(《金谷园故址》)，我们警惕袖手空谈，傲慢指点江山；鲁迅先生诗云"我以我血荐轩辕"(《自题小像》)，我们愿意埋头苦干，逐步趋近理想。我们没有奢望这套《丛刊》产生宏大的效果，只是盼望所做的一切，能融合于前贤时彦所做的贡献之中，共同为中华文明的成功转型，适当"缩短和减轻分娩的痛苦"(马克思《资本论》第一卷第一版序言)。

《丛刊》的编纂，得到了诸多前辈、时贤和出版社的大力扶植。袁行霈先生、傅璇琮先生、王水照先生题辞勖勉，周勋初先生来信鼓励，凤凰出版社姜小青总编辑赋予信任，刘跃进先生还慷慨同意将其列入"中华文学史史料学会"重大规划项目，学界其他友好也多有不同形式的帮助……这些，都增添了我们做好这套《丛刊》的信心。必须一提的是，《丛刊》原拟主编四人（张剑、张晖、徐雁平、彭国忠），每位主编负责一辑，周而复始，滚动发展，原计划由张晖负责第四辑，但他尚未正式投入工作即于 2013 年 3 月 15 日赍志而殁，令人抱恨终天，我们将以兢兢业业的工作表达对他的怀念。

《丛刊》的基本整理方式为简体横排和标点（鼓励必要的校释），以期更广泛地传播知识、更好地服务社会。希望我们的工作，得到更多朋友的理解和支持。

2013 年 4 月 15 日

目　录

俞泽箴与他的晚年日记（代前言）……………………………… 1

整理凡例…………………………………………………………… 1

紫丁香仙馆日记（1920 年 2 月 26 日至 1921 年 6 月 30 日）……… 1

绛瑛仙馆日记（1921 年 7 月 1 日至 1923 年 6 月 30 日）………… 75

绛瑛馆日记（1923 年 7 月 1 日至 1926 年 7 月 31 日）………… 148

人名字号音序索引……………………………………………… 275

参考文献………………………………………………………… 322

俞泽箴与他的晚年日记（代前言）

俞泽箴（1875.11.2—1926.8.6），原名俞箴墀，字丹石，号德孟，浙江德清人。他是晚清举人俞祖绥之子，俞林之孙，晚清著名经学家俞樾（曲园老人）的侄孙，现代著名红学家、文学家俞平伯的堂叔。他毕业于北洋大学，曾任无锡私立竞志女学校教员、教务主任，厦门集美师范学校教务长，江苏省立图书馆主任等。1919 年 8 月，他从南方来到北京，与清史馆协修俞陛云、北京大学教授俞同奎等堂兄弟相聚于京城。

自 1919 年 11 月至 1926 年 7 月，俞泽箴在京师图书馆工作，曾任舆图与敦煌石室唐人写经室主任，参与了敦煌经卷的整理、编目工作，为早年的敦煌学研究做出了贡献。20 世纪 30 年代初，署名陈垣的《敦煌劫余录》，就是根据他们的编目，录副编排出版的。1925 年初，他曾作为"清室善后委员会"特聘顾问，参与了清宫文物的清点工作。1925 年 5 月至 1926 年 5 月，他被历史学家、燕京大学文理科科长洪业（字煨莲）聘请，兼任燕京大学国文教员，后因病辞去兼职。

俞泽箴在京师图书馆工作期间，留下了三本日记，即 1920 年 2 月 26 日至 1921 年 6 月 30 日的《紫丁香仙馆日记》，1921 年 7 月 1 日至 1923 年 6 月 30 日的《绛瑛仙馆日记》，1923 年 7 月 1 日至 1926 年 7 月 31 日的《绛瑛馆日记》。日记历时约六年半，为宣纸线装，毛笔直行书写，无标点。在其身后，三本日记就存放在俞陛云家中。经过俞陛云、俞平伯、俞润民、俞昌实四代保存至今。尤其是经过"文革"运动，能够幸免于难，真是奇迹！至于为什么会把日记存放在俞陛云家中，据分析，俞陛云是做学问的人，当时任清史馆协修，诗词、书法无所不能。他是俞泽箴敬重的兄长。再者,俞泽箴去世时,他的女儿还小,而且住在苏州。事实证明,他的日记交给他信赖的三哥俞陛云收藏,是无比正确的选择。

岁月留痕,俞泽箴的三本日记虽已陈旧,虫蛀与水渍的斑痕留下了它历经的沧桑,但是,近百年前的墨迹却清晰依旧。从他那流畅的毛笔行书中,让我们读出了他做事的认真与严谨。他重亲情、重友情,是一位有学养、有操守、善于交友而又彬彬有礼的传统知识分子。他的品性是值得后人敬仰的。现在,我们从俞泽箴的三重身份:即图书馆员、教育家、翻译家的角度,介绍他晚年日记的主要内容、历史价值与史料价值。

一、图书馆员

作为京师图书馆的馆员,俞泽箴在日记中比较详细地记载了 20世纪 20 年代初,京师图书馆的日常工作状况、工作概貌以及图书馆领导的频繁变更、员工的人事变动等。日记中涉及的馆内工作人员就有数十人。尤其是对徐森玉(1881—1971)先生任京师图书馆主任期间的工作,记载翔实,如为保护馆藏善本及《四库全书》,为扩充馆址,为应对国立京师图书馆的风波以及众多的馆务工作,徐森玉克服重重困难,主持擘画,躬亲其事,奔走操劳,恪尽职守。俞泽箴的《日记》,填补了早年图书馆史料上的空白,让我们看到了徐森玉先生为我国图书馆事业做出的卓越贡献。

这里所说的"京师图书馆主任",相当于常务馆长。那时候,教育部为节省开支,均由教育次长兼任京师图书馆馆长,因不取兼职薪金,自然也就较少过问馆中事宜。因此,馆内的"主任"就是全权领导。

(一)徐森玉协助补抄《四库全书》

1923 年底,浙江省教育厅向教育部提出申请,拟以京师图书馆所藏文津阁《四库全书》本,校录、补抄浙江图书馆藏文澜阁《四库全书》所残缺的二千七百余卷。因为该省连年灾荒,难以筹得公款,于是,浙江省教育厅向本省绅商筹募资金,募集到现金一万余元,并"委派秘书堵福诜(字申甫,又写作申父,号屹山)至京督饬写生校雠写本",希望得到教育部的支持。为此,1923年12月14日,教育部特发训令第230号给京师图书馆,令该馆"允浙江教育厅补抄《四库全书》",并同意变通原有的"借抄四库书者,每册收费半元"的规定,对其"豁免征收抄费",以期成全地方公益事业。

遵照教育部训令所说,徐森玉主任便与浙江省教育厅所派人员进行接洽,协调办理抄书事宜。1924年2月17日,俞泽箴日记中有:"午后,堵申父来接洽文澜阁补抄《四库》事。"3月4日晚,徐森玉"为浙江抄书事,设宴煤市桥北泰丰楼,为申父等介绍,专宴北海、介卿、羽逵、伯良、舜人、申父等六人,志贤、任父及余作陪"。徐森玉主任以宴请的方式,为浙江代表堵福诜引见了京师图书馆相关工作人员,为愉快合作打开局面。

1924年12月11日,浙江省教育厅补抄《四库全书》的事情暂告一段落,俞泽箴日记写道:"森玉为申甫等祖饯,假座泰丰。"泰丰楼是徐森玉主任宴客的常去之处,朱家溍曾在《徐森玉在故宫》一文中说:"他在馆长任内,逢年过节总要在泰丰楼请馆内同事吃饭。泰丰楼的菜是样样可口的,大家都酒足饭饱,而主人只吃卧鸡蛋、家常饼。"因为徐森玉主任多年吃长斋,是一位虔诚的居士。

1924年12月13日,俞泽箴日记写道:"申甫、伯珊移装寓正阳旅馆,将以明日行。"堵福诜、沈伯珊虽然回到浙江,但是,补抄《四库全书》的事情并没有完结。1925年4月1日,俞泽箴日记写道:"晚间作一函,致堵屹山,报告四库分架图事。"同年8月23日,"得申甫书,托补抄《四库》百八十一卷"。8月25日上午,"森玉来,商量补钞《四库》事"。下午,按照徐森玉主任的旨意,俞泽箴"函致申甫,言补钞《四库》先决事,厥有数端:(一)期限过促,需宽以时日……"等。

9月16日,俞泽箴"作一函致申甫,报告抄书事,并为京馆托补《金华丛书》"。10月6日,俞泽箴"致申甫一函,述抄书事"。11月2日,俞泽箴"归馆途遇沈伯珊。伯珊自南中来,代表申甫接洽补钞《四库》事,邀返馆中长谈"。11月30日,"午后绍兴徐益甫(思谦)来,为申甫代表,促补抄《四库》事"。浙江省教育厅补抄《四库全书》的事,原拟1924年内完成,结果延至1925年11月末,仍未最终结束此项工作。

(二)徐森玉智护馆藏典籍

当时,由教育部直辖之京师图书馆,珍藏着大批典籍,如由清内阁大库移藏的善本约有三万余册,内有《永乐大典》八十余册;敦煌石室唐人写经八千余卷;文津阁《四库全书》六千一百四十四函、三万六千三百册,完整无缺,"实可称为研究国学者一比较完善的图书馆"(史学家陈垣语)。对于这样的藏书重地,1926年初,竟然发生了教育部部员拟以馆藏善本和《四库全书》为抵押的索薪事件。幸亏徐森玉主任出面调停,才使国宝典籍躲过一劫。

教育部斯文之地发生这样的事情,平心而论,也是被逼无奈之举。那些年,军阀混战,政局多变,民生疾苦无人问津。教育部经费严重短缺,"部员以欠薪饥困,群起为索薪之举"。如1922年3月3日,教育部就曾派人向财政部索薪,遭到京畿卫戍司令王怀庆军队的干涉。当时,京师图书馆也委派了驻教育部索薪代表。5月27日,教育部"拟联合附属各机关一致罢工,要求欠薪代表征求同人意见"。28日,京师图书馆开会,"议决本馆取同一态度,午后起,暂行停止阅览,馆中同人分班赴部开会"。7月15日,就发生了"陆军部人员向董绥金财长索薪,董财长为索薪人所殴,肇事地点即在国务院中"的事件。8月12日上午,俞泽箴也跟同事们一起至教育部,参加索薪会议。11月14日,教育部再次"为索薪事开会,以未得要领,议决明日罢工。教育前途正不知作何变化也"。11月25日,"部中开索薪大会,议决明日起附属机关一律罢工”。就这样折腾了一年,欠薪的顽疾到底未能解决。1923 年 6 月 12 日,京师图书馆“以索薪停止阅览”,直至 11 月 29 日,教育部索薪会议议决要求恢复办公止,该馆停止阅览已经五个多月,问题的严重性可见一斑。

据俞泽箴记载,1923 年 10 月 27 日,“发薪三成许”。同年 12 月 27 日,“馆员发四成薪”。1924 年 1 月 11 日,“部中来文,馆中全体减薪八折,余亦仅得六十元矣”。1925 年 10 月 1 日,“得馆薪六成”。“枵腹从公”已是常态。11 月 25 日晚,俞泽箴致函钱稻孙,询问近日教育部中索薪事。次日晚,钱稻孙以电话告知,索薪确有其事,虽未通知京师图书馆,但是,有他在教育部,只要请款有得,不会落下图书馆的。事实上请款谈何容易!一个多月后的 1926 年 1 月 5 日,事态就变得严峻了。俞泽箴在日记中写道:“今日教育部部员开索薪大会,议决将本馆善本、《四库》一律移入教部,由索薪会中人共同保管。图书馆委员馆如需迁入北海,需先行纳款取赎。上灯后,执行委员罗普、崇岱、谭孔新……十一人来,出会中公函,索取书籍,势颇恟恟。因招森玉来,再四开导,仅取去《善本目录》二册,《四库简明目录》十二册。险矣!”俞泽箴记述得十分真切,幸亏徐森玉主任赶来,面对气势汹汹的索书执行人,镇定自若,苦口婆心,“再四开导”,最终达成协议,仅取去十四册重要书目作为抵押,方使意外事件转危为安,化险为夷。徐森玉先生有主见,有胆识,有担当,有社会责任感和历史使命感,没有为眼前利益而随波逐流,关键时刻以自己的人格魅力,保全了国宝典籍,令我们肃然起敬。

(三) 纠正“敦煌经籍辑存会”成立时间之误

俞泽箴的日记还解决了一个历史疑难问题,即敦煌经籍辑存会的成立时间问题。

20 世纪 20 年代,国宝敦煌写经大批被外国人劫掠而去,就是辗转保存下来、运抵京师图书馆的敦煌写经,也所存无多。况且,还有一小部分散佚在国内的私人手中,国人已无从窥其全豹。如此无尽的惋惜与遗憾,促使当时的文化名人叶恭绰(1881—1968,号遐庵)、陈垣(1880—1971)等有识之士,在北京发起成立了我国首个致力于敦煌经籍搜集、整理、保存和研究工作的学术团体——"敦煌经籍辑存会"(下文简称"辑存会"),借以引起国人对敦煌经籍的重视与关注,希望唤起更多有志之士,参与到敦煌经籍的搜集、整理、保存和研究工作中来,承担起抢救现存国宝的任务。如今,已过去了近百年,因为没有确凿的史料依据,有关辑存会的成立时间问题,仍然没有一个统一的、确切的说法。目前,比较有影响的说法有两种。

一种说法认为辑存会成立于1921年11月1日。此说法始见于俞诚之主编、1946年出版的《遐庵汇稿》第三册中的《叶遐庵先生年谱》(下文简称"《叶谱》")。《叶谱》在"民国十年"的记事中,有"十一月组敦煌经籍辑存会成立","先生自发起兹会,遂于十一月一日成立"的记载。在这个谱条中,编者并没有说明史料的来源和依据,就因为叶恭绰先生是辑存会的第一发起人,而《叶谱》中对辑存会的成立时间又言之凿凿,这就增加了它的"可信度",使后代学者毫无疑问地信服。近些年出版的工具书就多采纳了《叶谱》的说法,如在史学家李新总编的《中华民国大事记》中,就记载着:1921年11月1日"叶恭绰等发起成立敦煌经籍辑存会"[1];又如,由著名学者季羡林主编的《敦煌学大辞典》中的"敦煌经籍辑存会"[2]词条,也持此种说法。

当年为了成立辑存会,叶恭绰曾作了《敦皇经籍辑存会缘起》(下文简称"《缘起》")一文,收入《遐庵汇稿》中。虽然文章末尾没有注明写作时间,但是,如果按照辑存会成立于1921年的说法,根据《遐庵

---

[1] 李新总编,韩信夫等主编《中华民国大事记》第一册,中国文史出版社1997年版,第830页。

[2] 季羡林主编《敦煌学大辞典》,上海辞书出版社1998年版,第880页。

汇稿"以类相从悉以著作年月先后为次"①的编排原则,《缘起》一文应该编排在"书启"类"民国十年"内才对。而事实上,编者却把它编排在了"书启"类"民国十四年"末,这样的编排,显然与《叶谱》中所说的时间冲突了。一般说来,像《缘起》这样的介绍该组织成立"缘由和宗旨"的文章,是不可能写于辑存会成立四年之后的。对此,至今没有人去斟酌。

从《遐庵汇稿》的《例言》中,我们获知该书是从 1925 年着手搜集编选的,而且是由闽侯樊守执(右善)一人经手的,而《缘起》一文又恰好属于当时的近作,按道理说,应该是编排不误的。正是这个细节,为我们今天重新考察辑存会的成立时间问题,留下了一个很好的佐证。

另一种说法认为辑存会成立于 1924 年夏。这种说法来源于史学家陈垣。他在 1930 年春撰写的《〈敦煌劫余录〉序》中说:"十三年夏,都人士有敦煌经籍辑存会之设,假午门历史博物馆为会所,予被推为采访部长,金拟征集公私所藏,汇为一目。"②这里所说的"十三年夏",是民国纪年,即指公元 1924 年夏。因为陈垣是辑存会的重要成员,又是该会成立庆典的亲历者,按道理说,他的说法应该比"经十余人之纂辑,始勉强成书"的《叶谱》更可信一些。

采纳了陈垣说法的,早年有史学家王重民,近年有从事陈垣研究的教授、学者。王重民在 1961 年撰写的《敦煌遗书总目索引·后记》中指出:"距今三十七年以前,即公元 1924 年,以陈援庵先生为首的一些爱国的和爱古代文化典籍的人士,在北京组成了敦煌经籍辑存会,对帝国主义分子盗劫我国敦煌遗书的悲愤痛恨之余,拟合群策群

---

① 见叶恭绰《遐庵汇稿》第一册,台湾文海出版社 1968 年版,第 19 页。

② 见陈垣《陈垣集》,中国社会科学出版社 2000 年版,第 201 页。

力,调查征集,作'有系统之整理',并编出一部所有敦煌遗书的总目录。"①而从事陈垣研究的刘乃和、周少川等学者,则在辽海出版社2000年出版的《陈垣年谱配图长编》的记事中,严格遵循了陈垣的说法,并没有为异说的存在而加以辩解。

一个历史事件的发生,准确的时间只有一个。数十年来,关于辑存会成立时间的两种说法,互不争辩,同时并存,这种情况应该说是不正常的。幸好俞泽箴在日记中,记载了关于辑存会成立的情况,如1925年8月29日写道:"得敦皇经典辑存会小柬,约九月一日赴会,参预成立典礼。"同年9月1日记有:"二时许赴午门敦皇经典辑存会,参预成立典礼。会所在阙左门北,玉虎总长、仲骞、夷初、援厂、兼士、叔平、阆仙等均莅会。会散,偕诸君参观历史博物馆。"由此可知:辑存会的成立时间,既不是1921年11月1日,也不是1924年夏,而是"1925年9月1日"。

俞泽箴是作为京师图书馆唐人写经室(下文简称"写经室")主任,被邀请参加辑存会成立典礼的。他的职责就是对馆藏敦煌石室唐人写经进行整理、庋藏和编目工作。从俞泽箴的日记中,我们获知:在辑存会成立之前,筹备组已经寄来请柬,"约九月一日赴会,参预成立典礼",说明筹备组的工作做得很细致、很周到。1925年9月1日下午两点,辑存会成立典礼在故宫午门的"阙左门北"会所举行,出席辑存会成立典礼的,有交通部总长叶恭绰(玉虎),教育部次长兼京师图书馆馆长陈任中(仲骞),北京大学教授马叙伦(夷初)、陈垣(援庵)、沈兼士、马衡(叔平)以及教育部社会教育司司长高步瀛(阆仙)等。成立典礼结束后,俞泽箴还与诸君一起参观了尚未正式开馆的历史博物馆。

俞泽箴所记下的主要与会者,都是他所熟悉的政界、学界著名人

---

① 见商务印书馆编《敦煌遗书总目索引》,商务印书馆1962年版,第551页。

士,也是在他晚年日记中经常出现的人物。至于那些不熟悉的人物,他也就忽略不记了。那天出席成立典礼的,究竟还有哪些知名人士,目前已无从查考。如果放在今天,有这样多的名流学者参加的文化活动,新闻媒体是一定会予以报道的。然而,那时却不然。因为当时的政局不稳,文化活动虽然有许多知名人士参加,也未能引起媒体记者的重视,以至于事后找不到相关的报道消息。这就为我们日后的历史研究留下了难题。这也正是陈垣的《〈敦煌劫余录〉序》和《叶谱》误记辑存会成立时间的原因之一。

有学者会问,治学严谨的史学家陈垣先生怎么会出这样的误差?那是因为他写《〈敦煌劫余录〉序》的时候,辑存会已经解体。在没有现成文字材料记载的情况下,根据记忆记载下来,这就有出错的可能。当然,在1936年,俞诚之等人开始编纂《叶遐庵先生年谱》时,同样也是事过境迁,在没有现成文字材料记载的情况下,仅靠记忆,难免不出错。或者他们过于相信记忆,没有为这件小事去做认真的求证,这也是出错的可能原因。

细心的读者也会问,俞泽箴日记中写的是"敦皇经典辑存会",与"敦煌经籍辑存会"出现了一字之误,这该如何解释?他们说的是一回事吗?在此,笔者可以肯定地回答,他们说的是同一件事。因为俞泽箴与陈垣的记载,除了时间不同外,其他都是吻合的,只是俞泽箴把参与活动的"都人士"记载得更具体、更明确而已。俞泽箴的日记之所以出现了一字之误,这是因为他们平日从事敦煌经典编目工作,说与写均已习惯成自然所致。在他的晚年日记中,就多次出现"敦煌经典"这个词汇。如1925年9月3日,写经室同人在完成了系统整理经卷的工作之后,开始"依《大正一切经》,编次馆中所藏敦煌经典"的目录,后成《敦煌经典目》一套。1925年10月31日,日本僧人加地哲定还曾委托俞泽箴觅人,代"抄《敦煌经典目》"。从俞泽箴的角度,或许会认为改称"敦煌经典辑存会"更惬意一些。

说到这里,我们不能不承认俞泽箴是我国敦煌学研究的有心人,在他记述日常起居的晚年日记中，竟然为我们留下了珍贵的原始记录，纠正了史学界半个多世纪以来关于辑存会成立时间的误传。

（四）关于"清室善后委员会"的纪事

1924 年 10 月 23 日，冯玉祥发动"北京政变"。同年 11 月 5 日，京畿卫戍总司令鹿钟麟、京师警察总监张璧以及民众代表李煜瀛（字石曾）奉黄郛摄政内阁之命，率领军警将溥仪驱逐出宫，并废除其皇帝称号。

溥仪出宫后，摄政内阁准备成立清室善后委员会，对清宫旧藏文物进行系统点查，以防国宝的损坏或流失。经过紧张的筹备工作，原打算 1924 年 11 月 9 日宣告成立，后因故拖至 11 月 20 日才正式成立。李煜瀛出任委员长，任命汪兆铭（易培基代）、蔡元培（蒋梦麟代）、鹿钟麟、张璧、范源廉、俞同奎、陈垣、沈兼士、葛文濬、绍英、载润、耆龄、宝熙、罗振玉 14 人为委员，监察员 6 人，另由各院部派助理员数名，会同行事。

1924 年 11 月 8 日和 9 日，俞泽箴曾应京师图书馆主任徐森玉的邀请，与馆中人同入清宫点收书籍。1925 年 2 月 19 日，徐森玉主任"携来清室善后委员会聘书"，俞泽箴被正式聘为顾问。至 5 月 8 日，他致函李石曾，辞去顾问兼职。在此期间，作为清室善后委员会特聘顾问，他曾 27 次入清宫参加清点文物工作，并在日记中有所记载。他的专业素养，使得他干任何事情都是严谨、认真的。

1925 年 3 月 26 日，俞泽箴"晨起入宫，任第三组组长，偕万君华等检查毓庆宫"。在宫中，他给清室善后委员会委员陈垣写信，"陈四事：一速事审查；一筹办图书、博物二馆；一从缓开放；一分部进行善后事宜"。他提出的这些建议，均为他在实际工作中的所感、所想，以及同人们平日谈论的积累，同时，也有社会舆论的影响。如当时就有大学师生和媒体记者提出了参观故宫的愿望，因为时间紧迫，条件不成熟，所以，他提出"从缓开放"故宫的建议，然而并未被采纳。为满足民众渴望参观故宫的愿望,清室善后委员会决定自 1925 年 4 月 12 日起,每星期六、日的下午,故宫的御花园等八处殿宇对外开放,民众可以购票参观。因此,他在 4 月 11 日的日记中,才有了"闻清宫中路定明日开始售票"的记载。

当然,俞泽箴的想法也曾与"六弟"俞同奎交换过意见,因为不久,作为清室善后委员会委员的俞同奎就发表了《对于清室善后委员会的希望》①一文,详细阐述了建议筹办图书、博物二馆的设想。他认为"点查只是善后的第一步","审查与保管"同样是善后委员会不可逃避的责任,也是接收清宫的真正意义之所在;而筹建图书、博物二馆,才是"永久保管所有权的方法",才不辜负国民的委托,方才完成善后委员会的职守。他还提出"不仅为清室善其后,兼为故宫房屋及点查的东西善其后"的具体设想和做法。他说:"我们必得供献出三百余年皇帝的宝藏,为全社会所公有共享;这方含有真的革命意味,方才对得起民国政府,方才对得起清室,方才对得起委员会的本身。"俞同奎的《希望》一文,表达了与俞泽箴的共同愿望。1925 年 10 月 10 日,"故宫博物院图书、文献两馆行开幕典礼"。

1925 年 4 月 30 日,俞泽箴入宫清点文物,听到"宫中昨日上午发现长春宫为人私启,失去物品绝多"。5 月 4 日日记记载:"今日《社会日报》对于清宫失物事,痛斥善后委员会,辞气咄咄逼人,读之颇凛凛,不知委员会对于此事作何抵制。俟明晨往视,若不自整饬,则拟辞去顾问,以省是非。"性格正直耿介的俞泽箴,对于清宫出现的窃案深恶痛绝。为保自身清白,远离是非之地,5 月 8 日,他毅然致函李石曾,辞去顾问的兼职。此后,他的日记中不再有入宫的记载;然而,他对有关清宫的事情,仍然是关注的。

1925 年 6 月 17 日,同事"丽棠来,言昨日宫中出一小窃案,窃物者即会中书记白玉祥,所窃则一珐琅花瓶,当场发觉,开全体委员会,

---

① 见 1925 年 7 月 18 日《现代评论》第 2 卷第 32 期。

押送检察厅惩办。白玉祥为甲午举人,度支部员外,军机章京,家计尚佳,做此不名誉事,亦可叹也"。6月20日,吴承仕在写给清室善后委员会委员沈兼士、陈垣的信中,也谈及了盗案的事。他说:"昨在清宫点查休息室,闻刘含章君宣言,前在太极殿、长春宫等处发现被盗之迹,靴痕手印,了了分明,法当请地方司法官厅,侦查检举。如官厅认为所遗罪迹无保存之必要时,始能开始点查。今案既未破,而太极、长春诸处,均已点查,则委员会之处置,实为不当云云。弟等以刘君所述,甚有理致,故昨日下午同人一律不到第一组执行职务,以避嫌疑,并致函李委员长诘问其开点太极、长春之故。其函弟亦署名,明日当可发送矣。弟于此事前无所知,果如刘君所言,则委员会至少亦当负过失之责。"①

随后,1925年7月31日,吴承仕等人在养心殿点查物品时,发现1924年间康有为、升允、金梁、江亢虎等密谋复辟的函件。8月1日,他致函沈兼士、陈垣,建议他们将所发现的复辟文件"应在报端公布,使民众周知。既足以闲执谗人之口,即将来处分故宫旧物,亦足使清室遗孽,不得妄有主张。务请极力主持,随时发表,于事至为有益"②。清室善后委员会采纳了吴承仕等顾问的建议,于8月4日晚,向媒体记者披露事情的原委,请其公诸报端。因此,8月5日俞泽箴日记有:"今日清室善后委员会宣布去年康有为等密谋复辟事。"8月6日又有:"今日清室善后委员会宣布江亢虎函、金梁等奏折,此案涉及名流绝多,不知若何收拾也。"俞泽箴日记所记载的当时的新闻,已经成为今天的文化史料,供研究者参考。

---

① 见陈智超编注《陈垣来往书信集》,上海古籍出版社1990年版,第155页。

② 见《陈垣来往书信集》,第156页。

二、教育家

作为教育家,俞泽箴曾在南方多所学校任教,在无锡私立竞志女学校、厦门集美师范学校任教务主任,他与同事们为友,也受到学生们的尊敬与爱戴。他到京师图书馆工作期间,人在北京,仍然心系南方教育界的朋友、同事以及他的学生。对老朋友们的事情,关心备至,记述不遗。

（一）关于钱基博在清华的记述

俞泽箴在吴江丽则女子中学任教时的同事、朋友、国学大师钱基博(1887—1957)先生,自 1925 年 9 月至 1926 年 6 月,曾受聘到清华学校大学部任国文教授一学年,随后辞职。他在清华学校的教书生涯如此短暂,原因是多方面的。他自己解释的缘由有三点:(一) 性情耿介,看不惯清华学校的洋化生活和同事的拜金主义思想。(二) 批评拜金思想的部分言语被披露于报端,引起清华学校曹云翔校长的不悦,致使他决计不再续聘。(三) 1926 年暑假期间,父亲的去世,使他感到未能尽到孝心的遗憾。于是,下定决心不再回清华学校。钱基博的经历,恰好在俞泽箴的日记中均有记载,为钱基博在清华期间的遭际作了旁证。

1925 年 9 月 9 日,是清华学校开学的日子。钱基博在开学前夕,已经由无锡抵达北京清华园。9 月 8 日,他从清华学校进城,到位于东城的京师图书馆看望老朋友俞泽箴。因为他在来京前后,均未曾函告在京的朋友,所以他的来访,给俞泽箴带来了惊喜。俞泽箴在日记中写道:"子泉(钱基博字)来,为余带来《西堂全集》及《鲒埼亭全集》各一部。子泉以圣约翰已告结束,来清华任国文讲席,不见已六年矣。追话前尘,殊多怅触。"自 1919 年秋俞泽箴到北京谋职,至 1925 年 9 月与钱基博再度见面,已相隔六年有余。多年不见的南方老友,竟然在北京相聚了,怎能不欢喜雀跃!他们各自的现状自然要谈,忆往叙旧也是少不了的。岁月沧桑,感慨良多。

1926年初,寒假来临。因为时局不稳,交通阻塞,钱基博未能返乡探亲,而是在清华园度过了新春佳节。在学校放寒假的前后,他都进城看望了俞泽箴。如1月10日,星期天,俞泽箴宴请在京的南方同事钱基博、余小禅、孙雨苍。四个人在东安市场的五芳斋共进午餐。俞泽箴在日记中写道:"上午子泉自清华来,小禅、雨苍亦来,同至五芳斋午餐,谈甚酣畅。餐后子泉以急于西行,先行。"钱基博的个性素以"性畏与人接,寡交游,不赴集会,不与宴饮;有知名造访者,亦不答谢;曰:'我无暇也'"①而著称。这里所说的"寡交游""不赴集会,不与宴饮"是他喜独处、喜静、不喜应酬的天性使然。然而,在同辈朋友之间,这种必要的交往他还是参与的。这一次他不仅参加了朋友的聚会,而且还能够相互"谈甚酣畅",十分难得。这也可以说是钱基博的另一个侧面了。

1926年2月13日,农历丙寅年春节。2月21日,农历正月初九,同样是星期天,钱基博再次从清华园进城,给朋友们拜年。俞泽箴日记中有"子泉来贺岁"的记载。此时,清华学校已临近开学。珍惜时间如钱基博者,这一天没有多耽搁,而是速去速回了。

1926年春夏之交,因与清华学校校长之间发生的不愉快的事情,钱基博不想在清华学校继续干下去了,决计在学期终了时回南方。同年5月9日,又是一个星期天,钱基博进城到京师图书馆,向俞泽箴讲述了在清华学校里发生的事件,即他在《自我检讨书》中所说的曹云翔校长要他不要发表不利于清华学校的意见,于是他决计抛去清华学校这只"金饭碗"的那一段经历,得到俞泽箴的同情与理解。俞泽箴在当天的日记中写道:"子泉来谈清华校长事,至堪浩叹。

---

① 钱基博《自传》,见傅道彬编校《中国现代学术经典·钱基博卷》,河北教育出版社1996年版,第937页。

取瑟之歌,贤者所不忍闻。子泉归志已决。"日记虽然记载得十分简略,但是,大体的意思与钱基博所说是相符的。可见他们是无话不谈的知心朋友。

俞泽箴在日记中使用了"取瑟之歌"这个典故。此典故出自《论语·阳货》,说的是有一个叫孺悲的人要见孔子,孔子以有病为由推辞不见。但传话的人刚出门,孔子便拿过瑟来弹唱,故意让来访的孺悲听见。通过这个典故,我们可以获知,生性耿介的钱基博曾为此事登门造访过曹云翔校长,然而,却遭到了曹校长拒见的慢待。古语云"士可杀不可辱"。这种遭遇严重伤害了钱基博的自尊心,于是他决定回家乡去,不再接受续聘。

俞泽箴不忍钱基博就此结束在北京的教书生涯,他想推荐钱基博到燕京大学国文系任教,遭到拒绝。二十余年后,钱基博回忆说:"我早年讨厌学校生活的洋化,中途脱离了上海圣约翰,脱离了北京的清华;而且脱离清华的时候,我的老友俞丹石曾诚恳的介绍我进燕京;那时,我觉得燕京也是教会大学;如果燕京可以进,当初何必脱离圣约翰;坚决的不就。"

事隔不久,暑期将近,清华学校的校长室照例要为下学年聘请的教授发聘书。他们对钱基博教授表现出十分诚恳的态度,在钱基博拒绝续聘的情况下,再三送来聘书,而且续聘三年,极力挽留他继续任教。在此情况下,钱基博不得不"勉强接了"聘书。究竟下学期能否继续干下去,还在犹豫之中。

1926年5月30日,同样是星期天,钱基博再次进城来找俞泽箴,向他讲述了清华校事的续篇。俞泽箴日记有:"午前潜夫(钱基博号)自清华来,大概下学期仍蝉联也。"俞泽箴在《日记》中所用的"大概"两个字,真实反映了钱基博当时的心境。钱基博接了清华学校的续聘书,就意味着"下学期仍蝉联也"。钱基博暑假回到家乡,遇到父亲过世,心里悲哀、愧疚,才彻底下决心,不再到清华学校去教书了。

1926年5月末,俞泽箴的胃癌已发展到晚期,呕吐、不能进食,痛苦万状。在此情况下,他还有心情聆听钱基博工作的去留问题,还能在日记中为朋友的事情记下一笔,可见他是重友情的人,是关心他人的人。1926 年 8 月 6 日,俞泽箴在北京病逝。钱基博在《自传》中曾经说过:"瞻顾朋侪,独多君子。"①他的话是不错的。俞泽箴就是钱基博朋侪中的一位可信赖的兄长,一位襟怀坦荡的谦谦君子。

(二) 与司徒雷登的友谊

1925 年 5 月至 1926 年 5 月,俞泽箴曾被聘请兼任燕京大学国文系的教学工作,并且干得很出色。在此期间,他得以与燕京大学校长司徒雷登(1876—1962)有了一些交往,并建立了友谊。

1. 在工作中相互信任

俞泽箴与司徒雷登校长最初的相识,是出席校长的宴请。1925 年 5 月,燕京大学尚处于创办的初期,各种事情都还很不完善。为了把燕京大学办成"中国最有用的学校",办成与北京大学、清华大学并驾齐驱的名牌学校,燕京大学着重进行了教师队伍建设,辞掉懵懂无能的教师,重新聘请一些有名望的学者到校任教,组成一支高质量的教师队伍,借以提高教学与研究工作的水平。俞泽箴、俞平伯叔侄以及马季明等,都是借此东风被招聘到燕京大学的国文教师。教师队伍基本确定之后,司徒雷登校长曾于 1925 年 6 月 10 日,特意在西总布胡同燕寿堂宴请教职员,俞泽箴、俞平伯叔侄与陈垣、吴雷川、沈士远、沈尹默、沈兼士、马季明等,均应邀出席了宴会。宴会之后不久,司徒雷登便为燕京大学的经费问题,第四次赴美国筹款,直至秋季开学时才返回北京。司徒雷登对燕京大学教职员的宴请,既是他赴美前的告别仪式,也是他对学校工作的总体嘱托。

除了司徒雷登校长公宴教师的会晤之外,俞泽箴与司徒雷登之

---

① 　见钱基博著,曹疏英选编《钱基博学术论著选》,华中师范大学出版社1997 年版,第 7 页。

间也有工作上的接触。如 1925 年 10 月 30 日,司徒雷登校长赴美国筹款,返回北京不久,俞泽箴就曾为学校的教学工作"访司徒校长于其私邸",并与之进行了"长谈"。所谈内容虽然未有记载,但是,可以推知是燕京大学学校里的事情无疑。因为所谈意见中肯,因此,他得到了司徒雷登校长的信任。

1925 年 11 月 9 日,俞泽箴收到燕京大学校长室秘书交来的请柬,邀请他 17 日晚到司徒雷登校长家,出席司徒雷登夫人艾琳(Aline Rodd)的招待宴会。后宴请因故延期一周。11 月 24 日,他如约至位于盔甲厂的司徒雷登校长家,"赴司徒夫人晚餐,会晤庶务长全君、农科蔡君及美教士马君夫妇及其少君、又司徒夫人伴侣柯夫人。司徒校长及其夫人颇殷勤,餐后至第二院赴教员联席会议,晤吴雷川。返馆已十一时后矣"。从俞泽箴的日记中,我们获悉,司徒雷登夫人宴请的美教士马君夫妇和乔治·柯里先生的夫人,都是她的好朋友,由此推知,俞泽箴也是作为朋友被邀请的,这让他感到愉悦。三天后,俞泽箴至燕京大学盔甲厂校本部,为文理科男部授课。课前,他与司徒校长晤面,先是"面谢二十四日之夜宴",接着,又"略谈校中事"。作为司徒雷登校长的中国同事,俞泽箴以主人翁的责任感,关心着燕京大学的"校中事",令司徒雷登校长由衷感激,并建立了友谊。

1926 年初,司徒雷登为校事所困扰的事,也让俞泽箴铭记于心。2 月 26 日,俞泽箴在日记中写道:"晨至燕大,闻司徒校长病颇重,亦以校事不顺手所致耳。"表现出了他对司徒雷登校长的理解与关心。所谓"校事不顺手",原因是多方面的。由燕京大学国文系惹出的事端,就是其中之一。从当年 3 月 8 日司徒雷登校长写给洪业(煨莲)母校俄亥俄州卫斯良大学教授艾力克·诺扶的信中,我们可以了解到当年的一点真实情况。他说:"你对洪业很关心,我得让你知道这几个礼拜来有些煽动者以示威游行为威胁,要迫他下台。他为提高学校的水平而严厉执行校规,激怒很多学生。而且他自信甚高,有人便借故说他没有中国人应有的风度,是个美国化、机械化、专讲效率的霸主。洪业以前的教务长办事甚松懈随和,所以洪业不得不加倍严谨……当前的导火线,是一些跟他合不来的旧式国文老师,挑拨对洪业不满的学生,再有外边人火上加油;此地的中文报纸屡次暗示燕京大学这数月来表面虽异常平静,不久就会有事爆发。"洪业教授拟改革振兴燕京大学国文系用心良苦,因为操之过急,方法欠妥,伤害了一些人的利益,惹了麻烦,弄得局面不好挽回,也难为了司徒雷登校长。这从一个侧面反映出校事的不顺手和创办新型燕京大学的艰难。

2.“三一八”惨案发生后,代校长拟表态函

1926 年 3 月 18 日,为反对日、英、美、法等八国公使对中国提出的最后通牒,北京各界民众数千人在天安门前集会抗议,驳斥八国通牒。会后,游行至段祺瑞执政府门前请愿,要求驱逐八国公使出境,遭到府卫队开枪镇压,当场打死请愿群众 47 人,打伤 199 人,造成震惊中外的“三一八”惨案。

那一天,燕京大学男、女两校的学生不仅参加了示威游行,而且也死伤多人。上午,俞泽箴在燕京大学女校有课,只上了一节课之后,他就眼见学生们结队出校,到天安门广场去参加国民大会。午后二时许,他在京师图书馆中,听见南边响起了枪声,声若贯珠,为之憪然。讯问路人,方得知国务院中正在围杀请愿学生。他立即打电话询问男、女两校,然而电话线路已经中断,无法接通。因为惦念燕京大学学生们的安危,他一夜“辗转不能成寐”。19 日,刚好是星期五,他在燕京大学男校有课。他冒雪前往,方得知昨日的请愿,燕京大学有七名男生受伤,女生死、伤各一人,而这两名女生又都是他的学生。殉难烈士魏士毅的遗体已于 18 日夜间由燕京大学女校文理科科长、美国人费宾闺臣夫人(Mrs. Alice B. Frame)亲往领回,停放在燕京大学女校的礼堂中。在此情况下,课是上不了了。于是,他购买了一束鲜花,至女校吊唁这位学生。他在当天的日记中写道:“魏生在二

年级读书,人极温淑,无疾言遽色,遭此摧折,至堪惋惜。"那一天,他一直留在燕京大学女校,等待参加午后四时举行的追悼会。中途,他感到身体不适,"胸中作恶,所食皆吐",然而,他仍然坚持参加完追悼会,才回到京师图书馆休息。

1926 年 3 月 23 日和 24 日,俞泽箴照例"晨起至女校","至燕大"男校,均未上课。当时,民国大学校长雷殷提议于公园中公葬殉难诸烈士,并来函征询意见。为此,他代替司徒雷登校长拟了一纸复函,告之:"当以此函转告魏士毅女士家属,取其同意,再行奉复。至于此案倘能成立,当然赞同。即魏女士遗骸未能加入,凡有公葬、公祭典礼,本校得有通知,决当敬谨参予,以慰殉难诸烈士英魂。"

俞泽箴不是校长秘书,且司徒雷登校长本人的汉语水平也很高,语言表达与中文书写均无问题。司徒雷登之所以要请俞泽箴代拟复函,无非是出于信任。由于俞泽箴亲历亲闻了事件的全过程,所以,由他执笔写的回信措辞就十分得体。这封出自俞泽箴之手的回信,就代表燕京大学校方对"三一八"惨案善后事宜做出的公开、明确的表态。司徒雷登校长一直希望燕京大学的学生能够跟中国公立学校的学生一样,积极参加学生爱国运动;同时,他也希望作为教会学校的燕京大学能够跟随公立学校的步伐前进。所以,燕京大学学生的爱国运动自始至终得到了司徒雷登校长的同情与支持。

司徒雷登校长之所以格外信任俞泽箴,原因有二。其一,因为他们是同龄人,容易谈得来。1876 年 6 月 24 日,司徒雷登出生于我国风景秀丽的杭州,会说流利而略带杭州口音的国语。据说他的中国话在洋教士中是出类拔萃的。俞泽箴 1875 年 11 月 2 日出生,祖籍浙江德清,杭州的西子湖畔就有他家叔祖曲园老人大名鼎鼎的俞楼。熟悉亲切的杭州口音,使他们容易亲近。其二,因为他们是前后脚来到北京的。1919 年 1 月,司徒雷登受命创办燕京大学,从南京转战北京;同年秋,俞泽箴为了到京师图书馆就职,也从南方来到北京。这些偶然的巧合,使得司徒雷登与俞泽箴之间的交往,自然有了一种亲切感；加之以工作上的默契合作和对教育事业的尽心尽责，他们之间的互有好感和互相信任，就是很自然的了。

3. 因病请辞，司徒雷登雪中送炭

1926年5月，俞泽箴因身患重病，不得不辞去教职。他的请辞报告，得到司徒雷登校长的批准。5月24日，燕京大学男校文理科科长洪业代表司徒雷登校长，到京师图书馆看望俞泽箴，并"奉司徒校长命，以银三百元见赠"。俞泽箴深受感动，当即写信致谢，托洪业科长带交司徒雷登校长。俞泽箴受聘于燕京大学总共只有一年时间，而在国文系任教前后也只有八个月，便因病辞去了教职。司徒雷登校长在学校经费并不宽裕的情况下，能够如此厚待一位兼职的中国教员，对于贫病交加的俞泽箴来说，无异于雪中送炭。他对俞泽箴的关心，确实令人感动，因为他的夫人艾琳女士当时也在病中。十天后，艾琳女士在北京仙逝，遗体永远留在了燕京大学海淀新址的燕园墓地。

俞泽箴在燕京大学的这段经历是短暂的，但是，他与司徒雷登夫妇的交往和友谊，却是值得传诵的。

三、翻译家

作为翻译家，俞泽箴利用自己精通英语的专长，在工作之余，勤奋地翻译外国文学作品。他的译作业绩十分丰硕。1907年10月，他就与无锡才子嵇长康合译出版了美国乌尔司路斯的小说《镜中人》（亦名《女侦探》）。此后，他便开始以"上海商务印书馆编译所译述"的名义，翻译出版作品。只有在杂志上连载的时候，才有他的署名"天游"。

1907年12月，俞泽箴翻译出版了英国葛丽斐史①的科学小说

---

① 即英国维多利亚时代的科幻小说家乔治·格里菲斯（George Griffith，1857—1906），此为作者的处女作，也是最著名的一部作品。

《新飞艇》,1914年4月再版,收入"说部丛书"初集第91本。《新飞艇》曾在1911年至1912年的《东方杂志》上连载。近年来,据学者张治研究发现①,上海商务印书馆1915年10月出版,收入"说部丛书"第二集第89本的理想小说《飞将军》上、下卷,实为天游翻译的《新飞艇》的改名。

1908年1月,俞泽箴翻译出版了英国安顿的滑稽小说《化身奇谈》,1913年1月和1914年1月再版,既收入上海商务印书馆"说部丛书"初集第96本,又收入"小本小说"丛书中。此外,他还翻译了英国小说家格得史密斯②的义侠小说《双鸳侣》,上海商务印书馆1908年6月初版,1914年4月再版,收入"说部丛书"初集第99本。

1914年至1915年,他翻译的法国大仲马的历史小说《绛带记》在《东方杂志》连载。1915年7月至1916年6月,《中华小说界》月刊连载了由他翻译、"半侬③润辞"的长篇小说《黑肩巾》,上海中华书局将其收入"小说汇刊",1917年1月出版。1918年,他翻译了英国柯南达利的小说《洪荒雪豹记》,这本书的发表和出版信息,均未查找到。或者更改书名出版了,也未可知。因为以上所列出版的各书,均未署译者名,统一为"上海商务印书馆编译所译",没有确切根据,无法做出判断。

俞泽箴在京师图书馆工作期间,正是教育部经费紧张时期,经常欠发工资,或者只能拿到一部分工资。为了生计,他只能勤奋地翻译文学作品,出卖译稿,增加收入。如1922年2月22日至3月21日,

　　① 张治《〈说部丛书〉原作续考》,2020年2月15日"澎湃新闻·上海书评":https://www.thepaper.cn/newsDetail_forward_5978462。

　　② 格得史密斯(1730—1774),现在译为奥利弗·哥尔德斯密斯(Oliver Goldsmith),英国诗人、剧作家、小说家。

　　③ 半侬,刘半农(1891—1934),原名寿彭,后改名复,字半农,江苏江阴人。辛亥革命后赴上海,以卖文为生。曾担任中华书局编辑、《中华新报》特约编译员等。1916年,中华书局发生财政危机时离开上海。

仅用一个月时间,他完成了 11 万余字的译作《荒服鸿飞记》。他在日记中写道:《荒服鸿飞记》"事迹尚佳,唯自译《洪荒雪豹记》后,四年余未握管,正不知一篇烂文章,尚能中主司之目否耶"。随后,译稿卖给《小说世界》编辑部,当年 6 月 19 日,他得到稿酬 240 元。该作品后在 1923 年 1 月 12 日至 8 月 24 日的《小说世界》周刊连载。1922 年 7 月 29 日,他又完成了《荒服鸿飞记》续编的翻译,全书 14 万余字。他在日记中写道:"今日告成。盛暑成此,差无错误,亦足快也。"劳作后的欣喜跃然纸上。后《荒服鸿飞记》初编、续编均收入"小说世界丛刊",上海商务印书馆 1927 年出版。

1922 年 12 月 8 日,他开始断续翻译长篇小说《黑白记》,1923 年 4 月 6 日,全书译成,11 万余字。他在日记中写道:"春明息影后所译之书,此为第二种,寒士生涯,唯仗研田收获,亦可怜也。"4 月 10 日,他将《黑白记》译稿寄给居住在杭州的俞平伯,托其介绍出售。4 月 17 日,"得平伯书,言《黑白记》已寄沪代销,正不识天意若何也"。两个月后,他得到商务印书馆北京分馆代付的润资 220 元。1925 年 12 月,《黑白记》收入"小说世界丛刊"出版。

1923 年 7 月 14 日至 8 月 3 日,他将《嘉耦怨耦》译毕,全书"约计十万七千余字"。他认为"人间原无完善快乐家庭,此余之所以有《嘉耦怨耦》之作也"。同年 8 月 16 日,他托俞平伯将译稿带到南方,直至 1926 年 4 月 24 日,方"得上海廖莲芳君函,言《嘉耦怨耦》一书已可脱售,问二百金左右价值若何。即作函复之"。这部译稿拖了近三年,才卖给了《妇女杂志》,最终发表在 1928 年 9 月《妇女杂志》第 14 卷第 9 号。

1923 年 9 月 12 日至 10 月 3 日,他翻译了 7 万余字的《月界历险记》。1924 年 2 月,《月界历险记》收入"小说世界丛刊"出版。同年 2 月 17 日,收到"《月界历险记》润资"后,他"以百二十金"托亲戚寄给苏州家中,以贴补家用。

1923 年 10 月 18 日至 11 月 10 日,他翻译的小说"《幕后》全书告成,计九万二千余字",1924 年 1 月 22 日,他"作一函致师梅,询售书消息"。此书的结局不得而知。

1924 年春,因购得美国作家蒲洛斯①的"太山丛书"七册,即成就和影响都比较大的长篇小说《野人记》系列,他竟发愤一鼓作气,连续翻译《野人记》五集,译作更加得心应手,他的勤奋、高产,由此可见一斑。

1924 年 3 月 18 日,他开始笔译《野人记》第二集《还乡记》,至 4 月 5 日,已经翻译了 8 万 4 千字,结果收到《小说世界》编辑叶劲风来信,告知"此书已经沪上人译出②"。得知自己做了无用功,他深感无奈,只好中止译事,"作一函责劲风",其实已经于事无补。

1924 年 4 月 6 日,他开始翻译《野人记》第三集《驯兽记》,全书计七万余字,"分二十一回,以十一天告竣,亦快事也"(见 1924 年 4 月 18 日日记)。在点定译稿的过程中,改名为《猿虎记》。同年 4 月 20 日,他将译稿寄给叶劲风。随后,《猿虎记》便在 1924 年 7 月 4 日至 10 月 17 日的《小说世界》上连载。

1924 年 5 月 4 日,他着手翻译《野人记》第四集《弱岁投荒录》,5 月 30 日,全稿译毕,10 万余字,6 月 2 日,"以《弱岁投荒录》稿寄劲风"。该译作曾在 1925 年 1 月 2 日至 7 月 24 日的《小说世界》连载。初次刊载时,有"译者识",曰:"蒲博思既应社会之需求,成《猿虎记》后,名益著。一九一五年复撰《弱岁投荒录》二十七回,刊登小说杂志。一九一九年二月二十七日,英国美生印书馆得其版权,至一九二一年,已十有五版矣。"三年间印刷 15 版,可知这部作品是何等畅销。

---

① 蒲洛斯(1875—1950),美国科幻小说作家。20 世纪 20 年代,我国将其译为 E. R. 巴洛兹,又称"蒲博思"。现在译为埃德加·赖斯·巴勒斯(Edgar Rice Burroughs)。

② 《野人记》第二集《还乡记》,曹梁厦译。曹梁厦(1886—1957),江苏宜兴人。著名学者、教育家。留英硕士,曾任上海大同大学校长。

因此,他移译此作,"以饷吾国之爱读《野人记》者"。

　　1924 年 7 月 5 日,他马不停蹄地续译《野人记》第五集《古城得宝录》,7 月 23 日,"《古城得宝录》全书告成,计八万三千六百七十四字"。8 月 14 日,"以《古城得宝录》寄劲风"。这部译作也曾在 1925 年 7 月 31 日至 1926 年 1 月 30 日《小说世界》连载,而且是与第四集《弱岁投荒录》无缝续载。1925 年 2 月 20 日,《小说世界》第 9 卷第 8 期,在《今年的小说世界》[①]一文中,编辑预告:"今年的长篇小说已经预备的列下:(1)《野人记》第四种《弱岁投荒录》(一名《太山之子》),书中情节,较前三种倍觉离奇,事迹则与第三种《猿虎记》相衔接。第五种《古城得宝录》书中情节,换过场面,将非洲数千年未发现的秘密人种,及未听过的奇事、骇闻,一一表出。"

　　1924 年 10 月 13 日,他继续翻译《野人记》第七集《覆巢记》,11 月 7 日,他致函上海商务印书馆编译所所长王云五,"告以《覆巢记》已着手移译"。同年 12 月 13 日,他将 14 万余字的《覆巢记》全译稿,托朋友带交上海商务印书馆。

　　数月间,他利用工作之余,独自把《野人记》第三集《猿虎记》、第四集《弱岁投荒录》、第五集《古城得宝录》、第七集《覆巢记》,全部译出,并陆续在《小说世界》连载,速度之快,质量之好,堪称奇迹。1927 年 6 月,四部作品全部收入"小说世界丛刊",由上海商务印书馆出版。

　　俞泽箴完成翻译《野人记》系列的任务之后,1925 年 9 月 26 日,他便把蒲洛斯的原版"太山丛书"七册,通过历史学家洪业,赠送给燕京大学图书馆。

　　1924 年年初,他本打算翻译《换巢鸾凤记》,至 2 月 29 日,已经译述 4 万 6 千字。后因改译《野人记》系列,便将《换巢鸾凤记》的翻译暂时中止。直至 1925 年 3 月 9 日,才重新开始续译,他在日记中

_____

　　①　该文又见 1925 年 1 月 25 日《东方杂志》半月刊第 22 卷第 2 期。

写道:"去年所译《换巢鸾凤记》仅成一半,拟足成之,聊助菽水。"3月18日,全书译毕,"计九万四百余字"。为表郑重,他请三哥撰写《换巢鸾凤记》题词。3月26日,俞陛云不负重托,以点睛之笔写道:"天游弟以悱恻芬芳之笔,写缠绵诡谲之情,丽则相宜,情文并茂,此编一出,当与金饼菊庄重其价值。即以《换巢鸾凤》调题之,用史达祖韵。"①俞泽箴如愿以偿。

1925年4月1日,俞泽箴请徐森玉主任"为作函致菊生(张元济),介绍《换巢鸾凤记》"。1926年7月20日,"商务印书馆已将《换巢鸾凤记》收受,寄来上册稿润百三十元"。这部作品于1927年7月1日至1929年3月间,在《小说世界》断续刊载。

1926年7月20日至23日,俞泽箴带病译完短篇小说《羊皮箧》,2万余字。7月24日,他将《羊皮箧》及1923年的译稿《新日》一起寄给上海的廖莲芳。7月25日,又"译《傥来之物》五千字"。他当时的身体状况已经是"终日徙倚榻间,胃不纳食,委顿不堪",做到了生命不息,译笔不止。

俞泽箴十分善于学习与借鉴。1920年,他在京师图书馆工作期间,便利用工作之便,广泛阅读林纾等人翻译的文学作品,从中学习、借鉴翻译的文笔与风格。他对自己尚未涉猎的俄国作家作品深感兴趣。1922年2月5日,他"至隆福寺,拟访购嘉维思小说,无所得"。1926年3月25日,他再次"至市场,购得楷而士·贾维思小说十二种"。同年5月1日,他"读贾维思《恨缕情丝》一卷"。据查,《恨缕情丝》,俄国托尔斯泰著,林纾、陈家麟译,上海商务印书馆1919年4月出版,收入"说部丛书"第三集第62本。至此方知,俞泽箴日记中所说的嘉维思、贾维思,原来是指俄国著名作家托尔斯泰。他一次购买托尔斯泰小说十二种,表现出浓厚的学习兴趣,只因身体状况不佳,未能如愿。

---

① 详见1925年3月26日日记,此处从略。

俞泽篯的译笔简洁利落,明白晓畅。他的《荒服鸿飞记》及续编、《黑白记》及续编、《黑肩巾》等译作,被评价为"翻译小说,能不失原书之精神者"①,应该是公允而又恰如其分的。

俞泽篯的文学功底深厚。他与亲友游景赏花的记述,如同精美的散文。俞泽篯也是戏剧爱好者。几年间的观剧经历,无论是京剧,还是昆曲,也不分堂会和剧场演出,他对演员及所演剧目,均有比较详细的记述,仅戏曲演员及其票友就涉及 90 余人。对于戏剧研究者,这些一百年前的史料是有一定研究价值的。

俞泽篯的晚年日记虽然历时只有六年半,但内容却十分丰富。日记中有融洽浓厚的兄弟亲情,有真挚的友情,也有朴素的同事情谊。日记中有书卷气,有时代气息,更有传统世家的生活气息,使日记的可读性大增;不仅为研究者提供了多方面的史料,也为大众读者了解民国间文人的工作状况、生活情趣打开了一个窗口。

俞泽篯晚年日记是记载其人生足迹、心路历程的私人日记。正因为它的私密性,所以其中少有禁忌,直抒胸臆,这也正是史学家所看重的。日记的真实性、可靠性毋庸置疑。至于著者对历史事件的观点、对历史人物的褒贬,或有偏颇与局限性,实属难免。我们应该用历史的眼光去分析和看待这本民国初期的私家日记。

俞泽篯日记的写作距今已近百年,由于整理者阅历与知识水平的欠缺,在整理、校点和注释的过程中,谬误之处不可避免,敬请读者、方家不吝指谬、赐教。

孙玉蓉

2023 年 7 月 10 日于天津

---

①　范烟桥著《中国小说史》,河南人民出版社 2017 年版,第 306 页。

整理凡例

《俞泽箴日记》为俞氏家族珍藏的手稿三卷,日记为毛笔直行书写在线装宣纸本上,无标点。起于1920年2月26日,止于1926年7月31日,历时约六年半。本着尊重著者的原则,我们除将繁体字、异体字改为简体字,作了标点外,日记内容保持原貌,未做删改。

日记距今已近百年,纸已泛黄,小有虫蛀,个别页面留有水渍,因此,有的字句难以辨认。凡此情况,均以方框"□"标出,以保持原有字数不变。

日记正文中圆括号"( )"为底本原有,出现的漏字、误字,均在方括号"[ ]"内补入漏字、正字。

此外,因为是私人日记,著者不可能那么严谨,所以,常常出现别字或替代字。比较常见的是人名的同音替代,如京师图书馆工作人员杨宪成,字鉴溏,日记中则写为"剑堂";又如王亮畴,日记中写为"王亮俦"。还有人名的近音替代,如奉军将领郭松龄,日记中写为"郭松林";又如京师图书馆工作人员黄顺鸿,字汝奎,日记中写为"羽逵""黄羽逵"。凡此种种情况,均在人名注释和《人名字号音序索引》中,予以注明,避免混淆不清。

日记中涉及历史人物以及著者的亲属比较多,为便于阅读,整理者对日记中涉及的学者名流、政府官员、军阀将领以及著者的主要亲属,一般在其第一次出现时,均作简介。对于经历丰富的历史人物,一般也只注释与日记相关的部分。因为查找资料所限,也有历史人物的介绍暂付阙如,请容以后修订补充。

紫丁香仙馆日记

(1920 年 2 月 26 日至 1921 年 6 月 30 日)

民国九年(1920)二月

　　二十六日　雪。得苏信,知岁暮寄函并银七十元已收到,并告我以二十八日盛康完姻,花朝纤姨五旬生辰,均需送礼。照亭[①]未来,韩君[②]复早退,幸阅览人未及四时均已退去。今日读《新飞艇》一卷,《化身奇谈》一卷。

　　二十七日　晴。庭前积雪向阳处悉溶,京师气候绝准确,一交春,雪即易消。得同一[③]自锡来函,道丽则[④]事。是校岁底学生总数约百七八十人,中学三级,仅得地支之数。帆影酒兴尚豪,近颇研求德法文字,课外自习日必数小时,亦吾党中之畏友也。杞人多病,玉

　　①　照亭,李耀南,字照亭。1917 年 6 月至 1948 年 12 月,在京师图书馆工作,曾任考订组组长等。俞泽箴日记(以下简称"日记")中偶称李耀南。
　　②　韩君,韩嵩寿,字孟华。1916 年 9 月,开始在京师图书馆工作,曾任庋藏组组长。日记中又称梦华。
　　③　同一,邹家麟(1881—1958),字同一,江苏无锡人。1908 年任无锡私立竞志女学校国文、历史教员,1911 年辞去。后任丽则女学教员。1920 年出任无锡县立乙种实业学校校长,并再次到竞志女学校兼任国文教员。
　　④　丽则,即江苏省吴江同里镇的丽则女学,是江南著名学校之一。1906 年 2 月由任传薪创办,1909 年开设师范本科班。曾聘请县内外的名师任教,钱基博、袁桐荪、任传鹤、范烟桥等均在该校任教过。1915 年秋,师范班停办后,又接办丽则女子中学。

人亦然。回首前尘,颇多怅触。旧生许璘①近亦在是校任英文、乐歌,尚受生徒欢迎,闻之殊慰。韩君以家有病人,未及午膳,即返西城。晚膳后,步行至汪芝麻胡同南购物。今日读《冰天渔乐记》二卷,《三人影》一卷。

二十八日　阴。读《橘英男》一卷,《铁血痕》二卷。

二十九日　薄阴。读《新天方夜谭》一卷,《双乔记》一卷,《双鸳侣》一卷。夜归西城②,觉头晕,早睡。

民国九年(1920)三月

一日　晴。读《海卫侦探案》一卷。午后,偕东森妹倩③访六弟④于六部口实业专使署,同游海王村公园,园中有国货陈列所,佳品绝多,遂游火神庙,珠宝古玩,琳琅满目,游人如蚁,拥挤不堪。归途遇钰妹⑤。仍宿西城。

---

①　许璘(1897—1973),名许淑彬,闺名许璘,又作许琳,江苏无锡人。晚清学者许士熊(1869—1920)之女,毕业于江苏省吴江同里镇丽则女子中学,并曾在母校任教。后随父母移居北京,任北京女子师范大学附属中学英语和音乐教师。1923 年 1 月 14 日,与地质学家李四光(1889—1971)结婚。

②　西城,指北京西城成方街 10 号,俞泽箴的堂弟俞同奎的住所。

③　东森妹倩,钰妹夫婿施东森。倩,音"庆",旧指女婿。妹倩,即妹婿。

④　六弟,俞同奎(1876—1962),字星枢,号聚五,浙江德清人。俞祖福之子,俞林之孙。著名化学家。毕业于英国利物浦大学。曾任北京大学教授、北京工业学校校长等。1924 年 11 月至 1925 年 2 月,任教育部专门教育司司长。同时,任清室善后委员会委员。日记中也称星弟、星枢。

⑤　钰妹,俞同钰(1897—1926),浙江德清人。俞祖福之女,俞林孙女。日记中偶称同钰。

二日　晴，风绝厉。晨归馆，得四哥①函三哥②处送来、汝明函。四哥函称，已于去腊莅任公事，甚忙，嘱余向琉璃厂文慎书局购行政司法书二种，且云元宵前将迓四嫂之任，信已发出，尚不知堂上能俞允否耶。汝明函则云外症已愈。锡侯③专待公度④函去，即行出外。遂以买书事托金君。作一复致四哥，以锡侯事相告，索方针。午后，得伊文思⑤二十七日函，言十二月十三号及二十号之《倭古雪周刊》尚未寄来，已去函问询。晚，代六弟撰挽联二，连四哥函，用快邮寄去。得莺宾函，想做咨议或顾问，可笑也。读《一仇三怨》一卷，《冢中人》一卷。

三日　晴。得介孙函，无他新闻，唯述旅外学生检查日货影响所及，崇安寺中玩具绝少，即有，亦种类简单，形式粗劣，是以国中工艺不振兴，终非根本抵制方法。且告我以绍周夫妇⑥《双亡记》。得素训书，仅言绍周归道山，初不意其夫人亦捐佩吴门也。闻其子女学费

① 四哥，俞箴玺，字篆玉，浙江德清人。俞祖绶长子，俞林之孙，俞泽箴胞兄。曾任山东昌邑县知事、绥远萨拉齐县知事、江苏镇江巡警分局巡官等。日记中也称篆玉。

② 三哥，俞陛云（1868—1950），字阶青，号乐静，浙江德清人。俞樾之孙，俞平伯之父。清光绪二十四年（1898）探花及第。官翰林院编修。民国时任浙江省图书馆馆长、清史馆协修。

③ 锡侯，俞慰存，字锡侯，浙江德清人。四哥俞箴玺长子。日记中又称大侄、慰存、俞锡侯、锡侄等。

④ 公度，冯恕（1867—1948），字公度，号华农，原籍浙江慈溪，寄居河北大兴。徐世昌幕僚，历任海军部参事、军枢司司长及海军协都统等。京师华商电灯股份有限公司创办人。

⑤ 伊文思，名埃文斯·爱德华，英国人。1889 年来华，在上海传教。1890年在上海虹口北四川路开设伊文思图书公司，专营英美各国教科书，供各教会学校使用，兼营印刷业务，并在教士公所任职。

⑥ 绍周夫妇，嵇长康（1875—1920），字绍周，号健鹤，江苏无锡人。无锡才子，东吴大学教授；夫人系吴松云之女。

暂由铁眉①担任,唯竞志②亦似风烛,终非长策。竞志组织仍无眉目,闻之心为之痛。晚,偕潜庵③步月北新桥,折至安定门大街,购元宵归,煮食之。读《媒孽奇谈》一卷,《情侠》一卷,《复国轶闻》一卷。作一函复介孙。

　　四日　晴。午后得六弟电话,约余于星期六(六日)饭后即返西城,以三哥等是日到西城也。晚饭后,月色甚佳,且闻后门外有灯,因步月至后门,游人极多,灯以通兴及谦益祥为最。香车宝马,云鬓烟鬟,灯耶,月耶?似耶,非耶?西南之烽燧未宁,东北之鼓鼙又起。强藩跋扈,洛阳之阵甲堪惊;髦士纵横,日下之哄丁未熄。时局如斯,而无知细民掷金钱于虚牝至于斯极,可胜浩叹。今日寄二日复四哥函。读《苦海余生记》一卷,《鸳盟离合记》二卷,《鬼士官》一卷。

　　五日　晴。得师梅④函,言去年在锡度岁,接三子已于十一日(旧历)完姻。铁眉于新正挈眷游西泠,已返里。河南不靖,东屏⑤尚未到校。校长尚未订定,泽之、渠青仍依旧。师梅已租虹桥湾房屋三

---

①　铁眉,侯鸿鉴(1872—1961),字保三,号铁梅,江苏无锡人。南社成员,爱国教育家。1905 年创办无锡私立竞志女学校。自 1912 年起,先后任江苏、福建诸省教育厅视学,赴十一国考察教育。1918 年 8 月,任厦门集美师范学校校长,为期一年。日记中也偶称保三。

②　竞志,无锡私立竞志女学校。1905 年,侯鸿鉴创办,后逐步完成小学、中学、师范三个学级的设置,1908 年由省公署改为无锡女子中学,1912 年正式命名为无锡私立竞志女子师范学校。

③　潜庵,张乾惕,字潜庵。1919 年 1 月,开始在京师图书馆工作。日记中又称潜厂、张君、张潜厂等。

④　师梅,王师梅,1911 年 2 月,被聘为无锡私立竞志女学校体育教员,1917 年 2 月离职。1919 年 9 月,回到竞志女学校继续任教。日记中又称师子。

⑤　东屏,徐东屏,1919 年 9 月,任无锡私立竞志女学校教员。1924 年春,任校务委员会事务主任。

间，下月移居，三月续弦，来呼将伯①。即作一函复之。晚饭后，步月至三哥处，值家祭，即随班行礼。三哥嫂坚留晚餐，珺侄②亦在家中。三哥出示明姚广孝③手书《圣教序》墨迹，上书为第一百二十次临本，可宝也。余以星联④遗稿嘱三哥选定而归。今日为元宵夜，途中游人尤多于昨夕。归读《盗窟奇缘》一卷。

六日　晴。得素文⑤函，知四嫂已于旧历初八由四哥派人接赴东省，萱闱以今年正值六旬，有东幸意。信系十三所发。午后，乞假返西城。三时后，三哥来，三嫂⑥及少侯夫人⑦、云姑娘、珺侄亦乘汽车至。三哥嫂、珺侄由六弟妇⑧陪作竹林游。六弟、钰妹亦归。七时，夜饮，九时三刻始散。夜宿西城，与六弟夫妇剪灯夜话，十二时始就寝。

七日　晴。得东屏函，略谓今年就三师学校图书馆事，已得聘书，唯既到锡，则不能不兼竞校事。兼之则受采人排挤，来询方针。

---

　①　将伯，将，音"枪"；将伯，意即向人求助。

　②　珺侄，俞珺（1883—1955），字佩瑗，浙江德清人。俞陛云与彭见贞长女，郭则沄继配。日记中又称大侄、郭家大侄、大侄女等。

　③　姚广孝（1335—1418），幼名天僖，法名道衍，字斯道，苏州府长洲县（今江苏苏州）人。明代政治家、佛学家、文学家。监修《永乐大典》和《明太祖实录》。

　④　星联，马星联（1856—1909），字梅荪，别名逸臣，浙江绍兴人。著名绍兴师爷。清光绪元年（1875）举人。学问渊博，精通诗词，书法自成一家。

　⑤　素文，俞泽箴夫人，带着孩子瑛儿在苏州与婆母一起生活。

　⑥　三嫂，许之仙（1882—1968），浙江杭州人。许祐身与俞绣孙之女，俞樾外孙女。清光绪二十一年（1895）冬，作为继室，与俞陛云完婚。育有一女俞琳、一子俞平伯。日记中也称嫂氏。

　⑦　少侯夫人，许之颖，浙江杭州人。许祐身与俞绣孙之女，俞樾外孙女，俞平伯的姨妈。

　⑧　六弟妇，陈漪涟（约 1890—？），俞同奎夫人。日记中又称星弟夫人、六弟夫人、弟夫人、弟妇、淑莲弟妇等。

采人不能与世委蛇是其大吃亏处,可怜也。上午,偕六弟携贞侄①游卧佛寺。寺在六弟宅西。归,东森及杨德生②甥婿来长谈。午膳后,钰妹亦归,遂与钰妹夫妇及六弟妇作竹林游。德生去,桂珍③甥来。六弟妇留之夜膳,膳罢,又游竹林,九时后始散。是夜,余仍宿西城。读《爱国二童子传》二卷。

八日 晴。今日为和姊④百日,余及四哥、六弟、东森公送祭筵。上午,偕六弟同往十八半截行礼,晤定九⑤,谈屈文六⑥省长与国会议员争殴事,可作“新官场现形记”观,可深浩叹。午后,访峄生于中央医院,知又遭奏刀,憔悴万状,以其不耐劳顿,不敢久坐,即返馆。今日读《双冠玺》一卷,《朽木舟》一卷,《金丝发》一卷。

九日 得养庵书,知仍任润校事,祝秋亦仍旧,贯甒圖已赴集美⑦,函为元宵发者。又得萱闱函,有三月中北上语。今日阴,午后微雨。登楼整理旧报。读《红星佚史》一卷,《一万九千镑》一卷。

---

① 贞侄,俞锡璇(1912—1988),浙江德清人。俞同奎与陈漪涟之长女。日记中又写作珍侄。

② 杨德生(? —1920),浙江衢州人。杨仲华之子,沈桂珍夫婿,沈实甫女婿。日记中又称德生。

③ 桂珍,沈桂珍,浙江嘉兴人。沈实甫与俞同和之女,杨德生之妻。妇产科医生。日记中又称桂甥、甥等。

④ 和姊,俞同和(? —1919),浙江德清人。俞祖福之女,俞林孙女。浙江嘉兴沈恂儒(号实甫)夫人。日记中又称同和。

⑤ 定九,沈保儒(1871—1950),字惠甫,号定九,浙江嘉兴人。沈钧儒之兄。府学贡生出身。1912年,调任财政部会计司主事,荐任金事。1916年,简放江西赣关监督,后调任四川成都关监督。

⑥ 屈文六,屈映光(1883—1973),字文六,浙江临海人。曾响应辛亥革命,在杭州发动新军起义,参加光复杭州战斗。历任浙江民政长、浙江巡按使、浙江临时都督。1919年7月至12月,出任山东省长。1920年辞职,隐居北京学佛。

⑦ 养庵、祝秋、贯甒圖,均为俞泽箴在南方任教时的同事。

十日　晴。得锡侯函,询德州事。即为函四哥询之。新到书籍多未入目录,因未经开放。主任^①命暂编草目,即于今日开始编辑,穷一日之力,成经、史、子三部,计经四十种,史七十九种,子九十五种,合共二百十四种。晚饭后,至汪芝麻胡同南,购食物。读《多那文包探案》一卷,《画灵》一卷。

十一日　晴。编集部百有七种,新书部二百九十九种,合共四百有六种。得师梅函,述三月中将续胶,因结婚问题又举债,预算需五百金,已有会银二百金,一中表允假百金,其余需筹措。毗陵事已辞却,只任竞校一处。竞校已定刘念慈^②为代理校长兼主任,素训近状甚窘,劝吾仍留滞梁溪,有不愿赴赣意。蔚如^③、剑渊均已赴苏,雪君得一子,筠楼颇优游,雨苍^④任课之女操校有停办说。十八日函也。午后,得实甫^⑤函,始知寓南昌李家巷十五号。

---

① 主任,张宗祥(1881—1965),字阆声,号冷僧,浙江海宁人。清光绪二十八年(1902)中举人。1913年晋京,任教育部视学、佥事。1918年12月至1921年1月,任京师图书馆主任。1921年2月1日辞职,1922年9月底回到浙江,任浙江省教育厅长。1924至1926年间,发起并主持为文澜阁补钞《四库全书》的工作,得到京师图书馆的支持与帮助。日记中又称张阆声、阆声等。

② 刘念慈,1915年3月,任无锡私立竞志女学校教务主任。1920年2月,侯鸿鉴请其任代理校长兼教务主任。

③ 蔚如,黄豹光(1878—1958),字蔚如,江苏无锡人。侯鸿鉴胞妹侯镜斐夫婿。曾在多所学校任教。1905年到无锡私立竞志女学校"任义务职",襄助侯鸿鉴夫妇办学,历任国文、家政、伦理等课程教员。1919年2月,任代校长,还曾出任校董等。

④ 雨苍,孙揆,字雨仓,江苏阳湖人。俞泽箴原在无锡私立竞志女学校的同事。1925年12月至1926年6月,曾在京师图书馆工作。日记中偶称孙雨苍。

⑤ 实甫,沈恂儒,字孚仲,号实甫,浙江嘉兴人。沈钧儒大伯沈蕃长子。曾任清政府驻菲律宾副领事。俞同奎胞姊俞同和夫婿。日记中又写作实夫、实孚等。

十二日　晴。缮新书部书签二百九十九枚。晚,作三函,复实甫、养厂及素文。

十三日　阴。按书目庋藏经、史、子、集四部书籍三百二十一种。午后,得素训旧历二十日函,托钞《四库》书五种,计二十七卷,且告我以铁眉将次北上,竞校虽已聘定念慈为代理校长,而就任无期。勔吾因湘途多阻,尚未成行。冠昭已于去岁捐佩沪上,容臧年底可以毕业云云。读《航海少年》一卷,《指中秘录》二卷。傍晚,偕潜庵出外散步,自雍和宫大街北去,西经五道营,至安定门南行,循安定门大街返馆。

十四日　阴。读《希腊神话》一卷。午后五时,得六弟电话,云在东安市场畅观楼相俟。即乘车往,品茗楼头兼食馎饦、汤饼等。六弟尚需赴城外,余先返西城。夜,与六弟等长谈。得采人书。

十五日　晴。原拟往谒三哥,得钰妹电话,约午后来西城,遂不果行。午后,钰妹来,因以电话约东森来手谈。晚,尝春饼。六弟以将次出外,来余卧室,谈至子夜始就寝。

十六日　晴。今日延长阅览时间,上午自九时起,至午后六时止。未及晨餐即来馆中,补写新书名签百余。今日午后起,照亭乞假回籍省亲扫墓。读《毒药樽》一卷。

十七日　晴。午后,支那驻屯军司令部附陆军通译官牧野田彦松及文学士佐藤广治子业等二人来参观《四库全书》及宋元明刻本、敦煌石室之唐人写经,颇精细。今日阅书人极众。读《真偶然》一卷,《世界一周》一卷,《双孝子噀血酬恩记》二卷。

十八日　晴。读《秘密地窟》一卷,《空谷佳人》一卷,《二俑案》一卷。得云程函,知宁馆已似夕阳,生意索然。体育场五月间开幕,馆中体育部实行归并,场中届时馆员恐有一番更动。南京有余于腊月底返锡之谣,良堪发噱。晚,读《神枢鬼藏录》一卷,《尸栈记》一卷。

十九日　薄阴。上午,得四嫂十五日自昌邑来函,知十日寄四哥函已寄到。四哥于八日奉省令接待日本领事,十日赴峄山车站相候,十四有函到署,言日本领事在潍县耽搁,尚未茈,需十六可到峄山,俟其去后,尚需巡视大岭一带,约十八九方能回署。嫂于四日到署,谓城大似斗,屋小于舟,进项不如昔,而酬应则不可少,入不敷出,到任匝月,负亏已及千金。如此看来,县知事又不易为矣。得东屏十四日函,言于五日抵锡,九日移居第三师范,每日上午至竞校,双方兼顾,恐亦不易讨好也。渠托余购国语书,当为觅之。午后,偕颂生①、无念、潜厂、佩葱至雍和宫,观演习打鬼,天王殿庭中旗竿边小柱为游人挤倒,恐需伤人。今岁因外蒙内附,当局颇行重视,游人是以数倍往年。闻颂生言,昨日国子监丁祭演礼,人尚不如此多,亦可异也。晚,读《橡湖仙影》一卷。雨。

二十日　晴。晨起,颂生来招,同赴雍和宫,观傩祭。同行为潜庵及李翰章②。十时三十分返馆。午后,得素训函,述钞书事。素文复书亦来,知董太君生辰为八月二十六日。渠愿入都,且俟下半年再说。函为十六日所发。作一函致素训。

二十一日　微雨。午后五时三十分回西城。读《蛮陬奋迹记》一卷。闻六弟言,珉伭③痰病似若尚可诊疗,唯是许婿④已纳宠生子,即使霍然,又将若何？思之黯然。

---

① 颂生,爨汝僖,字颂生,四川宜宾人。1919 年 3 月开始在京师图书馆工作,曾任编纂、总务主任等,至 1949 年秋仍在馆内任职。日记中又称爨君、颂僧等。

② 李翰章,李文裪,字翰章。1918 年 11 月至 1935 年 7 月,在京师图书馆工作,曾任阅览组组长。日记中又称李君、瀚章、李录事翰章、翰章等。

③ 珉伭,俞玟(1885—1929),又写作俞珉,字佩珣,浙江德清人。俞陛云与彭见贞之次女,许宝蘅继室。日记中又称二伭女。

④ 许婿,许宝蘅(1875—1961),字季湘,号巢云,浙江杭州人。俞陛云次女俞珉夫婿。清光绪二十八年(1902)举人,曾任军机章京、内阁承宣厅行走等。自 1912 年起,在国务院历任秘书、铨叙局局长、稽勋局局长、内务部次长、国务院参议、秘书长、法制局局长等。日记中又称季湘、季缃等。

二十二日　晴。原拟午后返馆，闻钰妹夫妇将来，遂尔中止。延伫至夕，竟尔寂然，殆谣传也。读《宝石城》一卷。晚，与六弟伉俪夜谈工业学生驱逐校长事。长教育者无人，遂至千百青年流为暴民，至堪痛恨。

二十三日　阴。七时返馆。今日阅览者甚众。读《波乃茵传》一卷，《圆室案》一卷。得无锡寄来去年遗失之杂志九册，天外飞来，可异也。

二十四日　晴。主任命与唐人写经室①孙君北海②对调，以孙君与善本室中人不洽之故。午后，孙君来庋藏科，速余往交代，余颇有戒心，辞以明日。得东屏函，始知昨日无锡寄来之杂志，为采人遗忘床下，可笑也。晚，六弟寄来四哥复函一件。

二十五日　晴。午后，实行至敦煌石室唐人写经室，服务事稍简。傍晚，访三哥长谈，议决托三哥回南时，便道至常熟，一询锡侯意旨，苟决计赴德，则携之北来；否则听之。读去年八月二日《倭古雪周刊》短篇小说四章。

二十六日　晴。今日起开始量经③。得钰妹电话，约傍晚至西城，商量公饯六弟事。五时三刻返西城，与钰妹、六弟等夜话。晤闽人余君。余君曾任牧师，为青年会会员，新游意、法等国，旅行来京，寓六弟处。

———————————

①　唐人写经，即"敦煌石室唐人写经室"的简称。当时京师图书馆因藏有敦煌写经 8600 余卷，上起晋魏，下迄开元以来，因其经卷以唐人所写为多，故总名曰"唐人写经"。京师图书馆为此特设敦煌石室唐人写经室，专门负责敦煌写经的整理和编目工作。

②　孙君北海，名初超，字北海，山东文登人。曾任职教育部社会教育司分部。1916 年 10 月至 1924 年在京师图书馆工作。日记中又称孙君、孙北海、北海等。

③　量经，是整理敦煌石室唐人写经中的一项工作，在 1924 年 3 月 29 日教育部批准的《京师图书馆暂行办事细则》中，就明确写道："唐人写经已编查者，应清量各卷尺寸，详记起讫，登入量经细册，分类别号庋藏。"

二十七日　阴。午后,钰妹、东森、桂甥等来。傍晚,余君返,与之长谈,始知留法勤工俭学会。学生之所以勇于赴法者,实希冀于法国返还庚子赔款时,可以沾优先之利益耳。幕中自有幕,是非亲历者不能道也。旋与东森等作方城之游。晚,饯六弟,同席为六弟、东森、梁孟、余君、桂甥、宜侄[①]。夜,微雨。

二十八日　晨阴。六时三刻归馆,量经十五卷。五时后,返西城。得佩韦函,言婚期需改,将伯之助暂可从缓。知留守事已托诸梁君。

二十九日　阴。读《贤妮小传》六卷,《双雏泪》一卷。午后,梁君夫妇、东钰夫妇均来。今日以六弟随轺出外,移贞侄汤饼宴于今日。六弟八时二刻行,余以车站上送者必多,未往送也。东森、钰妹十时始归。

三十日　晴。六时二刻返馆。馆中昨日为余裱糊房间,今日尚未竣事。量经十一卷。晚,介卿[②]以其女公子出阁,在馆设席,遍宴同人。得素训函及绿格纸四百页。复素训函。

三十一日　晴。得幼安二十三日函,知已到集美,靖臣之教务长已交卸,由校长自任,另由任之[③]介绍一松江邵氏为科员。幼安月薪仍可得八十六元,为之一慰。午后,得四哥函,系二十八日函,述郭氏贺礼事。量经二十卷。晚膳后,访三哥,未晤。

---

①　宜侄,俞锡玑(1914—2006),浙江德清人。俞同奎与陈漪涟之次女。日记中又称二侄女。

②　介卿,杨景震,字介卿。1917年1月至1925年12月,在京师图书馆工作,任会计。日记中又称杨介卿、杨君、杨君介卿等。

③　任之,黄炎培(1878—1965),字任之,江苏川沙(今上海浦东)人。教育家、社会活动家、学者。1922年6月11日被任命教育总长,未就任。日记中又称黄任之。

民国九年(1920)四月

一日　阴。午后,马伯雄①自南京来,赴国语讲习会,住福星馆,来馆长谈。量经二十一卷。得东森电话,商量为四哥运箱事。

二日　阴晴不定。今日整理《金刚经》,皮藏新匮,登录卷数。晚膳后,访三哥长谈,晤汲侯②及珉侄。闻三哥谈扶鸾事:

> 京中某乩坛一日忽于盘中大书"促叶玉虎③来",玉虎至,则其爱妾也。妾新殁,玉虎本极痛悼,因与之谈闺房琐屑事,皆极秘,外人无由访悉者。濒去,妾言玉虎太贪口腹,于彼颇不相宜,应加注意。玉虎遂茹素。江西梅光羲④,午桥⑤制军之幕府也。光复后,于江西某乩坛晤午桥,午桥初至,大书"方到众不之悟",继书"端到亦然",及书端方到,始知为午桥。午桥自言:本位居第三,天上因生平口孽太多,致谪为游魂,授命时,身首异处,已属可痛。一念生平收藏之物散失殆尽,尤为可惨。倘晤弱弟,宜力劝勿妄为。言已,书"泣别惨别",又连书"惨"字而去。

---

①　马伯雄,南京图书馆工作人员。日记中又称伯雄、马君。

②　汲侯,许引之(1875—1924),字汲侯,浙江杭州人。许祐身与俞绣孙长子,俞樾外孙。历任刑部主事、驻朝鲜领事、天津厘捐局总办、北京邮传部行走等。

③　叶玉虎,叶恭绰(1881—1968),字裕甫,又字玉甫、玉虎,广东番禺人。1920 年 8 月至 1921 年 5 月,1921 年 12 月至 1922 年 5 月,1924 年 11 月至 1925 年 11 月,任交通总长。日记中又称交通总长、玉虎等。

④　梅光羲(1880—1947),字撷云,江西南昌人。一生投身官场的同时,笃信并研究佛学,著述丰富。

⑤　午桥,端方(1861—1911),字午桥,号陶斋,满洲正白旗人。清光绪八年(1882)举人,历任陕西按察使、布政使、护理巡抚、湖北巡抚、湖广总督、江苏巡抚、两江总督等。

三日　晴。继续庋藏《金刚经》讫。统计庋藏《经》之本文五三四卷。续行整理《维摩经》。傍晚,项燕北来长谈,住观音寺。

四日　晴。午后,味农①、尹民②、寅斋③均乞假。是日无人取阅善本书籍者,而味农、尹民乞假,唐经室亦早加封锁。余约北海出外作留守,遂浼之代星弟书挽联一副,送葛震珊。少选,寅斋归,余遂先行。出馆至交道口东祥利西厂,报吴孝侯之谒,适伯雄及梅君榕生均在孝侯处。马、梅二君游兴忽发,遂同行步入地安门,循景山东街,进东砖门,出西砖门,过团城金鳌玉蝀集灵囿参谋本部,出西安门,至西四牌楼。梅君意倦,拟访友小憩。伯雄则急于出城,余亦乘车返西城。星弟夫人及新侄有疾,钰妹在寓。少顷,东森亦至,长谈,十时即就寝。

五日　晴。钰妹归,同午膳。午后,东森亦至。四时,至象坊桥访燕北,小坐,即赴东安市场购食品,七时返馆。

六日　晴。发四哥处函,挂号寄去,索钥匙。今日量经三十八卷。晚,作一函致公度,索锡侯介绍书。

七日　晴。量经三十七卷。得西城电话,知六弟夫人病已稍愈。

八日　晴。今日为国会纪念,休息一天。晨餐后,至西城探视病人。六弟夫人已能下床,新侄仍啾唧不安,至可忧虑。午餐后,返馆。得实甫、四哥及镜芙函。实甫仍赋闲,托余向国务院借五月份夫马,因用电话转托少琳④。四哥促寄衣箱,对于锡侯仍主从缓。镜芙则告我已移居宣内武功卫三号也。天气骤暖,已可御夹。晚,作一函复

① 味农,京师图书馆唐人写经室工作人员,其他情况不详。

② 尹民,张书勋,字尹民。1918 年 12 月至 1927 年 8 月,在京师图书馆工作,曾任唐人写经室职员,参与整理写经的工作。日记中又称张尹民。

③ 寅斋,吴德亮,字寅斋。1917 年 1 月至 1926 年 2 月,在京师图书馆工作。日记中又称吴寅斋。

④ 少琳,劳勤余(1879—1936),字少麟,浙江杭州人。1924 年曾在北京任国务院金事。日记中又写作少麟、少林。

东屏,述国语教科书事。

九日　晴。量经四十七卷。得公度复函,知锡侯介绍书一俟向张晋三先生索到,即当送来。函伊文思,询杂志事。

十日　晴。量经四十一卷。得三哥、步兰、师梅函。三哥送来星联遗稿,并告我明晨出都回籍扫墓。步兰寄赠《江苏第四次省教育行政会议汇录》一册。师梅赠我小印三方,且云小禅①以母疾尚留滞西神,雨苍尚赋闲家居,醇酒、妇人,大有终焉之志。竞志略事振作。女师罢课事,孙卿②付诸四乡公所表决。晚膳后,访三哥不晤,得电话,知在珽侄处,因往访之,知与三嫂一同南下。今日佩葱疾,亟向珽侄乞得苏合丸,归以赠之。

十一日　晴。量经四十四卷。午后四时即出馆,访峄生于中央医院,长谈。返西城已五时许。桂甥在寓,病人亦都霍然。六弟信来,约二十左右还京。得少琳、采人书。少琳转达啸陆③意,言财政支绌,实甫借夫马费事碍难应命。采人则托谋事。晚膳后,为四哥检点衣箱。作函复四哥,并复师梅。

十二日　风烈。晨命牛儿送衣箱至车站,寄往济南。将师梅、伊文思、四哥函交邮。师梅函附星联诗稿,四哥函附钥匙。八时后,访钰妹、东森。十时许,偕钰妹、小东甥返西城。德生甥倩在寓,长谈。少选,东森亦至。午后,作方城游。

十三日　晴。六时起身,赴东安市场购食品,返馆仅八时耳。量

---

①　小禅,余小禅,江苏无锡人。俞泽箴好友,"西溪诗社"八君子之一。

②　孙卿,钱基厚(1887—1975),字孙卿,江苏无锡人。钱基博的孪生兄弟。1912年3月,应邀到无锡私立竞志女学校任教。1914年,任吴锡县公署学务科(第三科)科长。1918年3月,成为竞志女学校第一届校董。

③　啸陆,郭则沄(1882—1947),字蛰云,号啸麓,福建福州人,出生于浙江台州。俞陛云长女俞珽夫婿。清光绪二十九年(1903)进士,官浙江温处道,政事堂参事、铨叙局局长、国务院秘书长、侨务局总裁等。1922年6月去职后,京津两地居住。日记中又称啸六、啸鹿、啸麓、筱麓、小鹿、蛰云、蛰等。

经二十一卷。作一函致少琳,询院薪事,既发,而院中派人送来。傍晚,偕颂生、潜庵出外散步,上灯后始返馆。得锡侯信,询公度信件。

十四日　晴。量经五十六卷。得雨苍函,言仍赋闲家居,中年失意,可怜也。傍晚,仍偕颂生、潜庵出外散步。

十五日　晴,风烈甚。量经四十二卷。得苏函索款。

十六日　晴。量经二十六卷。得素文函,知三妹夫妇自闽来苏,鸣一又赋闲矣。上午,伯雄来长谈,云已迁达子营福星公寓。午后,东森来。傍晚,偕颂生、潜庵出外散步。作一函致师梅,询棉纱事。

十七日　阴。量经四十卷。得俊人①函,知衣箱已经寄到。今日傍晚,两腕作痛,大概多作事故。

十八日　晴。以腕痛,仅量经十五卷。得东屏、席儒函。东屏告我以国语书系耳闻,近正搜集各地方言及言语今古之变迁,作国语界中补助品。席儒则久赋闲居静,极思动。作函三,一致四哥,报告寄家用,并将堂上手札寄阅。一致锡侯,促其入都,并将俊人、公度函附去。一致素文,汇银四十元,并上萱闱函一。今日本约伯雄等赴东安市场畅观楼,并观影戏。五时三刻偕颂生往,仅见东森一人,遂同晚膳,膳罢赴真光②看影戏,返馆已十二时后矣。

十九日　晴。晨起已八时矣。午前,颂生、志贤③二君来长谈。剪贴《一九一九年旅俄六周见闻记》二十余章。午后,得德生电话,询实甫向院中借文五月份夫马费事。

二十日　晴,风甚烈。午后,德生来,为实甫家呼将伯,以番饼五

---

①　俊人,徐俊人,四哥俞篯玺内弟。日记中又称隽人、徐俊人。

②　真光,20世纪20年代位于北京东华门大街的新式剧场,由北大法科学生罗明佑创办。起初是电影院,后改为剧场。

③　志贤,谭新嘉,字志贤,浙江嘉兴人。1917年6月至1939年,在京师图书馆工作,曾任中文编目组组长、目录课课长等。日记中又称谭公志贤、谭公、谭君、谭志贤、志闲、谭志闲、谭、谭新嘉等。

十予之。在马上时，黄金到手辄尽，今日如此拮据，谁实为之，而至于此，堪叹也。傍晚，偕颂生出外购物。

二十一日　晴。东森前向余索取一月二十七日《晨报》，交邮寄之。今日粘贴《新俄罗斯与妇女》。

二十二日　晴。得云生书。傍晚，偕颂生、潜庵出外散步，游柏林寺。晚，在潜庵处长谈。

二十三日　晴。得四哥书，知嫂病颇剧，而鸣一等又有北犯之势，拟仍令南旋。邢上阮公纯①以少麟书来谒。接西城电话，六弟已返都门。

二十四日　雨，旋即放晴。量经二十一卷。午后，旧学生华桢以杏村②书来谒。晚饭后，返西城，与六弟夫妇、钰妹、东森、桂珍、德生及宗君夜饮。闻子民③以罢课事出走。

二十五日　晴。晨返馆中。上午，东森来。午后，得华桢书，求介绍。今日为六弟洗尘，仍返西城。得实甫函，属向啸鹿接洽，谋事宣南虱处。对于一己尚无安放地方，尚何暇为人说项！友人辄以此种事相溷，不谅甚矣。

二十六日　晴。上午，至达智营④，报伯雄之谒。闻伯雄道讲演团员事，至堪喷饭。午后，返馆。读《爱儿小传》一卷。

二十七日　晴。读剪贴之《关于布党纪事》数种。得定九函，寄来领纸二，属向院中借薪，余以疾辞，连同实甫函却返之。

二十八日　晴。上午，公纯来，以张晋三为锡侯介绍德厂函稿相

---

①　阮公纯，日记中又称公纯。

②　杏村，张鉴（1868—1950），字杏村，江苏金匮县人。1907年到无锡私立竞志女学校任修身、国文教员。1919年至1921年，任无锡县视学。

③　子民，蔡元培（1868—1940），字鹤卿，号民友，改号子民，浙江绍兴人。著名民主革命家、教育家。1917年任北京大学校长。日记中又称蔡元培。

④　达智营，北京地名。俞泽箴的朋友马伯雄暂住的福星公寓，即在此胡同内。日记中又称达子营。

示。午后,作一函致四哥,反对仍使嫂氏南下事。

二十九日　阴,午间微雨。今日整理《净名经集解关中疏》二十五卷。午后,湖南龙山萧荟如逢蔚来馆参观。僚友杨介卿来言其友徐毓生事,绝奇幻。毓生为项城①幕僚,殁于民国四年。介卿闻严范生②修言,浙地某邑新生一儿,生而能言,自称即直隶徐毓生,未知果有是事否,会当向故乡一询之。

三十日　晴。今日整理《净名经关中释抄》六卷,《维摩经义记》二卷,《净名经义疏》一卷,《维摩经注》一卷,《净名经科要》二卷,《维摩经解》二卷,《颂》一卷,《钞》一卷,《杂释》五卷,《疏》七卷,计二十八卷。得素文函,知十八日书已收到。幼安书来,告我以五月七日集美将开运动会。回首去年情事,似在目前,又孰意今岁来作长安市上人哉!

民国九年(1920)五月

一日　阴。今日整理《大乘百法明门论开宗义记》九卷,《疏》三卷,《普光疏》及《百法述》七卷,《杂写释百法论疏》四卷,计二十三卷。晚,主任邀饮,同席均僚友。席散,偕颂生、潜庵出外散步。颂生得家书,报川乱将复作,颇复悒悒。故乡云外,烽火频惊,旅梦乡思,动人怀抱。诵"宁为太平犬,莫作乱离人"谚语,为之寡欢。

二日　晴。整理秦译《金刚经》三十卷。午后,六弟来,五时同往视并携去《咒魅经》一卷、《锦绣万花谷》一册。初拟赴西城,道遇韩景

---

①　项城,袁世凯(1859—1916),字慰亭,又作慰廷,河南项城人。北洋军阀领袖。1912 年 3 月至 1913 年 10 月,任临时大总统。1913 年 10 月,始任大总统。日记中又称袁项城。

②　严范生,严修(1860—1929),字范孙,原籍浙江慈溪,清顺治年间,其家族移居天津。清光绪九年(1883)进士,官至学部左侍郎。

陈元龙①,同饮市楼,谈秣陵旧事,相对黯然。闻女师自京兆排却旌德后,绾校长印绶者三月,今复为默君②取去。人事代谢,后患或正未有艾也。

　　三日　薄阴。傍晚,出外购物。今日得六弟、实甫、德生等电话。六弟托余作函致谢六桥③都统,此番道出辽东时厚款。实甫则新自江西归来。德生于二十九日生一子。

　　四日　阴。整理《金经》八十卷。午后,德生送来红蛋二十枚。

　　五日　阴,微雨。整理《金经》四十卷。晚霁,偕颂生出外散步。公度送来张晋三介绍书,即交邮寄大侄并函谢公度。

　　六日　晴。整理《金经》一百卷。得雨苍函,抑郁牢愁,读之恻然。

　　七日　晴。整理《金经》六十卷。得锡侯函,言即日北上。如是,则前夕所寄之函,恐不能到达矣,闷闷。

　　八日　晴。实甫来长谈,知珠儿已将受聘,完和姊遗志,为之一慰。整理《金经》九十卷。晚,复雨苍一函,速其北上。

　　九日　晴。午后,景陈来长谈。四时许出馆,先往十八半截访实甫,值已先出,遂返西城。

　　十日　晴。晨访实甫兼视桂甥。德生来西城寓庐长谈,午后归。汾阳大侄来长谈,傍晚,钰妹亦归。

　　十一日　晴。晨起返馆,整理《楞伽经》四十二卷。晚,锡侯自常熟来,余以馆中向不能容留外人,命赴西城宿六弟处。

　　①　韩景陈,名元龙,字景陈,俞泽箴在南京的同事。日记中又称景陈。

　　②　默君,张默君(1884—1965),原名昭汉,字漱芳,湖南湘乡人。1907年自上海务本女学毕业后,即从事教育工作。1918年,赴欧美考察教育,并入美国哥伦比亚大学专攻教育。1919年回国,任江苏省立第一女子师范学校校长。

　　③　六桥,三多(1871—1941),蒙古族,汉姓张,字六桥,隶蒙古正白旗,出生于浙江杭州。17岁中举,历任杭州府知府、浙江武备学堂总办、洋务局总办、京师大学堂提调、民政部参事、归化副都统等。

十二日　阴。上午,锡侯自西城来。张晋三介绍函亦自常熟退回。午后,代六弟编辑造纸计划书一通。作函二,一致六弟,一致四哥。晚,锡侯复来。

十三日　阴。上午,有北大学生三人来参观。

十四日　阴。整理《金刚经》一百五十三卷。连前计:秦译完卷五百三十卷,陈译二卷,元魏译五卷,秦译残卷九卷,无著及世亲菩萨所造《论》二卷,《注》二卷,《疏》三卷,合共五百五十三卷。得西城电话,知锡侯已于今晨首途。作一函告汝明甥女。

十五日　阴。晨起,作一函致三哥,报告锡侯事。得实甫电话,云明日南行。接公侠①及锡侯函。公侠索书目。锡侯函发于天津,言已搭昨日特别快车赴济南。午后,雨。六弟以电话约明日午餐。

十六日　阴。上午,返西城。今日六弟为实甫饯行,同席为实甫及其妾三人、钰妹、东森、宗君、德生、六弟夫妇及贞、宜两侄。晚膳后,偕六弟至西车站送行,晤定九、蔚文②昆季。归西城寓庐已九时半矣。

十七日　晴。午后返馆。复公侠一函。

十八日　阴。晚,伯雄来长谈,知国语讲习所将次终了,所员将分二批来馆参观。伯雄有南游南洋一带之志,详询路程,并道久羁宁馆决难生存,甚是甚是。十时始去。

十九日　阴。得锡侯自潍县来函,知已到该邑矣。

二十日　晴。量《无量寿宗要经》三十七卷。得雨苍函,云将来

---

①　公侠,薛凤昌(1876—1944),原名蜇龙,字砚耕,号公侠,江苏吴江(今江苏苏州)人。早年留学日本。1912年,曾与费伯埙等创办吴江县立中学,任校长,后接任江苏省立第三师范学校校长。

②　蔚文,沈炳儒(1876—1958),号蔚文,浙江嘉兴人。沈钧儒之弟。画家。县学附贡生出身,曾随使韩国,任驻韩国釜山正领事官,兼管马山浦事。民国后一直在财政部门任职。

北京。

二十一日　晴，午后阴。国语讲习会会员来参观。铁珊①、志新、芝庭、燕北等均来长谈。

二十二日　阴。校《三正考》二卷,《王舍人诗集》二卷。

二十三日　晴。量《无量寿宗要经》三十九卷。午后,得六弟电话,约游劝业场。四时返西城,偕六弟夫妇、贞、宜两侄同出正阳门,游劝业场,购玩具一盒,返寓。

二十四日　晴。上午,访伯雄于达子营福星公寓,拟至白庙胡同求是学舍访铁珊等,闻已赴教育部,未果,遂至石版房晤伯春。渠新从闽地归来,约渠偕少麟、雨辰晚膳。坐谈片刻,出前门,至西河沿取钱。四时后,少麟等陆续来。同席尚有东森、树屏②等。

二十五日　阴。晨返馆。得师梅函,知小禅丁内艰。女师续办一级,孙卿、子静③均辞职,雨卿将长女师,同一长工业,雨人所办工商成绩不良,有仲怀④继任之说。量《无量寿宗要经》六十卷。午后,得华国章、王瘦岑、金幼安等函。国章言将返锡。瘦岑则告我以前译之《女子手巾操》已出版;旧历正月初八在精武分会,因上铁杠跌入沙

---

①　铁珊,魏諴(1860—1927),原名龙常,字纫之,后改名諴,字铁三、铁珊,并以字行。原籍浙江山阴,出生于广西桂林。清光绪十一年(1885)举人,候选知府。工书法,兼诗词声律,精通乐、曲。

②　树屏,齐念衡(1897—?),字树平,北京人。曾任故宫博物院古物馆研究科科长、河北大学和北平女子文理学院等校教授。1925年曾任"清室善后委员会"特聘顾问。日记中又称齐念衡、齐君树屏。

③　子静,顾祖瑛(1879—1961),字子静,江苏无锡人。曾在无锡多所学校任校医。1915年受聘到无锡私立竞志女学校兼授生理卫生课程。日记中又写作子竟、子京。

④　仲怀,蒋士荣(1869—1929),字仲怀,江苏无锡人。1911年春,应邀到无锡私立竞志女学校任校董兼教务主任、算术教员。1920年秋,任公益工商中学校长。

潭,折伤右臂;十一日,复遭鼓盆之戚;刻臂已复原。满纸凄凉,有"臂断可望复原,弦断万难再续"之语。现寓上海北四川路横滨桥精武第一分会中。幼安报告校中于八、九两日开运动会,各种竞技仍为应麟、莲爵所得,中三全级共得四十三分。池君已辞职,校主尚无表示留意。马大庆有不名誉事,已将解约,可叹也。复师梅一函。

二十六日　晴。晚膳后,偕颂生出外散步,至前海绕长堤行,旧时荷沼已化稻畦,沧桑禾黍之感兜上心头。堤间柳影扶疏,月光黯淡,皆足动人愁绪。隔岸即张文襄①旧邸,闻邸中台榭半已倾圮,冷落门庭已无复旧时况,概苟文襄鹤影重到华堂,当亦宛转悲鸣似蜀中望帝也。

二十七日　晴。量《妙法莲华经》十五卷。得雨苍函。晚,伯雄来长谈。渠浮海之志颇浓,亦有心人也。

二十八日　晴。量《妙法莲华经》二十卷,《金经》一卷。

二十九日　夜雨。量《无量寿宗要经》八卷。

三十日　雨,午后晴。二时后即返西城。荫午来长谈,别去后,孝侯、潜庵、铁珊、燕北、伯雄等陆续来,设筵为之钱行,九时后别去。与六弟夫妇谈家常,中夜始寝。

三十一日　晴。晨餐后,少琳以电话招游北海。乘车至新华门,改乘院中车至颐年殿,顺道访啸鹿小坐,值总理②来,即赴缮校室。午餐后,看佑之作擘窠书。步行出阳泽门,过紫光阁时,因未曾招呼,

---

①　张文襄,张之洞(1837—1909),字孝达,一字香涛,谥号文襄,直隶南皮(今河北沧州)人。同治癸亥年(1863)进士,授编修。清末洋务派首领。历任山西巡抚、两广总督、湖广总督、两江总督,1907年调北京,任军机大臣,充体仁阁大学士,兼管学部事务。日记中又称南皮。

②　总理,靳云鹏(1877—1951),字翼青,山东济宁人。1919年11月5日至1920年7月2日,任国务总理。其中1920年5月14日,因受安福系压迫而请辞,至7月2日始奉准免职。1920年8月9日至1921年12月18日,再任国务总理。

不能入内，遂至北海。先游琼岛，登梳妆台，台为金章宗为李宸妃所筑，非外传辽萧后故物，《尧山堂外纪》《金台集》《日下旧闻》皆主是说。至崇椒堂稍坐，遂游读画斋，啜茗后，出后门，游三希堂、快雪堂、华严春等处。归途遇雨，返西城。稍憩，至东安市场，遇谭公志贤及颂生，遂至玉泉煮茗而谭，少选，松老①亦至。返馆已八时矣。

民国九年（1920）六月

一日　晴。量《无量寿宗要经》十四卷，《妙法莲华经》八卷，《金光明经》一卷。夜月绝佳。燕北来辞行南下。

二日　阴。上午，伯雄、荣生、铁珊来辞行。余托铁珊带锡交素训书四种，送小禅太君奠仪四元。量《妙法莲华经》三十四卷。

三日　阴，午后霁。量《妙法莲华经》二十七卷。伯慎来长谈，已得国务院调查员事，月薪京钞百二十元，以七成发给，得八十四元，不用到差，干脩也。言次颇露不满意辞色。末路依人，尚尔如是，可叹也。

四日　晴。量《无量寿宗要经》十四卷，《妙法莲华经》四十卷。

五日　晴。得铁阳电话，以病久不瘳，拟出院。

六日　阴。得六弟电话，约返西城晚餐。日本大阪图书馆馆长今井君来参观，由余接待。五时后，往视伯慎，渠呼将伯，余资以四金。晤少麟。返西城，钰妹、东森均已先在，钟君亦至。晚膳后作方城游。

七日　晴。访铁珊于求是公寓，兼晤芝庭、志新等，返馆。午后，日本图书馆协会会员来参观。寄素文一函并银四十元。

八日　晴。检点《无量寿宗要经》。

九日　阴，夜雨。

①　松老，吴松云，江苏无锡人。1910年2月，任无锡私立竞志女学校教务主任。日记中又称吴松老、松云。

十日　晴。检查《金刚经》十一卷。晚膳后，偕颂生、潜庵至王府井大街东安市场。昨夜失火，全部化为焦土。闻商人损失约有数百万元。午节近矣，正不知若何支持也。

十一日　晴。检查《金刚经》五卷。晚膳后，偕颂生出东直门散步，闻熊锦帆①善走，一日夜能行五百里。此公亦民党中健者，黄花岗一役，锦帆与焉，事急跳身得免。松坡②入川时，兵绝少，专恃民气，得以败敌兵。川局定，以军民权授他人，有"争事业不争禄位"语，川人归心。松坡殁于扶桑，讣音至川，全省民人皆失声恸哭，为位而哭，逾于考妣，松坡留川之一马一犬，悉为豢养马为战马，已跛一足，犬则川产，松坡径某邑，是犬逐行，虽战地亦然。竟未死于锋镝，亦奇事也。以上二事，皆颂生所述。

十二日　阴。检查《金刚经》十卷。

十三日　雨。检查《金经》十三卷。午后，还西城。

十四日　晴。钰妹归宁，作竟日谈。未返馆。

十五日　晴。晨餐后，来城北，晓雾乍收，景山园林苍翠欲滴，遥想盛平时，九天阊阖开宫殿，万国衣冠拜冕旒，正不知若何景象也。晚，在潜庵说鬼。

十六日　阴。作函复幼安、养涵。

十七日　阴。作函致少麟，为锡侯事，托渠探问宋重三。午后，用电话询峰生病状。

---

① 熊锦帆，熊克武（1885—1970），字锦帆，四川井研人。1911年4月，参加黄兴领导的"广州起义"，即黄花岗之役。辛亥革命后，先后任蜀军总司令、四川靖国军总司令、四川督军、四川省省长、建国军川军总司令等。

② 松坡，蔡锷（1882—1916），字松坡，湖南邵阳人。著名爱国将领。因反对袁世凯，自1913年11月开始，被软禁在北京。后因袁世凯酝酿称帝，1915年11月11日，他化装出逃，回到云南，成立军政府，并亲率第一军主力入川作战，讨伐袁世凯。袁世凯死后，被黎元洪任命为益武将军，督署四川军务兼四川巡按使。后改将军为督军，仍任督军兼署省长。

十八日 晴,风极猛烈。检查《金经》二十八卷。

十九日 晴。午后,访珽侄长谈,晤归王氏表姊及三哥处珠姨,知三哥需端午后方能返都。出前门,至劝业场购糖果,送西宅三侄女。返西城,知四侄女仍未痊愈,星弟夫人拟延中医为之证视。命下人至城隅延一陈姓医生来,断为慢惊,处方用炮姜、玉桂、熟地、当归等温补之剂,此种药方为南方医生所不敢动笔者,而竟毅然为之,可怪也。

二十日 晴。晨至钰妹处贺节。妹、甥皆病,东森未返,稍坐即行。访少桐①于后细瓦厂一号。渠新移眷,来京作寓公,煮茗长谈。遂至石版房,访少麟、伯慎,谈时局纠纷,令人心痛无已。归途经沟沿蔚文寓庐,入内小坐。归西城已将正午。今日为旧历端午,时序催人,正若走入峻阪②,屈指来京已十阅蟾圆,去年此日尚在浔尾讲舍也。晚餐时,钟君夫妇携子来会。少麟、伯慎来报谒。

二十一日 晴。晨起,知四侄女服药后腹中大泻,弟夫人竟夕不寐,颇生惶恐。余主仍延陈医来复诊,据云无妨,仍参照原方处方,北地医士胆壮,可怕。东森来,午后,作竹林游。

二十二日 晴。五时许,步行至金鳌玉𬟽桥东始乘车,抵馆仅七时。同人尚有未起身者。检查《金经》二十四卷。晚,谭公来长谈。

二十三日 阴,午后大风。寄银五元与锡侯。量《妙法莲华经》二十一卷。晚,作一函致四哥,并函少麟,询院薪。与伯苓③长谈。归室得云生兄弟函,知四哥因日人枪毙我国人案撤任,虽未见明文,已在预备交卸。再作一函慰藉且促其入京。

---

① 少桐,王少桐,江苏宝应人。王豫卿(康侯)与俞锦孙之子,俞樾外孙,王少侯之弟。

② 峻阪,陡坡。

③ 伯苓,张伯苓,字寿春,京师图书馆工作人员。1926 年 3 月至 1929 年 8 月,曾任馆务委员会委员。日记中又称柏梁、柏林、伯林等。

二十四日　晴。量《妙法莲华经》六十六卷。

二十五日　晴。量《妙法莲华经》七卷。再作一函速四哥入都。

二十六日　晴。得雨苍电话,知已入都,寓赤忱①处,约明晨往长谈。午后,雨苍来长谈,饭后,同浴中华园。

二十七日　晴。八时访雨苍于三条胡同。检查《金经》二十六卷。晚,主任邀饮馆中,未返西城。

二十八日　晨晴。出前门购物,遂至西城午餐,餐罢复出前门,径返馆中。暑气炎蒸,晚膳后,与谭公露坐庭中纳凉。

二十九日　晴。得雨苍电话,知昨游中央公园,午后若稍凉,或将走访。晚七时,雨苍来长谈。

三十日　晴。检查《金经》十七卷。作一函致保三及郭纪云。

民国九年(1920)七月

一日　阴。午后,雨苍来长谈。得德生电话,知已抵京中。

二日　上午雨,午后霁,阴,炎气郁蒸。检查《金经》十一卷。

三日　晴。今日为纪念节,休息。晨起稍迟,访雨苍,同至豫王府夹道访铁阳。午后,得珽侄、六弟电话,知三哥已返都门。五时许,至三哥处,值少侯②亦在其处,长谈。少选,六弟亦来,晚膳后,返馆。

四日　晴,午后大雨。检查《金经》十三卷。未返西城。

---

①　赤忱,周承菼(1883—1968),字赤忱,浙江海宁人。"雨苍令姊"孙拯(字济扶)的夫婿。早年在杭州求是书院学习,后官费留学,毕业于日本陆军士官学校。回国后,在浙江任新军第八十二标统带,驻防杭州南星桥。辛亥革命前夕加入同盟会。武昌起义爆发后,于11月4日予以响应,率部起义。杭州光复后,任浙军总司令。中华民国成立后,到北京就任大总统府顾问、将军府将军和国会议员。

②　少侯,王念曾(1875—?),字少缑,号啸缑,别署少侯,江苏宝应人。王豫卿(康侯)与俞锦孙之子,俞樾外孙。曾任民政部参议、内务部佥事。日记中又称啸缑、啸侯。

五日　晴,午后雨,少顷即止。忽起大风,风止于晚餐后。至三哥处,闻风鹤颇恶,京师警察总监警备总司令已遣眷出京,恂如拟六国饭店赁庑,盖徐又铮①已免筹边使职,授远威将军,所兼边防军总司令亦已免除,边防军颇愤激也。

六日　晴。检查《金经》十二卷。得实甫、师梅书。

七日　阴。量《妙法莲华经》四十卷。复师梅一函。傍晚,访雨苍,即在其寓庐晚餐。

八日　晴。量《妙法莲华经》二十六卷。复四哥、实甫、素训各一函。午后,得三哥电话,即乞假前往。三哥为风鹤颇盛,属为赁庑,遂乘车遍询长安、北京、六国三饭店,均以无余屋可赁辞。至六弟处询问,亦无方法。因访少琳,渠允俟雨辰归,往西什库与教士商酌。归至三哥处复命。自三哥处出,走访雨苍长谈。归馆已八时矣。得三哥电话,知雨辰已为商妥房屋二间,赁金月四十元。因用电话告六弟。二更时,同事吴君②来叩寓斋,谓段军不利,恐城中起骚扰,渠眷属在都,欲迁来馆中。谭公以俟主任来熟商再复。

九日　晴。检查《金经》九卷。二时许,至三哥处,三哥出外,晤三嫂,知西什库屋今晨已为捷足者取去,幸时局略有转机,外交团出而干涉,要求维持京师秩序,为之稍行安心。珽侄及许二表姊来长谈。四时许,访吴松老长谈。归馆后,以电话告西城寓庐及雨苍。

十日　晴。检查《金经》十三卷。函召锡侯赴济,以重三在都无行期,德州危地似不便逗留也。晚膳后,至三哥处探视,晤少侯。

---

①　徐又铮,徐树铮(1880—1925),字又铮,号铁珊,江苏萧县(今属安徽)人。北洋军阀皖系将领。1919年6月被任命西北筹边使兼西北边防军总司令,1920年7月4日被免职,改授远威将军。1922年10月,潜赴福建延平联络皖系余部,组织建国军改制置府,自任总领。旋败逃上海。因曾暗杀冯玉祥的舅父陆建章,故被冯玉祥派人枪杀。日记中又称大树、又铮。

②　吴君,吴宝彝。1919年11月至1921年,在京师图书馆工作。

十一日　阴。闻又有调人出而调处,战祸或可望免。四时后,至西城,顺道访铁阳,在其寓庐中稍坐。出霞公府,途中行人绝少,始知军队拉车事运输,波及细民,殊可叹也。

十二日　晴。钰妹归。晚间与六弟夫妇等手谈。桂甥自天津归,实甫知乐平县事,来迎眷,眷属附海轮南下,桂甥以不及同行,仍归京师。

十三日　晴。晨访少琳未晤,晤雨辰及伯春,知段军不甚得手,有缓和意。返馆尚早。午后,国务院送五、六月份夫马费来。傍晚,访三哥,并晤少侯,拟长谈,忽得电话,知雨苍在馆中相候,遂归馆。夜雨。

十四日　晴。上午,至三哥处,遂至中法银行,为三哥存款,值银行放假不克,至裱褙胡同于公祠祖屋,亦未成,仍返三哥处。

十五日　上午雨。冒雨至三哥处,以夜间西北有枪声。三哥以文件相托,携返馆中。午后,雨止。夜雨。

十六日　晴。上午,六弟来,同往三哥处午膳。午后,检查《金经》十二卷。夜复雨。

十七日　薄阴。午后,至六弟处,钰妹等均在西城寓庐。访陆彤士①于中铁匠胡同,未晤,遂至女子高等师范访吴迅如,商量合租俄教会余屋避兵。返西城寓庐。钰妹等留宿,遂不复归。作方城游,十一时始就寝。

十八日　晨五时即起,至俄国教会晤容月舫,得第十二、第十四两号房屋。至三哥处报告,道经东直门,城门已闭,始知昨夕因边防第二师及陆军第十五师均败归。偕三哥同至俄教会,决定赁庑事。三哥来馆中长谈。雨苍亦来。午后,赤忱、雨苍复来。再至俄教会。晚膳至西城,全宅寂然,询下人始知钰妹已返安儿胡同,六弟送弟妇

---

①　陆彤士,陆增炜(1873—1945),字贻美,号彤士,江苏太仓人。清光绪二十四年(1898)会元、进士。庚子后,晋安徽司员外郎,警法司员外郎,民政部民治司员外郎等。民国年间,曾任徐世昌总统府秘书长。

及三侄女至船板胡同汇文大学,桂、珠两甥则赴孝顺胡同医院,盖西城今日谣言颇盛。十时许,六弟返,挑灯夜话,至十二时始就寝。

　　十九日　晴。晨,六弟妇携三侄女返寓。余至钰妹处探视,遂至三哥处,闻段军西中二路全败,东路亦退至丰台,洋兵已出代守城,用防乱军。在三哥处午饭后,访雨苍长谈,遂返馆。

　　二十日　晴。检查《金经》三十三卷。得锡侯函,来乞援。今日同僚吴君来,言子玉①前锋已到西便门,合肥②已辞职。

　　二十一日　阴。

　　二十二日　薄阴。

　　二十三日　晴。检查《金经》二十五卷。傍晚,雨苍来长谈,偕浴中华。访三哥长谈。

　　二十四日　晴。检查《金经》十七卷。傍晚,偕颂生出外散步,至东直门见军队有婴城③者。

　　二十五日　晴。检查《金经》十九卷。午后三时许,返西城,钰妹亦归。晚,作手谈。

　　二十六日　晴。午后,偕六弟同至三哥处长谈,晚膳后返馆。

　　二十七日　大雨。读《鸿雪梦》五十回。

　　二十八日　晴。读《鸿雪梦》五十回,《淫毒妇》一卷。午后,雨苍来长谈,晚膳后,同游十刹海,偕游者尚有爨、张二君,在河顺啜茗。今日为旧历十三日,月色已皎洁,华严色相,掩映柳梢,倚槛端详,颇涉遐想。十刹海在全盛时张文襄在世时,年予管领人三百金,向勿裁

---

　　①　子玉,吴佩孚(1874—1939),字子玉,山东蓬莱人。北洋军阀直系首领。1921年至1924年,为两湖巡阅使、直鲁豫三省巡阅使。日记中又称孚威、吴氏、吴子玉、吴佩孚、吴孚威。

　　②　合肥,段祺瑞(1865—1936),字芝泉,安徽合肥人。北洋军阀皖系首领。1920年直皖战争,皖军大败,段祺瑞被迫辞职。1924年11月,中华民国临时政府成立,出任临时执政。日记中又称段将军、段执政、芝泉、段氏、段、段芝泉等。

　　③　婴城,犹言据城。

禾黍，花时绿水红蕖，颇有西子湖边景象，今则除张氏园亭西南尚剩一二亩外，其余悉化稻田，数年以后，一瓯海水或将尽变桑田也。茗罢，循长堤踏月归。

二十九日　晴。

三十日　晴。读《菱镜秋痕》二卷。是书前经申昌用聚珍版铅印三册，为另一人译，名《昕夕闲谈》，只译上半截。余于幼时读过，未获全豹，方以为憾，不图今日竟见全璧。午后，六弟以东森妹倩归自奉天，为之洗尘，遂返西城，东森踵至，共作手谈。夜间热甚，不能成眠。

三十一日　晴。今日为旧历六月既望，新侄生日，乞假，留寓食馎饦。东森、钰妹均来会。读《苦海双星》二卷。

民国九年(1920)八月

一日　晴。五时起，步行返馆，道出金鳌玉蛛，北海中莲叶凝露，芙蕖吐花，距黎明未久，万籁悉寂，爽气扑人，至足乐也。

二日　晴。傍晚，至三哥处长谈，踏月而归。读《石渠秘笈》。

三日　晴。读《秘殿珠林书画汇考》。午后，得六弟电话，约啜茗十刹海。五时，往唯一茶肆，六弟已先在。肆在会贤楼边贝楼上，有人凭栏远眺，似三哥，试折柬招之。少选，三哥果来，闻系前朝温御史①招饮。温为小鹿同年。余等柬去，刚宴罢，各归时也。残阳西没，始返馆。今日有凉意。

四日　晴。读《铁匣头颅》二册，《续编》二册，《还珠艳史》二册，《碧玉串》一册，《四字狱》一册，《赂史》二册。今日午后微雨，入夜凉甚，似南中深秋。北地气候至准，此其明证。

五日　晴。读《蜘蛛毒》《凤岛女杰》《情天异彩》《莲心藕缕缘》《重臣倾国记》。晚膳后，偕颂生、潜庵出外散步。

---

①　温御史，温肃(1879—1939)，原名联玮，字毅夫，号檗庵，广东顺德人。清光绪二十九年(1903)进士，官至湖北道监察御史。

　　六日　晴。读《俄罗斯宫闱秘记》《鬼窟藏娇》《西楼鬼语》《明眼人》《荒村奇遇》。

　　七日　晴。读《模范家庭》三册,《亨利第六遗事》。

　　八日　晴。读《冰蘗余生记》。得钰妹电话,约同返西城。午后,至西城,晤梁君自沪上返都门,始知直皖战争时,谣言颇甚失实,有长安市上遍地豺虎,居民悉他徙之语。可笑也。

　　九日　晴。午后返馆。读《欧战春闺梦》二卷。

　　十日　阴。上午,平伯①来,新自越归都门,谈南中近事,有堪发噱。会午餐,匆促别去。检查《金经》二十七卷。读《情窝》二卷。晚膳后至三哥处,晤平伯及琳侄②,长谈至九时始返馆。

　　十一日　晴。午后,韩景陈、孙雨苍来长谈。

　　十二日　晴。读《孤露佳人》四册。午后,天津李庆元、宋琳③来参观。五时,至三哥处长谈。晚,琲侄招饮,同席为三哥、六弟、平伯、少侯,十时许返馆。

　　十三日　晴。上午,高等师范图书馆讲习会④会员来参观,余及

────────────

　　①　平伯,俞铭衡(1900—1990),字平伯,浙江德清人。俞陛云与许之仙之子,俞泽箴堂侄。日记中又称平侄。

　　②　琳侄,俞琳(1899—1951),字佩瑛,浙江德清人。俞陛云与许之仙之女。徐传元(字孟乾)夫人。日记中又称玲侄、三侄女、三侄等。

　　③　宋琳(1887—1952),字紫佩,浙江绍兴人。鲁迅在绍兴教书时的学生。1913年2月,经鲁迅介绍,到教育部所辖的京师图书馆工作,曾任总务部主任等。日记中又称子佩。

　　④　高等师范图书馆讲习会,1920年8月,北京高等师范学校应各省之请,举办暑期图书馆学讲习会,第一次对图书馆在职人员进行业务培训。各地图书馆工作人员70余人参加。清华学校图书馆馆长戴志骞、北京大学图书馆主任李大钊、武昌文华大学图书馆馆长沈祖荣、北京高等师范学校图书馆主任程伯卢等专家均出任讲习教师。讲课内容主要是图书馆教育、图书馆组织及管理法、图书馆编目及分类法等。

任父①、天生②任招待,十一时始去。量《妙法莲华经》一十八卷。读《树穴金》《魔冠浪影》各一册,《战场情话》二册。

十四日 晴。读《蛮花情果》二册,《橄榄仙》二册,《诗人解颐语》二册,《冰原探险记》一卷。

十五日 晴。量《妙法莲华经》十七卷。午后,返西城。钟君来长谈。

十六日 晴。晚膳后,偕钟君父子及六弟、两侄游中央公园,观影戏,午夜始返。

十七日 晴。晨返馆。量《妙法莲华经》二十八卷。读张漱石③先生《玉狮坠》四卷。

十八日 阴。量《妙法莲华经》二十九卷。读张漱石《怀沙记》五卷。得峄生书,知步兰来都门。晚膳后,偕颂生出外散步。

十九日 阴,微雨。竟日量《妙法莲华经》二十一卷。上午,得堂上书,即行裁复。读《深谷佳人》一卷。

二十日 晴。量《妙法莲华经》五十五卷。上午,得六弟电话,知四哥复函已至,约旬日内来都门。午后,三哥以电话来约六时赴西车站晚餐。读《生死美人》一册。傍晚,出正阳门至餐室,六弟、三哥等陆续来。同席为三哥嫂、珠姨、珊、玲、平伯三侄、六弟及余,珊侄为平伯钱行也。

二十一日 晴。晚膳后,复为六弟邀赴瑞记,同席为少侯、三哥

---

① 任父,金守浍,字任父。1918年3月至1927年8月,在京师图书馆工作,曾任阅览组组长等。1924年11月,曾被清室善后委员会特聘为顾问,参加清宫文物的点查工作。日记中又称金君、任甫、任孚、任公等。

② 天生,杨鹤翔,字天生。1917年8月至1925年2月,在京师图书馆工作。

③ 张漱石,张坚(1681—1763),字齐元,号漱石,江宁府上元县(今江苏南京)人。著有传奇四种:《梦中缘》《梅花簪》《怀沙记》《玉狮坠》,合刻为《玉燕堂四种曲》。

夫妇、琲、平伯二侄,午夜始返。

二十二日　阴。检查《金经》十三卷。访步兰,未见,晤峄生长谈。返西城,东森、钰妹均来,晚膳后,作竹林游。

二十三日　晴。约步兰、雨苍至西城午餐,同席尚有东森、六弟两人。傍晚,偕雨苍返馆,上灯后始去。

二十四日　晴。晚膳后,至三哥处长谈,返馆已十时矣。

二十五日　晴。晚膳后,至三哥处,与三哥夫妇、六弟长谈。

二十六日　午后雨,晚霁。检查《金经》二十七卷。晚,偕颂生出外步月,出西口,由交道口南行,经大佛寺前王府井大街、猪市大街,至四牌楼北返。

二十七日　晴。上午,检查《金经》五卷。傍晚,雨苍来长谈。夜雨。

二十八日　雨,午后霁。晚,偕柏梁出外步月。今日为中元节,游人甚多。

二十九日　晴。午后,懒于返西城,六弟夫妇来电话询问。

三十日　晴。午后,偕颂生至东安市场。

三十一日　晴。量《法华经》五十一卷。傍晚,雨苍、东森来,同赴涌泉居晚餐。餐罢,往谒三哥长谈。

民国九年(1920)九月

一日　阴。晚膳后,偕颂生出外散步。

二日　晴。寄《具茨集》至锡,并函潜夫①、采人、素训三君。午后,雨苍来长谈。

三日　晴。晚膳后,出外散步,同行为颂生。

---

①　潜夫,钱基博(1887—1957),字子泉,又字哑泉,别号潜庐、潜夫,江苏无锡人。国学家,现代著名学者钱锺书之父。曾在无锡、吴江等地小学、中学、师范学校任教,后任上海圣约翰大学教授。1925年9月,到北京国立清华学校大学部任国文教授,次年夏回到南方。日记中又称子泉。

四日　晴。为雨苍检查历史上地名数十。午后,雨苍来。傍晚,至西城。

五日　晴。午后,偕六弟至土地庙购花。

六日　晴。午前,四哥自济南来。午后,东森、钰妹均来长谈,至十时始就寝。

七日　晴。晨起返馆。检查《金经》十六卷。

八日　晴。量《妙法莲华经》十四卷。傍晚,得三哥电话,招赴市楼晚餐,同席有四哥。

九日　晴。量《妙法莲华经》十一卷。得常熟电,言召珠、锡侯病亟。午后,赴西城,与四哥、六弟商量。少选,三哥亦至,决议四哥南下省视。四哥乍来都门,尘劳未苏,又值此事,亦重可怜也。六弟留膳,即宿西城。

十日　阴。晨起返馆。量《妙法莲华经》七卷。午后,赴礼士胡同,访松云。松云以所得唐兵符一枚及元押一枚见赠。兵符作龟形,铜质,剖作两方,中刊阴阳文,上一"同"字,下刊"右玉门外,左神策军第五十"字,合之适合,不爽毫发。元押刊"俞亟"二字。遂至三哥处,为四哥取存项二百元。出唐符赠三哥。余至前门易上海银券,并赴杨梅竹斜街同和参号购参须四匣,每匣一元。大栅栏购口蘑,至车站为时尚早。至西城,则四哥已前出,仍折返车站。少选,四哥至,六弟亦来送行。余等俟车行始入城。

十一日　阴。量《妙法莲华经》二十卷。

十二日　阴雨。以明日为晒书[1]第一日。上午,收拾一切,并于

---

① 晒书,京师图书馆每年一度的工作项目。1912 年《京师图书馆暂定阅览章程》规定,每年 9 月或 10 月中凡十日为"曝书日"。1917 年又规定每年有十五天的"曝书日"。1924 年《京师图书馆暂行办事细则》规定,晒书事项"每年秋季举行","日期由主任指定,但遇阴雨及其他障碍得酌量展期"。在晒书期间,"全馆人员均需担任职务,其职务由主任分配之"。

各箱匮加锁。拟返西城,未果。

十三日　雨,午后雨止,未晒书。返西城,与钟、江二君及六弟夫妇夜话。

十四日　晴。晨起返馆。余及尹民、范卿[1]管理善本一部份,以地尚湿,未经晒晾。午后,仍返西城,钰妹亦归。

十五日　晴。五时许,访少麟于石板房,未晤。闻昨夜轮值宿院。晤雨辰,稍坐即返馆。午后,王叔均来馆。今日晒书。

十六日　阴,风甚烈。只晒一次。午后,雨苍来长谈。作一函致上海大马路瑞祥,询乌龙价。

十七日　晴。晒书。傍晚,雨苍来。得六弟夫人电话,知德生在汉口病急,电促桂甥。桂甥定今夕南下。

十八日　晴。晒书。午后,至西城,钟子玑请吃蟹也。

十九日　晴。晨起返馆,晒书。午后,雨苍来,同赴琉璃厂购书。因约钰妹、东森至正阳楼吃蟹。返馆中宿。

二十日　阴。晒书一次。

二十一日　晴。晒书。

二十二日　晨微雨,入午晴霁。晒书一次。傍晚,偕颂生、介卿游国子监[2],石鼓埋尘,碑林暗日,大成殿项城称帝曾修葺,丹碧尚新,圜桥则就荒地。抚摩断碣,枯立苍凉残照中,为之黯然。

二十三日　晴。晒书终了。

二十四日　晴。上午,访钰妹,东森赴西山未返,与钰妹长谈。遂至西城。午后,钰妹亦来。

二十五日　晴。晨起拟送俊人殡,至则灵榇已行,遂返馆。得雨

---

① 范卿,范体仁,字宜章。1920年至1925年,在京师图书馆工作。日记中又称范、体仁、范体仁等。

② 游国子监,实际上作者等人连同孔庙一同游览,因孔庙与国子监仅一墙之隔。

苍电话,约赴吉祥①听戏。午后,至三条同行。是日戏甚佳,郭仲衡②之《朱砂痣》,杨小楼③之《长坂坡》均极有精神。戏罢,饮于隆福寺街市楼,复至赤忱处稍坐。宿馆中。

二十六日　晴。今日为旧历中秋。晨起至马大人胡同、大方家胡同、老君堂贺节,晤三哥、三嫂,于三哥处,晤啸麓、佑之二人。还甥于初十午后八时捐佩琴川。四哥以快函来取款,因向三哥处提现金二百元,三哥嫂赠赙拾元。遂至安儿胡同,访钰妹长谈。返西城,钟君假座宴客,同席尚有李、江二君。晚,六弟设席夜饮,东森于宴罢后始来。

二十七日　阴。东森来长谈。午后,偕东森、六弟至兴业银行汇款至常熟,余及六弟夫妇均致赙十元,东森、钰妹五元。余又向上海瑞祥汇洋五元,购茶叶。至西升平园浴。原拟返馆,因雨,偕东森至正阳楼购蟹二十枚,返西城夜饮。

二十八日　晨雨,冒雨返馆。江君④返都,今日来销假,至藏经室与余长谈。午后,霁。

二十九日　晴。作一函致少麟。复卓夫函。午后,雨苍来长谈。夜雨。今日颂生与伯苓因讨论弈非赌博问题,略有冲突。

三十日　晴。夜月绝佳。

民国九年(1920)十月

一日　阴。读《匪寇昏媾》六章。书为塞德佐治所著,载今五、六月《倭古雪周刊》中,杰作也。

二日　阴。傍晚,雨苍来长谈。夜雨。

---

① 吉祥,戏院,北京民间专门性的演出场所,位于东安市场内。

② 郭仲衡(1889—1932),原名权,北京人。京剧老生演员。

③ 杨小楼(1878—1938),名三元,又名嘉训,安徽怀宁人,生于北京。出身梨园世家,杨月楼之子。京剧武生杨派创始人。日记中又称小楼。

④ 江君,江杜。1918年5月至1921年,在京师图书馆工作。

三日　晴。午后,出前门换现金,遂至西城。

四日　晴。原拟午后返馆,因钰妹归,留滞未行。少顷,东森亦至,长谈至八时许始散。三嫂及许二表姊午后来西城。余因班侄迁居,托六弟至临记购洋椅一套,送之。

五日　晴。量《无量寿宗要经》十三卷。夜作一函致四哥。

六日　晴。量《无量寿宗要经》十二卷。午后,得六弟夫人电话,知德生甥婿捐馆汉口,从此,桂甥更形枯寂矣。晚作一函致实甫。茶叶已寄来,只五磅,以五斤之钱仅购得五磅,相差二十两。函瑞祥诘问。

七日　晴。

八日　晴。今日为旧历八月二十七日,孔子圣诞,休息一天。午后,六弟来,同赴二条胡同啸陆处贺新居,晤三哥及啸猴,遍游各亭榭,傍晚,同至涌泉居夜饮。

九日　薄阴。午后,赴西城。

十日　晴。晚,三哥招饮煤市街悦宾楼,同席有少侯、六弟。

十一日　晴。上午,访东森未晤,与钰妹长谈。便道访镜芙于武功卫,未晤,遂至报子街中兴公寓,访秉嘉。傍晚雨,仍宿西城。

十二日　晴。返馆。今日整理善本室,经部易书二类新目告成,变更陈列也。傍晚,雨苍来。

十三日　晴。整理经部诗、礼、乐三类。傍晚,东森来长谈。

十四日　晴。整理春秋类及群经类。午后,因督理印刷《四库全书》,朱启钤[1]督理及教育、交通、财政、外交四总长[2]、王、徐二

---

[1]　朱启钤(1872—1964),字桂莘,贵州开州(今贵州开阳)人。民国初期,历任交通总长、内阁内务总长、代理国务总理。1915年支持袁世凯帝制活动,任袁世凯登基大典筹备处处长。1916年袁世凯死后,引咎去职。1920年,受大总统徐世昌委派,督理印行《四库全书》事宜。

[2]　教育、交通、财政、外交四总长,即教育部总长范源廉,交通部总长叶恭绰,财政部总长周自齐,外交部总长颜惠庆,均为1920年8月中旬新上任的官员。

次长①来馆调查,《四库》终止整理。量《妙法莲华经》六十四卷,《无量寿宗要经》二十九卷。晚,得希闵②处电话,知夷门③来都,约明日来访。

十五日　晴。整理小学类及史部史汉、三国类。傍晚,铁眉、雨苍来,同赴希民处夜饮,同席尚有松云、子远、冰生等。铁眉、希民坚留夜话,三时始就寝。宿医院中。

十六日　阴。晨起送夷门往游恒山后,返馆。整理晋、南北、唐诸史四千余卷。

十七日　晴。吴君乞假,未整理书籍。量《妙法莲华经》五十卷。五时许,返西城。晤杨君仲华④。杨君为德生之父。

十八日　晴。午后,偕六弟、仲华及江北山、宜俦游中央公园,晤子远、冰生。晚,东森来。

十九日　晴。晨访三哥,未晤,遂返馆。整理史部正史、编年二类。

二十日　晴。整理史部编年类。量《妙法莲华经》十三卷。

二十一日　晴。今日和姊之丧南下,晨起即赴车站照料,六弟、定九、蔚文、仲华、桂甥均至,十时许车行,由良官伴送,余即返馆。量

①　王、徐二次长,即教育部次长王章祜,交通部次长徐世章,均为1920年8月中旬新上任的官员。

②　希闵,侯毓汶(1882—1974),字希闵,江苏无锡人。侯鸿鉴之侄。日本留学回国后,在哈尔滨任防疫总局主任,后任北京医院医生。日记中又写作希民、希明。

③　夷门,赵正平(1878—1945),字厚生,一字厚圣、侯声、后声,号仁斋,别署夷门、南风主人,江苏宝山(今上海)人。南社早期成员之一。民国年间,为北京《民苏报》成员,又主持过《大陆国报》,后历任暨南大学校长、北平市社会局局长、青岛市教育局局长等。

④　杨君仲华,杨仲华,浙江衢州人。杨德生之父,沈实甫的亲家,沈桂珍的公公。日记中又称仲华。

《妙法莲花经》二十六卷。夜月极佳。志贤先生来约出外步月,自交道口东行,自梁家湾返馆。同行尚有颂生。

二十二日　晴。整理纪事本末类。

二十三日　晴。量《妙法莲华经》三十二卷。得雪君电话,知已来都,与接三①同住金台旅馆。傍晚,访三哥,托撰黄母孙太君八十寿序。

二十四日　晴。整理别史类。午后四时,访雨苍于三条胡同,遂返西城。钰妹在家,夜谈。

二十五日　晴。八时访接三、雪君于金台馆,同游琉璃厂,遂至悦宾楼午膳。午后,游城南游艺园,啜茗绿荫。二时,接三等欲至天坛传染病医院分院访胡叔惠,余亦同往。入门不数步,见一伟丈夫乘车至,似旧友庞敦敏②,试呼之,果然。敦敏亦在院中,任血清制造主任。入院,同访叔惠,不晤,敦敏邀至其办公室参观,逗留制造室、毒菌检查室、毒菌培养室,遂游天坛,参观祈年殿、皇穹宇祭坛、斋宫等处。三时许,别敦敏,偕接三等返金台馆,晤幼梅。十数年不见,已隔沧桑话旧时。朋好半就凋零,不胜怅怅。少选,雨苍亦至,同赴瑞记晚餐,同席尚有冰生。返馆已十时矣。

二十六日　晴。量《妙法莲华经》四十九卷。傍晚,雨苍来,约同赴前门厚德福,杨幼梅招饮也。宴罢,复至金台馆小坐,返馆已十时后矣。今日午前冰生来。

二十七日　晴。整理史部传记类。量《妙法莲华经》四十卷。夜,偕颂生步月至东安市场。月食。

二十八日　阴。整理史部谱牒类。

---

①　接三,过接三,俞泽箴在无锡私立竞志女学校时的同事。

②　庞敦敏(1890—1956),名国锜,字敦敏,江苏吴江(今属江苏苏州)人,是著名语言学家赵元任的表兄。在日本学习医学,回国后,历任天坛传染病医院分院血清制造主任、中央防疫局局长等。日记中又称敦敏。

二十九日　晴。整理史部史钞类。傍晚至西城。六弟来电话，约吃蟹。东森、钰妹等均来会，同座尚有北山、仲华及梁君，十二时就寝。

三十日　晴。六时起身即返馆。整理史部会典类。送松云《松菊图》。

三十一日　阴。午后，赴崇文门外三里河识云公所，祝松云先生寿。观剧得见俞华庭①、徐碧云②之《乾元山》，五龄童③之《空城计》，俞步兰④之《千金一笑》，小振庭⑤、小小楼⑥之《铁笼山》，小桂花⑦之《打花鼓》，梅兰芳⑧、王蕙芳⑨之《樊江关》，小桂花、苏斌泰⑩之《小放牛》，福芝芳⑪之《梅龙镇》，杨小楼、钱金福⑫等之《连环套》，程

---

① 俞华庭，京剧武生俞派创始人俞菊笙之四子，俞振庭之弟。著名京剧演员。

② 徐碧云（1903—1967），字继香，江苏苏州人，生于北京。京剧旦行演员。

③ 五龄童，王文源（1907—?），北京人。斌庆社学员，京剧老生演员。

④ 俞步兰（1902—?），祖籍江苏苏州，生于北京。出身梨园世家，俞振庭之子。斌庆社学员，京剧小生演员。

⑤ 小振庭，孙斌恒（1905—1970），原名孙毓堃，名旦孙藕香（名棣堂）之子，北京人。斌庆社学员，京剧武生演员。

⑥ 小小楼，沈斌如，斌庆社学员，京剧演员。

⑦ 小桂花，计斌慧（1906—?），原名计艳芬，艺名"小桂花"。斌庆社学员，京剧花旦演员。

⑧ 梅兰芳（1894—1961），名澜，字畹华，江苏泰州人，京剧艺术家。日记中又称梅畹华、兰芳、畹华等。

⑨ 王蕙芳（1891—1945），字湘浦，山东琅琊人，生于北京。京剧旦行演员，著名武生王怀卿之之子。

⑩ 苏斌泰，斌庆社学员，京剧演员。

⑪ 福芝芳（1905—1980），北京满族旗人。京剧旦角演员，梅兰芳夫人。

⑫ 钱金福（1862—1942），北京人。京剧架子花脸兼武净演员。

艳秋①之《学堂》，姚玉芙②之《彩楼配》，王凤卿③、裘桂仙④之《中牟县》，龚云甫⑤之《徐母骂曹》，陈德霖⑥之《宇宙锋》，侯俊山⑦、崔灵芝⑧、孙佩亭⑨之《连环计》，梅兰芳、姜妙香⑩、徐兰生、李寿山⑪之《玉簪记》。以《乾元山》《打花鼓》《樊江关》《小放牛》《连环套》《学堂》《中牟县》《徐母骂曹》《宇宙锋》《连环计》为最佳。梅大王之昆曲究不若其皮黄，而姜妙香尤非其选，转不若侯、陈、崔、龚等老伶工之尚存先正典型也。晤雨苍、子远、幼梅、南湖⑫诸人。铁眉亦自恒山归。二

---

① 程艳秋（1904—1958），原名承麟，后改汉姓程，初名菊侬，改名艳秋，字玉霜，满族。祖籍吉林长白，世居北京。著名京剧演员"四大名旦"之一。

② 姚玉芙（1896—1966），又名姚冰，别号冷荳龛主人，江苏吴县人。京剧青衣、花旦演员。

③ 王凤卿（1883—1959），名祥臻、奉卿，字仁斋，原籍江苏清江，生于北京。著名京剧演员，王瑶卿之弟。日记中又称凤卿。

④ 裘桂仙（1881—1933），原名荔荣，北京人。著名京剧演员。老裘派花脸创始人。

⑤ 龚云甫（1862—1932），名瑗，又名世祥，祖籍湖南常德，随祖父落户北京。京剧老旦演员。日记中又称龚处。

⑥ 陈德霖（1862—1930），名钧璋，字麓耕，北京人。著名京剧旦行演员。

⑦ 侯俊山（1854—1935），名达，字喜麟，万全县（今河北张家口）人。河北梆子的创始人之一、一代宗师。

⑧ 崔灵芝（1879—1928），河北武清（今属天津）人。著名河北梆子名旦。

⑨ 孙佩亭，孙培亭（1872—1922），也作孙佩亭，河北武清（今属天津）人。河北梆子老生演员，艺名"十三红"。

⑩ 姜妙香（1890—1972），名纹，字慧波，河北沧州献县人。京剧小生演员。

⑪ 李寿山（1866—1933），又名镜林，字仲华，人呼为"李七"。原籍安徽祁门，后寄籍河北永清县。著名京剧演员。

⑫ 南湖，廉泉（1868—1932），字惠卿，号南湖，又号岫云山人，江苏无锡人。有"无锡才子"之称。提倡办学，协助创办无锡最早的竢实学堂、无锡私立竞志女学校等，并资助无锡一些青年去日本留学。

时后始散。铁眉拉余至北京医院夜话,即宿院中。

民国九年(1920)十一月

一日　晴。晨起至西河沿金台馆访接三、雪君,未晤,遂至大沙果胡同十号,访勋勋长谈。勋勋留余午膳,卯酒流黄,重话旧事,颇慰旅怀。旧友同席尚有敦敏。傍晚,返馆。

二日　晴。整理史部书。傍晚,雨苍来长谈。

三日　晴。整理史部金石、目录、史评类。午后大风。日来天气温和,似南中仲秋气候。今日朔风骤起,且彤云四布,若有雪意。炎凉顿判,深感造化之工。得松云柬,约明夕晚餐。

四日　晴。风仍未杀。整理子部书籍。仲华长谈,午后始去。傍晚,访雨苍,同至松云处晚餐。同席有保三、幼梅、湘臣、南湖、迪生、希民、子远及松云、震修[1]父子及其文孙。闻绍轩[2]将巡阅苏皖赣。返馆已十时矣。

五日　晴。整理子部书籍。傍晚,仲华为六弟夫妇祝寿,邀归西城寓庐夜饮。同席有北山、钰妹,桂、珠两甥女。

六日　晴。晨起返馆,整理子部书籍。傍晚,返西城,偕希民、铁眉、雨苍饮明湖春。

七日　阴。午后,偕东森、仲华、六弟浴于西升平园。得雨苍电话,至金台馆为接三、雪君送行,晤绍刚。雨苍拟夜饮,拉余往致美斋,座客已满,遂至饺子店食不托[3]。遇雨,冒雨返西城,闻仲华言,东森曾至金台馆。

---

① 震修,吴荣鬯(1883—1966),字震修,江苏无锡人。吴松云之子。金融家。20世纪初,曾与姐夫嵇长康合译并出版英国柯南·道尔侦探小说《四签名》。

② 绍轩,张勋(1854—1923),原名张和,字少轩、绍轩,号松寿老人,江西奉新人。民国初年军阀。日记中又称张勋。

③ 不托,即馎饦,一种煮食的面食。唐人谓之不托,与"汤饼"同。

八日　霁。希民约游京西。八时许，至北京医院，少选，雨苍亦来。十时，乘汽车出西直门，铁眉亦同行。经海甸至玉泉山，游水月、千佛、伏魔诸洞。访玉泉垂虹，名园就圮，举目苍凉，不胜禾黍之感。流连四十分钟，至香山。是山为凤凰经营，渐兴土木。游十八盘，因时促，看云起、阆风亭等处，均未及遍游。在半山亭小坐，即下山。铁眉往参观慈幼女学校，余等则在户外小憩，复行至西山，游八大处。西山古名翠薇，因腰足已酸软，仅游二处，大悲寺、龙泉庵是也。雨苍兴浓，挟铁眉复鼓勇登山，游宝珠洞、香界寺二处。其余若秘魔岩等四处，均未往。入平则门至北京医院，已午后五时矣。南湖来，谓将于下月初二日在拈花寺披剃受般若戒。南湖十年前自号岫云山人，数年前又刊"显惠"二字小印。此番其师红螺山主持，圆一和尚为南湖命名，即为"显惠"；其梵修寺院亦由圆一和尚指定潭柘寺，闻是寺初名岫云，潭柘山名耳。巧合如是，其中似有因缘。南湖年来沦落天涯，竟以此作下场一幕，才人不偶，为之黯然。铁眉留雨苍及余夜饮，希民之东夫人昌子手为调羹，饱餐而返。东森来夜话。

九日　晴。晨起返馆，整理集部别集类。

十日　晴。整理别集类。铁眉来观书。傍晚，访三哥，值珊、玲二侄均在家中，长谈至八时始返馆。

十一日　晴。整理别集。傍晚，至三哥处，公宴珊侄，同席有六弟。阿珊将嫁，予以银饼四枚。少麟嫁女，余送添妆十元。八时许返馆。

十二日　晴。整理总集。午后，旭光来长谈。傍晚，偕雨苍浴于中华园。

十三日　晴。整理宋刊书籍及另行庋藏诸书。午后，雨苍、铁眉同来馆中谈天。傍晚，返西城。八时，应珊侄招，偕六弟赴第一舞台①

---

①　第一舞台，始建于 1914 年，位于北京前门外西珠市口柳树井路北，为北京最早建立的舞台式剧场。

观剧,同座有三嫂、仲可夫人、啸侯夫妇。至时,为朱幼芬①之《泗州城》,武艺绝佳,次为谭小培②、黄润卿③之《南天门》,王凤卿之《昭关》,陈德霖、王又宸④、裘桂仙之《二进宫》,梅兰芳、李敬山⑤、姚玉芙、姜妙香之《二本虹霓关》,杨小楼之《恶虎村》。既毕,将出门,遇仲华及,支仲华同至韩家潭吃宵夜,返西城已一时矣。

十四日　晨起冒雨返馆。傍晚,至东安市场,晤松云,遂至西城。

十五日　晴。上午,访铁眉于北京医院。少选,冰生至,出其先德端文公墨宝,嘱代求三哥题跋。余本拟至三哥处,为六弟取送叶公寿礼,遂至老君堂稍坐,取物后仍返西城,至旭光处午膳,同座有铁眉及潘焕文。夜宿六弟处,与梁、杨二君等手谈。

十六日　晴。返馆,核算卷数、册数,为整理书籍之结束。

十七日　晴。托志贤探询铁珊出都日期。晚,复公侠一函。

十八日　晴,午后阴,似有雪意。

十九日　阴。量《无量寿宗要经》三十三卷。得四哥函,即复之。午后风,天晴。

二十日　晴,风甚大。量《无量寿宗要经》四十二卷。午后,东森来长谈。傍晚,琎侄招饮,即至二条胡同。三哥已先在,少顷,啸猱亦至。同座尚有三外孙⑥。九时许返馆。

---

① 朱幼芬(1892—1933),字桐琴,江苏苏州人,生于北京。名旦朱霞芬之子。京剧旦行演员。

② 谭小培(1883—1953),名嘉宾,湖北江夏(今湖北武汉)人,生于北京。出身梨园世家,谭鑫培之子。京剧老生演员。

③ 黄润卿,京剧旦行演员。

④ 王又宸(1885—1943),字痴公,号幼臣。原籍山东掖县,寄居北京。京剧老生演员。

⑤ 李敬山(? —1921),小名锁儿。京剧丑角演员。

⑥ 三外孙,郭可诠(1911—1987),字学衡,福建福州人。郭则沄与俞琏之子。

二十一日　晴。检《莲花经》备提。终日仆仆,颇以为劳。未返西城。明日恐仍不免一行也。

二十二日　晴。上午返西城。午后,偕仲华至瑞蚨祥①购物,浴于西升平。至正阳楼晚餐后返馆,与颂生、介卿围炉夜话。

二十三日　晴。上午至老君堂祝生辰,三嫂生日也。晤三哥嫂、玲侄,即在三哥处食汤饼。六弟、少侯均来会。晚膳后,偕颂生、介卿出外散步。

二十四日　晴。量《妙法莲华经》十卷。傍晚,散步至市场。

二十五日　晴。量《妙法莲华经》二十卷。因前日翻车,臂腿酸痛,未出外。

二十六日　晴。量《妙法莲华经》三十三卷。傍晚,雨苍来长谈,告我以俞振庭②班将移入吉祥,约余星期日往听小桂花戏。

二十七日　晴。量《妙法莲华经》二十九卷。晚作一函致三哥,为蔚如催寿文。

二十八日　晴。上午访三哥,遂至雨苍处,晤赤忱。偕雨苍至吉祥观剧。是日所演为《忠孝全》《下江南》。陈文启③之《行路训子》,俞振庭之《铁笼山》,俞步兰之《奔月》,瑞德宝④之《潞安州》,九阵风⑤

---

①　瑞蚨祥,绸布洋货店,是从晚清时期就名扬京城的"八大祥"绸布店之一。

②　俞振庭(1879—1939),祖籍江苏苏州,生于北京。武生名宿俞菊笙之子,京剧武生演员。1917年成立斌庆社科班,培养造就了一批优秀的京剧演员。日记中又称俞五。

③　陈文启(?—1923),京剧老生演员,变声后改唱老旦。

④　瑞德宝(1877—?),满族,北京人。京剧武生兼老生演员。

⑤　九阵风,阎岚秋(1882—1939),出生于北京。京剧武旦、花旦演员,艺名"九阵风"。

之《泗州城》,贯大元①之《珠帘寨》。晚膳后,返西城,钰妹亦在,长谈至子夜始就寝。

二十九日 晴。上午偕仲华访东森,为六弟劝驾。午后东森来长谈,中夜始别去。

三十日 晴。晨起返馆,量《妙法莲华经》二十二卷。傍晚,三哥来,同往安定门大街访古砚,无所获而返。

民国九年(1920)十二月

一日 阴。得四哥电,询来都事。量《妙法莲华经》四十四卷。

二日 晨阴,午后晴。量《妙法莲华经》十九卷。晚,得六弟电话,知四哥来京,以时晚未返西城,约明日往。

三日 阴。量《妙法莲华经》二十八卷。傍晚返西城,晤四哥,长谈至午夜始就寝。东森亦来,钰妹则以病未归。

四日 阴。四哥晨起即南下,余亦返馆。量《妙法莲华经》二十卷。夜雪。

五日 阴。量《妙法莲华经》二十卷。二时许,即返西城,顺道赴东安市场购义赈券。夜与仲华等手谈。

六日 阴。原拟至三庆,后因事不果。晚,仍与仲华等手谈。夜雾甚重。

七日 阴。晨起返馆。道旁之树悉缀冰花,惟冷耳。量《妙法莲华经》三十八卷。今日为东森生日,事毕,赴安儿胡同致贺。东森、钰妹留夜饮,同席有仲华及东森之六弟、四妹、八妹。饮罢,作手谈。夜宿西城。

八日 晴。晨起返馆,量《妙法莲华经》三十六卷。

九日 阴。量《妙法莲华经》四十二卷。傍晚,雨苍来长谈。

---

① 贯大元(1897—1969),字昱明,北京顺义人。京剧老生演员,武旦演员贯紫林长子。

十日　阴。量《无量寿宗要经》五十五卷。

十一日　晴。量《无量寿宗要经》三十二卷。午后,峰生来,步兰经教育厅保以荐任职任用,嘱余向啸陆处探问。晚,与雨苍浴于中华园,归作一函致啸陆。

十二日　晴。量《妙法莲华经》三十六卷,即返西城。今日为钰妹生辰,邀之返西城举觞庆祝,东森亦来。

十三日　晴。上午,偕仲华至樱桃斜街访米仲华,稍坐即行。饭于鸿宾楼,遂至三庆观剧。是日之剧为六六旦之《新安驿》,杨宝森①之《浣纱记》,王斌芬②之《华容道》,五龄童之《洪羊洞》,俞五之《金钱豹》,小桂花之《虹霓关》,俞华庭、徐碧云、王斌芬之《殷家堡》《落马湖》,仍以小桂花为最佳。夜宿西城。

十四日　晴。晨起即返馆,量《妙法莲华经》三十三卷。夜为六弟草扩充工厂计划一篇。

十五日　晴。量《妙法莲华经》二十八卷。作一函致峰生。傍晚,偕潜庵出外散步。

十六日　阴。量《妙法莲华经》三十一卷。得啸陆复函,即邮交步兰。傍晚,偕颂生、介卿散步至后门。地震。

十七日　阴。量《妙法莲华经》三十三卷。

十八日　阴霾,午后,黄沙遍天,至三时许,几昏黑不能作字。量《妙法莲华经》二十五卷。今日北京中等以上学校学生出外募集赈捐。东森以电话来劝募。

十九日　晴。量《妙法莲华经》四十五卷。午后返西城,钰妹亦返。宿西城。

---

①　杨宝森(1909—1958),原名保森,字钟秀,号菊人,祖籍安徽合肥,世居北京。出身梨园世家,京剧武生杨孝方之子。京剧老生演员。

②　王斌芬(1913—1925),名家麟,安徽人。斌庆社斌字班学员,工京剧老生。

二十日　晴。晨访铁眉于北京医院,晤东森,同至钰妹处长谈。午后游小市,同行有仲华、六弟二人。再至钰妹处,闻东森已至西城寓所,遂返寓中。宿西城。

二十一日　晴。晨起返馆,佐主任清理历史博物馆移来书籍中经部易、诗、书三类书籍。东森来,同访三哥,至东安市场晚餐后,返西城。

二十二日　晴。晨访铁眉长谈。少顷,雨苍亦至,遂约铁眉、希民、雨苍出外午餐。餐罢复至小市,游览一周即返北京医院,稍坐即行。偕铁眉步行至天安门,分道而归。

二十三日　晴。晨起返馆。午后清理经部礼、春秋二类书籍。

二十四日　晴。上午铁眉来继续参观善本书籍。午后清理经部四子及小学类。周荣来为其子谋事。傍晚,铁眉拉往北京医院晚餐。宿西城。

二十五日　晴。晨至钰妹处小坐,遂至北京医院。少顷,雨苍亦至,偕铁眉、希民饮于嘉禾春,复至北京医院。偕雨苍出前门,拟往三庆观剧,因时晚,不果。至鲜鱼口购绒帽及棉鞋。今夕敦敏约夜饮,先返西城寓庐,钰妹已先在,因以电话托病谢之。晚,勖勖来电话问疾。仲华将行,余复以电话向馆中乞假一天。宿西城。

二十六日　晴。上午访勖勖,代六弟托其书挽联一副。返寓庐,与仲华等夜话,子夜始就寝。

二十七日　晴。八时许起身,送仲华至前门①,同行有伯珊、桂甥。少顷,六弟亦至。八时三十五分车行。偕六弟至碧岩春啜茗。六弟嘱余为二侄女购皮球,得地球皮球一枚。午后,返馆。

二十八日　晴。晨起返馆。

---

①　前门,指北京前门火车站,位于前门东大街东侧,是我国第一座火车站。始建于1901年,1906年正式启用,定名为"直奉铁路正阳门车站",直至1958年,一直是北京最大的火车站。

二十九日　晴。午后,至苏州胡同购玩具,即返西城。

三十日　阴。午后,六弟约周典①君来寓作雀戏。夜雪。

三十一日　风雪。上午偕雨苍饮于碧岩春,即至三庆观剧。是日小桂花演《夺头彩》,杨宝森、巴骆和五龄童《骂曹》,俞步兰、王斌芬《探母》。因内迫即行出园,至饽饽铺②购食品数种,返西城,分赠诸侄。

民国十年(1921)一月

一日　晴。上午,至勖勉处午膳后,作扑克之戏,东森亦在座。余负银六十九元。十时许返西城寓庐。

二日　晴。上午,至东森处报谒,东森坚留午膳,遂作竹林游,同座仍有四妹、六弟、八妹及钰妹。傍晚返馆。

三日　晴。今日轮派值日,至事务室画到。上午,谭、全二君忽起冲突,几决裂。午后,以值日托李君,返西城,赴子玑夜饮,晤粤人黄君,谈古磁甚详。钰妹归,至十时许始散。

四日　晴。晨起返馆,量《妙法莲华经》二十五卷。午后,主任开茶话会,商本年进行方针。

五日　晴。量《妙法莲华经》三十九卷。

六日　晴。量《妙法莲华经》十九卷。午后整理《史》《汉》《三国》残叶。

七日　晴。量《妙法莲华经》二十三卷。午后整理《陈书》及《北史》残叶。傍晚,雨苍来长谈。

---

①　周典(1878—?),字绍闻,河北大兴(今北京)人。曾赴英国、美国留学,获维多利亚大学商学学士学位,宾夕法尼亚大学商学硕士学位。历任北京政府工商部佥事,华盛顿会议中国代表团专门委员。

②　饽饽铺,老北京对糖制饼食一类面制食品统称为炉食饽饽,因此,制作和销售这一类食品的店铺,就称为饽饽铺。

八日　晴。量《妙法莲华经》十七卷。午后整理《元史》及地志残叶。

九日　晴。上午至广安门大街，访吴庭翼于通才学校，长谈。遂至宾燕楼午膳，膳罢至同乐听戏。是日唯韩世昌①之《游园惊梦》，朱小义②之《三岔口》尚可观，其余张远红之《双合印》，郝振基③之《花果山》，陶显亭④之《功臣宴》，侯炳五⑤之《二本洮南府》，侯益隆⑥之《激良》均无足观。夜宿西城。

十日　晴。上午至冰渣胡同贤良寺⑦，祝曲园叔祖⑧百岁冥诞，晤少侯、少桐兄弟、定九、蔚文、啸陆、季湘、孝先、佑之诸人。东森、六弟亦来会，傍晚始散。偕东森至东安市场晚膳，遂返馆。

十一日　阴。量《妙法莲华经》二十六卷。午后整理编年类残叶。

十二日　阴。量《妙法莲华经》二十三卷。今日整理唐经室，未往整理残叶。午后，朱启钤来，取去《宣和博古图》，为印刷《四库》事，赴法运动款项也。

十三日　阴。量《妙法莲华经》二十二卷。午后晴。整理《通志》《通典》等残叶。

---

①　韩世昌（1898—1977），原名君青，直隶高阳（今河北高阳）人。著名昆剧演员。陈德霖亲传弟子。

②　朱小义（1904—1941），初为昆剧演员，后改京剧武生、武丑演员。

③　郝振基（1870—1942），直隶大城（今河北大城）人。昆剧演员。

④　陶显亭，陶显庭（1870—1939），直隶新安（今河北新安）人。昆剧演员。

⑤　侯炳五，侯炳武，直隶高阳（今河北高阳）人。著名昆剧演员。

⑥　侯益隆，直隶高阳（今河北高阳）人。昆剧演员。

⑦　贤良寺，北京有名的大寺院，位于东城东校尉胡同10号，即原冰盏胡同1号。

⑧　曲园叔祖，俞樾（1821—1907），字荫甫，号曲园，浙江德清人。晚清著名经学家，著有《春在堂全书》五百卷。他是俞泽箴的叔祖，俞平伯的曾祖父。

十四日　晴。量《妙法莲华经》二十三卷。午后整理史评、史抄、传记等残叶及子部法家、兵家、小说家、杂家残叶。晚膳后，偕颂生、九峰①散步至四牌楼。

十五日　晴。整理儒家散叶。

十六日　晴。上午至三哥处，代六弟请撰蔡夫人挽联。午后至西城，三哥已先在，同夜饮。今日尚访雨苍。

十七日　晴。晨谒希民，未晤，至钰妹处长谈，遂偕东森至琉璃厂购对联，遂浴西升平，并至陕西巷午膳，膳罢仍返西城，定星期日宴客酒席。访旭光，稍坐，遂返城北，访少麟于清虚观，晤其太夫人②及夫人。少麟已先出，遂返馆。

十八日　阴。今日因裱糊唐经室，主任亦未到馆，停止办公一天。

十九日　晴。量《无量寿宗要经》二十七卷。午后整理释家残叶二十余种。

二十日　晴。上午即整理残叶，所整理者为道家、释家二十余种。午后整理抄本《太平御览》六百余卷。傍晚访雨苍长谈，同赴中兴晚餐，晤松云。

二十一日　晴。午后整理《山堂考索》《事文类聚》《玉海》残叶。得旭光电话，约余明日午后赴其家晚餐。

二十二日　晴。午后整理集部残叶。返西城，访旭光，旭光留晚餐，同席有焕文、掌衡、敦敏、织文③及掌衡夫人。餐罢，偕旭光、焕

---

①　九峰，范腾端，字九峰，湖南人。自1920年12月开始，在京师图书馆工作。

②　太夫人，劳勤余之母，咸丰辛亥举人、候补同知姚六吉的长女。日记中又称少麟太君、劳太夫人姚太君。

③　织文，冯织文，浙江上虞人，是著名语言学家赵元任的舅父冯聘生的女儿，赵元任的表姐，庞敦敏的夫人。早年赴日本留学，毕业于东京女医学校，与赵元任夫人杨步伟等均为我国早期的妇产科医生。

文、掌衡、敦敏、织文至新明大剧院观剧,见李小山之《浣纱记》,王蕙芳、朱素云①之《胭脂虎》,龚云甫之《三进士》,梅兰芳之《思凡》,王蕙芳、凤卿、龚云甫之《回笼鸽》,梅兰芳、王凤卿之《打渔杀家》。夜宿西城。

二十三日　晴。午间为庭翼、雨苍饯行,同席为松云、掌衡、旭光、焕文、敦敏、东森、子玑、六弟。夜偕子玑至中天台观电影,回寓已十一时后。

二十四日　晴。东森来长谈,午后同至碧岩春啜茗。雨苍亦至,拉饮陕西巷恩成居,返馆已将九时矣。

二十五日　晴。午后整理集部残叶。晚膳后偕颂生、九峰步行至东安市场啜茗,晤松云。

二十六日　晴。午后整理残叶。量《妙法莲华经》二十二卷。阴。

二十七日　睡醒寒甚,披衣起视,则庭中积雪盈寸,固无怪晓寒重也。量《妙法莲华经》四十六卷。

二十八日　晴。量《妙法莲华经》四十七卷。午后东森来长谈。傍晚,偕颂生、九峰散步至四牌楼。

二十九日　晴。检点集部余叶。

三十日　晴。上午检点子部散叶。午后,以雨苍将南下,往访其寓庐,并托其购物。访三哥长谈,遂返西城,与仲华等夜话。

三十一日　晴。上午访钰妹、东森长谈。今日为旧历十二月二十三日,六弟夫妇于十年前此日结婚,因于今日举行庆祝十年典礼,予及钰妹、东森公送银杯一,上刊文曰:福禄鸳鸯。杯阴刊跋曰:庚申冬十二月二十三日,为星枢夫妇结婚后十周年,谨制是杯以志庆祝。下列三人之字。午后,摄影三,平伯代三哥来祝福。夜饮后作方城

①　朱素云(1872—1930),名沄,字雅仙,号纫秋,江苏苏州人。京剧小生演员。

游,局罢,与仲华及弟妇长谈,至一时始散。

民国十年(1921)二月

一日　晴。晨起返馆,原拟赓续检点散叶,因闻主任已辞职,予所司唐经不能不略事结束,遂作罢论。继任者闻系湘人刘潜吾[①]同恺,向任部中总务厅文书科主事,为前清学部中人。午后,泰州凌镜秋来,得亮侯书及《海陵丛刻》三集。

二日　晴。傍晚至大沙果胡同访旭光,同赴掌衡处夜饮,同席尚有蔚文。席罢,至蔚文处谈天,仍返馆中。

三日　晴。午后同人公饯主任。

四日　晴。作一函复亮侯。

五日　晴。

六日　晴。晨起访东森,托向兴业银行汇款赴苏。午后,旭光招饮,同席有伯刚、焕文、掌衡、蔚文、敦敏等,尚有十余年未见之旧友吴步丹。回忆梁溪旧梦,殊多枨触。六弟亦预座。夜宿西城。

七日　晴。上午,至前门外果铺购佛手蜜柑送三哥,遂至三哥处,与兄嫂等辞岁。盖今日为庚申除夕也。返西城。傍晚悬供神影,偕六弟等行礼。午后,至中天台观电影《魔术奇观》。

八日　晴。今日为辛酉岁朝。晨起至神影前行礼,遂偕六弟出外贺年。六弟先至钰妹处,余访希民于医院,未晤,亦至钰妹处,晤东森。钰妹、东森同行,历访少桐、少侯,均未见。至三哥处,与兄嫂贺年。三哥留食扁食,作竹林游。局罢,东森先行,余偕六弟访少麟、小鹿。余又独访掌衡、蔚文、旭光、焕文等,均未见。返西城,东森、钰妹、季平、桂甥均来雀嬉,至中夜始就寝。

---

①　刘潜吾,刘同恺,字潜吾,湖南湘潭人。曾任教育部总务厅文书科主事。1921年2月11日至1922年2月,任京师图书馆主任。日记中又称主任、刘主任、刘前主任等。

九日　晴。晨起已迟。午后，三哥、少麟、平伯、东森等来，续作方城游。三哥九时许去，东森则十二时后始去。

十日　阴。上午，访旭光、焕文长谈。旭光对于时局颇多悲观，加以社会不良，深惧受世界潮流激成赤化。返馆，则颂生等已先出，余一人至吉祥听戏。至则杨宝森之《双狮图》已将下场，见小振庭、徐碧云之《青石山》，俞步兰、王斌芬之《探母》，小桂花之《鸿鸾禧》，王九龄①之《信阳州》，五龄童之《投放宿店》，至俞华庭之《恶虎村》出场，余即行，至天津饺子铺晚餐。夜宿馆中。

十一日　晴。正午，新主任刘濬吾来馆就任。午后偕慰苍、任父来唐经室查阅经文。傍晚返西城。

十二日　晴。上午，赴香厂购糖果。入城访钰妹，并至中天电影台定包厢。原拟返馆，因六弟坚留，不许行。午后，三嫂、大侄及大侄妇来贺年。晚，偕六弟夫妇、北山、仲华往中天观《美人刀》。

十三日　晴。晨起返馆，晓寒甚严，重裘不温，到馆仅七时耳。颂生告我前夕游艺园剧场包厢倒塌，死伤极多，前盐务署署长张岱杉②之女公子亦及于难，年仅十七，可怜也。傍晚，至西城晚膳后，北山拉往中天观电影。

十四日　晴。今日为旧历人日，宜侄生辰也，留西城食汤饼。午后，偕敏望、仲华至琉璃厂为郭家外甥购英文书籍及文房，归值沈家小麕、珠儿来贺岁。晚作竹林游。

十五日　晴。晨起返馆。午后，访大侄，不遇，至三哥处长谈，晤平伯，始知今日出外贺年，马惊车覆，险遭不测。

十六日　晴。风甚大，日影昏黄，日下春日多风，出门一步即黄

---

①　王九龄，字艳芳，号荣斋，安徽桐城人。京剧演员，以老生成名。

②　张岱杉，张弧（1875—1937），字岱杉，浙江萧山（今浙江杭州）人。1919年1月至1920年8月，再次任盐务署署长，后历任财政部次长、财政部总长、盐务署督办等。

砂弥日,此其权舆耳。

十七日　晴。连日尹民等不事检查经文,安坐一室补读上年未经读过杂志,颇得乐趣,唯一念及时局,库伦沦陷,滇粤川湘兵戈遍地,不胜悒悒。

十八日　晴。午后,慰苍来长谈,告我以中山①仅允暂住三月,部中东海②有问鼎意。京兆③之去,东海预有力焉。东海、京兆同是蜀郡总长之肉,值此时竟伺隙陷人,为拔帜易帜之计,鬼蜮行为,深堪齿冷。

十九日　晴。晚,偕颂生出外剪发,步月至四牌楼,月色绝佳。今日午后,与慰苍、介卿检点赠送历史博物馆墨拓四五十种。

二十日　晴。检点唐经五种,墨拓、乾隆御笔五十六种,鹿皮签一扎,装箱率守卫押送历史博物馆,晤同乡周德卿继治。因九铭④未在馆中,未曾开箱。德卿导登午门参观,物品甚少,有辟雍移馆御座及案屏羽翣、洛阳出土之俑、成均祭器,其余则明李国桢⑤之甲胄、魏元君⑥墓志耳。事毕,返西城。

------

①　中山,孙中山(1866—1925),名文,字逸仙。广东香山(今广东中山)人。中国近代民主革命的伟大先行者。日记中又称孙文。

②　东海,徐世昌(1855—1939),字卜五,号菊人、东海,别署水竹村人,直隶天津人。1918年10月至1922年6月,任中华民国大总统。

③　京兆,1914年10月,顺天府改称京兆,其行政长官称京兆尹,设有京兆尹公署。此处代指当时的京兆尹孙振家。孙振家(1858—?),字保芝,山东临清人。曾任湖北官报局局长、湖北省荆南道道尹、湖北省长等。1920年9月18日至1922年5月19日,任京兆尹(相当于北京市长)。

④　九铭,符鼎升,字九铭,江西宜黄人。时在历史博物馆任职,后转至教育部编审处工作。

⑤　李国桢(1618—1644),号兆瑞,谥号贞武,封城人。崇祯三年(1630)袭襄城伯。崇祯朝京营总督。

⑥　魏元君,南岳魏夫人,讳华存,字贤安,祖籍晋代任城,晋代司徒魏舒之女,是六朝道教史上举足轻重的女道士,被后世尊为嗣上清第一代祖师。

二十一日　晴。晨起为六弟整理书室。访前主任张阆声长谈，遂访钰妹，晤东森。东森将游津沽，留余午餐，却之。访旭光，旭光留午膳，膳罢，偕焕文及吴君游太和、中和、保和三殿，仍至博物馆，晤九铭、湘臣。九铭告我检查红本轶事，知各部检查人员已无到者。德人返我庚子年所劫天文台仪器已到沽上，内务部有强分一半宣言，可发一笑。后又言午门旧为清帝受俘之地，又导游一周，余等始辞出，至中央公园长美轩进茶点。余先行，至东安市场中兴茶楼，晤三哥及松云，遂至饺子铺晚餐，吉祥茶园观电影，返馆已十时。与颂生夜话，十一时始就寝。

二十二日　晴。得四哥书，知瑛儿①有疾，即复一函。晚，偕颂生出外观灯，仍至市场观电影。风甚大，归已十一时后。观灯人已散，灯烛亦现跋。

二十三日　阴，午后晴。今日主任命将收到历史博物馆由红本中检出书籍造册，以便呈报教育部。穷半日力竟普通书目十余纸。

二十四日　阴。续造书目清册。傍晚，偕颂生、九峰出外散步。

二十五日　阴。续造书目清册，午后竣事，交主任室。得六弟电话，约赴王府井大街菜厂胡同沁芳居，同席有三哥。步行返馆。

二十六日　阴。傍晚，雨苍来长谈。

二十七日　阴。上午，访啸缑，借《青琐高议》。啸缑命子女出拜，留余午膳，并遍出所藏书籍、碑帖相示。少选，汲侯之族弟亦至。饭后返馆，即返西城，与六弟、仲华、北珊等长谈，始知宜俦因病由弟夫人陪住医院已数日矣。晚膳后，得医院电话，言宜俦病又加重，六弟以明晨校中有课，惶急无策。余允明晨代渠先往医院中探视再说。仲华嘱余笔削一介绍书，十二时始就寝。

二十八日　阴。昨夜寝未安席，终夜刺促不宁，晨起颇倦。乘车至孝顺胡同妇婴医院，晤弟夫人，知宜俦病已稍减，八时许，医生至，

①　瑛儿，俞兆瑾（1915—?），俞泽篯之女。随母亲和祖母生活在苏州。

亦言无大变动,谅无妨碍,因返馆稍憩。午后访雨苍长谈,同至东安市场晚膳,膳罢,赴开明①观电影。今日之片为《世界大瀑布》《卡德奇案》及卡司东之《洞房花烛夜》,回馆已十一时后。风绝大。

民国十年(1921)三月

一日　阴,竟日大风,尘砂蔽日。读《未来之上海》《海屋筹》及《蔽庐非诗话》。

二日　阴,风竟日不息,北京春季多此,其发轫耳。晚以电话询宜侄病状。

三日　晴。今日天气晴丽,有春意。少顷,风复作,唯不若前二日之猛烈耳。作函谢师梅为作绘事,寿程乡先生,并托渠送银三元还雪君。附致雪君一函,托探问哗叽价目。

四日　晴。

五日　晴。晚膳后偕颂生出外散步,途遇伯良②、瑶阶③,同至东直门,晚霭空蒙,疏星黯淡,大有三春气候。

六日　晴。晨至孝顺胡同,视宜侄疾。病已转机,尚嘤嘤作孺子啼,以怖父母,娇娃不知轻重,如何是了。归馆后,得雨苍电话,约赴西车站午膳,同席为孔莲伯、许禹生等。膳罢,偕雨苍至三庆,所演为六六旦之《断桥》,五龄童之《洪羊洞》,赵连升④、俞华庭之《五人义》,小桂花之《查关》,徐碧云之《演火棍》,及俞步兰之《花木兰》出台,余等始行。夜宿西城。

---

①　开明,北京新型戏院,始建于1912年,位于前门外西珠市口路南。新中国成立后,改名民主剧场。

②　伯良,杨伯良,字寿祥。1917年7月至1943年4月,在京师图书馆工作。日记中又称杨伯良、寿祥等。

③　瑶阶,京师图书馆工作人员。

④　赵连升(1902—?),字健初,北京人。京剧武生演员。

七日 晴。晨访钰妹长谈,晤东森,予以十五元,托办贞侄十龄礼及鹰牌烟。遂至孝顺胡同,访问宜侄,知医生已断为无病,将挪至大楼将养。余即返馆。

八日 阴,上午微雨,少顷霁。为少侯抄《青琐高议》卷一八则。傍晚,偕颂生出外散步,经府学胡同,旧为合肥督办故邸,禁止行人,今已移居朝阳门北,是以此间已可通行。因自东口入故邸,颇壮丽。合肥绾政权时,车马云集,今则门掩斜阳,宅而有知,应亦有人去梁空之感也。西行数十武即柴市,信国文公①就义地也。后人追仰先烈,于其地建文丞相祠。德宗末叶,于其地设小学,借用祠中屋宇,享殿在校之西院,余等入内瞻视,门者谢客,出名刺始启关。庭中有老榆一,苍劲夭矫,南向作腾拿势,若老龙登享殿,瞻信国遗像神龛,左有遗像碑一,上刊信国自赞。殿中尘封蛛网,虽云朔望,校中人仍行焚香,亦恐是一趄语。殿陛之左尚有明清碑各一,明碑刊信国传,清碑则重修庙宇记。出祠西即旧府学,今为陆军部卫队屯驻之所。偃文修武,先圣有知,当亦喟然。出西口南行,折而西经钱粮胡同,仍由北新桥返馆。

九日 晴。抄《青琐高议》十一则,约五千余字。傍晚偕颂生出外散步。

十日 晴,多风。抄《青琐高议》五则。上午,勖劻、掌衡、焕文、仲华、六弟等来,来观雍和宫儺祭。余带玉海同往,在天王殿阶上观礼,既毕,入内遍览各殿,即行返馆。稍坐,同往涌泉居午餐,餐罢,六弟、仲华拉往烟袋斜街②,遍观各古玩肆。六弟以银九元购一陶制达

---

① 信国文公,文天祥(1236—1283),吉州庐陵(今江西吉安)人。南宋末政治家、文学家、爱国诗人、杰出的民族英雄。景炎三年(1278)加封信国公。

② 烟袋斜街,是北京城最老的斜街,位于北京鼓楼东南侧,约有三百多米长,可以通向银锭桥。斜街除烟袋店铺外,还有茶馆、浴池、瓷器、陶器、铜器、石器、玉器、书画、金银首饰铺等。

摩像归,余亦返馆。

十一日　晴。抄《青琐高议》七则。午后大风。

十二日　晴,有风。抄《青琐高议》二则。傍晚偕颂生出外散步,至四牌楼而返。

十三日　大风。旭光招饮,傍晚冒风往,寒甚。六弟亦至,急杯为缓忧心,竟尔醉矣。至六弟处即就寝。

十四日　晴。风稍已而寒意尚滞。访少侯长谈。午膳后至三哥处,复访珊侄未晤。返馆抄《苏魏公文集》一卷。晚,六弟来宿馆中,明日丁祭故也。

十五日　阴。晨餐后六弟返西城。抄《苏魏公文集》一卷。

十六日　晴,稍转阳和。抄《苏魏公集》一卷。

十七日　晴。抄《苏魏公集》一卷。

十八日　薄阴。抄《苏魏公集》一卷。傍晚,偕三哥、平伯至涌泉居晚餐,餐罢,至开明观电影,十一时返馆。

十九日　晴。午后校书目一册。傍晚访雨苍,同至北京医院访铁眉长谈。夜宿西城。

二十日　晴。今日贞侄十岁生辰,钰妹归,同食汤饼。傍晚作竹林游,午夜始已。夜宿西城。

二十一日　晴。上午,勖劭、铁眉来长谈,午膳后始别去。晚作雀戏,仍宿西城。

二十二日　晴。晨起返馆,抄《绘事微言》四千余字。晚暖甚。

二十三日　阴。抄《绘事微言》四千余字。傍晚至香厂购乒乓,遂至瑞记赴三哥召也。至则三哥、少侯已先至,少顷,六弟、干臣[1]、

---

①　干臣,钱能训(1869—1924),字干臣,浙江嘉善人。清光绪二十四年(1898)进士。曾任监察御史、巡警部尚书、顺天府尹、陕西巡抚等。1917年12月至1919年6月,任内务部总长。1918年10月至1919年6月,暂代国务总理。

昂若①均至。大雪,饮罢乘汽车返馆。

二十四日　阴,有微雪。抄《绘事微言》六千余字。傍晚在馆中设馔,为任甫祖饯,同席为子年②、颂生、柏林、伯良、瑶阶、九峰、潜庵。

二十五日　阴。抄《绘事微言》五千余字。傍晚,偕雨苍浴于中华园。

二十六日　雪。抄《绘事微言》七千余字。午后九铭来。

二十七日　晴。午后积雪全消。傍晚赴勖勖召,同席有铁眉、敦敏、焕文、景寒诸人,席罢,至六弟处。夜宿西城。

二十八日　晴。上午返馆。晚餐后,偕同事蒋君③散步至涌泉居。

二十九日　晴。王馆长④来馆,展览其乡四川会馆寄存文与可⑤、苏东坡⑥画竹,画为二公应孙莘老⑦墨妙亭征求所绘。东坡所绘为倒垂风篁,而与可所绘则竹石也。纸为麻质,坚韧苍古,有"奎章阁

---

①　昂若,许宝驹(1899—1960),字昂若,浙江杭州人。许汲侯之子。毕业于北京大学,历任浙江教育厅秘书、杭州造币厂会办等。

②　子年,史锡永,字子年。1921年2月至1922年7月和1923年1月至1925年,在京师图书馆工作。日记中又称史、史子年。

③　蒋君,蒋成瑞,1920年8月至1921年4月,在京师图书馆工作。

④　王馆长,王章祜(1875—1934),字叔钧,四川成都人。1920年8月至1921年5月,任教育部次长,兼京师图书馆馆长。

⑤　文与可,文同,字与可,梓州永泰县(今四川盐亭)人。宋代画家。苏轼的表兄。

⑥　苏东坡,苏轼(1037—1101),字子瞻,号东坡居士,眉州眉山(今四川眉山)人。北宋文学家、书画家。

⑦　孙莘老,孙觉(1028—1090),字莘老,高邮军(今江苏高邮)人。北宋文学家、经学家。

宝",题跋甚多。在宋有文潞公①、韩魏公②、米襄阳③等,元有虞集④等,明有危素⑤、宋濂⑥、左光斗⑦、方正学⑧等,清有侯壮悔⑨、魏象枢⑩等,诸跋错杂,未识真伪。至三时许,展览者始散去。傍晚,三哥招饮东升楼,楼在四牌楼北,六弟亦在座。

　　三十日　阴。抄《幽梦影》八页。傍晚偕颂生出外散步,至雍和宫前,出其东口,绕道至东直门大街而返。

　　三十一日　阴。抄《幽梦影》十三页。晚膳后觅颂生不得,遂独行,仍遵昨日故道散步。返馆后,谭公等来长谈。

---

①　文潞公,文彦博(1006—1097),字宽夫,汾州介休(今山西介休)人。北宋政治家、书法家。因出判河南等地,封潞国公。

②　韩魏公,韩琦(1008—1075),字稚圭,相州安阳(今河南安阳)人。宋代政治家、名将。宋徽宗增封魏郡王,后世多称"韩魏公"。

③　米襄阳,米芾(1051—1107),字元章,生出于襄州襄阳(今湖北襄阳)。宋代书画家。

④　虞集(1272—1348),字伯生,号道园,抚州崇仁(今江西崇仁)人。元代学者、诗人。

⑤　危素(1303—1372),字太朴,号云林,抚州金溪(今江西金溪)人。元末明初历史学家、文学家。

⑥　宋濂(1310—1381),字景濂,号潜溪,祖籍金华潜溪(今浙江义乌),后迁居金华浦江(今浙江浦江)。元末明初政治家、文学家、史学家、思想家。

⑦　左光斗(1575—1625),字遗直,安庆府桐城县(今安徽桐城)人。明代"东林六君子"之一。

⑧　方正学,方孝孺(1357—1402),字希直,一字希古,被称为正学先生,台州府宁海县(今浙江宁海)人。明代文学家、思想家、学者。

⑨　侯壮悔,侯方域(1618—1655),字朝宗,归德府商丘县(今河南商丘)人。明末清初散文家。因将书房更名为"壮悔堂",故被称为"侯壮悔"。

⑩　魏象枢(1617—1687),字环极,一作环溪,宣化府蔚州(今河北蔚县)人。清代学者。

民国十年(1921)四月

一日　晴,风甚烈。量《金光明经》三十二卷。抄《幽梦影》五页。傍晚偕颂生出外散步。今日为雍和宫法物展览会开幕之第一日。

二日　阴。量《金光明经》二十卷。抄《幽梦影》八页。傍晚偕颂生出外散步。

三日　晴。量《金光明经》三十四卷。昨日部中来文,调张、施二君入部中为办事员,蒋、李二君为录事。蒋、李颇怏怏,以同属馆员而部中歧视至此,良堪一恸。仲华及陈君来观法物展览会,过斋头小坐。余事毕先返西城,访钰妹,取烟及交书,遂至六弟处,珠儿及小麑甥女均在。夜宿西城。

四日　晴,有风。上午至旭光处,饭后偕旭光、焕文同至中央公园,在柏斯馨啜茗。今夕六弟宴客,余作陪,同席为铁眉、雨苍、定九、蔚文、旭光、少桐、焕文昆季、仲华及陈、江二君。夜宿西城。

五日　晴,有风。晨起返馆,量《金光明经》三十四卷。傍晚,雨苍、铁眉饮于西交民巷华美,饮罢,步行至四牌楼,乘车返馆。

六日　风绝狂。量《金光明经》三十四卷。抄《幽梦影》七页。

七日　晴,风仍未已。量《金光明经》三十卷。午后,主任命赴历史博物馆,访符九铭,于会呈教育部公文上签印,归馆,主任已返宅。以午前东森来馆,余曾约渠出饮市楼,因至西城访之,遂偕东森、钰妹、八妹同往益锠晚餐,餐罢返馆。

八日　晴。晨访雨苍,同往东升楼午餐,餐罢出前门,至肉市广和楼观剧,入座时正演《天齐庙》,饰包孝肃者为杜富隆[1],尚佳。后

---

① 杜富隆(1908—1967),原名本汇,北京人,满族。富连成科班。京剧文武小生演员。

为武文华及孙盛辅①之《雍凉关》，谭富英②之《献长安》，沈富贵③之《精忠传》，尚富霞④之《翠屏山》，何连涛⑤之《盗魂铃》。《精忠传》中，富贵饰武穆，茹富兰⑥饰宗留守。留守爱才，武穆后半生事业，全由感恩而来。出奔时，留守追送一段，声容悲壮，今人添身世之感。剧罢，至陕西巷奇园晚餐。

　　九日　晴。量《金光明经》二十三卷，《无量寿宗要经》十七卷。读《礼拜六》第百一、二、三期三册。

　　十日　晴。量《无量寿宗要经》四十卷。午后访铁眉长谈，遂返西城。夜宿六弟处。

　　十一日　晴。晨访阆声先生长谈。午后访旭光，因闻其将南下也。稍坐即至北京医院，偕铁眉同游中央公园。雨苍亦来，啜著春明馆。六时许，琏侄招饮五道庙春华楼，女客甚多，余偕三哥别占散座谈朝事，相与长叹。饮罢，余先行返馆。

　　十二日　晴。午后，奉主任命访九铭于历史博物馆，未晤。晚膳后访三哥，亦未晤，与平伯略谈片刻即返。抄《幽梦影》二页。

　　十三日　霾，大风。午后，冒风至博物馆，归途风沙四起，几不辨道路，抵馆不及五时，馆中已掌灯矣。抄《幽梦影》三页。

　　十四日　上午尚有风，午后风止。抄《幽梦影》十五页。

―――――――――

　　①　孙盛辅(1909—1983)，初名成辅，北京清河人。京剧老生演员。

　　②　谭富英(1906—1977)，名豫升，祖籍湖北江夏(今湖北武汉)，生于北京。出身梨园世家，京剧大师谭鑫培之孙，谭小培之子。京剧谭派老生演员。

　　③　沈富贵(1903—1956)，字玉堂，号秋云，北京人。富连成科班，京剧武生演员。

　　④　尚富霞(1906—?)，原名德禄，河北南宫县(今河北南宫)人。富连成科班，京剧小生演员，是名旦尚小云的弟弟。

　　⑤　何连涛，富连成科班，京剧武生演员。

　　⑥　茹富兰(1902—1973)，原名文藻，字子峰，北京人。出身梨园世家，著名武生茹锡九之子。富连成科班，京剧文武小生演员。

十五日　晴。午后雨苍来,傍晚同往市场晚餐,至开明观电影,第一幕为《薄幸郎》,第二幕《狼头盗》,第三幕《夜郎》,第四幕《犬作冰人》,第五幕《春香闹学》,归馆已十二时。

十六日　晴,有风。今日拟有所译述,准备一切。

十七日　晴。午后铁阳来长谈。傍晚往视钰妹长谈,遂返西城寄庐。夜得旭光电话,言将以明晨南下,因赴其寓所送行。人生聚散原等絮萍,唯中年后友朋,益觉恻恻耳。因托其携现金三十,促四哥北上。宿西城。

十八日　晴。偕仲华经营花圃,午后钰妹来,因作竹林游。少选,三哥亦来,同至华美晚餐,应琏侄招也。六弟亦同往,仍宿西城。

十九日　晴。量《杂经》十卷,即行庋藏。傍晚偕九峰出外购物。得铁眉电话,知孚威遇刺。

二十日　晴。量《杂经》二十五卷。傍晚偕颂生出外散步。晚得三哥电话,约明夕至宣外贾家胡同南园晚餐。

二十一日　阴。整理《稻芊经》二十七卷,庋藏新匮。午后,三哥以电话告余,南园之约因约饮者病倒中止。铁眉来,雨苍亦至,长谈至九时许始去。余即就寝,困人天气,不耐夜读,抑亦中年后衰征也。

二十二日　阴。傍晚偕颂生出外散步。

二十三日　阴。草七古一篇,题夷门《西秦旅行记》。久不作韵语,格调生涩,无一是处,为夷门所迫,强勉凑集成诗,加封寄去。

二十四日　晴。上午,至市场沽酒三瓶,携往老君堂,祝三哥生辰。三哥留食汤饼,遂偕平伯邀三哥至华美,为三哥称觞。六弟亦来会。饭后,同至下斜街畿辅先哲祠①看海棠。祠在长椿寺对门,屋宇颇阔厂,旧为南皮节相驻节所,多畿辅名人墨迹。海棠已将残,绿荫

---

①　畿辅先哲祠,直隶(河北省)在北京建立的规模最大的会馆,馆内设置有"不朽堂",供奉直隶籍先贤哲人们的名位。入祠的先哲牌位,为天津著名书法家华世奎所书。

似梦,红雨缤纷,九十春光渐成阑尾。韶华似水,令人悒悒不欢。登祠后,高台远眺,万家烟户,尽在足底,心衿为之一抒。瀹茗小坐,复至劝业场稍憩,然后返车。三哥拉饮寓庐,九时返馆。

二十五日　阴。上午微雨,未他出。午后,偕颂生至东安市场啜茗,晤松老及金吉,即在中兴晚餐。餐罢,颂生拉往开明观电影,所演为滑稽画片《马来人跳舞》《什么是爱情》《看房人倒运》及《夜郎》第十一集,返馆已将十二时矣。月影昏黄,庭前丁香花影益形妩媚,动人遐想。惜时晚倦甚,即息灯就寝。

二十六日　阴。整理庋藏《维摩经》完卷二十七卷。傍晚,偕颂生出外散步。

二十七日　晴,有风。庋藏《维摩经》残卷六十卷。傍晚,偕天生散步至鼓楼。

二十八日　阴,傍晚雨。发旭光、幼安、素文、伊文思、养安处函。

二十九日　阴,午后大雷雨。峰生来长谈。傍晚,珽侄约饮贾家胡同南园,蜀菜馆也。返馆已十时许。

三十日　阴。整理庋藏《维摩经》百卷。傍晚,偕颂生、天生等出外散步。

民国十年(1921)五月

一日　晴。整理庋藏《维摩经》百卷。午正,雨苍来长谈。午后返西城。

二日　晴。上午访铁眉长谈。午后至华美,晤三哥、平伯,同赴彰义门白纸坊崇效寺看牡丹。寺中有牡丹天,遍植牡丹,重台及深色者均含蕊未放,种类甚多,已开者为姚黄等三数种单瓣者也。品甚佳,培殖亦周至,花藏叶内,全本高不逾三尺,为江南所罕见。煮茗花间,颇饶逸趣。因六弟约饮南园,稍坐即至贾家胡同,同席有三哥、三嫂、平伯夫妇、珽侄、六弟夫妇、钰妹,席罢已十时许。仍宿西城。

三日　阴。晨起返馆后即雨。整理庋藏《维摩经》百卷。

　　四日　晨阴，午后霁。整理庋藏《维摩经》五十八卷，《无量寿宗要经》三十三卷。晚膳后，偕颂生出外散步，新雨乍霁，夹道槐柳绿净似洗，尘沙不起，洵足乐也。

　　五日　晓起雾甚浓，入午日出雾消。整理庋藏《无量寿宗要经》一百四十七卷。晚膳后，偕颂生、天生出外散步，循鼓楼西行，至净业湖，湖在德胜门内迤西，即积水潭，以北岸净业寺得名。湖周数亩芦叶迎风，柳丝拂水，颇得野趣。湖西北垒土为山，有石磴，山颠有庙矗立夕照中。与颂生等拾级而登，始知为汇通祠，记得《顺天府志》记此祠旧名镇水观音庵，为永乐时少师姚广孝、司礼监刚丙奉诏所建，至逊清乾隆十六年重修，始改今名。旧尚有纯庙，手书"潮音祠"殿额，将晏未及入内，不知今尚存否。庙前广场下临湖水，徙倚半响，复往寻陨石。石在祠后，高约丈许，色泽青黑，承以石座。《北京指南》谓上镌鸡一狮一，遍觅不得。山下有桥，为城外西山等处水入城处，闻下伏石螭，亦未之见也。归途经丁字街、后海返馆。

　　六日　晴。午后，铁阳、雨苍来长谈。傍晚偕雨苍饮于通泰肆，返馆已九时许矣。

　　七日　晴。整理庋藏《无量寿宗要经》百五十卷。傍晚偕颂生出外散步。

　　八日　晴。整理庋藏《无量寿宗要经》百八十二卷。午后，访三哥、平伯长谈。遂赴西城，至钰妹处，代三哥嫂订初四南园夜宴之约。返西城寓庐，六弟夫妇已先出，与仲华长谈。原拟偕平伯明日游天宁寺，因六弟敦促，改游西山，以电话告平伯。中夜，六弟忽得校中开会报告，仍以电话约平伯如前约。夜宿西城。

　　九日　晴。上午，北珊在西城寓庐宴客，平伯亦来。饭罢，乘车至西便门，平伯仍乘车，余则策蹇，同至天宁寺。寺为北魏建筑物，有古塔，颇庄严，矗立黯淡夕阳中，似语人以饱经风雨者。屋宇悉就颓圮，西院稍完整，则为四郊游击队据为修械所。从前天下名山为梵宫占领泰半，今则纠纠者又起而攘夺之，低眉菩萨究不如怒目金刚，孰谓公理能战胜强权哉！出寺门时遇寺僧，询以古经幢，竟瞠目不能答，岂古书竟不可尽信耶？重入西便门，驱车重游崇效寺，二日所见之花已谢却，墨葵、一品、朱衣、二乔争艳已盛开，游人极多，财政部印刷局且于寺中东庑设招待所，为城中诸显者赏花作南道主，以表面视之，似有名士气息，然政客之心都不可测度，难保不于此中含有政治臭味也。与平伯瀹茗花前，纵谈时事，颇畅。慰苍、献庭亦来，询慰苍以更易教育当局事，慰苍亦不之知。余与平伯复至陶然亭，车夫迷路，误入歧途，下车行，经花神庙前苇塘中小径，路泥颇湿，不堪任重。与平伯联臂而行，半晌始出险。登岸起视，则亭已在望，相与大笑，扶掖而登，急呼亭中人煎茶，狂饮，稍憩即行。归途复寻香冢及鹦鹉冢，居然于土阜上觅得，摩挲苔藓，遍读碑铭。入城至华美晚餐，三哥亦来。餐罢，三哥拉往开明观电影，第一幕为《飞天夜叉》，第二幕为《留声机破获杀人凶犯案》，第三幕为《春香闹学》。余等仅看两幕，返馆已十时后矣。

十日　晴。

十一日　晴。晚膳后，驱车至贾家胡同南园，赴三哥夜宴，同席为三哥夫妇、六弟夫妇、钰妹、琲侄及平伯夫妇，返馆已将及十一时矣。

十二日　晴。午后大风，傍晚稍止。偕颂生出外散步，经合肥段将军宅，屋宇颇华美，门上塑巨鹰一。将军其尚有雄心乎？唯是门前殊冷落，少车马往来，与客岁府学胡同旧邸比较，有炎凉之感。英雄老去，当亦有抚髀之感也。

十三日　阴。

十四日　阴。整理庋藏《阿弥陀经》六十卷。午后庭翼来长谈。访铁眉于北京医院，遇雨苍，遂返西城寓庐。今夕季平假六弟处宴客，钰妹已先在。庖人家有病者，馔皆各人手自烹调，颇新颖。膳罢，作竹战鱼鼓岩，六弟已朦胧欲睡，遂止战。仲华为余在前门外购得陶制大士像，颇佳，古色盎然，其华鬘幻相、岩亭仪态，似非近时物。

十五日 阴。乞假未赴馆。上午赴报子街聚贤饭店,贺少麟娶儿妇,六弟亦同往。少麟留午餐,却之,返寓。伯珊自清华来,午后三哥亦来。伯珊留三哥晚膳。

十六日 阴。晨起访铁眉,因属三哥所题《西秦旅行记》已于昨夕交来,故走访缴之,遂返馆。午后访三哥,三哥明日南下扫墓,故往送行。三哥案头有《蜀輶诗记》二卷,拟付写官,携归馆中。

十七日 雨。整理庋藏《阿弥陀经》二十一卷。午后得周海屏电话,知已来京。雪君为制衣服一包,交海屏带来。因命下人赴肉市五洲宾馆领取。入夜,风雨凄其,楚伦狂叫乱跳,益增愁绪。

十八日 阴,午后晴霁。今日为旧历四月十一日,清室庄和贵妃穆宗珣①金棺奉移之期也。晨餐后,偕颂生出外看视,其仪仗列后。归馆后六弟来访,言敏望、仲华均在鼓楼东街相俟,约同游积水潭。因同出步行至鼓楼街,驾车至积水潭,复循西岸至高庙啜茗,茗罢散步,自西海至后海,驱车入地安门,至大学堂前蜀菜馆午餐。返馆,量《金光明经》十六卷。傍晚偕颂生等出外散步。

庄和太妃法仗:吾杖四,立瓜四,卧瓜四,黑缎销金凤旗二,青缎销金凤旗二,红缎销金凤旗二,黄缎销金凤旗二,红缎绣双凤,白缎尾边,青缎销金火焰背下齐扇二,黄云缎素扇二,红缎素方伞二,红缎绣瑞草伞二,红缎绣宝相花伞二,且杨黄盖一,金节二,翟舆一,仪舆一,翟车一。

十九日 晴。为铁眉检查《汉鄐君开[通]褒斜道刻石》文,于二铭草堂所刊《金石聚》中得之,适雨苍来,托其手抄一通,迟日雨苍赴西城时,面缴以了却此项公案。

---

① 庄和贵妃(1857—1921),阿鲁特氏,蒙古正蓝旗人。清同治帝四妃之一。同治十三年(1874)被晋升为珣妃。

二十日　阴，微雨。为博诚①检查《摩诃般若波罗蜜经》五卷。读唐冯贽②《云仙杂记》九卷。傍晚，偕颂生、天生出外散步。

二十一日　阴，入午转晴，大风飚举。检查《摩诃般若波罗蜜经》九卷，《胜天王摩诃般若波罗蜜》三卷。读《清异录》四卷。晚偕颂生出外散步至前海，回忆去年偕颂生步月至此，转瞬又将一年，急景催人，使人悒悒。堤上新柳已成浓绿，文襄故邸益形颓圮。

二十二日　晴。上午访钰妹长谈。因至石驸马大街访铁眉，未晤，遂返西城寓庐，明月甚佳，偕仲华、伯珊、六弟等步月园中。

二十三日　晴。晨起偕仲华驱车出西直门，赴平伯游山之约。平伯原约自朝阳门附火车来，因至车站觅之不可得，余等循去路返数百武外遇之，遂趋乘同西行至海甸，苦渴，至野肆购茗狂饮，直抵香山，饭于甘露旅馆。饭后，登半山亭远眺，重游十八盘，复招山中人导引，拟游见心斋，至则见已为中国女界红十字会占作传染病疗分所。斋左疏石引泉，苍松夹道，有石梁一，横跨对山，下临深涧，涧东有古兰，若正从事修葺。询之始知为西人承租，作避暑所者。循曲径至碧云寺，寺已荒圮，后为五塔升降处，亦上立五小塔，玲珑可爱。五塔前尚有小圆塔二，仲华、平伯初断断不欲登，嗣见余鼓勇登，亦尾余行。既登，则俯视平畴，雀跃不已，余为狂笑。下山后，就归途，平伯拟游玉泉山，后询知门券需人输银五角，颇踌躇。仲华不置可否，余询知二人游迹均未及此，决计往游，重游水月、资生、华严三洞，在玉泉垂虹下小坐，清风徐来，水成谷纹，细鱼唼喋萍藻间，似忘人世机变，观之颇动出尘想。仲华在碧云寺采得松球，因向守园人购玻璃二，汲泉水，拟携归饷六弟。出玉泉山，逢猎人，仲华又购得野鸽一，时车夫迷

---

①　博诚，邓高镜（1881—？），字博诚，湖南人。1921年4月至1925年，在京师图书馆工作。日记中又称邓博诚、邓君、伯诚等。

②　冯贽（生卒年不详），兰州金城（今甘肃兰州）人。唐末学者、笔记小说作家。

道,误入鱼簖,仲华又有羡鱼情,余戏以曷购,效电影中梅畹华所演《春香闹学》,购一鱼,仲华亦笑。车循长堤行,路尽处为极窄板,车夫颇窘,余等下车过闸,返顾车夫则已舁车来,车为曳行之物,一变而为负荷之品,颇足发噱。闸为入颐和园水门,逊清时车驾出西直门,登龙舟直抵此闸入园,是以河北长堤均三合土所筑,上多辙迹,初禁人往来,民国后大车横行,仅仅十载,已崎岖万状,再隔十年,不知作何景象。河畔多高柳及巨石,水步或系车驾升降处。复游万牲园,园中添一虎,为董士恩所赠,又牦牛一,亦为前此所未见。啜茗豳风堂,并进点心。此地己未岁入都时,六弟曾邀余同游,同游者为和姊、六弟夫妇、桂甥、德生甥婿、锡侯、还甥及珍、宜二侄。旧地重来,时隔二载,同座者已有三人化为异物。和姊年已将及五旬,不必言,德生、还甥则均在青年,德生即因荏弱或致不寿,若还甥则身体素壮硕,华年陨化,哀哉!二姊遗胤谁实为之而至于此,抚景怆然,不复能久坐。红日亦已西陨,遂入城。仲华返西城,余及平伯复至什刹海会贤堂,沽酒待月,月出后步出长堤,在堤上徘徊,遥见波际灯光,堤边柳影颇似明湖风景,至鱼鼓初严始分袂。返馆则任父已自浙东归,挑灯话积愫,十一时始就寝。

　　二十四日　晴,午后阴。整理《法华经》。午后得铁眉电话,约至雨苍处谈天,事竟即往,晚膳后返馆。

　　二十五日　雨,午后晴。整理《法华经》。晚膳后偕颂生浴于中华园。

　　二十六日　晴。整理《法华经》。

　　二十七日　晴,入午阴,似有雨意。

　　二十八日　阴。

　　二十九日　晴。午后,出前门,取所染衣,即返西城,忽大雨。夜,六弟为菉坡①接风。

---

①　菉坡,杨菉坡,杨仲华之侄。日记中又写作褛坡。

三十日　薄阴。上午访钰妹问疾，午后返馆。

三十一日　晴。社会教育司司长高君①来借阅小乘《阿含经》。闻连日教职员赴部中骚扰，高君避嚣来此。

民国十年（1921）六月

一日　晴。晚琎侄招饮，余于馆中事毕后先访平伯，然后同往琎侄私邸，同席有三嫂、珠姨、六弟妇及平伯夫妇。席散返馆，已十时后矣。

二日　阴，夜雨。傍晚出外散步。

三日　雨。今日报载八校代表赴院请愿，求见总理，未见。宿纯一斋。

四日　雨。闻请愿诸学生已被军警驱逐出院。昨日八校职教员、学生由马次长②率领，重赴院中，为卫队殴击，次长及法医、两校长均受伤，学生及教员受伤者亦不少，风潮恐将扩大。

五日　阴。午后平伯来，同游万牲园，啜茗快谈，遂赴西城寓庐。晚膳后少麟来，为啸陆呼冤，因近日报章喧传三日军警殴打教职员事出于啸陆指使也。夜宿西城。

六日　晴。上午访旭光长谈。午后访钰妹，妹病似稍可。啸陆来道歉忱。傍晚，旭光来报谒。夜仍宿西城。

七日　阴。晨起返馆，经新华门，则院右铁门尚严扃，天安门前军队已撤昨因开国民大会，政府用兵力解散，过东安市场，新屋似将竣工，唯材不坚实，将来落成或有倒塌之虞。

八日　晨雨，午后霁。傍晚散步至前海，临时市场渐次工竣，闻

---

①　高君，高步瀛（1873—1940），字阆仙，河北霸县人。1915 年 8 月至 1927年 7 月，任教育部社会教育司司长。日记中又称高阆仙、高司长、阆仙等。

②　马次长，马邻翼，字振吾，湖南邵阳人。1921 年 5 月至 12 月，任教育部次长，代理总长，兼任京师图书馆馆长。日记中又称馆长。

明日将开市。

九日　阴，午后雨，晚晴。雨苍来长谈。

十日　晴。晨起至雨苍处贺节。雨苍未起，遂至啸陆处，啸陆已赴院，琎侄则尚在黑甜乡深处，因谒三嫂，三嫂已起，稍坐，平伯亦起，闻啸缑已于昨日返都门。偕平伯同往，并见许二表姊，询四哥近状，啸缑出角黍见饷。余西行访钰妹，妹尚未起床，病似稍已。东森约今夕附夜车来京，遂至六弟处。午后旭光、掌衡偕雨人来相亲，为珠儿作媒也。晚，六弟宴余等，同席为钟君夫妇及其少君、仲华叔侄、陈、梁二君。作竹林游。

十一日　晴。五时起身即返馆。午后，因钟君为六弟夫妇饯行，仍返西城，同席尚有桂珍。桂珍于今夕南下，赴赣省亲，唯闻武昌有兵变消息，此行能得达否？宿西城。

十二日　晴。请假，未出勤馆中。作竹林游。东森自奉天来。宿西城。

十三日　晨雨。今日仲华、仲瑚、季平及余公饯六弟夫妇。十时雨稍止，驾汽车至八大处，游灵光寺、大悲寺、龙泉寺后，即赴西山旅馆午餐，请钟君夫妇及陈君作陪。下山时暴雨忽来，饭后雨霁，复游秘魔崖，游罢经香山、玉泉、万寿诸山入平则门，余即返馆。

十四日　阴。腹疾甚剧，在室中休息。铁阳来长谈。

十五日　阴。腹疾仍未已，唯较昨日为轻耳。

十六日　阴晴不定。今日腹疾已止，唯软弱耳。

十七日　晴。午后，铁眉、雨苍来长谈，十时始去。六弟夫妇今晨出都，余因病未往送行。得仲华电话，知六弟约一月后北上，校事仍未了结，学潮汹涌，平靖需时。今日闻铁眉道竞校事，亦颇棘手。

十八日　晴。

十九日　晴。傍晚至西城，原拟即返馆，为仲华所截留，季平亦来。晚膳后，步月至钰妹处闲谈。钰妹以酱油一瓶见赠，关外产也。

小东甥又病,妹病亦大愈未久,坐即行。在妹处闻东森赴哈尔滨,商量扩充建筑事。夜宿西城。

二十日　阴。晨访旭光长谈,于案头见旧同学居简斋之敬名刺,始知即寓对门,遣下人以刺相邀,简斋闻余至,欣然来会。庚子年别后,又二十二年矣。闻简斋言,庚子乱后,转学南洋,后在直隶任中等学校讲席,民国初元入外交部,即补主事,七年,出任菲律宾副领事,近始返国。十一时访三哥长谈,在三哥处午膳,询浙事则平靖,初不若报章所道之危险。俞楼改筑已将动工。饭后,在上房谈六弟夫妇事,三哥嫂均为扼腕不已。余以昨日刘主任托余访问《墨海金壶》事,转托三哥一询沅叔①,三哥首允。遂至东四牌楼三条胡同访雨苍,小坐即返馆。

二十一日　阴晴不定。午饭时,闻湖北同乡二千余人至新华门请愿,谋去王子春②。有人自前门来,见已出发,不知当局作何处分。教育风潮未已,而政潮又接踵而来,飘摇民国岌岌可危。军阀可怖而不可恃,于此益见。日来小虫嚼肤作痒。晚膳后,偕颂生出外购药碱,途中遇汽车甚多,京中报纸斥为市虎横行可知。自隆福寺前出王府井大街北行,返馆月已上矣。

二十二日　阴。午后,雨苍以电话来约出浴,余却之。

二十三日　雨。量《金光明经》二十六卷。雨中庭树绿荫似幕,颇类江南梅雨时。

二十四日　晴。量《金光明经》三十二卷。

---

① 沅叔,傅增湘(1872—1950),字沅叔,四川江安人。清光绪二十四年(1898)进士,官至直隶提学使。著名藏书家、版本目录学家和校勘学家。1917年12月至1919年5月,曾任教育部总长。

② 王子春,王占元(1861—1934),字子春,山东馆陶县(今河北馆陶)人。1920年6月13日,任两湖巡阅使兼湖北督军。1921年6月,因不满其横征暴敛、克扣军饷,湖北连续发生兵变,"倒王运动"迅猛高涨。

二十五日　晨阴,午晴,午后大风。量《金光明经》十三卷。晚风止。今日报载昨日太白昼见。

二十六日　晴,午后微雨。返西城。三哥、平伯均来,仲华请吃自煮之鸭。饭后,在园中纳凉,谈国事,颇极蜩螗之慨。三哥等十时后始去。

二十七日　晴。晨约旭光、掌衡、仲华至大四眼井老半斋,进晨餐。老半斋为邘上之菜,最初发现者为少桐,少桐久居邘上,喜食故乡风味,偕三哥同往。昨闻三哥道及,故今晨往一试。晨餐后访铁眉。铁眉新游大房山归,听其道云水洞风景,至为神往。铁眉、希民留余午膳,闻旧学生乐安氏事,为之怆然。乐安为竞志旧生,而名士寒厓①之弱息也,初颇勤于学,后余长是校教务,力事奖励,竟尔孟晋,前年毕中学业,年尚不及二十,貌韶秀,中西文均有根底,毕业后,奉母索居来鹤楼,尚日手一卷,从事中国文学。寒厓年年跃马关山,初未之省也。今岁寒厓来日下,入航空署帷幕,为典文书。遇其远戚姚氏子,喜其谨愿,欲以乐安字之。以书询乐安,取其意旨,乐安报书,颇极沉痛。函末且缀四语,曰:烦恼烦恼,□□□□,搔首问天,悔不易钗而弁。是儿满腔抑郁,初不知有何感慨而至于此。余尝谓慧业是文人魔障,是儿不幸读书,更不幸而由读书得智慧,前途危矣。回忆双鬟问字时事,不觉黯然怅惘。出院访钰妹长谈,闻六弟妇濒行尚至钰妹处诉苦,益为胸中作恶。钰妹见余长衫有裂缝,命仆妇为缝纫。傍晚返馆。

二十八日　晴。量《金光明经》三十五卷。午后,得三哥电话,约明日赴老半斋晚膳。夜雨。

①　寒厓,孙揆均(1866—1941),字叔方,号寒厓,江苏无锡人。为无锡名士廉泉表兄。日本留学回国后,历任江苏无锡县县长、国民政府大学院总务厅长、教育部秘书等。所著《寒厓集》1923年出版,廉泉编,袁寒云题书名,吴稚晖作序。

二十九日　晴。午后,三哥、平伯来长谈。三哥欲赴清史馆,余及平伯同往。驱车至东华门,同入内至史馆。馆址旧为方略馆、会典馆,屋多而矮,破碎不堪,唯馆长提调室为全馆最整洁处,政务亦在西院内。张文襄在阁时,曾由其私邸中移来巨案一,置之窗下,今尚在。东西院中有广场一,为由青宫至文华殿冲道,南北墙上之门已用砖砌断,闻复辟张勋曾一开,事定复砌断。青宫系绿琉璃瓦,其后尚有黄琉璃瓦宫殿一,所闻即寿宁宫,为乾隆倦勤后所居。徘徊数分钟,仍出东华门,至大四眼井老半斋,少选,仲华亦来。晚膳后,因《晨报》有言九时后天将现彗星,二赴中央公园啜茗俟之,至十时无所见,遂返馆,抵馆已十一时矣。

三十日　晴。铁眉明日南旋,余约雨苍作陪,饯之老半斋。余往,二君已先在。雨苍因今日亦宴客,稍坐即行。膳罢,散步长安街,余仍力劝铁眉于南还后,仍来北地,学校事留付地方人士勾当。人生贵适志,何必自苦。苟自苦而见谅于人,何妨继续为之,今尚不能见谅,何妨舍去。铁眉仍不信也。返馆已薄暮。

绛瑛仙馆日记

(1921 年 7 月 1 日至 1923 年 6 月 30 日)

民国十年(1921)七月

一日(辛酉五月二十六日) 《法华经》检查终了,今日开始庋藏一百卷。天已甚热,日中步行庭前,已觉炎威逼人。得六弟自福州来函,知全眷已于二十三日晨到,着稍行休憩,即行入山,预计山中约住十余天,即附轮北上,到沪后或尚需赴湖上一行。

二日 阴。庋藏《法华经》百卷。复六弟一函。傍晚得雨苍电话,考试已毕,拟星期三南还。

三日 阴。今日为前岁马厂誓师之期,国会定为纪念节,休息一天。午后,三哥、平伯约余饭于涌泉居,饭后至开明观电影,计四幕:一、《西班牙王后行开院礼》;二、《秃夫妇》;三、《奸雄盗国记》;四、《美人记》。返馆已十二时。今日闻三哥言,公度为刘湘①电邀入蜀。

四日 阴。因天热,未他出。

五日 阴。晨间得祝秋函并照片一,始知集美旧生转学暨南者姓氏,为郭应麟、邱应葵、傅定国、黄步全、韩国器、黄亚昂、郑善政、潘澄明、邱思敬九人。庋藏《法华经》一百三十卷。傍晚,雨苍来辞行,谓将于明日或后日南旋。

---

① 刘湘(1890—1938),又名元勋,字甫澄,四川大邑县人。曾任四川省省长、四川善后督办、川滇边防督办、四川军务督理等。终生从武,身后追赠陆军一级上将。日记中又称刘督办湘。

六日　阴。皮藏《法华经》百三十卷。午后三哥以电话来,招余六时同往大陆饭店。事毕即赴老君堂,始知琎侄招饮,玲侄亦在家。稍坐,余及三哥、平伯、玲侄先行,出南小街隐隐闻雷鸣,及至前拐棒胡同,巨风旋灰沙,天色忽阴霾,至礼士胡同,雨已来。三哥命返辔,至三哥处,衣已湿,风雨狂集,且杂小雹。雨止,仍赴大陆饭店。晚餐后,至玉碗春啜茗,返馆已十时后矣。

七日　晴。皮藏《法华经》四十卷。午后铁阳来。

八日　晴。午后雨,晚晴。皮藏《法华经》百三十卷。

九日　晴。皮藏《法华经》百五十卷。傍晚至三哥处,同平伯、三哥至前门掌扇胡同百花洲晚膳,仲华亦来会。

十日　晴。平伯明日南行,乞假,于华美饯之。因为时尚早,先往省视钰妹,闻妹言,近日颇为施家族中昆季之肆业保定军官学校所窘,幸东森之兄伯安今日自欧洲归,或有法解围。十时半至华美,少选,仲华亦来,十二时左右,三哥、平伯亦相继来。午膳后返西城寓庐,与仲华、伯珊、季平等作竹林游。

十一日　晴,热甚。傍晚返馆,道经新华门,见湖北灾民席藁请命。

十二日　晴。皮藏《法华经》百二十卷。

十三日　晴。皮藏《法华经》二百卷。得东森来函,商量移居事。

十四日　晴。皮藏《法华经》百卷。作函致六弟、铁眉夫妇,又复东森一函。傍晚,仲华邀饮涌泉居,座有三哥。

十五日　晴。皮藏《法华经》二百四十卷。晚,作一函致平伯,附去寄六弟一函。

十六日　阴。皮藏《法华经》百六十卷。得素文、铁眉来函。傍晚雨。雨霁,至琎侄家晚餐。膳后,在逸圃纳凉,十时返馆。

十七日　阴。皮藏《法华经》百卷。午后返西城寓庐。夜雨。

十八日　竟日雨,傍晚霁。夜月颇佳,云薄似罗,风清于水。夜宿西城,与仲华等在园中纳凉,十时始就寝。

十九日　晴。晨起返馆,过北海,晓雾悉敛,荷蕖映日似云锦,天然图画,不事藻饰,为之神移。返馆得平伯函,知游美事或有机缘,唯需在全省义务教育讲演会演讲数次。函来呼援,为作一函致铁眉。量《观音经》七卷。傍晚偕颂生等出东直门散步。

二十日　阴。检查《般若经》十一卷。

二十一日　阴,入午晴。量《金光明经》二十卷。麟伯[①]来长谈。傍晚,得钰妹电话,知新、珍两侄均病,六弟入都行期恐又将更改。学潮就了,校事需支持,为之扼腕。

二十二日　晴。量《金光明经》三十三卷。夜半雨。

二十三日　雨。量《金光明经》十八卷。得平伯函,询教部选派出洋留学事,且告我以六弟尚未到杭,即作一函复之。麟伯来长谈,言已到铨叙局差,恐出洋事将成画饼矣。

二十四日　晴。量《金光明经》三十卷。作一函致雪君,还渠垫款。午后,访峄生于李敬胡同,同赴东安市场购物,遂至安儿胡同访钰妹,长谈。夜宿西城。

二十五日　上午雨,午后晴。返馆。

二十六日　晴。得师梅函,知现在上海南京P五二二上海金业交易所文牍科,司文牍。作一函复,并函东森,告以京寓状况。午后发一电,促六弟来京。晚偕颂生散步至地安门,绕宽街铁狮子胡同返馆。

二十七日　晴。傍晚访三哥,车至北小街覆辙,遍身泥土,至三哥处,命女仆洗濯。少侯亦至,闻湘鄂事起,内阁将有动摇。稍坐,衣干,三哥拉往老半斋晚膳,膳罢出前门,至掌扇胡同百花洲,为三哥定座,入城访三哥于中央公园春明馆,瀹茗清谈。返馆已十时后矣。

二十八日　晴。午后阴。晚得西城电话,四哥偕锡侯已到都门。

---

① 麟伯,王肇祥,字麟伯,江苏宝应人。王少侯之子。毕业于北京大学。日记中又称灵伯。

在电话中,询四哥起居,约明日往谈。即以电话告三哥。夜雷雨。

二十九日　竟日雨,西城之行不果矣。今岁雨水多于去年,湘、鄂、皖、苏、鲁、豫、燕均告灾。天灾人祸相逼而来,今后中华隐忧正夥,而蚩蚩者氓尚日事征逐,国亡灭日矣。

三十日　雨,傍晚始止。量《金光明经》二十三卷。

三十一日　晴。午后返西城。与四哥别已数月,相见颇似在梦寐中。夜,伯珊为四哥洗尘,同座为仲华、仲瑚、菉坡、锡侯,夜谈至二时始就寝。

民国十年(1921)八月

一日　晴。晨得铁眉来电话,知偕夫人、女公子已于昨日抵京,午膳后访之北京医院,谈锡中近事,三时后返馆。取前日所购电铃往赠三哥,四哥已先在,同出齐化门,至菱角坑茶肆啜茗,细柳摇风,红蕖吐艳,小坐池畔,颇有江南野塘风景。即在其地晚膳,膳罢,余绕郊外北行,入东直门返馆。

二日　阴。量《金光明经》九卷。读《洞冥记》一卷,《俄宫秘史》二卷。

三日　雨。读《怪董》二卷,《炸鬼记》三卷。作一函托雪君送挺生喜份,并附致雨苍一笺。任父为余推算明岁春分后可以交佳运,六十三岁至六十七岁间当死。

四日　雨,午后天霁。量《金光明经》十卷。得平伯函,言六弟已抵湖上。东森亦来一函。傍晚偕颂生出外散步,途遇瀚章。

五日　晴。量《金光明经》五卷。傍晚,偕子年、九峰、颂生散步,出东直门。得六弟电话,知于昨日来京。

六日　晨雨即霁。为仲华校勘《绘事微言》一卷。

七日　阴。上午为馆中丛书类有缺名不知版本者,携访啸嫉。午后返西城寓庐,少桐来长谈。

八日　雨。午前旭光以电话来约谈天,以雨中止。午后铁眉来。

傍晚，同赴三哥东兴楼见招，席间有铁眉、仲华、啸猱、三哥、四哥、六弟。啸猱尚有一席，余辞之返馆。

九日　阴。上午峚生来取飘萍①函。午后，铁眉、冰兰②携女来参观唐经室。量《金光明经》十四卷。读薛文清③公《读书录》抄四卷，明薛瑄撰，原书二十卷，分前后两录，清仪封张清恪④公删成八卷，此书则青浦陆娱轩⑤纬所辑也。晚，读清张砚斋⑥廷玉《澄怀园语》四卷。书中载《图书集成》为编六，为典三十有二，为部六千一百有九，为卷一万，装订五千册，五百十套。原版系聚珍版，所成只印六十部。明《永乐大典》为姚广孝、解缙⑦、王景⑧等所纂，计二万二千九百余卷，装成一万一千九十五册，明世宗最嗜之，居恒必有数十帙在案头，后因大内火几遭焚毁，遂重录一部以备不虞。铨衡掣签始

---

① 飘萍（1886—1926），邵振青，字飘萍，浙江金华人。民国时期著名报人，《京报》创办者，新闻摄影家。因发表文章揭露张作霖统治的种种黑暗，1926年4月24日，被张作霖杀害。

② 冰兰，夏冰兰（？1873—1950），号素菲，江苏江阴人。侯鸿鉴夫人。毕业于上海务本学堂，1898年完婚，是侯鸿鉴"毁家办学"的支持者。

③ 薛文清，薛瑄（1389—1464），字德温，号敬轩，谥号文清，平阳府河津县（今山西万荣）人。明代思想家、理学家、文学家。

④ 张清恪，张伯行（1651—1725），字孝先，谥号清恪，河南仪封（今河南兰考）人。清代理学家。

⑤ 陆娱轩，陆纬（生卒年不详），字星聚，青浦（今上海）人。清代学者。

⑥ 张砚斋，张廷玉（1672—1755），字衡臣，号砚斋，安徽桐城人。清代史学家。

⑦ 解缙（1369—1415），字大绅，一字缙绅，吉安府吉水县（今江西吉水）人。明代文学家。

⑧ 王景（1336—1408），初名奎，字景彰，又作景章、景常，号常斋，处州府松阳县（今浙江松阳）人。元末明初学者。

之者为明神宗时孙太宰①丕扬，张内廷要人请托见《澄怀园语》。长洲汪钝翁②琬《说铃》一卷。

　　十日　晨阴，渐转晴。读清广平申和孟涵光《荆园语录》二卷，桐城张文端公③敦复英《聪训斋语》二卷，金匮杨伯夔④夔生《匏园掌录》二卷，镇洋彭湘涵⑤兆荪《忏摩录》一卷，星江余子畴⑥绍祉《元邱素话》一卷，镇洋朱撷筼⑦锡绶《幽梦续影》一卷。晚膳后，偕颂生散步至四牌楼。夜，月色似血。

　　十一日　晴。读唐王定保⑧《唐摭言》十五卷。今日日色亦红。午后，读唐金城冯贽《云仙杂记》十卷。晚膳后，偕子年、颂生出外散步至东直门。归读明季南海邝露⑨纂《赤雅》三卷。

　　十二日　晴。读清吴县顾铁卿⑩禄《清嘉录》十二卷，钱唐徐

---

　　①　孙太宰，孙丕扬（1531—1614），字叔孝，号立山，西安府富平县（今陕西富平）人。明代著名大臣。

　　②　汪钝翁，汪琬（1624—1691），字苕文，号钝庵，长洲（今江苏苏州）人。清初官吏、学者、散文家。

　　③　张文端公，张英（1637—1708），字敦复，谥号文端，安徽桐城人。清代教育家、文学家。

　　④　杨伯夔，杨夔生（1781—1841），字伯夔，江苏金匮（今江苏无锡）人。清代词人。

　　⑤　彭湘涵，彭兆荪（1769—1821），字湘涵，江苏镇洋（今江苏太仓）人。清代诗人。

　　⑥　余子畴，余绍祉（生卒年不详），字子畴，婺源星江（今江西上饶）人。明代诗人、学者、书法家。

　　⑦　朱撷筼，朱锡绶（生卒年不详），字撷筼，江苏镇洋（今江苏太仓）人。清代诗人、学者。

　　⑧　王定保（870—?），字翊圣，洪州（今江西南昌）人。唐末五代时学者。

　　⑨　邝露（1604—1651），字湛若，广州府南海县人。明代诗人。

　　⑩　顾铁卿，顾禄（1793—1843），字总之，一字铁卿，吴县（今江苏苏州）人。清代学者。

紫珊①逢吉《清波小志》二卷,陈几山②景钟《清波小志补》一卷,明延陵姜二酉③绍书《韵石斋笔谈》二卷,华亭陈眉公④继儒《书蕉》二卷。傍晚,偕子年、颂生出外散步,出安定门有野祭者,哭甚哀,闻之酸鼻。

十三日 雨。读吴兴陈玉田⑤锡路《黄㛚余话》八卷,宋池州康骈⑥《剧谈录》二卷,方仁声⑦勺《泊宅编》三卷,剡州姚令威⑧宽《西溪丛语》二卷,明秀州李君实⑨日华《味水轩日记》八卷。

十四日 阴。得四哥、六弟电话,速返西城,仲华招赴夜饮。午膳后访三哥,并约平伯,余先行,访铁眉于北京医院,赴京西游潭柘、马鞍二山,未晡。遂至安儿胡同,与钰妹长谈。返西城寓庐,三哥、平伯、仲瑚、子玑均已先在。少选,季平亦至。馔点均仲华手自烹调,鲜美可口,食时伯珊亦来。夜与四哥谈家常,子夜始就寝。

十五日 阴,未返馆。午后,为六弟草一辞呈。平伯来,为对于

---

① 徐紫珊,徐逢吉(生卒年不详),字紫珊,浙江钱塘(今浙江杭州)人。清代词人。

② 陈几山,陈景钟(生卒年不详),字几山,今浙江杭州人。清代画家。

③ 姜二酉,姜绍书生卒年不详,字二酉,镇江府丹阳县(今江苏镇江)人。明末清初藏书家、学者。

④ 陈眉公,陈继儒(1558—1639),字仲醇,号眉公,松江府华亭县(今上海)人。明代文学家、画家。

⑤ 陈玉田,陈锡路(生卒年不详),字玉田,湖州府归安县(今浙江湖州)人。清代学者。

⑥ 康骈(生卒年不详),字驾言,池州秋浦(今安徽贵池)人。唐代诗人、小说家。

⑦ 方仁声,方勺(1066—1142),字仁声,婺州金华(今浙江金华)人。因寓居浙江吴兴泊宅村,自号泊宅村翁。宋代文学家。

⑧ 姚令威,姚宽(1105—1162),字令威,号西溪,会稽剡州(今浙江嵊州)人。宋代词人、诗论家。日记中又称姚宽。

⑨ 李君实,李日华(1565—1635),字君实,嘉兴府秀水县(今浙江嘉兴)人。明代文学家。

义务教育事,有向铁眉请益事。少选,铁眉亦来谈久。少桐来访六弟,为其内侄介绍入学,铁眉始辞去。少桐亦行。晚与六弟等夜谈。

十六日　阴。晨起返馆。量《金光明经》九卷。读渔洋山人①《古夫于亭杂录》六卷。作二函,一致东森,一致雨苍。得铁眉自西城来书,中有为平伯拟讲稿纲目,即封寄平伯。

十七日　晴。量《金光明经》二十卷。傍晚,偕颂生、伯良、子年出外散步,夜月绝佳。今日上午雨,而夜月如是,天之阴晴正不可测也。今日午后,有教会中人数十来馆参观,招待之。

十八日　阴。上午平伯来,商量编演稿事。午正始行。傍晚,偕子年、颂生出外散步,以颂生腹痛折回。夜间热甚,庭中槐间蝉声聒耳,益觉炎威逼人。

十九日　阴。午后,平伯来检查书籍,准备演稿。傍晚,偕三哥、平伯至涌泉居晚膳,膳罢步月送三哥至朝阳门,然后返馆。

二十日　阴,午后晴。平伯来续检查书籍,余留之午膳,膳后始别去。夜,伯良来长谈。

二十一日　晴。午后,量《金光明经》七卷。访旭光,旭光命其新娶之妾出见,年仅十五,苏之商人女,娇小玲珑,能善抚之,或尚可,否则甚危,并晤两人昆季。返西城寓庐始知季平今夕招饮老半斋。六时后前往,同席陈敏望、仲华、菉坡叔侄、伯珊、三哥、四哥、六弟、锡侯、平伯两侄。隔座笑语喧阗中,有铁眉声音,侦之果是,余使店中人往招之,误招希民,为希民拉入室,强酌二觥,并晤毓荃女弟,渠等尚欲强余饮酒,急夺门出,几致酩酊。夜宿西城,为蚊蟆所苦,几不成寐。

二十二日　晴。破晓即起,散步园中,神气顿苏。午前旭光来长

---

①　渔洋山人,王士禛(1634—1711),字子真,一字贻上,号阮亭,又号渔洋山人,山东新城(今桓台)人。清代诗人、文学家、诗词理论家。日记中又称王阮亭士禛。

谈。午后作雀戏。晚,六弟为敏望洗尘。仍宿西城。

二十三日　阴。晨起返馆,至地安门外,即有微雨凉风送爽,数日来炎暑为之一洗。量《金光明经》四卷。余馆中卧室砖地岁久发潮,有恶味恼人。昨日,任父为余重行召工匠翻筑,一日蒇工,至为神速。午后倦甚,回卧室醋卧,及醒已薄暮矣。

二十四日　阴雨。午后平伯来,稍坐即去。晚为之抄《石头记底风格及作者底态度》二页。此书原拟付写官,因稿本太潦草,中止。

二十五日　雨。为平伯抄书五千余字。

二十六日　晴。为平伯抄书五千余字。傍晚,偕颂生出外散步。

二十七日　晴。量《金光明经》十七卷。午后至三哥处,三哥招饮南河沿射阳春,同座有仲华、四哥、六弟、平伯,遂返西城。

二十八日　晴。上午访铁眉稍坐,约其晚餐,遂访钰妹。傍晚铁眉来,同往射阳春,同座有冰兰、希民、昌子、慰竞①,大醉而返,仍宿西城。

二十九日　晴。傍晚,希民招饮春华楼,同座即昨日诸人,多一寒厓,饮罢返馆。

三十日　晴。量《金光明经》二十卷。傍晚偕颂生出外散步。

三十一日　晴。量《金光明经》八卷。午后平伯来长谈,同饮涌泉居,座有铁眉。

民国十年(1921)九月

一日　晴。量《金光明经》十一卷。六弟属介绍一体育家,为快函询幼安取进止。傍晚,偕子年、颂生散步至东直门大街。

二日　晴。量《金光明经》九卷。午后议决,八日起曝书。傍晚,

---

①　慰竞,侯毓汾(1913—1999),江苏无锡人。侯鸿鉴之女。曾就读于无锡私立竞志女学校。

偕子年、颂生散步至东四牌楼。读锡山刘坚①类次《说部精华》十二卷。

三日　晴。量《金光明经》九卷。读宋山阴陆游②撰《放翁题跋》六卷,《放翁家训》一卷,清新城王阮亭士禛《渔洋书籍跋尾》二卷,毗陵恽寿平③格《南田画跋》一卷,钱唐戴醇士④熙《赐研[砚]斋题画偶录》一卷。傍晚访三哥未晤,晤平伯,约明日午后同访铁眉。

四日　晴。晨起浴于中华园。午后访铁眉,知已定明日南下。平伯亦至,对于讲演事有所请益。遂至西城寓庐夜饮,同座有三哥父子、季平、仲华、伯珊、菉坡、锡侯、敏望等。六弟亦在座,四哥则因有他约未与也。九时后,铁眉、雨苍来长谈,十一时始去。秋暑复盛,蚊蟆恼人,未能安枕。

五日　阴。上午访钰妹,略谈即返馆。读朱筲河⑤《古诗十九首说》、嘉应谢国珍⑥述《嘉应平寇记略》各一卷,长洲沈碻士⑦德潜《说诗晬语》二卷。傍晚偕颂生出外散步。

---

①　刘坚,清代梁溪(今无锡)人。为清代王士禛分类编次《说部精华》十二卷。

②　陆游(1125—1210),字务观,号放翁,越州山阴(今浙江绍兴)人。南宋文学家、史学家、爱国诗人。

③　恽寿平,恽格(生卒年不详),字寿平,毗陵(今江苏省常州市)人。清代书画家。

④　戴醇士,戴熙(生卒年不详),字醇士,浙江钱塘(今杭州)人。清代画家。

⑤　朱筲河,朱筠(1729—1781),字竹君,号筲河,祖籍萧山,侨居顺天大兴县(今北京)。乾隆十九年(1754)进士。改庶吉士,授编修,历任侍读学士、提督安徽学政、顺天乡试同考官等。

⑥　谢国珍(生卒年不详),号聘三,广东嘉应(今广东梅州)人。清代学者。

⑦　沈碻士,沈德潜(1673—1769),字碻士,苏州府长洲县(今江苏苏州)人。清代诗人。

六日　晴。量《金光明经》十四卷。晚膳后访三哥长谈,闻昂若夫妇又有宣布与家庭脱离关系事,颇为惊骇。

七日　晴。量《金光明经》六卷。得苏函,言素文卧病,作一复书。傍晚偕颂生出外散步。

八日　晴。今日开始晒晾书籍,余仍照去年旧例,在善本室襄助一切。傍晚偕颂生出外散步。

九日　阴。继续晒书。傍晚仍偕颂生出外散步。今日前主任张阆声先生来馆,余以南海①新拓《北齐观音寺碑》一份赠之。

十日　晴。晒书。傍晚偕颂生散步至东四牌楼。

十一日　晨阴,午展晴光。晒书。傍晚雨苍来长谈。

十二日　晴。晒书。午后,雨苍、铁阳以电话见约,至东安市场德昌茶楼啜茗。傍晚赴约,遂赴射阳春晚膳,膳罢步月天安门外,九时许返馆。

十三日　晴。晒书,未他出。

十四日　晴。晒书。傍晚,偕子年、颂生赴德昌茶楼啜茗,仍步月返馆。

十五日　晴。上午晒书,午后休息。访钰妹长谈,遂返西城寓庐。月色极佳,在园中眺赏,至十时始入内。又与四哥夜话,子夜始就寝。

十六日　晴。上午出外贺节,在三哥处午膳,四哥、六弟亦至。膳后仍返西城。晚尝自酿葡萄酒,夜月全隐,膳罢返馆。

十七日　雨。未他出。午后雨止。晚有月,微云似縠,凉露如珠,来日或当晴霁,今日天气骤凉。

十八日　晴。晒书。傍晚,偕子年、颂生出外散步,夜月昏黄,西

----

①　南海,康有为(1858—1927),原名祖诒,字广厦,号长素,广东南海人。清光绪二十一年(1895)进士,授工部主事。晚清政治家、思想家、教育家、中国近代改良派代表人物。日记中又称康有为。

方云黑如墨,尚未识来日阴晴也。

十九日　晨雨,旋吐晴光,未晒书。傍晚,偕子年出外散步,晚月甚佳。

二十日　晴。晒书。

二十一日　晴。上午晒书一次。今岁晒书至此终了。午后返西城,至勋勖处长谈。今夕伯珊假六弟处宴客,余亦列座。同席为李、陈二君及仲华、仲瑚、四哥、六弟、锡侯。

二十二日　晴。上午访钰妹长谈。伯珊将于明日赴沪,仲华饯之于益锠,四哥及余均列席。

二十三日　晴。伯珊南行,余及四哥命锡侯送之车站。晚,六弟为周典君饯行,以其将赴美洲太平洋会议也。同席有何吟苣、杨仲华,余及锡侯均列座。

二十四日　阴,午后大雷雨,晚霁。

二十五日　晴。雨苍来访余西城,午膳后同赴中央公园来今雨轩啜茗,茗罢散步全园一周,联袂出园,雨苍以事出前门,余即返馆。

二十六日　晴。今日轮应余及马、张二君值宿,日间未他出。晚膳后访三哥长谈。

二十七日　薄阴有风。今日照常开馆。上午向目录科调李录事翰章来书箱签,半日葳事。午后得三哥电话,转述琎侄约明日饮南园,即电告四哥、六弟。晚膳后偕子年、颂生出外散步。

二十八日　孔圣圣诞,休息一天。薄阴。午后偕四哥、六弟啜茗德昌茶楼,旋至沁芳楼进点心。六弟以有它约先行,锡侯亦来,余遂偕四哥、锡侯驱车至宣外贾家胡同南园,三哥、少侯、少桐已先在。少顷,琎侄随三嫂、许二表姊亦至。以电话催六弟即入席,六弟至席将阑始来。返馆已十时后矣。

二十九日　阴。今日为旧历八月二十八日,啸陆今日四旬生辰,余及四哥、六弟均命锡侯代表前往致贺。傍晚,偕子年、颂生出外散步。

三十日　晨雾极重。得东森电话，约明日赴其宅吃蟹。

民国十年（1921）十月

一日　阴。午后访东森，与钰妹、桂甥长谈。东森因事出外，余与钰妹、桂甥及东森处六弟吃蟹。六时许返西城。应李炳华招夜饮，同席为宋、吴、郑、梁诸君及四哥、六弟、仲华、锡侯。饮罢，东森来长谈。

二日　阴。午后，偕四哥、六弟、仲瑚竹战。晚系公局，同席除张女士姑侄外，为陈、李、杨、江、四哥、六弟、东森、锡侯。张女士为陈君外甥，现任女高师体育教师。饮罢，陈、李、杨三君及四哥父子出外，赴第一舞台观湖北赈灾义务戏，闻有汉调名家余洪元①等奏技。今日为第二天，余以未识汉调未往，仍与六弟、东森、仲瑚竹战。

三日　晴。上午偕仲瑚游中央公园，在来今雨轩啜茗。午后，三哥约余及四哥至东安市场东安楼啜茗，道遇东森，拉之同行。登楼，三哥已先在，同造绝顶茗谈，借赏西山夕阳，惜暮霭朦胧，未能领略山边霞影。茗罢至中兴楼晚餐，餐后返馆。

四日　晴。编校新书中数学门总记、算术、代数书目。读《歇浦潮》一册。傍晚，偕子年、颂生出外散步。

五日　晴。编校数学门几何、三角、微积分、四原书目。读《歇浦潮》二册。

六日　晴。傍晚，访三哥长谈，归作函复公侠、幼安。

七日　晴。编校理科类物理、化学、天文、地文书目。傍晚，偕子年、颂生出外散步。

八日　阴。编动、植、矿书目。午后三时许返西城，以明日雨人文定珠儿，与旭光有所磋商。五时许访诸其寓。夜间系六弟等公局。

九日　晨阴。上午，实甫为其养女珠儿受潘雨人聘，假六弟寓庐办事。潘宅媒人系吴掌衡，沈宅则仲华也。正午，潘雨人假座旭光

① 余洪元（1875—1937），原名金保，字丹圃，湖北咸宁人。著名汉剧演员。

处,宴媒妁,四哥、六弟及余均往,酒罢偕旭光、掌衡、雨人、焕文至陶然亭。今日为旧历重九,游人甚多,遂登雉堞野眺,芦花未白,树叶亦尚郁葱。今岁节候尚早,天色黯淡似有雨意,未获久留。入城晚膳后,偕四哥、六弟、炳华、仲华至中天观电影,为《法国乡景》《南柯梦》《家庭遗祸》。返寓已十二时,微雨空蒙。今晨闻钰妹病,曾偕六弟往视,妹强起谈话,病骨支离,泪痕狼藉,至可怜生。

十日　阴,风绝大。今日值双十节,民国成立十载矣。内政益就蜩螗,各地干戈既未平靖,而秉国钧者又以权利未能尽袪,至今尚在请告之中。国外风云则日就紧促。晨窗闻窗外风沙习习,为之心悸。饭后原拟返馆,为六弟强留中止。

十一日　晴。晨起返馆,始知因昨日双十节为月曜,今日补行休息。午后访三哥,值家祭,随同行礼。稍坐,少侯亦来。旋至礼士胡同,访松云长谈,同赴东安楼啜茗。茗罢出市场,晤颂生,拉饮沁芳楼。遂观电影于开明,所演为《美国海军和平梦》《错错错》《雷峰劫》。返馆已十二时,寒月皎洁,霜风料峭,夹衣不温,急就寝。

十二日　晴。编校实业中农业一项书目。傍晚,偕子年、颂生出外散步至四牌楼。

十三日　晴。编校工业书目。得东森书,述钰妹病状。傍晚,子年、颂生拉往东安楼啜茗,晤松云长谈。

十四日　晴。编校商业及医学中内外科书目。

十五日　阴。编校医学书目。傍晚散步至东直门。因《华北新闻》①三天未到,函天津询问。

---

①　《华北新闻》,1921年4月1日创刊于天津,由钱芥尘主办,包天笑任总编辑,孙东吴任总主笔。1922年4月,由华北通讯社的周拂尘接办该报。1924年5月,增出晚报《四点钟》。1926年5月,将《四点钟》改名《华北晚报》继续出版。1933年5月,因报道抗日同盟军的消息,《华北新闻》和《华北晚报》被天津市新闻检查所勒令同时停刊。

十六日　阴。编校军事书目事毕。至三哥处长谈,四哥、六弟亦至,遂同往东安楼啜茗,茗罢返西城。今夕又值公宴,同席除原有人数,增一闽人林君,工校新聘体育主任也。晚膳后偕杨、江二君出城,至庆乐听戏,入座时为周瑞安①之《金钱豹》,大轴为龚处之《徐母训子》,压轴则侯俊山之《蝴蝶梦》也。侯伶以六十九之老伶,居然尚能跌扑,唱工、道白、身段、台步均臻上乘,至足异也。夜宿西城。

十七日　阴。午后往视钰妹疾,谈久始别。访旭光长谈,遂返馆。

十八日　阴,间有微雨。校美术书目。午后东森以电话来,招赴西城谈天,以天阴辞之。

十九日　阴雨。校艺事书目。读《鹳巢记》上编二册。

二十日　晴。读《铁匣头颅》四卷,《鹳巢记》下编二卷,《白羽记》四卷。

二十一日　晴。读《白羽记》二卷,《欧战春闺梦》四卷,《玉楼惨语》一卷。晚膳后,偕子年、颂生散步至四牌楼。

二十二日　晴。傍晚,偕颂生、柏梁出外散步。

二十三日　晴。午后返西城,为六弟预祝,三哥及钟子玑亦来会,公宴也。

二十四日　晴。午后往安儿胡同,讯问钰妹疾,晤徐医师绍裘,正在诊疾,病似略有起色,为之一慰。至东安市场,遇颂生,在东安楼啜茗,因登楼稍憩,茗罢饮于涌泉居,遂返馆。

二十五日　晴。上午得三哥电话,约往东安楼啜茗,余以事冗未往。傍晚至三哥处,四哥已先在,即在三哥处晚膳,膳罢返馆。

二十六日　晴。傍晚偕颂生至东安市场,晤铁阳、松云先生及雨苍,啜茗东安楼,步行返馆。

---

①　周瑞安(1887—1942),湖北武昌人,生于北京。清末梆子老生周春奎之子,京剧武生演员。

二十七日　晴。作一函致三哥,报告游学日本陆军事。日前闲游至王大人胡同,见一文宪社广告,谓星期四夜间及星期日均有笔谈候教字样。今日值星期[四],晚膳后偕子年、颂生前往,则又改期旧历三六九矣。社中为弹棋者之俱乐部,余等作壁上观,毕三局始返馆。

二十八日　晴。上午得四哥电话,代仲华邀余赴便宜坊尝烧鸭,余以道远辞之。

二十九日　晴。未他出。晚得四哥电话,约余明日返西城。

三十日　晴。午后返西城。子玑假座六弟处宴客,同席为李、陈、杨、江、梁五君及三、四哥、六弟及锡侯侄,宴罢作手谈。

三十一日　晴。上午东森来寓庐长谈,同午膳。二时许访旭光长谈。遂偕四哥至三哥处。今夕为班侄预祝生辰,同席为许二表姊、云、龙二姨、三哥夫妇、四哥、六弟、班、琳两侄,返馆已将十时。

民国十年(1921)十一月

一日　雪。闻昨夜已见雪,天气骤冷。午后得四哥电话,拟派锡侯代表往郭宅致贺,征余同意。

二日　晴。天虽开霁而风来料峭,节候论固宜如是。今年寒来较迟,庭中丁香、槐榆等叶尚扶疏。连日天气比江南孟冬尤为温暖。

三日　晴。傍晚赴瑞记,六弟为四哥及余祝生日,同席有林、李、陈、江、杨六君及三哥、四哥、慰存,返馆已九时后矣。

四日　晴。今日为旧历十月初五,余生日也。午后,四哥、六弟、慰存以电话来祝福,至堪发噱。

五日　晴。午后得三哥电话,约余明日赴正阳楼晚餐。

六日　晴,风极大。傍晚赴正阳楼,同席为敏望、仲华、季平及三哥、四哥、六弟、锡侯,且有彭刚直曾孙谷波在座。膳罢赴西城。

七日　晴。午后访希民长谈。遂至钰妹处,妹病略愈,留余啖自裹包饺。至东安市场,晤班侄及龙姨。

八日 晴。检查《大般若经》十一卷。午后得四哥电话,约赴琏侄处贺喜。午后一时在三哥处会齐同往。三哥之《蜀輶诗记》已经印就,赠我一本。

九日 晴。检查《大般若经》二十一卷。得四哥电话,有赴东省意。

十日 晴。检查《大般若经》三十五卷,量七卷。以电话托四哥于十二日郭宅贺喜事,代为代表。晚,月色甚佳。

十一日 晴。检查《大般若经》四十卷,量三卷。

十二日 晴。检查《大般若经》十一卷,量九卷。午后访三哥。少顷,四哥、六弟亦来,同往郭宅道喜。今日学群①结婚也。见春榆世叔②暨啸鹿、琏侄,并晤少侯昆季及定九、蔚文等。稍坐仍返馆中,有两法国人来参观唐人写经。

十三日 晴。检查《大般若经》二十卷。凌镜秋沧洲来长谈。出示亮父函及止叟③手书立轴二,为今岁手抄《绘事微言》酬报,良友多情,至足感也。镜秋贻我雪茄二匣、茶二瓶。午后至三哥处,祝三嫂寿辰,晤少侯乔梓、少桐、星曙④等。晚至瑞记夜饮,敏望招也。同席为李、林、杨、江、梁及余家兄弟。饮罢,偕敏望、四哥、六弟至中天观电影:(一)《美国育婴堂》;(二)《马克司巧藏娇妻》;(三)《陆克拾金》;(四)《家庭遗祸》。夜宿西城。

---

① 学群,郭可诜(1902—1989),字学群,福建福州人。郭则沄长子。毕业于北京大学。曾任上海图书馆副馆长。

② 春榆世叔,郭曾炘(1855—1929),字春榆,号匋庵,谥号文安,福建福州人。郭则沄之父。清光绪六年(1880)进士,授翰林院庶吉士,官至礼部右侍郎。

③ 止叟,孙荣彬(1884—1968),字挚哉,号止叟,堂号止斋,山西人。山水画家、书法家。

④ 星曙,徐桢祥(1872—1938),字星署,一字星叔,江苏嘉定(今上海)人。俞陛云三女俞琳的公公。曾任直隶知州及天津兵备道、屯垦局总办、天津道直隶国税厅筹备处坐办、北洋政府时期任交通部秘书等。

十四日　晴。上午偕四哥访旭光。午后访钰妹，即返馆。

十五日　晴。检查《大般若经》三十三卷。

十六日　阴，有风。检查《大般若经》三十六卷。今日中交挤兑现金，馆中往取存款，竟未提到。此事余前日在三哥处已听得星曙等谈及，返馆即告之同事会计杨君，直至今日去取，宜有此种恶现象。

十七日　晴。检查《大般若经》二十四卷。今日得消息，中交将停止兑现。西苑驻军几致哗变，北京政局或将酿巨变。复亮侯函。

十八日　晴。上午至珽侄处，携三外孙赴德国医院①诊疾，午后返馆。检查《大般若经》十二卷。

十九日　晴。上午至珽侄处，探望三外孙，因不愿就诊医院，服苏合丸。检查《大般若经》十六卷，量十四卷。傍晚至王府井大街东园粤菜馆，三哥、四哥、六弟均在座，即在是馆晚餐。闻中交恐怖时间或将延长，政局亦将发生特别变动。

二十日　阴。检查《大般若经》三十四卷。上午遍访三哥、松云均不遇，遂返西城。晚膳后作手谈。

二十一日　晴。午后返馆。

二十二日　晴。检查《大般若经》三十卷。

二十三日　阴。检查《大般若经》三十七卷。

二十四日　晨阴，午正晴。检查《大般若经》二十九卷。

二十五日　晴。量《大般若经》十三卷，检查二十卷。午后，四哥、东森来长谈。傍晚偕东森访三哥。

二十六日　晴。检查《大般若经》四十五卷。

二十七日　晴。检查《大般若经》四十二卷。午后，访三哥，三嫂出阿胶一包，命转赠钰妹，遂至钰妹处。今日为旧历十月二十八日，东森诞日。东森留饮，饮罢竹战，夜宿西城。

---

①　德国医院，即现今北京医院的前身，始建于 1905 年，是德国政府用"庚子赔款"的部分款项建造的。

二十八日　晴。午后访松云长谈，同至东园啜茗，茗罢返馆。

二十九日　晴。检查《大般若经》三十卷。

三十日　晴。检查《大般若经》二十九卷。

民国十年（1921）十二月

一日　晴。今日为旧历十一月初三，钰妹生辰。检查《大般若经》三十九卷。午后赴钰妹，妹留晚餐，四哥、六弟、仲华均来会。

二日　晴。晨起返馆，检查《大般若经》十三卷。

三日　晴。量《大般若经》十八卷，检查十八卷。午后得三哥电话，约赴东园晚餐，平伯、锡侯均在座。

四日　晴。检查《大般若经》三十卷。三时赴东园食点心，即在园中晚餐，同席除诸昆季外，有仲华、东森、平伯。夜宿西城。

五日　晴。午后赴东安楼啜茗，少选，雨苍、铁阳均来，傍晚返馆。今日上午，勖勖、掌衡、焕文来西城寓庐长谈。

六日　晴。检查《大般若经》十八卷。

七日　晴。检查《大般若经》二十五卷，量二十卷。午后至东安楼，晤三哥及平伯，同往远东咖啡馆晚餐，餐罢啜茗东园。

八日　阴。检查《大般若经》十六卷。午后访铁阳长谈，遂至协和医院视郭宅三外甥疾，晤珽侄。

九日　阴。检查《大般若经》四十卷。

十日　晴。检查《大般若经》十七卷。

十一日　晴。检查《大般若经》十卷。午后访三哥，未晤，遂出正阳门廊房头条容光照相店，平伯已先在，少选，四哥、六弟、锡侯亦至，三哥独后。兄弟四人及两侄摄一影，遂至劝业场蓬莱春啜茗，将及六时，同往五道庙春华楼晚餐，同席尚有仲华、炳华、季平、仲瑚及林君、四哥内弟徐俊人亦在座。今日之集为四哥、平伯称觥及俊人洗尘。夜宿西城。

十二日　晴。上午为六弟拟一通电稿。东森来长谈。午后访三哥,晤平伯及三侄女。傍晚返馆。

十三日　阴。检查《大般若经》九卷。

十四日　晴。检查《大般若经》二十一卷。傍晚,偕子年、颂生散步至四牌楼。

十五日　晴,午后阴。检查《大般若经》十二卷。傍晚至香厂购物,遂至春华楼晚膳,同席余兄弟、两侄外,有少侯。

十六日　阴。检查《大般若经》二十二卷,量十七卷。今日少侯昆季在老半斋为平伯祖饯,余以道远,返馆过迟,辞未往。夜大风。

十七日　晴。检查《大般若经》二十四卷。傍晚返西城,食春饼,作雀戏。

十八日　晴。晨偕四哥、六弟、锡侯、仲华、炳华及林君至兰陵居尝麻糕,遂访钰妹长谈。午后作竹林游。晚聚餐。

十九日　晴。晨偕四哥、六弟、锡侯至东站送平伯出都,晤三哥、少桐,同至石头胡同庆丰进膳,余一人至富连成观剧,为程富云①之《无底洞》,谭富英之《战太平》,沈富贵之《河间府》,杜富兴②、尚富霞之《五湖船》,孙盛辅之《洪羊洞》,马连良③之《胭脂褶》,何连涛、方连元④之《铁笼山》则未及观看。入城至东安楼啜茗,晤松云。茗罢至都一斋晚膳,然后返馆。

二十日　晴。检查《大般若经》二十七卷。

二十一日　晴。检查《大般若经》五十五卷。傍晚赴东安楼,晤雨苍、松云。茗罢,偕雨苍至东来顺晚餐。

──────────

　　①　程富云,河北霸州人。京剧净角程永龙之子。早年入富连成科班,京剧武生演员。

　　②　杜富兴,原名本沅,北京人。早年入富连成科班,京剧旦行演员。

　　③　马连良(1901—1966),字温如,生于北京。先后入喜连成、富连成科班,京剧老生演员。

　　④　方连元(1902—1981),名德魁,号颦卿,原籍江苏丹徒县,生于北京。京剧小生方春仙长子。早年入富连成科班,京剧武旦演员。

二十二日　晴。今日为旧历日长至,休息一天。上午访旭光长谈,晤蔚文、掌衡、焕文,遂至西城寓庐。午膳后偕四哥、六弟、仲华至东园啜茗,三哥亦来。茗罢返馆。

二十三日　晴。昨夕喉痛,至今未愈。检查《大般若经》三十一卷。

二十四日　晴。检查《大般若经》二十三卷。傍晚返西城,东森来作竹战。

二十五日　晴。晨至兰陵居早餐,归作雀戏,东森亦至。晚啖春饼。

二十六日　阴。午后返馆。

二十七日　阴。检查《大般若经》二十五卷。傍晚赴市场购贺年片,归作唐人写经室报告,以馆长辞职,备呈新任者。

二十八日　晴。检查《大般若经》九卷。今岁办公比较上略勤于往岁,计量经二千余卷,庋藏二千八百十二卷,检查一千二百三十六卷,编订普通室新书数百种,职务上似可告无罪。

二十九日　晴。今日年假第一日,余适派值日。午后返西城,至钰妹处晚餐,返寓庐已十二时后矣。

三十日　晴。上午勖勖来长谈,同往其家小坐。归作雀戏。

三十一日　阴。晚聚餐寓庐。

民国十一年(1922)一月

一日　雪。

二日　晴。

三日　晴。晨偕诸弟昆至兰陵居晨餐,东森来长谈。午后,四哥、六弟及余同赴东园,晤三哥。晚同赴玭侄处晚餐,尝素菜,餐罢返馆。

　　四日　雪。今日开馆。馆长陈援庵①次长及主任先后来馆，三时举行团拜。检查《大般若经》十四卷。晚访志贤问疾。

　　五日　晴。检查《大般若经》二十五卷。

　　六日　晴。检查《大般若经》十一卷。

　　七日　晴。检查《大般若经》四卷，量十八卷。傍晚至三哥处，六弟已先在，少顷，四哥亦至，琏侄亦来，即在三哥处晚膳。膳罢，兄弟叔侄围坐，作打围之戏。返西城已十时后矣。

　　八日　晴。今日补休息，未赴馆，作雀戏。晚公宴。夜大风。

　　九日　晴。晨起，同诸兄弟赴兰陵居晨餐。访旭光小坐，午膳后返馆。

　　十日　晴。检查《大般若经》十八卷。

　　十一日　晴。检查《大般若经》二十卷。傍晚出外散步。

　　十二日　晴。检查《大般若经》二十八卷。

　　十三日　阴。检查《大般若经》二十三卷。午后得锡侯电话，谓即日出关，晚膳后赴西城送之。即宿西城。

　　十四日　阴。晨起返馆，检查《大般若经》三十二卷。

　　十五日　晴。检查《大般若经》十四卷。午后至东森处，同译其银行中兴美保险库公司所订合同。晚膳后返西城寓庐。

　　十六日　晴。上午至东森处读译合同，午后始毕事。遂至东安楼，与音九、雨苍煮茗长谈。晚，音九拉饮东园，饮罢返馆。

　　十七日　晴。检查《大般若经》二十七卷。

　　十八日　晴。检查《大般若经》一十二卷。

　　十九日　晴。检查《大般若经》二十二卷。移入卧室办公。

_____

　　①　陈援庵，陈垣（1880—1971），字援庵，广东新会人。著名历史学家、教育家。1921年12月至1922年5月，任教育部次长兼京师图书馆馆长。1924年11月任清室善后委员会委员，与沈兼士共同主持清室善后委员会的工作。日记中又称援庵、馆长、援厂等。

二十日　晴。检查《大般若经》四十七卷。今日为旧腊祀灶日，迎年爆竹声彻云霄。国事蜩螗而细民犹若升平，巢幕之燕，思之可恻。

二十一日　晴。检查《大般若经》四十卷。全部工程至今日告终，亦差堪自慰。得锡侯书，知已到四平街。

二十二日　薄阴。收束一切，午后返西城。

二十三日　薄阴。午后访东森，托其汇家用。至小市一转，即返馆。

二十四日　晴。量《大般若经》三十五卷。晚膳后偕颂生出外散步，自地安门绕皇城东，出宽街铁狮子胡同，由北新桥返馆。旭光以电话来询年关经济状况，良友多情，可感也。

二十五日　阴。量《大般若经》三十五卷。复锡侯一函。

二十六日　阴。晚膳后，偕颂生、潜庵出外散步。

二十七日　阴。上午至东华门内黄宅，偕子玑、仲华、六弟及粤友二人游景山，登寿皇殿，瞻仰逊清十一朝帝像。是日为旧历岁除，殿中准备祭事，闻需黎明前，清宫派员行礼，钟鼓已陈，俎豆未备，徘徊殿陛，禾黍之感，铜驼之恸，于惨淡羲影中，颇为恻然。逊清列祖以太祖太宗之像为最英武，顺、康、雍、乾、嘉亦有帝皇之姿，道、咸、同、光则不逮远甚。遂登景山，望清宫，吊思宗[①]殉国处。子玑拉赴西车站午餐，餐罢返西城寓庐。悬神影，随四哥偕六弟行礼。晚膳后作竹林游。二时始就寝，为爆竹所扰，三时后始入睡乡。

二十八日　雪，旋霁。偕四哥、六弟、仲华驾汽车出贺元日，历访东森、钰妹、少桐、定九、少侯、三哥、三嫂，在三哥处参谒神影，稍坐。一时许，再访啸鹿、琏侄、少麟。归寓后，东森、少桐亦来。

二十九日　晴。晨至兰陵居晨餐，未开市，折回寓庐，掷状元筹。

---

①　思宗，朱由检（1611—1644），字德约，明朝第十六位皇帝，年号崇祯，庙号思宗。

晚偕四哥、六弟、仲华、隽人、箓坡游新世界。归,仲华于庭中放花筒。

三十日　晴。未他出。三哥来贺年。午后,旭光、掌衡、雨人、焕文来贺年。晚至旭光处夜饮,同席尚有蔚文、遽安。

三十一日　晴。晨餐后返馆,因今日轮余值日也。晚膳后偕戟人①出外散步。

民国十一年(1922)二月

一日　阴。今日关馆。晚得消息,奉军有入关一师之说,洛阳屯兵则进驻石家庄,公使团则将干涉我国财政。

二日　晴。未他出。

三日　晴。傍晚偕颂生、九峰散步至四牌楼。

四日　晴。傍晚偕颂生出外散步至东安市场。

五日　晴。隽人来,值午膳,稍坐即去。午后至隆福寺,拟访购嘉维思②小说,无所得,遂至市场一转,即返西城。

六日　晴。午后至中天电影台,观电影《无义郎》及《思怪党》,遂至安儿胡同,赴钰妹之招,中夜始返寓庐。

七日　晴。晨起返馆。午后东森来长谈。

八日　晴。得素文函,道振之侄于十一缔婚,即函润生致贺,并寄贺仪拾元。傍晚至三哥处谈天,同三哥、六弟至灶温晚餐,餐后偕六弟至真光观电影《寡妇冤》五本、《黑圈党》四本。归馆时浓雾四塞,月影昏黄,境至凄寂。

九日　阴。旧历上灯节也。入午天晴。傍晚偕颂生散步,至后门观灯。今岁警厅禁止放灯,仅一二家有灯,亦足征市面之萧

---

①　戟人,李宏义,字吉臣。1915年8月至1924年4月,在京师图书馆工作。日记中又称吉人、李吉人。

②　嘉维思,指俄国作家列夫·托尔斯泰。日记中又写作楷而士·贾维思、贾维思。

条也。

十日　雨,午后风。得雨苍电话,约来日游厂甸。

十一日　晴。午后至东园晤雨苍,音九亦来,同进茶点,未往厂甸,茗罢散步至东长安街,遂返西城。夜偕四哥、六弟、仲华、隽人至单牌楼观灯,购元宵归,煮食之,中夜始睡。

十二日　晴。午后访钰妹,晤东森,东森留晚膳。四哥、六弟亦来,作雀戏。

十三日　阴。上午返馆。午后访三哥,四哥、六弟亦至,作竹林游,即在三哥处晚膳,十一时返馆。

十四日　晴。量《大般若经》三十卷。傍晚偕子年、颂生、九峰散步东直门,绕王大人胡同返馆。

十五日　晴。午后三哥来,借馆中《宝颜堂秘笈》。

十六日　晴。量《大般若经》十三卷。今日部中来训令,派同乡徐森玉[①]来主任馆事。晚,同人集资公饯刘前主任,饮罢,偕颂生、九峰、吉人出散步。

十七日　晴。三哥来还《宝颜堂秘笈》,借《百川学海》。傍晚偕颂生散步四牌楼。

十八日　阴。徐主任来馆就职,上午开欢迎会。量《大般若经》十卷。

十九日　阴。午后东森来,同返西城。

二十日　阴。未他出。晚公宴李君炳华,仍宿西城。

二十一日　雪。晨起返馆,疲藏《观世音》七十一卷。午后雨。

---

① 徐森玉(1881—1971),名鸿宝,字森玉,祖籍浙江吴兴,迁居江苏泰州。金石学家、文物鉴定家、版本目录学家。曾任北京大学图书馆馆长。1922年2月至7月、1924年1月至1933年12月,在京师图书馆工作,任京师图书馆主任、善本部主任等。1924年11月,被"清室善后委员会"聘为顾问,参加清点故宫文物工作。日记中又称徐主任、森玉、吴兴(以籍贯代称)、主任等。

今日子年辞职。

二十二日　阴。译《荒服鸿飞记》三千余字。

二十三日　阴。量《大般若经》二十四卷。译书一章。傍晚闻谭君有疾,偕任孚、颂生前往探视。夜雪。

二十四日　晴。庭中积雪数寸,晓寒颇严。译书一章。

二十五日　晴。译书一章。

二十六日　晴。译书一章。

二十七日　晴。上午访东森、钰妹,留食炒面。午后至崇文门,购饼饵,携谒三哥,在三哥处长谈,遂赴灶温啖馅儿饼,始返馆。

二十八日　晴。译书一章。傍晚偕颂生散步至崇文门自东四至崇文门,三千五百三十五步。

民国十一年(1922)三月

一日　阴。译书一章。

二日　阴。傍晚偕颂生散步至东安市场自图书馆至东四牌楼三千二百步。

三日　雪。译书五千字。得采人电话,知来北京谋,寓西河沿四合客店,即以电话告雨苍。今日教育部中向财政部索薪人,为王懋宣①军队干涉。

四日　晴。译书四千余字。傍晚散步至东直门自北新桥至门内三千一百十五步。量《大般若经》十卷。

五日　阴。译书三千余字。得四哥电话,返西城食春饼。

六日　阴。代二专拟上交通当道函稿一通,为学生乞免票。即

---

① 王懋宣(1866,一说 1876—1953),名怀庆,字懋宣,直隶宁晋县(今河北宁晋人)。北洋军阀直系将领。1920 年任京师步军统领兼署京畿卫戍司令,1922 年 5 月,任京畿卫戍总司令。1923 年 6 月 11 日,向大总统黎元洪提出辞职,以此逼迫黎元洪辞职。日记中又称王怀庆。

返馆。

七日　晴。译书二章。午后三哥来长谈。

八日　晴。译书二章。

九日　晴。读《礼拜六》四册。查中和、郭宝璋来,导之参观各处。傍晚偕颂生散步至后门。

十日　晴。译书四千余字。午后,东森来长谈。

十一日　晴。译书六千余字。

十二日　晴。译书三千余字。返西城,送六弟南行,遂至春华楼进点心。晚至东森处,作竹林游。夜宿西城。

十三日　晴。访旭光长谈,即返馆。

十四日　晴。译书六千余字。偕吉人傍晚出外散步。

十五日　薄阴,有风。译书七千余字。夜风甚猛烈。

十六日　晴。译书六千余字。偕颂生出外散步。

十七日　晴。译书三千余字。午后三哥来长谈。傍晚采人来,十时始行。订星期日午后在市场啜茗。

十八日　晴。译书六千余字。傍晚偕颂生、介卿出外散步。

十九日　阴,午后风烈,未出外。译书四千余字。

二十日　晴。译书四千余字。晚膳后偕介卿、吉人在外散步,购得石水盂一枚。

二十一日　晴。尽一日力译毕,计全书十一万数千字,事迹尚佳,唯自译《洪荒雪豹记》后,四年余未握管,正不知一篇烂文章,尚能中主司之目否耶。傍晚偕颂生出外散步。

二十二日　雪。竟日雪,庭树皆白,唐经室老柏似着银花,别饶幽[趣]。晚雪霁,明星满天,朔风怒吼,正读小说《马克费勋爵》于美国北部杀贼事,似身在其境。

二十三日　晴。入午,庭雪皆消,春雪易融,不如冬雪,虽北方亦然。傍晚偕颂生、九峰散步至四牌楼。颂生遇同乡,九峰入肆购食,余先返馆。得旭光电话,谓南电夫人病重,拟明晨麾下一视。

二十四日　晴。傍晚偕颂生、吉人散步,至东安市场,绕东单二条,经四牌楼返馆。午后三哥来长谈。

二十五日　晴。读《古井青泥》一卷。傍晚偕颂生、介卿散步,至十刹海,春水沦涟,夕阳掩映,颇饶幽趣。今日作数函,致师梅、夷门、子模、素文。

二十六日　阴。午后五时访钰妹,钰妹留晚膳,四哥、仲华均在座。膳后,返西城寓庐,晤更生、仲瑚、隽人等,作雀戏,十一时始就寝。

二十七日　晴。晨访掌衡,询李达泉寿屏事,即返馆。午后访三哥长谈。国事日替,兴归隐之志。

二十八日　晴,有风。

二十九日　晴。

三十日　阴。

三十一日　阴。

民国十一年(1922)四月

一日　阴。午后三哥来长谈,知国事益趋纠纷,东海以前种种阴谋,有悉数为人宣布之说。即洛阳此番倒梁①亦受有宫中密旨,近亦为吴氏揭出,事未可知也。傍晚散步至四牌楼。

二日　雨,傍晚霁。散步至十一条胡同。

三日　晴。晨偕颂生赴俄教堂访容月舫,未遇。午后访三哥,晤许二表姊,与三哥谈静坐事。出至市场,晤松云,同赴东安楼啜茗。晚膳后,赴开明观电影,有《拿破仑战史》一幕,至为精妙。拿翁之成霸业,唯"开诚布公"四字。我国无此伟人,观之黯然无欢。

---

①　梁,梁士诒(1869—1933),字翼夫,号燕孙,广东省三水县(今广东佛山)人。1921年12月,被张作霖推荐任内阁总理。因同意借日元赎回胶济铁路,将该路改为中日合办,激起民愤,吴佩孚乘机发动倒梁运动。

四日　晴。傍晚散步至四牌楼。

五日　阴。今日旧历清明也。夜雨。

六日　晴。

七日　晴。午后访钰妹长谈。妹留晚餐，四哥、仲华亦来。膳后偕仲华步行返西城。

八日　晴。馆中因纪念节休息一日。饭后返馆。晚膳后至隆福寺购帽。

九日　晴。傍晚访三哥，晤许二表姊及珊侄。晚珊侄拉饮东华饭店，同席三哥嫂、龙姨、许二表姊。

十日　晴。饭后偕颂生、任父、九峰附环城车至万牲园，仍在豳风堂啜茗，嫩柳舒黄，新波凝绿，微风吹袂，远岫接云，京洛俗尘，为之一洗。夕阳西下，驱车至粉坊琉璃街对岸宾宴春晚膳，膳罢入城，明月已上。车至四牌楼，踏月而归。三哥今日出都，余未往送。

十一日　阴，午后风。量《大般若经》三十卷。午后，馆长陈援庵垣来馆检查，俟考各经及道经。傍晚出外散步。

十二日　阴。佐援庵馆长续查《景教经》，无所获。傍晚出外散步。连日感冒，周身刺促不宁，早寝，月色朦胧，久始成寐。

十三日　阴。佐馆长查经。十一时携洋酒二樽，往祝三哥生辰，晤三嫂，食汤饼而返。午后量《大般若经》八卷。

十四日　晴。续查经，今日告蒇事。量《大般若经》十二卷。傍晚散步至八条胡同，遇风折回。

十五日　晴。量《大般若经》三十二卷。傍晚偕颂生散步，十刹海会贤堂有人宴客，自隔岸遥望，柳阴中画楼灯火倒影水中，颇有明圣湖边风景。饥来驱人南北奔走，劳人草草，未获暂息，与西子湖别荏苒七年，头颅虽在，白发已盈颠矣。不识何日可以重作六桥三竺游也。

十六日　晴。午后返西城。晚与更生、隽人、仲华、炳华、敏望、仲瑚、四哥为六弟洗尘。

十七日　晴。晨起为六弟复实孚一函。访钰妹长谈,遂至中国大学访采人,并晤子诜。拉采人饭于华美,饭后至蓬莱春啜茗。颂生亦来,同驱车游畿辅先哲祠,看海棠、丁香花正盛开,回忆去年偕三哥、六弟、平伯来游,韶华似水,又是一年。一年中人事变迁又复不少,为之黯然无欢。登遥集楼眺远,下楼后,在海棠院北厅茗谈。茗罢,又至东花园中游览一周,出祠,循彰义门大街而东,至正阳门,采人别去,余及颂生乘车至东安市场一转,即行返馆,正夕阳垂落院中,白丁香亦怒放,似慰我寂寥。

十八日　晴。傍晚出外散步,遇风折回。

十九日　晴。晚膳后偕颂生散步至十刹海,湖中蛙声已起,柳亦丝长倍前四日矣。

二十日　薄阴。晚膳后散步至东直门。

二十一日　阴。傍晚散步至四牌楼。

二十二日　黎明即雨,晨起庭中丁香为风雨所吹,狼藉满地,天亦骤凉。

二十三日　阴。午后为四哥送杖子至西城。四哥、六弟均已出外,晤仲华。五时许至蓬莱春。迟,雨苍、采人来晤。至东安市场开明观电影,入场则喜剧《咖啡血》将终,《幻化缘》五幕极佳。《妖魔王》上场,余即返馆。

二十四日　晴。傍晚散步至四牌楼。

二十五日　晴。午后访东森、钰妹长谈,即在东森处晚膳。夜宿西城。

二十六日　晴。晨起返馆。傍晚散步至青年会。

二十七日　晴。午后四时访三嫂,三嫂以皮包一相托。今日奉洛有决裂消息。傍晚出东直门眺远。

二十八日　晴。午后起大风,薄暮始已。晚膳后偕颂生、任父用电报纸条成棋三十八枚。复偕颂生出外散步。

二十九日　晨雨。闻西南炮声隆隆,入午更烈。雨止天霁,偕吉人出外纵览街市,尚安靖。译《黑白记》一章。傍晚访三嫂,始知昨夕子夜已经宣战。稍坐即行,至四牌楼,见有挈行李南行者。晤颂生、任父,同行返馆。谭志贤先生来,说开仗之地实在西直门外黄村门头沟铁道第三小站也。

三十日　阴。午后至西城。六弟已出门,晤四哥、仲华、子玑、更生、隽人等,稍谈即行,访钰妹后,即返馆。夜炮声甚烈。

民国十一年(1922)五月

一日　晴。午后访三嫂,三嫂以《荟蕞编》稿、竹垞①砚、曲园墨见托。傍晚偕颂生、任父至柏林寺观牡丹。

二日　晴。傍晚出外散步,自交道口出王府井大街,绕长安街单牌楼返馆。

三日　晴。午后急雨即止。晚膳后散步至海军部前。

四日　阴。上午,卫戍司令部出令掩闭十三门,旋闻东南有枪声。三嫂以电话来招,即往,奉神影归,寄藏图书馆。傍晚散步至四牌楼。

五日　雨。上午访音九长谈。

六日　晴。午后散步至四牌楼。

七日　阴。上午返西城,与六弟等长谈。午后返馆。

八日　阴。午后至三嫂处省视。

九日　晴。午后奉神影及皮包、研墨、书稿至老君堂,三嫂已出外,与云姨长谈。傍晚至市场购物。

十日　阴。傍晚散步至海军部前,遇风返馆。

十一日　晴。傍晚散步至四牌楼南,夜月极佳,市中已恢复战前景象。今日报载褫夺张使本兼各职,听候查办命令。

---

① 竹垞,朱彝尊(1629—1709),字锡鬯,号竹垞,嘉兴府秀水县(今浙江嘉兴)人,清代文学家。

十二日　阴。夜月甚皎洁。闻雨苍言,崇效寺牡丹绝佳,今岁为奉洛蛮触之争,竟未一访城南芳讯,亦憾事也。

十三日　晴。午后,晚风极大。

十四日　阴。午后至西城,途遇六弟,欲拉余赴真光,却之。径访钰妹,在钰妹处长谈。四哥亦来。傍晚返馆。

十五日　晴。午后访三嫂长谈。傍晚散步北新桥。

十六日　阴雨,晚霁。偕任父散步至隆福寺灶温吃面。

十七日　阴。傍晚循雍和宫大街北行,至五道营,经安定门大街南行,至交道口,东行至北新桥,返馆。

十八日　晴。庋藏《金光明经》八十卷。傍晚至市场,在开成豆食公司晤雨苍、音九,啜茗闲谈。雨苍拉饮东华饭店,座中尚有赤忱。

十九日　晴。庋藏《金光明经》二百四十卷。

二十日　晴。庋藏《金光明经》一百六十卷。

二十一日　晴。庋藏《金光明经》一百六十四卷。援庵次长来,借去《景教经》一卷。午后返西城。晚膳后与李君等作唐器戏,余最负,得唐字。宿西城。

二十二日　晴。午后访旭光长谈。遂至钰妹处食馎饦,返馆已十时后矣。

二十三日　晴。谱《行香子》一阕,寿江梅友,并为仲华乃兄谱《壶中天》《大江东去》各一阕,交邮寄仲华。

二十四日　晴。邓博诚来,谈及季上[①]有西河之痛,心益灰冷,逃禅之念益坚,亦可悯也。

二十五日　晴。作三函,家书二,东森信一。

---

①　季上,许丹(1892—? 1950),字季上,浙江杭州人。曾任北洋政府教育部主事、视学、编审员,北京大学讲师等。

二十六日　晴。今日闻援庵次长辞职,有汤爱理①继任说。

二十七日　晴。夜有风。得四哥书,约余返西城,以时晏未往。

二十八日　阴。昨得本馆驻部索薪代表电话,部中拟联合附属各机关一致罢工,要求欠薪代表征求同人意见,当即以电话请主任来馆,于上午开会,由代表报告部中情形,当时议决本馆取同一态度,午后起,暂行停止阅览,馆中同人分班赴部开会,余列第四班。午后访三嫂长谈,闻三哥及汲侯等近游阳羡梁溪,大概一二日内可以来京。遂赴真光观电影,四哥、六弟、子玑、更生均在,所演为《苦新郎》。晚至西城夜饮,宿西城。

二十九日　阴。上午同更生、四哥、六弟打弹子数百。午后拟访珽侄,途遇大风,折往东安楼啜茗,晤颂生、翰章,遇雨返馆。

三十日　晴。午后访三哥长谈,闻南通张孝若②有以五十万运动卢浙督③攻苏取督位,而己居省长事。又闻景惠④受贿四十万,佯攻覆奉军。末世枭獍,诚可诛也。少麟太君昨殁京邸,而平伯则昨添

---

①　汤爱理,汤中(1882—?),字野民、爱理,江苏武进人。1922 年 5 月 27 日,陈垣次长去职后,实由全绍清署理教育部次长工作一个多月。汤爱理以教育部参事兼代次长,则是 1923 年 12 月的事,时间比较短暂。1924 年 9 月 21 日至 11 月 10 日,任教育部次长。

②　张孝若(1898—1935),本名怡祖,字孝若,江苏南通人。近代著名实业家、教育家张謇之子。毕业于美国哥伦比亚大学商学院,回国后曾任江苏省议会议员。20 世纪 20 年代初,江苏省议会主张"苏人治苏",在推选议长的过程中,出现两派分争,遂有贿选传闻散出。

③　卢浙督,卢永祥(1867—1934),原名卢振河,字子嘉,山东济阳人。中国近代皖系军阀代表人物之一。1919 年 8 月,任浙江省督军。1924 年 12 月,任苏皖宣抚使。1925 年 1 月 10 日,组织宣抚军,自兼江苏军务督办。日记中又称"范阳"。

④　景惠,张景惠(1871 或 1872—1959),字叙五,生于奉天府八角台(今辽宁台安)。民国时期奉系军阀首领。曾追随张作霖,先后任奉军副司令、察哈尔都统兼陆军 16 师师长、奉军西路总司令等。

一子。六弟、玭侄均来,六弟先行,余晚膳后始返。

　　三十一日　旧历重五,晴。晨访啸六、玭侄夫妇,未晤,遂至三哥处贺节,晤啸六,顺道至大方家胡同访少侯,后细瓦厂访少桐,安儿胡同访钰妹,返西城午膳后,偕六弟至清虚观送劳太夫人姚太君,三晤三哥、四哥。事毕,附三哥汽车返馆。

民国十一年(1922)六月

　　一日　晴。继续停止阅览。傍晚走访三哥,未晤。

　　二日　阴。今日报载东海辞职,旧国会在津上集会,有驱徐拥黎①通电。三哥来馆,言时局颇不好。

　　三日　晴。报载东海于日昨退位出都,印信交国务院保存。总理周子廙②以总统既成非法,则内阁亦未能独异,开紧急会议,改国务员为行政委员,电津迎黄陂入都复职。黄陂有今明入都之说。

　　四日　晴。午后返西城。傍晚偕四哥、六弟至钰妹处晚餐,桂珍甥女亦在座。

　　五日　晴。晨访徐森玉长谈。遂赴沟头访旭光,未晤。午前旭光、焕文来长谈,言项城、东海都以旧历五月初七日下午二时许交卸印玺,洵足异也。午后偕四哥、六弟访玭侄,未晤,遂访三哥。

　　六日　晴。

　　七日　晴。

　　八日　晴。报载黄陂六日通电,要求各将领解兵柄,措辞坚决,恐入都复职一事不易办到。读陈眉公《见闻录》八卷,《珍珠船》

---

　　①　黎,黎元洪(1864—1928),字宋卿,湖北黄陂人。1922年6月至1923年6月,任中华民国大总统。日记中又称黄陂、黎总统等。

　　②　周子廙,周自齐(1869—1923),字子廙,祖籍浙江秀水,出生于今山东单县。1920年8月中旬,任财政部总长。1922年4月9日至6月12日,任国务总理兼教育部总长。日记中又称财政总长。

三卷。

　　九日　晴。读《珍珠船》一卷,《妮古录》四卷,《群碎录》一卷,《偃曝谈余》二卷,《岩栖幽事》一卷,《枕谈》一卷,《太平清话》四卷。

　　十日　晴。读《书蕉》二卷,《笔记》二卷,《书画史》一卷,《安得长者言》一卷,《狂夫之言》五卷,《香案牍》一卷,《读书镜》十卷,宋景安赵彦卫①《云麓漫抄》四卷,宋吴叶梦得②《石林燕语》十卷。

　　十一日　晴。午后返西城,访钰妹长谈,即返寓庐。少顷,钰妹及桂甥来。夜宿西城。黎总统入都。

　　十二日　晴。晨起返馆。午后得部中消息,明日恢复办公。读《快活》③第四号一册,《半月》④十五、十六、十七三册。

　　十三日　晴。读宋叶梦得少蕴《避暑录话》二卷,宋淮海周辉⑤《清波杂志》一卷。今日恢复办公。内阁已发表颜惠庆⑥以外长署总理,黄任之长教育。热度一百八度。

-----

　　①　赵彦卫(生卒年不详),字景安,号云麓,浚仪(今河南开封)人。宋代诗人、学者。

　　②　叶梦得(1077—1148),字少蕴,号石林居士,苏州吴县(今江苏苏州)人。宋代词人、经学家。

　　③　《快活》,鸳鸯蝴蝶派的刊物。旬刊,1922年1月在上海创刊,由李涵秋、张云石编辑,世界书局出版发行。该刊以发表小说为主,兼及散文、笔记、奇闻等。主要撰稿人有李涵秋、向恺然、陆澹安、程小青等。1922年12月终刊,仅出版36期。

　　④　《半月》,小说杂志,半月刊,1921年9月在上海创刊,周瘦鹃主编,袁寒云主撰,上海大东书局出版发行。1925年11月终刊。

　　⑤　周辉(1126—1198),字昭礼,泰州(今江苏泰州)人。晚年隐居钱塘清波门。南宋诗人、学者、藏书家。

　　⑥　颜惠庆(1877—1950),字骏人,江苏松江(今上海)人。1920年8月,任外交部总长。1922年6月11日至8月5日,任国务总理兼外交部总长。1924年9月14日至10月30日,再次任国务总理兼内务部总长。1926年5月13日至6月22日,复任国务总理,摄行大总统职。日记中又称外交总长、颜骏人、骏人等。

十四日　晴。读《清波杂志》二卷,宋彭乘①《墨客挥犀》十卷,宋阙名《异闻总录》四卷,元郑元祐②明德《遂昌杂录》一卷,唐临淄段成式③《酉阳杂俎》十卷。热度九十度。

十五日　晨阴,大风。读《酉阳杂俎》十卷。旋展晴光。读唐圣朋张读④《宣室志》十卷,又《补遗》一卷,河东先生⑤《龙城录》二卷,宋庐陵罗大经⑥《鹤林玉露》十一卷。

十六日　晴。读《鹤林玉露》五卷,又补遗一卷,宋阙名《儒林公议》二卷,聊复翁赵德麟⑦《侯鲭[鲭]录》八卷,宋历阳郭彖⑧《睽车志》六卷,宋江休复⑨《江邻几杂志》一卷,宋相台岳珂⑩《桯史》五卷。

十七日　晴。读《桯史》十卷,宋临川陈随隐⑪《随隐漫录》五卷,

---

①　彭乘(生卒年不详),筠州高安(今江西高安)人。宋代学者。

②　郑元祐(1292—1364),字明德,处州遂昌(今浙江遂昌)人。元代诗人、文学家、书法家。

③　段成式(803—863),字柯古,齐州临淄(今山东邹平)人。唐代文学家、诗人。

④　张读(834 或 835—882),字圣朋,深州陆泽(今河北深县)人。唐代学者。

⑤　河东先生,柳宗元(773—819),字子厚,祖籍河东郡(今陕西永济、芮城一带)人,世称柳河东、河东先生。唐代文学家、哲学家、思想家。

⑥　罗大经(1196—1242),字景纶,号儒林,又号鹤林,庐陵吉水(今江西吉水)人。宋代学者。

⑦　赵德麟,赵令畤(1064—1134),字景贶,又字德麟,自号聊复翁。宋代词人。

⑧　郭彖(生卒年不详),字伯彖,历阳(今安徽和县)人。宋代文学家。

⑨　江休复(1005—1060),字邻几,河南开封人。宋代诗人、散文家、学者。

⑩　岳珂(1183—1243),字肃之,相州汤阴(今河南汤阴)人。岳飞之孙,岳霖之子。南宋文学家。

⑪　陈随隐,陈世崇(1245—1309),字伯仁,号随隐,临川(今江西)人。宋末元初诗人。

百岁寓翁①《枫窗小牍》二卷。午后三时访大侄，晤三哥嫂及珠姨。大侄邀余伴渠至天津，省视啸鹿，四时二十五分在前门展轮，沿途兵车络绎，至九时许始到天津，啸鹿已派汽车在新站相俟，至意界已将十时。大侄夫妇欲余即宿寓中，余以人多辞，宿常乐旅馆。

十八日　晴。三时许起身，附车返都门，上车人绝少，及新站人骤拥挤，以军人为最多，沿路停顿，抵东便门已将及十二时矣。急欲报告三哥嫂以津门情形，即于是处下车，赁洋车入朝阳门，晤三哥嫂、许二表姊、三侄女，少选，少侯亦来送汲侯行，汲侯旋归，午膳后出都，余未送也。归读宋李元纲②《厚德录》二卷。

十九日　晴。读《厚德录》二卷，宋剡川姚宽《西溪丛语》二卷。午后得三哥电话，知《荒服鸿飞记》得译资二百四十番，嘱携名号图章去签约。三时赴三哥处，晤三哥嫂及季湘，遂至市场，与雨苍、音九啜茗东安楼，晤慕凡等。傍晚偕雨苍饮于远东咖啡馆。

二十日　晴。午后雷电交作，似有雨意，为大风所勒，不果。读宋长洲王楙③《野客丛书》三十卷，东阳俞成④元德《萤雪丛说》二卷，高邮孙升⑤《孙公谈圃》三卷，许彦周许⑥《诗话》一卷，陈师道⑦《后山

---

①　百岁寓翁，袁褧（1495—1573），字尚之，吴郡（今江苏苏州）人。明代藏书家、刻书家、诗人、书画家。因其著作《枫窗小牍》署名"百岁寓翁"。

②　李元纲（生卒年不详），字国纪，钱塘（今浙江杭州）人。宋代小说家。

③　王楙（1151—1213），字勉夫，福清龙山（今福建福清）人。南宋学者。

④　俞成（生卒年不详），字元德，东阳（今浙江金华）人。南宋学者。

⑤　孙升（1038—1099），字君孚，高邮军甓社湖畔（今江苏金湖）人。北宋诗人。

⑥　许彦周，许顗（1091—？），字彦周，开封府襄邑县（今河南睢县）人。南宋诗评家。后一"许"字为衍字。

⑦　陈师道（1053—1102），字履常，号后山居士，彭城（今江苏徐州）人。北宋文学家、诗人。

居士诗话》一卷,周密①公谨《齐东野语》八卷。晚膳后访钰妹,取长衫即返馆。

二十一日　晴。读《齐东野语》十卷,宋弁阳老人周密《癸辛杂识》前后集各一卷,《续集》二卷,《别集》二卷,元全愚蒋正子②《山房随笔》一卷,宋临汉魏泰③《东轩笔录》四卷。傍晚返西城,省视四哥,宿西城。

二十二日　晴。晨起返馆。读《东轩笔录》三卷,宋吴处厚④《青箱杂记》五卷。译书一章。晚浴于中华园。钰妹邻近被火,幸未延及,仅受虚惊耳。

二十三日　晨阴。读《青箱杂记》五卷。午后大雷雨。译书一章。晚雨止。

二十四日　阴。译书一章。午后访三哥,致送侄孙⑤弥月贺仪,晤钰妹、许二表姊,遂返西城。夜大雷雨。

二十五日　晨阴,仍蒙蒙细雨。六弟南下迎眷,余送诸车站。入城,代六弟携园蔬赠三哥,尚未起,遂返馆。译书一章。仲威⑥闻归来参观。仲威赠余《复庵集》四册,静山⑦星使遗著也。

---

① 周密(1232—1298),字公谨,晚号弁阳老人。祖籍济南,出生于杭州。南宋词人、文学家。
② 蒋正子,宋末元初遗民,生平事迹不详。
③ 魏泰(生卒年不详),字道辅,临汉(今湖北襄阳)人。宋代学者。
④ 吴处厚(生卒年不详),字伯固,邵武(今福建南平)人。宋代学者。
⑤ 侄孙,俞润民(1922—2010),俞平伯之子。日记中又称大侄孙、三侄孙。
⑥ 仲威,庄清华(1855—1941),字仲威,武进人。清光绪二十年(1894)进士。历任山西太原电报及电话局总办、法政学校提调,南京、苏州电报局局长,镇江、烟台电报兼电话局局长,上海轮船招商总局董事等。
⑦ 静山,许珏(1843—1916),字静山,晚号复庵,江苏无锡人。晚清外交官。

二十六日　上午雨,午后雨止。读宋湘山郑景望^①《蒙斋笔谈》二卷,张舜民^②《画墁录》一卷。傍晚散步至四牌楼。译书二章。

二十七日　晴。上午至三哥处贺喜,因平伯于旧历五月初三得一子,今日值弥月也,稍坐即行。访鉴泉于竹竿巷四十九号郗宅,未晤,遂至东安市场,吃冰激凌。正午赴东兴楼,三哥于此宴客,同席有少林、梦姞、季湘叔侄、少侯父子及瑶官。瑶官姓李,字振先,少侯之甥。席罢返馆。

二十八日　晴。译书一章。读宋鄱阳张世南^③《游宦纪闻》十卷。晚鉴泉来长谈,十时始别去。

二十九日　晴。译书二章。读宋沈括^④《梦溪笔谈》八卷。午后赴三哥处,取译资。归,少林之子来馆,送来《齐碑》三份。

三十日　阴。晨访少林于清虚观,面致其太夫人赙仪,归遇微雨。译书二章。夜雨。

民国十一年(1922)七月

一日　晴。译书二章。午后大雷雨,晚霁。

二日　晴。午后雨,旋霁。访鉴泉、子竟,谈滂江之役。二君各以石子一包见赠,盖于役滂江,在枪林弹雨中所得,遂拉鉴泉赴东安啜茗,晤雨苍、音九,同饮东华。

三日　晴。午后至崇文门买糖,遂访钰妹长谈。返西城。钰妹欲移居,返家同往看新屋三处,皆不合意而去。余访旭光疾,稍坐即

---

①　郑景望,郑伯熊(1124—1181),字景望,永嘉(今浙江温州永嘉县表山,《日记》误写为湘山)人。南宋诗人、学者、教育家。

②　张舜民(生卒年不详),字芸叟,邠州(今陕西彬县)人。宋代文学家。

③　张世南(生卒年不详),字光叔,饶州鄱阳(今江西鄱阳)人。宋代文献家。

④　沈括(1031—1095),字存中,钱塘(今浙江杭州)人。宋代科学家。

行。夜宿西城。

四日　晴。今日馆中补祝恢复共和,休息一天。午后访雨苍,托渠带银九元返锡,五元为还铁眉垫印泥款,四元祝铁眉生子。铁眉五十一矣,一子于前三年化去,西河之痛殊深,今年复举一雄,固不能不贺也。遂访三哥长谈。傍晚散步至地安门。

五日　晴。量《大般若经》九卷。译书二章。

六日　晴。译书二章。

七日　阴。译书二章。午后赴邮局存款,归大雨,晚霁。

八日　晴。译书二章。傍晚偕任父至后门购旧瓷碟一枚。

九日　晴。译书二章。午后返西城,绍裘来长谈。

十日　晴。晨起出前门,至廊坊二条广聚斋取定做红木匣二枚,即返馆。午后送《四书》《礼记》评本至三哥处,晤三哥嫂,长谈。译书一章。

十一日　晴。译书二章。

十二日　竟日雨。译书一章。

十三日　晴。量《大般若经》十五卷。译书一章。

十四日　晴。译书一章。傍晚至后门购茶缸一对,为慎德堂物。

十五日　晴。译书一章。晚吉人自外来,言今日陆军部人员向董绥金①财长索薪,董财长为索薪人所殴,肇事地点即在国务院中,凶手已被捕。

十六日　晴。译书二章。

十七日　竟日雨,晚晴。未他出。译书二章。

十八日　晴,午后雨,晚晴。译书二章。

十九日　晴。量《大般若经》二十八卷。译书二章。

---

①　董绥金,董康(1867—1947),字绥金。1922年5月24日至8月5日,任财政部总长。

二十日　晴,夜雨。译书一章。九峰来,言教育次长又易汤尔和①,本馆馆长例为次长兼职,援庵次长辞职后,全绍清②继之,今又易一人,一岁三易人矣,可慨也。

二十一日　雨。译书一章。得四哥电话,知六弟夫妇今晚入都。

二十二日　雨。译书一章。徐森玉主任辞职,继任为怀宁洪荄舲③。

二十三日　雨,午后雨止。返西城,访钰妹,未晤,至寓庐,则妹已先在,陈君亦至。夜宿寓庐。

二十四日　竟日雨。午后,旭光来长谈,焕文之封翁捐馆吴门,嘱余撰挽联。旭光久蛰,拟作鄂行。良朋久别暂聚,日下不意又将判袂,为之黯然。晚为六弟夫妇洗尘,仍宿西城。

二十五日　雨。晨起返馆,过金鳌玉蛛,望北海红蕖翠盖,苍翠欲滴。译书一章。傍晚访三哥嫂,送少侯寿份,归途见天末奇云,有若高山耸峙,西方浮云出其上,走若奔马,颇饶画趣。

二十六日　晴。午后,新主任洪荄舲遂来馆接任,于客厅开谈话会。施家六弟来长谈。东森在奉有亏空三百余金之说,余托六弟飞函速渠返都。

二十七日　晴,午后雨,晚霁。量《大般若经》二十二卷。译书一章。

二十八日　晴。译书二章。上午至少侯处祝寿,五十生辰也(六

---

①　汤尔和(1878—1940),原名蕭,字调鼎,又字尔和,浙江杭县人。1922年7月21日,任教育部次长兼京师图书馆馆长。同年9月19日至11月29日,任教育部总长。

②　全绍清(1884—1951),字希伯,直隶宛平(今属北京)人。1922年6月17日至7月21日,任教育部次长兼京师图书馆馆长。

③　洪荄舲,洪逵(1885—?),字荄舲,安徽怀宁人。早年留学英国,毕业于伦敦大学。1922年7月至9月,任京师图书馆主任。日记中又称洪主任、主任、荄舲等。

月初五日）。午后，洪主任来谈，欲检查善本，邀余佐孙北海，余允之。

二十九日　阴。译书一章。《荒服鸿飞记续编》全书计十四万二千一百六十六字，今日告成。盛暑成此，差无错误，亦足快也。量经二十卷。

三十日　晴。量经四十卷。午后佐北海检查善本七种。傍晚至后门购盖碗二，至西城赠六弟夫妇，敏望为六弟洗尘，余及四哥作陪。夜宿西城。

三十一日　晴。上午访钰妹，遂返馆。午后访三哥，以《荒服鸿飞记续编》相托。晤四哥。夜雨。

民国十一年（1922）八月

一日　晴。量经三十二卷。

二日　晴。午后，主任偕友四人来参观写经。

三日　阴。傍晚至市场购物，归浴中华。

四日　晴。量经十八卷。森玉主任任内有蜀籍学生彭佛远者来馆阅书，于《四库》本《潜夫论》后，用墨笔批一二十字，森玉主任拟究办，会去任，不果。芰龄主任接任后，奉部令根究其事，日前向检查厅申诉，今日检查此案，馆中命《四库》司库李耀南、特别阅览室收发袁坚①为代表，中夜始归，言证据极充足，唯检查官嘱和解。彭佛远亦来，乞援于子年。

五日　晴。量经二十五卷。

六日　晴。午后赴西城，晚膳后以后天为新侄生日，余给新侄果饵钱二元。六弟以余亦在窘乡，坚却不受，与余几起冲突。

七日　阴。晨起返馆，即雨，午后霁。

八日　阴雨。庋藏《金经》二百卷。傍晚至西城，访四哥、六弟等，晚膳后返馆。

---

①　袁坚，字少修。1921年4月至1923年12月，在京师图书馆工作。

九日 晴。庋藏《金经》二百卷。

十日 晴。庋藏《金经》一百二十卷。

十一日 晴。庋藏《金经》二百卷。

十二日 阴。庋藏《金经》百二十卷。上午至教育部,参与索薪会议,晤镜芙。

十三日 晴。庋藏《金经》八十八卷。午后至钰妹处,钰妹招饮也。同席为三哥夫妇、四哥、六弟夫妇、沈商耆[1]、四妹、八妹、六弟。夜宿西城。

十四日 晴。午后访旭光,未晤。至厂甸德元定制眼镜,归至东安市场,晤松云,啜茗东安楼,并晤慕藩,购乌他十五枚,访三哥嫂,长谈。闻三哥言,昨夜北苑九师哗变,今日尚未启城。

十五日 雨。量《般若》十七卷。庋藏《金经》十五卷。

十六日 雨。庋藏《金经》十二卷。

十七日 上午晴,午后雨。检查《摩诃般若》一卷,《金经》三卷,《维摩经》一卷,《楞迦经》一卷。

十八日 晴。傍晚散步至海部南。

十九日 晴。张尹民寻衅,其原因极细,而横暴之气咄咄逼人。午后检点一切,准备交卸。夜九时许,见奔星。

二十日 阴晴不定。傍晚返西城。钰妹及钟子玑夫妇均在。宿西城。

二十一日 晴。午前勔勖来长谈。午后至厂甸德元取眼镜,即返馆。

二十二日 晴。

二十三日 晴。傍晚访三哥长谈。

二十四日 晴。

---

① 沈商耆,沈彭年(1873—1928),字商耆,江苏青浦(今上海市)人。民国成立后,曾与鲁迅先生同在教育部社会教育司任职。

二十五日　晴。傍晚返西城。以东森自奉天归,六弟为之洗尘也。听东森谈辽东事。

二十六日　晴。晨起返馆。傍晚散步至北小街。

二十七日　晴。午后携慎德堂茶杯二,赠三哥,遂至哈达门,购饼饵,返西城。仲华挈如夫人来京,晚膳后偕六弟、隽人、菉坡等出城迓之,车误点,至十一时许才到,在站上晤采人,十二时许返寓庐,与仲华夜话,二时许始睡。

二十八日　晴。夜,六弟留余在西城,为仲华洗尘,子玑亦来。

二十九日　晴。晨起返馆,量《大般若经》三十卷。午后偕三哥至琎侄处长谈,晤啸陆。傍晚偕三哥、啸陆至烟袋斜街看古玩,归至琎侄处吃面。面罢至市场购灯二,送侄孙女①,托三哥带去。即返馆。

三十日　晴。量《大般若经》三十九卷。午后访东森,东森留吃晚膳,同席有东森、钰妹、四妹、八妹、六弟,膳罢返馆。

三十一日　雨。

民国十一年(1922)九月

一日　晴。量《大般若经》十七卷,《涅槃经》十九卷。

二日　晴。量《涅槃经》二十卷。

三日　晴。量《涅槃经》四十一卷。午后赴烟袋斜街,为啸陆购花瓶二枚。返西城,钰妹亦归。晚膳后,同访仲华,拉仲华归寓长谈,中夜始散。

四日　阴。午后至后门购碗三枚,送三哥。至三哥处长谈,三哥留吃面。返馆后,邓君来长谈。夜雨。

五日　晴。上午三哥来长谈。量《涅槃经》二十七卷。傍晚散步至四牌楼。夜雨。

---

①　侄孙女,俞成(1918—2002)、俞欣(1919—2016),俞平伯之女。

六日　晴。量《涅槃经》四十卷。邓君以道光官窑碗一枚见贻。晚闻十刹海有盂兰会，偕子年、颂生、任父往观，无所睹，归途见儿童肩灯南行，不知何往。夜雨。

七日　阴。量《涅槃经》四十五卷。微雨。

八日　晴。量《涅槃经》四十七卷。

九日　雨。量《涅槃经》四十卷。午后雨苍来长谈。

十日　晴。量《涅槃经》四十二卷。午后返西城食蟹，偕仲华、隽人等竹战。

十一日　晴。上午返馆。拟访王仲华问星命，以人多未果。午后访三哥长谈，并以铁眉所赠之毛猴、龙须、水仙三种茶叶及雪君之酱菜相遗。遂访松云，同至市场啜茗东安楼，晤雨苍、峰生，同至东华饭店晚餐，返馆已十时后矣。颂生今夕归蜀，余归已行。

十二日　晴。量《涅槃经》二十二卷。午后三哥来，以兰花二株、石二块见赠。

十三日　晴。量《大般若经》五十六卷。

十四日　晴。今日开始晒书。午后阴，微雨。访伯诚、念观昆季，遂返西城，偕四哥、六弟等作竹战，钰妹亦归。夜宿西城。

十五日　阴。晨起返馆。天阴未晒书。

十六日　雨。午后返西城，与兄妹等作方城戏，宿西城。

十七日　晴。晨起以电话询任父，知停止晒书，未返馆。夜仲华宴客，宿西城。

十八日　晴。晨起返馆，晒书。

十九日　晴。晒书。

二十日　晴。晒书。

二十一日　晴，午后阴。晒书。

二十二日　阴。未晒书。上午至烟袋斜街购茶杯五枚、饭碗二枚，备送三哥。

二十三日　晴。晒书。午后返西城，先至三哥处，以雍正瓷茶杯五枚赠之。三哥嫂留余食饼饵，食罢，返西城公宴，为更生、仲瑚洗尘。饮罢，听郭雁宾唱《乌盆记》。

二十四日　晴。晨起返馆，晒书。午后冷鉴泉来长谈，闻芰舲又有更易之说。

二十五日　晴。晒书。为工校评定新生国文卷三百九本。芰舲果回部，新主任为夏君剑丞①。

二十六日　晴。晒书。今日晒书之末日。原拟往访三哥，以事未果。

二十七日　阴。上午伯诚来长谈。伯诚走后，至钰妹处午膳，午后返西城寓庐。大风。晚偕志贤、任父公饯阆声赴浙。

二十八日　晴。上午访阆声长谈。

二十九日　晴。

三十日　阴。晨起返馆。午后赴宣武门外铁门安庆馆，参与国务院顾问咨议联合大会。事毕，访三哥，六弟亦在，同访啸陆，即在其家晚膳。

民国十一年（1922）十月

一日　晴。晚，公饯洪主任芰舲，未返西城。

二日　晴。

三日　晴。

四日　晴。

五日　晴。上午，历访啸陆、三哥、少侯、钰妹等贺节，遂返西城。少顷，仲华、隽人、仲瑚等均来。午膳后作手谈。夜月极佳。宿西城。

六日　晴。晨起返馆。晚膳后散步至后门。

七日　晴。报载徐又铮于二日在八闽延平设建国军政制置府，

---

① 夏君剑丞，夏敬观（1875—1953），字剑丞，江西（今江西南昌）人。著名词人。1922年9月被聘为京师图书馆主任，未就职。日记中又称剑丞。

用以驱李①,浙江忽将牵入漩涡,南望殊切切也。

八日　晴。午后返西城。三哥嫂亦来。

九日　晴。未他出。风绝厉。夜公宴。

十日　晴。晨偕隽人访仲华。晚步行至新华门观灯。今日点缀较往年热闹,所惜国乱未已,南服多故,统一恐难期也。仍宿西城。

十一日　晴。晨起返馆。

十二日　晴。

十三日　晴。得三哥电话,知剑丞将来。日下勖吾亦有来京消息。

十四日　晴。

十五日　晴。午后得勖吾电话,知已来京,访之于受璧胡同。总角之交,数年契阔,相逢异地,鬓发皆斑,谈久忘日影移也。因约后日煮茗东安楼。返西城寓庐。

十六日　晴。午后访钰妹,钰妹又卧病矣。稍坐,即至三哥处,晤昂若,知剑丞决不来,后任已另派浙人叶公②矣。龙姨留吃蟹,大侄亦来,晚膳后作雀戏,返馆已将十二时。

十七日　阴。今日为旧历八月二十七日,孔子圣诞,休息一天。邓君伯诚介弟念观由余介绍,与工校庶务王幼荃令嫒订婚,今日文定。王宅之媒为隽人,九时来馆,同至邓宅取求允帖,驾汽车至小玉皇阁王宅,仲华等已先在,稍进中餐,取庚帖返辔,至邓宅用膳,礼成已午后二时,遂至东安楼晤勖吾、雨苍,宴于同义商场中裕源堂,为勖吾洗尘,返馆已十时矣。

十八日　晴。午后幼荃来谢步,稍坐即去。

----

①　李,李厚基(1870—1942),字培之,江苏丰县人。皖系军阀。1918年任闽浙援粤军总司令,被击败。

②　叶公,叶渭清,字左文,浙江兰溪人。1922年10月至12月,任京师图书馆主任。日记中又称叶左文、主任、叶主任、左君、左文等。

十九日　晴。头痛甚,携十六日绍裘所开药方,至志善购药二剂,归命馆役煎一剂,服之。

二十日　晴。头痛仍未愈。任父言多走路足以愈之,劝余徒步出游,余漫应之,迟迟不行。任父来邀余同行出外,遂出西口,循安定门西水关西行,至德胜门,登净业湖北水月庵,上山眺远,庵前石级上有一女子徙倚朝阳,翠袖天寒,似含幽怨,大约为赁庑者,余及任父在石上稍憩,仍循城垣西行,至西直门,赁车游万牲园,园中鸟兽死者不少,徘徊半晌始行出园。在园外野肆中略进茶点,拟游玉泉山,车夫索赁值过昂,遂中止。于野田中觅径至阜城门,在阜城门外见一坟园,甚新奇,中植巨碣,书陆公墓,题左右街衢为陆公墓街及陆公墓斜,询诸左右居民,则子欣①总长生茔也。入城赁车至西四牌楼,徒步返馆。

二十一日　晴。

二十二日　晴。午后返西城。

二十三日　晴。午后游小市,以银饼四枚,购达摩一尊,花瓶一枚,遂往问钰妹疾,虽支持出外,而神智颓唐。东森未返,遽可怜也。稍坐,为钰妹至邮局存款,驱车至东安市场,啜茗东安楼,晤松云、勖吾,同饮裕源堂,晤昂若,知叶公已到都门,明日可到馆。

二十四日　晴。午后新主任兰溪叶左文渭清来馆接事,由社会教育司司长高阆仙步瀛同来开茶话会。

二十五日　晴。量《大般若经》五十四卷。午后,丹国方言教授胡尔夫来参观。

二十六日　晴。量《大般若经》二十九卷。

二十七日　晴。量《大般若经》三十一卷。胡尔夫复来,稍坐

---

①　子欣,陆征祥(1871—1949),字子欣,松江府上海县(今上海市)人。1919年1月署外交部总长,未到任前由外交部次长代。1920年1月25日回国,至8月13日,任外交部总长。

始去。

二十八日　晴。量《大般若经》二十六卷。午后偕志闲、博诚至景山登高,今日盖重九也,同行有钟子玠及王君。

二十九日　晴。量《大般若经》十八卷。午后乞假赴祖家街高等工业专门学校,参观该校十周纪念恳亲会,并为博诚介弟念观致送聘金。至校,由仲瑚导引参观各工场,即在校中晚餐,九时许返西城寓庐。

三十日　大风。上午焕文来谢孝,同往访旭光,晤蔚文。午后访钰妹,遂返城北。

三十一日　晴。量《大般若经》十三卷。检查《摩诃般若波罗蜜经》八卷。

民国十一年(1922)十一月

一日　晴。检查《摩诃般若波罗蜜经》十二卷。今晨始见冰。

二日　晴。检查《摩诃般若波罗蜜经》十九卷。今日部中来文,将史[1]、何[2]、柯[3]及马明公[4]撤差,另派一瞿姓[5]为编辑,陈中[6]等四人为馆[7]。闻志闲言,叶、范及李吉人几被裁,经主任力争始免,然第二批裁人仍恐难免,因薪水项下尚短二百金也。

三日　晴。检查《摩诃般若波罗蜜经》十三卷,《小品般若经》五

---

[1]　史,史子年。参见1921年3月24日注释。

[2]　何,何人璧,1921年9月至1922年11月,在京师图书馆工作。

[3]　柯,柯昌济,字纯卿。1921年8月至1922年11月、1924年4月至12月,在京师图书馆工作。

[4]　马明公,马朝铣,1921年12月至1922年11月,在京师图书馆工作。

[5]　瞿姓,瞿士勋,字勉皆。1922年11月至12月,在京师图书馆工作。日记中又称勉皆。

[6]　陈中,1922年11月至12月,在京师图书馆工作。

[7]　此处文义不通,疑有脱文。

卷。今晨见教部昨日公文,唐经有"限年终检查终了"之语,伯诚等颇致恐慌。傍晚因闻志闲有疾,偕柏梁、潜庵前往省视。十一时许得三哥电话,言明晨出都,约余往夜话,即驱车往,四哥亦在。三哥近从蜀人邓君孝然学道,颇有所得,约余及四哥同往修炼,余允之。十一时返馆。

四日　晴。晨起至车站送三哥,六弟已先在。车行始返馆。检查《杂般若》十二卷。

五日　晴。检查《大宝积经》一卷,《文殊般若》四卷。傍晚返西城,更生在竹园夜饮,邀余同往,席间尚有六弟夫妇、仲华、幼诠、隽人、国鎏、仲瑚诸人,步月而返。东森来夜话。

六日　阴。上午访东森长谈,即在其家午膳,午后同返西城寓庐。傍晚返馆。汪谱之来夜话。作一函致阆声。

七日　晴,大风。检查《文殊般若》三卷。庋藏《杂般若》五十二卷。

八日　晴,午后风。检查《心经》十卷,庋藏《杂般若》二十四卷。鉴泉来。

九日　晴,大风。检查《心经》二十九卷。

十日　晴。量《大般若经》四十四卷。午后主任来,商量修改章程事。晚膳后出外散步。

十一日　晴。世界和平纪念,休息一天。午后步行至鼓楼东,购英文小说五种及瓶一枚归,旋至灶温吃面。归时,见大道东小摊上有石庵字一幅,以银币一元易之。

十二日　薄阴。量《大般若经》二十四卷。午后返西城。明日为星枢夫妇八旬双寿,星枢四十七,弟妇三十三。晚偕四哥、东森、钰妹为之预祝,邀更生、隽人、国鎏、仲瑚、炳华、仲华作陪,炳华、更生未到。

十三日　阴。更生等为星枢夫妇庆祝,邀余等作陪。晚膳前,星枢夫妇稍有冲突,余等和解之。

十四日　阴。晨起返馆,量《大般若经》十九卷,庋藏《心经》三十六卷。晚下棋二局。今日部中为索薪事开会,以未得要领,议决明日罢工。教育前途正不知作何变化也。

十五日　阴。检点写经中《律藏》,预备检查。

十六日　阴,傍晚微雪。续检点《律藏》。午后有日人二来参观写经。

十七日　晴。检点《律藏》。

十八日　晨起微雪,旋止,晚晴。检点《律藏》。

十九日　晴。午后马夷初[①]馆长来馆,开一茶话会,宣布进行宗旨。傍晚返西城。施家四妹送来巨蟹数十,即行烹食。

二十日　晴。晚六弟夫妇设筵答谢更生等,兼为四哥预祝,钰妹亦携面来。

二十一日　晴。晨起返馆。傍晚偕壮甫[②]出外散步。

二十二日　晴,午后有风,微雪,晚风止。得隽人、仲华电话,祝余明日生辰。采人以电话询劼吾住址。

二十三日　雪。傍晚偕柏梁、任父出外踏雪,饮于小酒肆,酩酊而归。回忆四十七年前今日此时亦已入世,老大徒伤,拥炉而坐,为之黯然。

二十四日　晴。午后风绝厉。检查《佛藏经》三卷。

二十五日　晴。今日部中开索薪大会,议决明日起附属机关一律罢工。检查《四分律》十二卷。

二十六日　晴。检查《四分律》十卷。午后,康胡、雨苍来长谈,

---

① 马夷初,马叙伦(1885—1970),字彝初,后改为夷初,祖籍浙江绍兴,后移居杭州府仁和县。爱国民主革命家、教育家、学者。1922年9月至12月、1924年11月至1925年3月,两次任教育部次长兼京师图书馆馆长。日记中又称夷初。

② 壮甫,龚澜,字壮甫。1922年11月至12月,在京师图书馆工作。

至五时许始去。遂赴旭光招,其女公子弥月也。檀板金尊,觥筹交错,至十时许返西城寓庐。

二十七日　晴。午后,偕六弟夫妇及侄女等至中天观电影,晚仍宿西城。

二十八日　晴。晨起返馆,检点《梵网经》。傍晚至三哥处,晤少侯、四哥、六弟等,平伯亦自新大陆归来,即在三哥处晚膳,闻罗案中奥款一事,计划实创自张英华①,唯以仓促去职,未获实行。罗氏②接任后,见此计划,知为奇货,重以事大,未敢独吞,于是,引乐安③、渤海入伙,最终则太原公子亦为牵入,于是遣使洛下,兼说白宫,以继任唉黄陂,以虎威④入承大统,必不利于大将军,说虎头二雄尽入彀中,不幸为保定侦知,而大狱兴矣。

二十九日　晴。检点《梵网经》。午后三哥来,以慎德堂花瓶一赠珸侄,居仁堂花瓶赠三哥。

三十日　晴。检点《梵网经》。午后三哥、平伯来,向黄醒民君警铎问道,傍晚始行,赴东华晚餐。

────────

　　①　张英华(1886—?),字月笙,直隶省冀州衡水县(今河北衡水)人。1922年8月,任财政部次长兼盐务署署长。1923年5月至7月,任财政部总长。日记中又称财政张、财长。

　　②　罗氏,罗文干(1888—1941),字钧任,广东番禺人。1921年12月,任北京政府司法部次长。1922年4月至6月,以次长代理司法部部务。1922年9月19日至11月29日,任财政部总长。日记中又称罗文干。

　　③　乐安,陈乐山(1884—?),字耀珊,河南罗山人。曾在浙江督办卢永祥部,历任师长、宪兵司令、杭州卫戍司令、沪浙联军第二军总司令等。

　　④　虎威,曹锟(1862—1938),字仲珊,直隶天津人。直系军阀首领,被授予"虎威将军"。1923年10月10日至1924年11月2日,任中华民国第五任大总统。日记中又称曹氏、曹巡阅使、曹三、曹锟、曹仲珊、曹等。

民国十一年(1922)十二月

一日　晴。旧历十月十三日晨三时,清逊帝[1]谛婚。量《大般若经》五十卷。亮畴[2]内阁完全辞职,前晚发表以伯棠[3]组阁,教长则湘人彭允彝[4]。今日午后伯刚来言,伯棠又辞职矣。其时间仅十二小时,奇甚。

二日　晴。上午赴三哥处,贺嫂氏生日,晤汲侯及彭世兄。午后量《大般若经》二十五卷。

三日　晴。午后至市场,为宜俭购帽一只,即至卧佛寺佛经流通处,为三哥购准提像二,订准提镜一,约明日往取,遂返寓庐。子玑已先在,拉余兄弟三人及弟夫人赴真光观《故宫血》电影,计十一幕,闻电影公司特向意大利假罗马故宫所摄,风景佳绝,殿陛亦极轮奂,归途风烈甚。夜宿西城。

四日　晴。午后向佛经流通处取镜,访三哥,三哥留晚膳,夜中返馆。

五日　晴。量《大般若经》二十六卷。午后访三哥,取贺任母旌

---

①　清逊帝,爱新觉罗·溥仪(1906—1967),1922年12月1日大婚。日记中又称宣统。

②　亮畴,王宠惠(1881—1958),字亮畴,又作亮侪,广东东莞人。法学家、政治家、外交家。南京临时政府成立后,任外交部总长。后历任北洋政府司法部总长等。1922年8月5日,以教育部总长兼代国务总理,同年9月19日任国务总理,11月29日内阁总辞职。1926年5月,被颜惠庆内阁任命为教育部总长,未就任。日记中又称王亮侪。

③　伯棠,汪大燮(1860—1929),字伯唐,又作伯棠,钱塘(今浙江杭州)人。1922年11月29日至12月1日,以财政部总长兼署总理。

④　彭允彝(1878—1943),字静仁,湖南湘潭人。辛亥革命后,曾任参议院议员。1922年11月至1923年9月,任教育部总长。日记中又称彭教长、彭总长。

门诗,晤三侄女。

六日　晴。

七日　晴。

八日　晴。午后三哥来,与伯诚、醒民二君谈道。译《黑白记》第一章。

九日　晴。

十日　晴。午后返西城。实甫姊倩自赣来,长谈至三时始就寝。

十一日　晴。午后至三哥处,同访黄先生问道,仍返三哥处,稍坐,琎侄来。晚,六弟、仲华在便宜坊米市胡同为实甫洗尘,同席为衡山①、蔚文、隽人、东森、孙君实甫等之表叔、沈六实甫族弟、四哥。席散时,衡山已先行,蔚文等拉实甫赴舞榭,余等步入宣武门,在宣外大街路东购刀二,仍宿西城。

十二日　晴。晨起返馆。知经费已发,今日起照常开馆。午后三哥、仲华来,晚假座东华为实甫洗尘,同席为仲华、隽人、东森、四哥及六弟夫妇。

十三日　阴。晚三哥招黄先生饮于东兴楼,约余作陪,有平伯在座。夜雪。

十四日　晨雪,午后转晴。量《大般若经》三十四卷。译《黑白记》一章。晚得部中公文,又更易主任,新任为章勤士②君,叶主任则另候任用。今年主任已五易矣。去新历岁底仅有十余日,或不致再行更迭也。

---

① 衡山,沈钧儒(1875—1963),字秉甫,号衡山,祖籍浙江嘉兴,出生于苏州。著名法学教育家、律师。清末最后一科进士,日本法政大学毕业。1916年冬,携全家到北京,居前门内西城根。

② 章勤士(? —1924),字陶严,湖南长沙人。1922年12月至1924年1月,任京师图书馆主任。日记中又称章主任陶严、勤士、主任、章主任、章道岩、道岩、长沙、陶岩、章长沙等。

十五日　晴。傍晚携东森托代送之关东酱油,送三哥,并约三哥初三日往视钰妹,晤昂若。今日闻本馆有恢复馆长制消息。

十六日　晴。章主任陶严勤士到馆,午后始去。

十七日　晴。午后三哥有电话来,约若返西城,可至老君堂一转,有送钰妹礼,欲余带往西城。三时至三哥处取物,三嫂出祝敬十元,嘱余转致,遂至钰妹处小坐,即返寓庐。

十八日　晴。未他出。

十九日　晴。钰妹移居南顺城街百十一号,请假助之。晚,六弟夫人烹鸭享余等。得馆中电,左文主任已行,勉皆等解职。

二十日　晴。钰妹二十九岁生辰。请假一天,上午往庆贺,晚妹假六弟处宴客。

二十一日　晴。晨起返馆。闻谭君言,部中又添派七人来馆。访左文主任于机织街三十一号马宅。傍晚,偕任父公钱主任及壮甫于嘉禾春。

二十二日　晴。夏历长至,休息一天,未他出。

二十三日　晴。量《大般若经》二十二卷。傍晚珊侄招饮春华楼,同席为许二表姊、三哥夫妇、玲侄、平伯。

二十四日　晴。午后至市场,为西城三侄女购帽,遂返西城。三哥夫妇、钰妹、平伯等均在,长谈。

二十五日　薄阴。今日实甫五十生辰,偕四哥、六弟、仲华、东森宴之于粉房琉璃街陶园。

二十六日　晴。今日补休息,未返馆。

二十七日　晴。晨起返馆。午后三哥来,探问馆事,盛意殷拳,至可感也。

二十八日　晴。午后访三哥,遂偕三哥、平伯至瀛怀食堂晚膳,膳后返西城寓庐。夜月甚佳,访钰妹长谈。

二十九日　晴。幼诠来长谈。晚钰妹来同啖春饼。子玑自清河来。夜午始就寝。

三十日　晴。上午至西单牌楼,购泥金笺联,备送念观。午后偕六弟下棋二局,始返馆写贺年柬。

三十一日　晴,有风。本日博诚乃弟岳家送妆束来,上午隽人乘车至,邀余同至幼诠家。午膳后,余等押妆至邓宅,博诚复留饭,傍晚返馆。

民国十二年(1923)一月

一日　晴。晨起,隽人自西城来,同赴邓宅押轿,赴小玉皇阁王宅迎娶,幼诠留午饮,饮罢,仍偕隽人押轿返。行礼后,博诚留饮,三时许,王宅迎双归,余等复同往,七时许始偕隽人返西城寓庐。

二日　晴。未他出。

三日　晴。原拟今日谒三哥,上午忽得博诚电话,谓有要事相告,嘱余在寓相候。旭光等来长谈。午后博诚来,则王氏新娘神经错乱,哭泣非时,因以电话嘱仲华转告幼诠设法,此项姻媾原属友朋上为好,发生结果如斯,初非本愿,庸人自扰,尚复何言。仍宿西城,候仲华消息。

四日　晴。晨起返馆。盖今日开馆也。馆长①未到,午后开茶话会,由主任主席。念观来谢媒。

五日　晴。午后三哥来访。傍晚至博诚家,探念观夫人病状,喃喃语不休,青年人得此奇疾,至可悯也。

六日　晴。今日章主任来,因薪俸超过预算甚钜,有减薪之言。前途如漆,可虑之至。

七日　阴。午后返西城,至钰妹处稍坐。

八日　晴。午后访三哥夫妇,为四哥托三哥书小轴。赴东安楼啜茗,晤松云及曹生。

---

① 馆长,胡鄂公(1884—1951),字新三,湖北省江陵人。1922年12月10日至1923年2月,任教育部次长兼京师图书馆馆长。未到任前,由沈步洲代。

九日　晴。量《大般若波罗蜜经》二十卷。午后雨苍来长谈,知《荒服鸿飞记》已登入新出之《小说世界》①。

十日　晴。晚膳后出外散步,自细官胡同绕至交道口,返馆。

十一日　晴。量《大般若波罗蜜经》二十三卷。章主任来馆,言将改组,全馆分三科,科设科长、副科长,嘱大众分拟组织大纲。

十二日　晴。夜雪。

十三日　晴。午后,平佢来唐经室长谈。

十四日　晴。午后返西城。

十五日　晴。上午访旭光,实甫、蔚文亦至,即在旭光处午膳,膳罢至蔚文处稍坐,携糟肉六弟送三哥者访三哥,晤平伯等,遂至东安楼,晤松云、雨苍、音九等,即偕松云、雨苍在裕源堂晚餐。

十六日　晴。量《药师经》二十卷。史子年三度来馆就编辑事,衰年贪得,呼蹴皆受,为子年计,殊不值也。

十七日　晴。量《药师经》二十六卷。

十八日　晴。量《药师经》三十卷。今日报载:蔡元培以彭教长侵犯司法独立,于国务会议席重提惩戒,前财长罗文干单独辞职,各报攻击彭氏,以《京报》为尤烈。九峰乞假返湘。

十九日　晴。量《药师经》十四卷。今日众院投阁员同意票,北大法专学生赴院请愿,反对教长,为军警所阻,遂起冲突,学生受伤二百余人,阁员竟全体通过。傍晚至市场,拟购晚报,晤蔚文。彭教长通过众议院。

二十日　阴。量《药师经》二十九卷。

二十一日　晴。午后返西城。

二十二日　晴。午后至真光观《赖婚》电影,即返馆。

二十三日　晴。上午平伯来长谈,闭馆后,同往东安市场裕源堂

---

①　《小说世界》,上海商务印书馆创办的文学周刊,叶劲风主编。1923年1月5日创刊,1929年12月停刊。商务印书馆出版。

晚膳,购书一册。返馆后,伯诚来长谈。

二十四日 晴。午后至三哥处,祝平伯生辰。今日为腊八日,三嫂留食腊八粥及面。返馆,闻彭教长已在参议院通过。

二十五日 晴。函铁眉,询《蜀辅诗记》销数。

二十六日 晴。

二十七日 晴。连日朔风凛烈,今日稍转阳和。晚膳后偕潜庵出外散步,归得平伯电话,知三哥有腹疾。

二十八日 晴。午后访三哥,绕市场返西城。

二十九日 晴。午后至长安街邮局取款,王府井大街永年为东森付保险款,即至市场,以电话约平伯来东安楼啜茗,晤松云,遂偕平伯至华利晚膳,膳罢返馆。

三十日 晴。傍晚访三哥,三哥已愈,留余晚餐,尝江豆腐及馅儿饼。闻教长已赴部视事。

三十一日 晴。傍晚出城,赴学群、雁南①兄弟招,至米市胡同老便宜坊晚膳,同席有平伯、昂若,膳后,至游艺园观崇雅社坤剧,见于紫云②之《摩天岭》,琴雪芳③之《妻党同恶报》。琴伶为黄陂称赏之人,色艺尚佳。返馆已一时矣。

民国十二年(1923)二月

一日 晴。傍晚得旭光电话,谓将于明晨出都。作书一函,致素文并附上母亲一书,寄银百二十元回家,是款拟托旭光便中带往吴门。今日闻念观夫人已由王宅接取宁家。

二日 晴。晨至车站送旭光,托带款回南,晤敦敏、掌衡、雨人、

---

① 雁南,郭可诚(1909—1931),字学庄,号雁潭,福建福州人。郭则沄与俞珏之子。

② 于紫云,崇雅社科班,坤剧演员。

③ 琴雪芳,原名马金凤,上海人。崇雅社科班,为"坤伶三杰"之一。

焕文等。敦敏亦返苏，车行始入城，携左君所抄书访平伯。傍晚，平伯招饮春华楼，至则三嫂、许二表姊、珽侄已先在，少顷，少侯、学群亦至。入城抵馆已十时矣。作一函致锡侯。

三日　晴。晚膳后偕志闲出外散步至四牌楼。

四日　晴。至市场购茶点二匣，至三哥处送平伯，以其将南下也。大、三两侄女均在家，昂若、学群亦在。三侄女留余食春饼，少顷，四哥、季湘继至，余先行，返西城。

五日　晴。今日立春，未返馆。午后至小市一游，六弟夫妇同往，归途至西单市场，见有关东细鳞鱼，形状极佳，六弟购一尾归，蒸而食之，肉粗不堪食。

六日　晴。晨起返馆。

七日　晴。午后，代三表姊赈济贫民银十元。傍晚偕志闲、任父出外调查贫民。归馆得雨苍电话，遂至雨苍处夜话，托渠赴沪订购杂志及购红茶。

八日　阴。量《大般若波罗蜜多经》三十二卷。

九日　阴。量《大般若经》三十卷。傍晚访三哥，托撰《湘夫人》题词，赤忱所托也。

十日　晴。量《大般若经》四十九卷。国务院顾咨通讯社开会，托任父代表。傍晚偕颂生散步至东四牌楼。

十一日　晴。午后携水果四种送三哥，三嫂留吃粽子，并以茶叶、枣糕、粽子等见赠，遂返西城。晚，六弟、仲华、隽人拉往第一舞台观剧，听程艳秋、陈德霖、龚云甫、王又宸之《探母》，小楼、兰芳、凤卿之《别姬》，其余各剧亦都佳选，四时许返寓。

十二日　晴。未他出。

十三日　阴。午后返馆。在鼓楼东购得建瓷花瓶一枚。

十四日　阴。量《大般若经》五十八卷。傍晚，伯诚昆季以茶点、酱油见赠，至北新桥购水果二种答之。

十五日　旧历除夕也。量《大般若经》二十卷。午后访三哥嫂辞岁,遂返西城。晚膳时,东森、钰妹均来,同席尚有国鎏、仲瑚、隽人。

十六日　晴。癸亥元旦。上午,偕四哥、六弟、仲华、东森赁汽车出贺年,历访少桐、定九、少侯、三哥、筱麓、蔚文、掌衡、旭光、焕文等。隽人、仲瑚等来。晚膳后,更生自青岛来长谈,至午夜始去。

十七日　薄阴。上午,偕四哥、六弟、隽人、仲瑚、国鎏、仲华公钱更生于西车站,六弟妇及侄女等均在座。席散后至厂甸。晚更生答席,仍在原处,侄女等未往,另有炳华及陈姓二人。

十八日　阴。上午偕六弟送更生赴青岛。午后三哥来。晚仲华邀赴中天电影台观《欧战预兆》十一幕。

十九日　雪。晨起冒雪返馆。午后访三哥,交毓世兄处回片,并将十三日所购建瓷瓶一枚赠三哥。遂至少侯处拜姑母神影,少侯已出门,晤灵伯、振先及大表姊。

二十日　晴。今日开馆。

二十一日　晴。上午返西城。访旭光未晤,遂返寓庐。稍坐,至钰妹处长谈。

二十二日　旧历人日,晴。宜侄十岁生日也。乞假,未返馆,在寓庐与兄弟等打牌,晚六弟夫妇设宴款宾,且放花炮,十二时始就寝。

二十三日　晴。晨起返馆。傍晚偕颂生、潜庵散步至东安市场,啜茗东安楼,步月而归。

二十四日　晴。检查《律藏》十卷。天寒甚,闻人言,口外有大雪。

二十五日　晴。检查《律藏》四十卷。傍晚偕九峰饮于华美,遂返西城寓庐。

二十六日　晴。上午东森来,拉至其家午膳,午后为六弟草创设校董制意见书。访三哥,未晤,即返馆。

二十七日　晴。检查《律藏》五十卷。傍晚至市场购鞋。

二十八日　晴。检查《律藏》三十卷,《思益梵天所问经》一卷。傍晚出外观灯,自鼓楼、地安门、宽街、南兵马司、马市街、隆福寺街绕四牌楼北大街,返馆。所见地安门通兴长最佳,以五彩绢于檐际结横额,白云苍松间点缀二三鹤鹿,颇有美术思致。今岁灯市远不如前年,民生凋敝,可见一斑。

民国十二年(1923)三月

一日　薄阴。检查《律藏》四十一卷。傍晚散步至四牌楼。

二日　晴。旧历元宵,薄寒,未他出。

三日　晴。今日报载昨夕各团体举行请愿裁兵提灯会,学生又伤十数人,可痛之至。量《思益梵天所问经》二十三卷。任父今日乞假,拟明日南下。

四日　晴。量《思益梵天所问经》十一卷。午后访三哥,三哥出示白玛瑙小香炉及桃花冻瓶各一枚,玲珑可爱。在三哥处吃粽子糕、馒头等,遂返西城,钰妹亦在。闻钰妹言,东森将有芜湖之行。少顷,东森、仲华亦至。

五日　晴。晨起,为东森草致奉天开埠局辞职稿,为六弟草复许逸轩①函稿。与六弟夫妇下棋三局,午后至东安市场开成啜茗,晤庭翼,徒步返馆。今夕颂生招饮其家,以时晏未赴。

六日　阴。量《瑜伽师地论》六卷。译《黑白记》三千四百余字。傍晚偕潜庵至隆福寺。今日惊蛰。

七日　阴,傍晚雨。译《黑白记》五千一百三十四字。

八日　晴,大风。译《黑白记》四千三百十五字。雨苍带到夷门函件及师梅所送雪茄,作函申谢,并作致雪君及伊文思函。晚至市场购茶点,送赤忱家。

九日　晴。量《大宝积经》十三卷。译《黑白记》一千七百十一字。上午勋吾来长谈,午后始别去。读《留东外史》第六集一册。

----

①　许逸轩,浙江德清人。俞桐园女婿,俞熙春(1887—1960)夫婿,俞同奎侄女婿。曾任上海同济大学高中部、富阳中学、湖州中学英文教师。

十日　雪。译《黑白记》三千三百十一字。

十一日　晴。译《黑白记》二千字。未返西城。

十二日　晴。译《黑白记》四千八百十字。午后偕博诚出安定门散步。

十三日　阴。译《黑白记》六千四百字。杨伯良乞假,明日南下葬母。

十四日　阴。译《黑白记》四千七百三十字。

十五日　阴,夜雨。译《黑白记》二千一百零三字。午后得实甫电话,言六弟夫妇又占脱辐,召余返寓庐,遂于闭馆后驱车返邸,各走极端,无从调处。四哥及余虽将六弟强送入内,宵深仍潜出,就余里间宿。六弟忧患余生,无家庭之乐,亦可怜也。

十六日　晨雨。六弟以车送余返馆。译《黑白记》五千六百二十一字。

十七日　晴。译《黑白记》约三千字。午后三哥为六弟事来长谈。傍晚访伯诚,晤马君叔平①,谈沪上旧事,始知太炎②入西牢,实为稚辉③所陷,先向余联沅④告密所致,亦轶闻也。

十八日　晴。午后返西城,知六弟夫妇已经和解。访实甫长谈。

十九日　晴。上午访东森,为拟书二件。午后六弟夫妇拉余至中天观电影。晚四哥及余为实甫洗尘,其如君亦与座,其余东森、仲华夫妇、隽人,膳罢,子玑来。

二十日　晴。晨起返馆。实甫来,欲拉余同访筱麓,以事未去,

---

①　马君叔平,马衡(1881—1955),字叔平,浙江鄞县(今宁波)人。曾任北京大学讲师、教授。1924年,应"清室善后委员会"聘请,参与故宫文物点查工作。1925年,出任故宫博物院古物馆副馆长。日记中又称马叔平、叔平等。

②　太炎,章炳麟(1869—1936),字枚叔,后改名绛,号太炎,浙江余杭人。国学家。

③　稚辉,吴敬恒(1865—1953),字稚晖。江苏武进人。国民党元老。

④　余联沅(1844—1901),字晋珊,湖北孝感县人。晚清政治人物。

为作电话询问。傍晚访三哥,报告六弟夫妇复和事。今日读《平报》,见一记载,述清室宗支行辈,始自乾隆定永、绵、奕、载四字,道光时加溥、毓、恒、启四字,咸丰朝又加焘、闿、增、祺四字,亦轶闻也。

二十一日　晴。下午实甫来,稍坐即去。译《黑白记》三千一百二十八字。

二十二日　晴。译《黑白记》三千二百四十五字。午后主任来,商投票选举各课课长事。三哥来长谈,同至鼓楼东街荣古斋访王烟客[①]所绘聚头扇,遂至烟袋斜街。傍晚访志闲长谈。

二十三日　晴。译《黑白记》三千四百七十一字。午后,日人丸山来参观,摄《尊胜咒》一卷而去。傍晚彭总长来参观。

二十四日　晴。量《尊胜咒》三十五卷。午后主任召集馆中同事,宣布改订新章,定星期选举各课课长。晚偕雨苍浴于中华。

二十五日　晴。译《黑白记》三千五百二十七字。午后,赴霞公府购送贞侄生日礼及饼饵,遂返西城。

二十六日　雨,晚晴。未返馆。西城寓庐园中,红白桃花着雨含葶欲绽。实甫来言,今日各校因争收回旅大事游行示威,数千学生冒雨出城,状至可怜。

二十七日　阴。晨起返馆,午后,微雨。开选举课长大会,结果,目录课谭君志闲以二十五票当选,总务课杨君介卿以十四票当选,庋藏课孙君北海以十九票当选。译《黑白记》三千二百十七字。

二十八日　晴。量《瑜伽师地论》二十六卷。译《黑白记》五千四百零二字。今日商学两界联合游行示威。

二十九日　晴。量《尊胜咒》十一卷。译《黑白记》三千一百三十二字。傍晚,珽侄招饮春华楼,同席有三哥、少侯夫妇。闻少侯言,干臣太夫人捐佩京寓,接三日悟善社中祖师莅吊,且予亲笔挽联及诔

---

①　王烟客,王时敏(1592—1680),字逊之,号烟客,江苏太仓人。明末清初画家。

辞,惊世骇俗莫此为甚,并闻儒释道耶回五教教主均将赐予封号云。

三十日　晴。译《黑白记》二千九百六十三字。

三十一日　阴,夜雨。译《黑白记》三千七百四十四字。午后,有美国人李格士来参观明清地图。

民国十二年(1923)四月

一日　阴。译《黑白记》二千九百九十三字。午后返西城。

二日　阴。上午,偕实甫、仲华、六弟等游护国寺,前主任徐森玉招饮西车站,未赴。晚食春饼。

三日　阴。晨起返馆,晓雾空蒙,春寒料峭。午后雨。译《黑白记》三千一百三十二字。量经二十二卷。

四日　阴。译《黑白记》五千八百零七字。午后微雨。

五日　阴,午后晴。译《黑白记》三千二百五十字。

六日　阴。今日清明,馆中因植树节,休息一天。译《黑白记》四千九百九十六字。今日全书告成,计十一万七千余字。春明息影后所译之书,此为第二种,寒士生涯,唯仗研田收获,亦可怜也。

七日　阴,微雨。午后至工业学校访隽人、仲华,洵为雁南谋证书事。仲华留食糕点。因明日为国会纪念休假,遂返西城。

八日　晴。上午,劻吾、雨苍来长谈,同至竹园午餐。四哥亦与焉。膳后游中央公园,在春明馆啜茗夜饮,同席有钰妹、仲华、实甫、桂珍、杨姨、陈姨、四哥、六弟夫妇、张姨,饮罢,桂珍返医院,忽来电话,谓医院中看护妇失于检点,一产妇坠楼死。

九日　晴。晨,绍衣来长谈,知已弃龙门讲席,来就交通京行事。少选,旭光来,前主任徐森玉邀饮西车站,未赴。午后访三哥疾,晤绍裘、少侯等,遂返馆。

十日　晴。量《蜜严经》二十一卷。作一函寄平伯杭州城头巷三号,并将《黑白记》双挂号寄平伯,托其介绍出售,并致铁眉一函。

十一日　晴。量《楞严经》五十五卷。傍晚偕颂生出外散步。

十二日　晴。

十三日　晴。

十四日　晴。

十五日　阴。午后访三哥长谈。遂返西城，以四哥、六弟等先出，至钰妹处谈天，闻皖校基地忽起争执，东森事将动摇，至为钰妹戚戚。稍坐，闻六弟已返寓庐，遂归。晚膳时尝口蘑鸡，味绝佳。

十六日　阴，午后雨，未返馆。晚实甫假六弟处宴客，余兄弟均在座。宴罢，作雀戏。

十七日　阴雨。晨起返馆。得平伯书，言《黑白记》已寄沪代销，正不识天意若何也。

十八日　晴。量《楞严经》一卷，《华严经》十八卷。雨后春寒颇严，似江南仲春。

十九日　晴。量《楞严经》一卷，《华严经》二十卷。傍晚偕诚孚①、九峰散步至俄国教堂，遂至隆福寺前斌陛购纱帽一只。

二十日　晴。量经二十卷。晚膳后闻任父来京，寓北池子尚志公寓，偕叶、黄两先生徒步往访，则已先出，在富阳汪君室中俟之，孙如宾亦来，少选，任父归，长谈，至十时始归。今日雨苍来。

二十一日　晴。量经二十九卷。傍晚访三哥，旋至雨苍处报谒。任父、伯良销假。

二十二日　晴。为念观有辞职意，函告琩俀。午后返西城。

二十三日　晴。午后，偕四哥、六弟夫妇、贞、宜两俀至畿辅先哲祠看海棠，遂至法源寺看丁香，仍宿西城。

二十四日　晴。晨起返馆，量《诸星母陀罗尼经》二十九卷。经为沙门法成所译，藏外之经也。

---

① 诚孚，李师淹，字诚孚。1922年12月至1923年12月，在京师图书馆工作。日记中也称李师淹。

二十五日　晴。量经三十卷。傍晚，偕左文、任父、阜农①、志闲等游柏林寺，阶前牡丹尚未吐萼。

二十六日　阴。量经二十卷。

二十七日　晴。傍晚访三哥长谈。

二十八日　晴。

二十九日　晴，午后阴。返西城。

三十日　晴。午后四时至三哥处，偕三哥及朱晓南君听黄君讲道，遂至东安市场开成晚餐，步月而归。

民国十二年（1923）五月

一日　晴。上午偕三哥、伯瑜在东安市场四时春尝苏式面食，颇鲜美可口，三哥所约也。傍晚至三哥处，晤琎侄、许二表姊等，余已进晚餐，又为三哥强余食银丝馒头。

二日　晴。本日为旧历三月十七日，三哥生日也。午后往祝，晤少桐。晚偕四哥、六弟假座四眼井老半斋，为三哥称觞，座中尚有少侯、少桐、灵伯、振先，返馆已十时。

三日　晴。

四日　晨雨，昼阴，晚晴。

五日　阴，今日因公府开园游会，休息一天。午后至三哥处，晤梦姞等。三哥约往中央公园赏牡丹，四哥亦来，同在来今雨轩啜茗，牡丹多而不精，远不若崇效寺也。晚偕三、四哥饮于四时春，遂返西城。昨日，津浦车至临城被劫，乘客三百余人受掳。

六日　晴。

七日　晴，多风。晨访东森长谈。午后三哥约晚餐、打牌，同座有少侯、少桐、绍裘及余兄弟等，返馆已十一时。

①　阜农，彭楒，字阜农。1922年12月至1924年12月，在京师图书馆工作。日记中也称彭楒。

八日　晴，风极大。傍晚，朱晓南约饮大陆饭店，座中尚有黄先生及三哥。

九日　晴。量《大智度论》三十七卷。傍晚，假座隆福寺前灶温宴晓南、黄先生及三哥。

十日　晴。量《金有陀罗尼经》四十二卷。前数日，为皁农加薪事，由志闲、介卿等发起，具公函致主任，力加反对。今日社会教育司高司长来馆调查此事真相，怂恿诸同事呈控，可异也。傍晚偕颂生至柏林寺看牡丹，花事已残，落英片片，韶华易逝，为之黯然。

十一日　晴。傍晚，珅侄邀饮春华楼。

十二日　晴。傍晚至黄先生家贺新居，遂至三哥处，观新购之景云造像及露星台墨，就灯下谛视，墨旁有万历丙子年甲申月丁酉日，一面有"于鲁"二字，盖方氏所制也。归馆时，三哥赠我芍药三株，藤萝饼十枚。

十三日　晴。午后原拟访三哥，报告今日检查所得露星台墨年代考证，以章道岩来宣布拔彭椿为编辑经过事实，志闲适在假中，湘籍大为攻击。傍晚返西城。

十四日　晴。上午偕六弟访钰妹长谈。傍晚，隽人等来作手谈。夜宿西城。

十五日　阴。晨起返馆。闻谭君言，昨已以电话招道岩来答复十三日质问事。余初闻即疑不安，而志闲则力言道岩必不敢来，颇坦然。不意午后道岩竟昂然来，余恐章、谭争霸，必危大局，力主不开会议，由渠等在私室中决之。照亭不允，恶幕遂开，道岩仍按十三日顺序，层层质诘，责志闲反复，舒贻上①亦以未列名责志闲，彭椿亦起非难，三面攻击，志闲遂尔屈服，然仍在馆晚膳，食烙饼。晚膳后，余为

---

①　舒贻上，舒之鎏，字贻上。1923年1月至1924年2月，在京师图书馆工作。日记中又称贻上。

钦和①拉余出外散步，归馆左文、潜庵告我以志闲猝病张卤甫②室中。入视则侧卧卤甫榻中，声弱气闭，冷汗如雨，命馆役延靖宸③诊视，力劝其返家。十时，任父、九峰及余率馆役送之归第。

十六日　晴。傍晚访志闲，已起坐，神气沮丧。此君好胜，骤失霸权，亦可怜。谒三哥，大侄亦在，闲谈至十时始返。三哥以《春在堂全书》一部见赠。

十七日　晴。读《春在堂诗编》四卷。

十八日　上午雨，午后霁。读《诗编》六卷。

十九日　雨。读《诗编》六卷。珽侄以藤萝饼及螺蛳见馈。晚偕颂生、任父出外散步。

二十日　晴。读《诗编》七卷。剪发后至市场，晤音九。少选，雨苍亦至。音九浼余校正英文发音，久不弹此调，舌音僵涩，鹦鹉舌老，殊自笑也。谈久同往四时春晚膳，夜宿馆中，未返西城。

二十一日　阴。晨起驱车至受璧胡同访勋吾，代介卿乞书聚头扇，遂至西城寓庐，原拟即返城北，为六弟夫妇强留，因历访实甫、钰妹。今日闻津浦劫车案势益扩。

二十二日　晴。晨起返馆。读《四书文》一卷，《词》三卷。今日闻西人将代平津浦道中之寇。

二十三日　晴，午阴，晚风。读《春在堂随笔》四卷。

二十四日　晴。午后历访剑泉、雨苍，皆未晤，遂至三哥处长谈，同至隆福寺前食面，三哥先归，余至寺中，得隋造像一，降魔杵一，走赠三哥，晤珽侄等。作竹林游，晚膳后，始返馆。今日主任预定来馆，

---

①　钦和，彭植基，字钦和。1922 年 12 月至 1924 年 2 月，在京师图书馆工作。

②　张卤甫，张灿，字卤甫。1922 年 12 月至 1925 年 4 月，在京师图书馆工作。日记中又称卤甫。

③　靖宸，张定勋，字靖宸。1917 年 9 月至 1923 年，在京师图书馆工作。

宣布办事细则,余不欲预闻,故乞假出外,及归始闻主任未来。读《随笔》五卷。

二十五日　晴。读《随笔》一卷,《尺牍》六卷。午后主任来开会,宣布细则。夜微雨。

二十六日　晴。庋藏《大般涅槃经》二百四十卷。读《楹联》三卷。得三哥电话,知又得隋造像一具,约余明日午后往观。今日续开会,通过办事细则。余乞假未赴。

二十七日　晴。午后,至三哥处观隋造像,少侯亦至。琫侄邀余等至四时春晚膳,四哥、六弟亦至。膳后返西城。

二十八日　晴。午后返馆。

二十九日　晴。傍晚访雨苍,取其令姊①所绘《洛神》。访三哥,三哥留晚膳,返馆已十时矣。

三十日　晴。读《右台仙馆笔记》十二卷。

三十一日　晴。读《右台仙馆笔记》四卷,《茶香室丛钞》二卷。庋藏《药师经》百十一卷。傍晚三哥来,以秦权、周尊各一见示,同赴四时春晚膳,遂往真光,今晚所演为《热血鸳鸯》九本,中美孔雀公司所制片也。归馆已十二时后矣。

民国十二年(1923)六月

一日　阴,午后雨,即霁。读《丛钞》六卷。素训书来,赠我《寄沤诗文集》。

二日　阴晴不定。读《丛钞》十卷。整理《药师经》,因又得八卷添入,全部移动矣。

三日　晴。读《丛钞》五卷。午后访三哥,遂至中央公园,赴勖吾

──────────

①　雨苍令姊,孙拯,字济扶,江苏阳湖人。周承荚(字赤忱)的夫人。毕业于同里明华女校,擅画能文,以画扬名。其所绘《洛神图》为民国名家所赏识。日记中又称赤忱夫妇、济扶。

之约,既至,雨苍已先在,晤锡人邱渊如夫妇,啜茗古柏林中。勖吾五时许始来,稍坐同赴华美晚膳,宿西城寓庐。

四日　晴。午后偕六弟夫妇、陈器、江仲瑚二君及三侄游先农坛,饭于德兴,归偕四哥、仲华等夜话,午夜始归寝。闻长沙有辞职之意。

五日　阴。晨起返馆。读《续钞》二十卷。

六日　晴。皮藏《楞严经》五十六卷,《思益经》三十三卷。读《续钞》五卷,《三钞》四卷。

七日　晴。读《三钞》二十一卷。傍晚隽人来长谈,同赴四时春晚膳,遂访三哥,晤珽侄。以内急即返馆。作一函致四哥。

八日　晴。读《三钞》八卷,《泪珠缘》二册。

九日　阴。读《泪珠缘》四册。今日警察罢岗。

十日　阴晴不定。读《品花宝鉴》一册。久不读此书,开缄似睹故人。傍晚散步至东厂胡同,守卫颇严,黄陂邸前汽车极多,闻有自称公民团包围黄陂,迫其退位。屈指黄陂就职仅有一年,昏庸暗弱,遂成此恶果。京师诚冶炉哉!

十一日　晴。读《品花宝鉴》一册。傍晚偕左文出外散步。

十二日　晴。腹中微有不适。读《四钞》十二卷。今日馆中以索薪停止阅览。

十三日　晴。读《四钞》十七卷。今日黄陂以冯玉祥[①]、王怀庆辞职内阁,又无可组之望,以总统印交议会,挈眷出都,屈指去岁东海逊位,仅及一年,又酿此变,亦可叹也。傍晚,偕左文出外散步,周观

---

　　①　冯玉祥(1882—1948),字焕章,安徽省巢县(今安徽巢湖)人。我国近代著名军事家、爱国将领。1924 年 10 月,冯等发动"北京政变",推翻直系军阀政府,驱逐清室,囚禁大总统曹锟。后与胡景翼、孙岳联合组建国民军,任总司令兼第一军军长。日记中又称冯焕章、焕章。

市上,尚无惊惶之象。京兆尹①等已会衔出示安民矣。

十四日　晴。午后,俄人伊凤阁 Ivanov 博士来参观俗文经典。既行,走访三哥,适六弟亦在。三哥言军警索饷及公民团包围黄陂事,叔鲁②实参预其谋,人心叵测,可叹也。同至隆福寺,遂至四时春食茶点,四哥亦至,少选,斑侄随三嫂、许二表姊、龙姨来,余等至东安楼屋顶啜茗。今日晚报载,黄陂印信已于上午交出,通电辞职。

十五日　晴。时局无大发展,唯据报纸上言,内务高③、财政张、司法程④、海军李⑤、外次沈⑥通电摄行大总统职务。傍晚偕左文散步十刹海。

十六日　晴。庋藏《华严经》七十四卷。午后至三哥处贺喜,大侄孙周岁也五月初三。晤少侯及王大表姊、三侄女。今日报载,黄陂有电,取剧烈手段,对付曹氏。

十七日　晴。《黑白记》得润资二百二十元,由商务分馆电告,因

---

①　京兆尹,当时在任者为刘梦庚。刘梦庚(1881—?),字炳秋,直隶省抚宁县人。北洋直系高级将领。1922 年 5 月 19 日至 1924 年 11 月 5 日,任京兆尹(相当于北京市长)。

②　叔鲁,王克敏(1876—1945),字叔鲁,浙江杭县(今浙江杭州)人。1917年 12 月至 1918 年 3 月,1923 年 7 月至 8 月,1923 年 11 月至 1924 年 10 月,三度出任财政部总长。

③　内务高,高凌霨(1868—1940),字泽畬,祖籍山东,出生于直隶天津。清光绪二十年(1894)举人。1921 年 12 月至 1922 年 6 月、1922 年 11 月至 1924年 1 月,任内务部总长。1923 年 6 月 14 日至 10 月 10 日,代理国务总理,摄行大总统职务。

④　司法程,程克(1878—1936),字仲渔,河南开封人。1923 年 1 月至 1924年 1 月,任司法部总长。

⑤　海军李,李鼎新(1862—1930),字成梅,福建侯官(今福建福州)人。1921 年 5 月至 1924 年 10 月,任海军部总长。

⑥　外次沈,沈瑞麟(1874—1945),字砚斋,浙江湖州人。1922 年 1 月至1925 年 2 月,任外交部次长。1925 年 2 月 21 日至 12 月,任外交部总长。

命刘元炳赴前门领取,未返西城。

十八日　旧历重五也。上午访啸陆夫妇,未晤,遂至三哥处贺节,兼访少侯,因以三哥所赠手拓平阳侯洗聚头扇一面乞书。返西城。

十九日　晴。因馆中补行休息,未返馆。

二十日　晴。晨起返馆。

二十一日　晴。庋藏《金有陀罗尼经》四十二卷。

二十二日　晴。昨夕炎热,睡时未覆薄衾,右膝酸痛,不良于行。三哥赠赤忱夫妇联已写好,曰:莲花征房壶中箭箬,翠鸥波画里诗冷衷。《易安集》亦已题好,为一小词,调寄《凤凰台上忆吹箫》,词曰:烬灭牙签,霜高铁骑,南朝愁绝兰成。忆鹊华旧梦,天远云横。辛苦归来堂燕,过江东、同诉飘零。金石序,几行泪墨,浩劫身经。　　茶蘼已成影事,写令娴哀诔,忍说鸳盟。胜一编佳咏,传遍江城。却有锦囊词客,辑丛残、午夜灯青。好长与,云巢片石,永著芳名。

二十三日　晴。

二十四日　晴。午后返西城。闻东森近染烟癖,家境日非,又染此恶习,钰妹颇形悒悒,病躯已入膏肓,遇此不幸事,正不知若何怅望也。东森自视过高,虽小有才,本非佳婿,六弟夫人矣①。

二十五日　阴。晚膳后返馆。

二十六日　雨。庋藏《诸星母陀罗尼经》二十九卷,《大智度论》三十七卷。

二十七日　晴。清宫灾,延烧德日新、延春阁、静宜[怡]轩、广盛楼、中正殿、后佛楼、香云亭、宝华殿。昨日午后十一时起,至今晨上午六时始息,亦钜灾也。傍晚至市场广春茶楼啜茗,雨苍、音九均至。

二十八日　雨。晚左文来夜谈,始知其家庭前此亦有隐痛,烛再

---

①　俞泽篪觉得"六弟夫人"缺少传统文化的熏陶,作人、做事均有欠缺。此处比喻施东森与"六弟夫人"是同一类人。

现跋始散去,亦伤心人也。

二十九日　晴。庋藏《密严经》二十一卷。为三哥考"神策军"于《唐书兵志》,知哥舒翰破吐蕃于临洮之摩环川,即其地置神策军,《邺侯家传》云:"中尉鱼朝恩曾监是军,及归京师,遂为禁旅,都以神策为号。"

三十日　晴。报章所载关于近日时局消息绝无发展,总统逊野,摄政者仅内、海、法、财四总长,财长且为未通过国会者。

绛瑛馆日记

(1923 年 7 月 1 日至 1926 年 7 月 31 日)

民国十二年(1923)七月

　　一日　星期日也。午后得六弟自三哥处来电话,约余事毕后赴市场。稍事结束,即往四时春,三哥、六弟已先在。膳罢,以六弟言四哥稍有不适,即同返西城。夜间,六弟夫妇又因言语之细故,遽起冲突。与实夫、仲华、俊人、东森等闲谈,十二时始就寝。刺促不宁,二时后始交睫。

　　二日　晴。晨起访实夫,偕菉坡、燕官[1]至中央公园啜茗,遂同实夫至华美午餐。餐罢,实夫欲购凉帽,同出前门,向劝业场购取。余先入城,访三哥嫂长谈,三嫂以手制玫瑰酱一罐见贻,晤三侄女及许二表姊。

　　三日　阴。今日马场起义纪念,休息一天。原约颂生午后同游净业湖,颂生未来,作罢。傍晚偕左文出外散步。

　　四日　晴。三哥午后来长谈。

　　五日　晴。傍晚偕左文、任父散步至净业湖,循湖南,经大高庙、李广桥,至什刹海,啜茗临溪茶社,归馆已十时后矣。

　　六日　阴。傍晚微雨,旋止。

　　七日　晴。午后五时至市场,以雨苍日内南行,为之祖饯。先至

---

　　①　燕官,沈人燕(1920—1945),杨德生与沈桂珍之子,沈实甫外孙。日记中又称燕孙。

东安楼啜茗,晤慕蕃,雨苍亦至。暴雨将至,呆风满楼,慕蕃先行,余及雨苍即赴畅观楼商场中裕源堂小酌,音九亦冒雨来会。饮罢,雨止始散。

八日　晴。午后赴西城,在仲华处作手谈。天色骤变,大雨雹,旋止。夜宿西城。

九日　晴。午后返馆。

十日　晴,午后雨,旋霁。任父以修理房屋事触怒陶岩,今日书来,与湘人黄顺鸿[①]对调。

十一日　晴。四时后,大风雨中杂冰雹。

十二日　晴,午后有雨意。晚膳后出外散步,在四牌楼遇颂生,同赴市场。

十三日　晴。

十四日　晴。译《嘉耦怨耦》五千字。

十五日　晴。午后返西城,遇雨。与实乎、俊人、仲华等手谈,子夜始已。右手食指作痛,三时后始合眼。

十六日　雨。晨起返馆,雨窗岑寂,垂帘摊饭,雪雪雨声,催人入睡,至晚膳始强起。

十七日　雨。译书四千字。报载清帝放逐宫监千余人,亦是快事。宦官稔恶,代无惩治如此之痛快者。

十八日　雨。译书六千字。日来已入初伏,天气转凉。报载永定河水势汹汹,北地恐又将成泽国矣。

十九日　竟日雨,夜有迅雷。译书六千字。

二十日　晴。午后飞蝗蔽天,约一两小时始尽,由西而东。译书六千字。

二十一日　昨夜雷雨竟宵,晨起放晴,庭中积水没踝。译书六

---

① 黄顺鸿,字汝奎,湖南人。1923年5月至1926年,在京师图书馆工作。日记中又称黄先生、黄庶务、羽逵、黄羽逵等。

千字。

二十二日　晴，午后雷鸣，似有雨意，旋即开霁。译书六千字。未返西城，钰妹以电话相招，未往。

二十三日　晴。译书五千字。得四哥书并桐嫂①所寄逆鱼一匣，即复一函。以二十六为施宅外甥生日，作一函寄钰妹，附去纸钞二元。

二十四日　晴。译书六千字。今日将《心经》一卷托孙如宾摄影上石。

二十五日　晴。译书六千字。今日午后云阴有雨意，晚星斗灿然。

二十六日　晴。译书六千字。

二十七日　晨起迅雷暴雨，旋霁。译书六千字。晚阴，溯伊来，为无锡图书馆托抄邵文庄②《容春堂别集》。

二十八日　阴晴不定。译书六千字。

二十九日　阴，夜雨。午后以新侄生日，四哥又有不适，返西城，食汤饼，与戚友等作方城戏，子夜始就寝。

三十日　雨。上午返馆，译书六千字。

三十一日　阴晴不定。译书六千字。

民国十二年（1923）八月

一日　阴，傍晚雨。译书七千字。菉坡本约今天来，商量对付沈宅事，俟久不至。大概又生变故矣。阘茸之人，真不可与图存者。此子忠厚太过，异时就婚沪上，恐又将蹈德生覆辙矣。可叹也。

二日　雨。译书七千字。

---

①　桐嫂，蔡吉宝，俞同元夫人。俞同元，字桐园，浙江德清人。俞林长孙，俞祖福长子，俞同奎、俞同钰之兄。

②　邵文庄，邵宝（1460—1527），字国贤，号泉斋，别号二泉，常州府无锡县（今江苏无锡）人。明代礼部尚书，著名藏书家。谥号文庄。

三日　阴,午晴。译书七千字。《嘉耦怨耦》全书已告成,约计十万七千余字。连日伏案,未出馆门。傍晚偕左文散步雍和宫大街,见黑云低压,恐遇雨,即返馆。

四日　晴,热甚。前数日,阴雨连绵,大有秋意。今日则挥汗似雨。庋藏杂经六十余卷。上午,森玉偕项微尘①来参观写经。傍晚偕左文出外散步。铁眉自锡来,寓北京医院,以电话见告,约期相见。

五日　晴,傍晚雨。点定《嘉耦怨耦》稿本。

六日　晴。今日为月曜日,以有日本人来参观,主任切嘱特别招待,故未他出。午后,森玉、爱理、希闵等均来,作招待,四时后始毕事。遂访三哥,晤少侯、平伯等。不至三哥处已月余矣。

七日　晴。上午访铁眉于北京医院。原拟即返馆,后以铁眉、希民叔侄坚留,遂中止。谈别后种种,闻铧霞降志为人作妾,为之黯然。是儿颇颖悟,在西神问字时,颇露头角,后游学天津。辛亥,入北伐队,以其叔赞卿介绍,与王夏订婚。卒以王氏游美,别有所眷,弃前约,铧霞悒悒不自聊,竟屈身为人妾媵,亦可怜也。卓如②亦不能自安,家庭多勃溪,人类无美满家庭,于此可见。十时后,偕铁眉参观农商部地质学会陈列所,琳琅满目,至为欣慰。十二时后,回北京医院午膳。招勖吾来闲谈。晚膳后返馆,已十时后矣。

八日　阴雨。庋藏杂经六十余卷。

九日　晴。庋藏杂经八十余卷。傍晚偕任父、左文出外散步。

十日　阴,夜雨。

十一日　竟日雨。天气骤凉,有秋意。

---

①　项微尘,项骧(1880—?),字微尘,浙江瑞安人。清末进士。后留学美国纽约大学,回国后,授编修、参议厅行走。1922年5月至1923年1月,1923年10月至1924年11月,任财政部次长。

②　卓如,孙卓如,1909年1月,无锡私立竞志女学校首届师范毕业生,任教于母校。

十二日　雨,午后霁。驱车返西城。知福州英华女学校长已来。六弟办供应颇苦,因拉之访钰妹长谈。少顷,四哥亦来,遂作方城之戏。钰妹留余等晚膳,膳罢,仲华亦至。返寓已十时后。同六弟夫妇夜谈,子夜始就寝。

十三日　晴。上午返馆。

十四日　雨。代馆中复两函,一致露德,一致万国和平赠书会。晚为东森拟挽张夫人联。

十五日　阴晴不定。

十六日　晴。午后平伯来长谈,述赵次珊①家新得昙花一本,为藏客所赠,入都将作花。次珊十四日张筵赏之,客到吐萼,入筵盛开,筵罢已萎,前后仅两小时耳。树高三尺许,干黄色,叶绿而厚,似仙人掌。叶上生小叶,花则缀于小叶之尖,含蕊时花苞下垂,将绽则仰而向上,花为七重七瓣,白色似池莲,抚之腻滑似玉,黄须戟张,盛开时吐清香,香味清于兰荷。三哥携一照片归。课平伯作诗,平伯诗为五绝一章:"银汉下微霜,箫招白凤凰。三千年劫尽,命爇返魂香。"傍晚别去,余以《嘉耦怨耦》托之。露德来参观,赠馆中书六种。晚膳后偕左文散步至四牌楼。

十七日　晴。上午铁眉来长谈。今日检视露德所赠书,始知尽属巴哈学会中著作,其中《世界之光》尤精。傍晚散步。

十八日　晴。读《巴哈学会之进行》,知其学说倡于一八四四年五月二十三日,倡其说者,为波斯学者裴勃。一八五〇年,为波斯王所杀。弟子巴哈继之。巴哈者,贵族也。以一八五二年及徒党七十人下狱。一八九二年八月二十五日弃世。其长子巴哈继其志,其说大盛。一九一二年,巴哈寺在芝加哥行落成礼,持信条十二,为世说

---

①　赵次珊,赵尔巽(1844—1927),字次珊,祖籍奉天铁岭(今属辽宁),后移迁山东蓬莱。清同治十三年(1874)进士。1914年3月,任清史馆馆长,主修《清史稿》。

法。傍晚偕左文、任父出外散步。

十九日　晴。午后访三哥嫂及平伯。傍晚偕三哥、平伯饮于华美，仍返馆中宿。

二十日　阴雨。未他出。

二十一日　晴。午后三哥来长谈，拟印唐经。

二十二日　晴。傍晚偕左文、任父出外散步。

二十三日　阴。傍晚偕左文、任父出安定门野眺。

二十四日　晴。午后平伯来长谈，约余赴真光观剧。四时许，同至老君堂。三哥嫂均已出门。少顷，三哥归。遂偕三哥、平伯登真光屋顶远眺，望京西太行山脉，蜿蜒起伏，宣南万家烟户，都在足底，神气为之一舒。因在屋顶晚餐，餐罢，三哥先行，余及平伯留，八时下楼，至剧场。今日所演为朱桂芳①之《蟠桃会》，诸茹香②、程继先③之《马上缘》，郝寿臣④之《青风寨》，王凤卿之《取城[成]都》，压轴则畹华之《金雀记》也。一时返馆，月明似水，露湿如珠，晚景绝佳。今日在真光晤紫菡、音九。

二十五日　晴。傍晚至东直门剪发。

二十六日　晴。午后返西城，在按院胡同晤实孚，约傍晚访余于寓庐。俄顷，果来，同至其寓作竹林游，钰妹亦来，子夜始归。

二十七日　晴。上午返馆。傍晚祝秋自南京来见访，得详悉宁馆情形及白下诸友近状。

二十八日　晴，午后微雨，即止。五时许至市场东安楼啜茗。祝

---

①　朱桂芳（1891—1944），原名裕康，字云培，江苏苏州人，生于北京。京剧武旦演员。

②　诸茹香（1891—1974），原名松山，号茜卿，江苏海门（今江苏南通）人。京剧花旦演员。

③　程继先（1878—1946），一作程继仙，字振庭，安徽潜山人。出身梨园世家，杰出京剧老生程长庚之孙。京剧小生演员。

④　郝寿臣（1886—1961），乳名万通，河北香河人。京剧花脸演员。

秋、峄笙先后至,遂导祝秋遍游市场,出新门,参观协和医院建筑,赴东华饭店晚餐。

二十九日　晴。傍晚访三哥,托书送志闲寿轴。

三十日　阴雨。午后平伯介江绍源①来长谈,祝秋亦至。江君为研究宗教者,曾游欧美。

三十一日　晴。午后访三哥、平伯,遂至市场,晤音九、祝秋,同至四时春晚膳。膳罢,祝秋出城,余偕音九啜茗广春茶社。

民国十二年(1923)九月

一日　晴。

二日　晴。午后访平伯,未晤,与三哥长谈。今日为旧历七月二十二日,志闲五十生辰。上午,偕任父、伯林等往祝。颂生夫人添一女,今日三朝。

三日　晴。上午至崇文门购物,遂至三哥处,为平伯送行,晤三侄女,以丧幼子归宁,哭甚痛。平伯送余雪茄一匣,余以糖面包报之。即在三哥处午膳。三嫂以余右臂酸疼不能举,命蒋妈为余拔火罐。平伯起程,余径赴烂熳胡同六十四号方宅访祝秋,同至城南公园啜茗,晚饮于华美。祝秋送余至天安门始归。今日报载:一二日,日本东京、横滨、名古屋、爱知、千叶一带大地震,人民死者枕藉;横滨以东交通已完全断绝。

四日　晴。得汀鹭②书并所绘《百城坐拥图》赠志闲者,作函谢

---

①　江绍源,江绍原(1898—1983),安徽旌德人。毕业于北京大学文本科中国哲学门。民俗学家、教授。日记中又称绍原。

②　汀鹭,胡振(1884—1943),字汀鹭,号痡公,江苏无锡人。著名画家,擅长花鸟山水。先后在无锡县立女子师范、常州女子师范、江苏省立第三师范、南京美术专科学校、江苏省立第四师范等校任教。1921 年,曾在无锡创办美术专科学校。有《汀鹭题画集》《汀鹭画册》等传世。

之。日本文部省支那视察学生胁本寿泉、大谷大学研究科学生名畑应顺来参观写经。傍晚偕左文、任父出外散步。

五日 竟日苦雨，夜，雷雨绝大。

六日 晨雨，旋即开霁。午后得三哥电话，知后日为王大姑母①八旬冥寿，在贤良寺讽经。傍晚偕左文、任父散步至东直门。今日译《新日》三千余字。

七日 晴。傍晚偕钦和出外散步。

八日 晴。午后三时至市场东安楼，偕四哥、六弟、东森等至贤良寺，祝冥寿。少侯、少桐、蔚文均在，三哥亦至。礼毕，至东安楼稍坐，即返馆。祝秋来辞行，于明日南下。

九日 阴。上午为阅卷事返西城。六弟赴怀来，晤四哥、仲瑚等。少选，实孚至，拉往仲华家打牌，即在仲华处午膳，桂甥亦在。傍晚六弟妇来，约余食蟹，座有陈器。晚仲华来长谈，子夜始去。寝后头痛甚。晤定九。

十日 晴。晨起阅卷毕。实孚来，拉余至仲华处长谈，同至按院胡同，余驾车返馆，即至东兴楼，志闲宴客，座中皆馆中同人。饮罢，偕任父、志闲啜茗，即赴三哥处，三哥嫂均先出。珠姨留余，稍坐即返。晚膳后至国学，明日祭丁，各部皆设行幄，唯内务、教育、参谋三部无之，亦创举也。

十一日 晴。预言家谓八月初天文上有变异，今日竟无变动。京中报纸有明日选举大总统之说。傍晚出外散步，见俄人有作小贩者。

十二日 晴。今日选举大总统，以人数不足延会。报载黄陂已至海上，江浙风云或将益趋险恶乎。傍晚偕任父散步至市场，观铁树花，花生树巅，作褐色。译《月界历险记》三千字。

---

① 王大姑母，俞锦孙（1844—1902），字云裳，俞樾长女。清同治四年（1865）与王豫卿（康侯）完婚。

十三日　晴。译《月界历险记》五千字。傍晚出外散步。

十四日　阴晴不定。译书五千字。

十五日　晴。译书五千字。

十六日　晴。上午访少侯，为实孚求书小立轴。午后返西城，访钰妹后，至仲华处打牌，即在其家晚膳，宿西城寓庐。夜有雨。

十七日　晴。上午偕实孚访旭光，未晤，即返馆中。午后偕任父、志闲散步至四牌楼，任父约余在金蚨元晚膳。

十八日　晴，午后阴。译书四千字。傍晚雨苍来长谈。

十九日　晨雨，即霁。午后三哥来长谈，述黄醒民在蚌埠失事历史，知其因赌博被撤，刻已返京中矣。此君太胡闹，牺牲个人名誉事小，使三哥为难事大，闻之至为愤愤。傍晚偕左文出外散步至永康胡同。译书五千字。寄无锡保三、雪君函。

二十日　晴。寄士翘、平伯、师梅、陆秀各一函。译书四千字。傍晚散步至雍和宫。

二十一日　阴。寄溯伊、啸缑各一函。溯伊赠我《涧于集》一部，张蒉斋①佩纶之著作也。译书五千字，上卷葳事矣。

二十二日　阴雨。傍晚至市场，与劢吾、雨苍、音九茗战，旋赴裕源晚膳。膳罢，雨声雪雪，复煮茗清谈，雨止始返馆。

二十三日　晴。上午旭光来长谈。十一时访少侯，未晤，遂至三哥处稍坐，即至市场四时春吃面，始返西城。钰妹在家，共作雀战。

二十四日　晴。上午访蔚文兼晤旭光。午膳后在杨宅打牌。晚旭光约余吃蟹，同座为实孚、蔚文、焕文等。归，复至杨宅打牌。

二十五日　晨雨，即霁。上午至三哥、少侯、实孚、钰妹处贺节，即在三哥处午膳。膳前，六弟亦来，并晤啸鹿、灵伯、振先等。午后赴杨[宅]打牌。晚六弟设宴庆赏中秋，同座尚有闽人四、粤人一及俊

---

①　张蒉斋，张佩纶（1848—1903），字幼樵，号蒉斋，直隶丰润（今河北唐山）人。晚清名臣、学者。日记中又称张樵野、张佩纶。

人、四哥等。

二十六日　晴。晨起返馆。三日酬应，倦甚。作函致四哥、平伯、师梅。

二十七日　晴。译书五千字。今日庖人与司阍张砚争斗，为黄庶务所逐，又易一湘人来。湘人真天材，竹头木屑件件俱全，诚异事也。

二十八日　上午雨，午后霁。译书四千字。

二十九日　晴。译书五千字。傍晚偕左文、任父出外散步。

三十日　晴。译书四千字。午后返西城吃蟹，与诸兄弟打牌，午夜始已。

民国十二年（1923）十月

一日　阴。晨起返馆。译书六千字。

二日　晴。晨起仅五时许。译书六千字。傍晚偕左文出外散步。

三日　晴。译书七千二百九十三字。《月界历险记》全书告成，计七万三千二百九十三字。傍晚偕任父散步至四牌楼。

四日　晴。

五日　晴。今日举总统，曹巡阅使以四百八十余票当选。副座有属南人说。三哥电约余往夜话，十时后始返。

六日　晴。读张樵野佩纶《涧于集》。樵野晚年自号蒉斋，初不知其命意所在，及读《涧于集》，见有"一蒉当洪流"之句，始恍然。午后至西城。

七日　晴。孔子圣诞，休息一天。午后大风。晚偕四哥、六弟至春华楼归，郭家大侄招饮，同席有少侯夫妇、少桐、三哥、三嫂等。

八日　晴而多风。上午返馆。

九日　晴。傍晚散步至四牌楼。

十日　晴。双十节，休息一天。午后偕任父散步至天安门，见宪法已悬诸华表前。中华门前另立一牌楼，向北为"为国家光"，向南为"宪法万岁"。曹氏今日入都，行就任典礼。街头虽马龙车水，而景物却殊阴惨，不知主何朕兆。归途在四时春晚膳。

十一日　晴。午后，有日人二来参观唐人写经。傍晚偕任父散步至四牌楼。今日闻政府有重组教部消息。

十二日　晴。宣布宪法纪念，今明二日休息。傍晚偕任父、左文出外散步。

十三日　阴。傍晚散步出安定门。

十四日　晴。得师梅函，以《月界历险记》用快邮寄之。傍晚散步至鼓楼。

十五日　晴。傍晚散步至四牌楼。

十六日　晴。傍晚偕志闲出外散步，遂至市场购物。

十七日　晴。译《新日》一篇，都七千余字。

十八日　阴。译《幕后》二章，五千字。重九也。

十九日　微雨，午后风，晚晴。译书五千字。

二十日　晴。译书六千字。夜月绝佳。

二十一日　晴。午后返西城。六弟速钰妹归，打牌。十时许仲华来长谈，始知实甫之第三妾亦来京矣。译书二千字。

二十二日　晴。晨实甫来，即往报谒，遂至市场购烟丝一大罐，顺道访松云长谈。松云以久不见，留余午膳，出白兰地飨余，为尽一觞，不觉酣然。膳罢，又小坐片刻，始行访三哥嫂。三哥将出游，以余去，中止。余以所购烟丝赠三哥。三哥为书篆字小联。三侄女适归，聚谈甚久。返馆已日薄崦嵫矣。译书二千字，始就寝。

二十三日　晴。译书五千字。风绝大，入夜始息。

二十四日　晴。译书五千字。

二十五日　晴。译书四千字。傍晚散步出安定门。作函致三哥、四哥、素文，并寄所印经二纸致松云。

二十六日　阴。译书五千字。

二十七日　晴。晨起仅五时许,译书六千字。今日发薪三成许。

二十八日　晴。译书四千字。

二十九日　阴。译书四千字。晚晴,月色极佳,群鸦争噪,似有寒意。

三十日　晴。译书六千字。

三十一日　晨雨,午后晴。译书六千字。

民国十二年(1923)十一月

一日　晴。译书六千字。

二日　阴。午后返西城,为六弟夫妇明日生辰,戚友等谋为庆祝。至则以六弟妇初怀妊,病卧床褥已经旬,众议从缓。

三日　阴。未返馆。傍晚三哥招饮忠信堂,为六弟及余兄弟称庆。席中仅余兄弟四人。

四日　阴,午后雨,未返馆。诸兄弟以仲瑚新得子,飐其治汤饼款客。仲瑚请杨宅姨太太来董理厨灶,快叙一次。

五日　雨。上午返馆,遍地泥泞,大小白塔尽隐空蒙烟雾中,景至萧瑟。抵馆,闻三日部中开会,仍无佳果。

六日　阴,午后大风。读云间姚鹓雏①著《燕蹴筝弦录》一卷。今日馆中因经费日绌,裁去装钉室二人,止留技首一人,并裁减门警一人,馆役三人。

七日　晴,大风。译书七千字。

八日　晴。译书四千字。

九日　阴。译书七千字。

十日　阴。译书三千字。《幕后》全书告成,计九万二千余字。晚,珽侄邀饮鸿运楼,同席为三哥夫妇、四哥、六弟、少桐、许二表姊。

---

①　姚鹓雏(1892—1954),名锡钧,字雄伯,号鹓雏,松江府(今上海)人。南社成员。民国时期著名诗人、通俗小说家。

因明日为欧战告终纪念，馆中休息，遂返西城，祝四哥生日。

十一日　阴晴不定。六弟等为余兄弟祝生日集饮，余兄弟亦以六弟夫妇生日，因弟妇病延期，改于同日举饮。三哥亦来。外间同席为三哥、四哥、六弟、实孚、蔚文、仲华、隽人、仲瑚、炳华、施六。内室中为沈宅陈姨、云姨、杨姨太太、钰妹、大姨太太、杨小姊、六弟妇。

十二日　大风。以生日恐纷扰，晨起返馆。午后四时至市场东安楼啜茗，雨苍、音九来会。音九拉饮鸿运。八时赴钱粮胡同聚寿堂，观堂会戏。琟侸家假座者，四哥、六弟、实孚、仲华、隽人均来。所演为李万春①、蓝月春②之《神亭岭》，琴雪芳之《祭塔》，徐碧云之《女起解》，韩世昌之《思凡》，田桂凤③、萧长华④之《关王庙》，包丹亭⑤、程继先之《镇潭州》，言菊朋⑥、尚小云⑦之《汾河湾》，梅兰芳、李寿山、姜妙香、徐兰生之《问病》《偷诗》，杨小楼之《麒麟阁》，返馆已将三时。

十三日　晴。傍晚散步至北新桥。

十四日　晴。

十五日　晴。

十六日　晴。雨苍来查地理书，留其午膳。三哥来长谈。雨苍至上灯后始去。

---

①　李万春（1911—1985），字鸣举，河北雄县人，满族。著名京剧武生演员。

②　蓝月春，李万春师弟。京剧武生演员。

③　田桂凤（1866—1931），字桐秋，北京人。著名京剧花旦演员。

④　萧长华（1878—1967），号和庄，小字二顺，原籍江西新建，祖辈客籍江苏扬州，生于北京。京剧丑行演员。

⑤　包丹亭，包丹庭（1881—1954），名桂馥，原籍浙江绍兴，生长在北京。曾拜文武老生王福寿为师，锻炼武工。京昆名票。

⑥　言菊朋（1890—1942），原名延锡，字悟陶。蒙古族，北京人。著名京剧老生演员。

⑦　尚小云（1900—1976），本名德泉，字绮霞，河北南宫人。著名京剧演员"四大名旦"之一。

十七日　晴。九峰之友汤君为托售印花票来访,即以电话托旭光。

十八日　晴。午后返西城,访旭光,未晤。上灯后旭光来长谈。晚膳后至钰妹处打牌,夜午始归。

十九日　晴。晨起返馆。午后访三哥长谈。勖勖至三哥处访余,稍坐即去,余亦返馆。作一函致旭光,为文友九峰介绍。

二十日　阴。

二十一日　阴。午后至老君堂,祝三嫂生辰,晤振先。晚三哥招饮鸿运楼,同席有少侯、少桐、振先、四哥、六弟。夜月绝佳。

二十二日　晴,大风。

二十三日　晴,大风。

二十四日　晴。天寒甚,晨起滴水成冰。得亮父函,即裁答,并以所印写经十纸赠之。

二十五日　晴。午后至市场,偕勖吾、雨苍啜茗东安楼,遂至鸿运楼晚餐。夜宿西城。

二十六日　晴。上午返馆。

二十七日　晴。函汀鹭,报告吴渔山①《山水册页》事,并为三哥托绘《乐静居填词图》。

二十八日　晴。

二十九日　晴。今日起,遵教部索薪会议议决,照常办公。屈指停止办公已五月余矣。

三十日　晴。报载汤爱理有兼署次长说。

民国十二年(1923)十二月

一日　晴。午后三哥约余赴真光观《天方夜谈》电影,计十一幕。

---

① 吴渔山(1632—1718),名吴历,字渔山,号墨井道人、桃溪居士,苏州府常熟县(今江苏常熟)人。清代画家。

知江绍源已来京。

二日　晴。午后返西城,偕六弟访钰妹,遂访仲华,约其同至寓庐打牌。

三日　晴。上午因牙痛,至北京医院访希民,托其拔去,遂返馆。午后访三哥长谈,同至鸿运楼晚餐。

四日　晴。为三哥检查篆文五字,即晚交邮,寄老君堂。

五日　晴。购《吴渔山山水》一册,寄汀鹭。此画原本为内府所藏,延光阁印行。

六日　雪。今岁雨雪,此为权舆。

七日　晴。

八日　晴。

九日　阴,午后晴。返西城,钰妹招饮。东森失馆将及一载,家景颇窘,只用两女仆。今日之菜均妹督率厨婢所作。每种均可口,诚为不易。

十日　晴。钰妹今日(三十)生辰。未返馆,午间往祝。六弟妇命厨人做不托,晚复宰鸭飨余。晚膳后,复至钰妹处打牌,子夜始返寓庐。

十一日　晴。晨起返馆。

十二日　晨五时许大雪,九时已止。凌晨,寒威凛烈,推窗而望,庭树积雪似吐琼葩。写经室前老柏积雪尤厚,景更冷艳,朝暾下射,照眼生缬①。傍晚偕任父出外赏雪。

十三日　晴。教部会议,馆中经费有减去六成之说,全馆恐慌,不知章长沙作何计算。

十四日　晴。

十五日　晴。今日得消息,馆中以经费支绌,有减政裁人消息。

十六日　晴。未返西城。

---

①　缬,眼花时所见的星星点点。

十七日　晴。午后访雨苍,知文群已免职,盐校仍由张大椿署理,遂访三哥。

十八日　晴。

十九日　阴。

二十日　晴。以绒衫衣领太破,晚出外购绒布,付成衣[店]做衣领。

二十一日　晴,有风。夜月绝佳。今日,会计处派人赴长沙家请示,给发馆员饭食事。因欠薪已一月有奇,部中发款无日,公决拟请从办公费中先发饭食一月,以免枵腹从公。长沙不允。灯下写贺年片。

二十二日　晴。傍晚返西城。

二十三日　晴。冬节也,休息一天,未返馆。夜月甚佳。六弟妇奉西教,以明晚为圣[诞]节前夜,泥①六弟备圣[诞]树,树为柏树上缀糖果、玩具等,枝间悬小红灯,至为美观。闻所费约七八元。

二十四日　晴,大风,月曜。未返馆。

二十五日　晴。云南起义恢复共和,放假一天。为六弟拟《工业周刊》颂词一篇。

二十六日　晴。晨起返馆。

二十七日　晴。傍晚雨苍来长谈。今日闻长沙又主张不裁人,馆员发四成薪。

二十八日　晴。

二十九日　晴。今日起放年假六天。上午轮应余值日。午后访三哥,未晤,见三嫂及许二表姊,遂返西城。

三十日　晴。

三十一日　晴。晚六弟宴客。

①　泥,去声,软求,软缠。

民国十三年（1924）一月

一日　晴。午后至钰妹、仲华等处贺新年，在仲华处打牌，晚膳后始归。

二日　晴。江仲瑚来。午后三哥亦来。仲瑚先行。

三日　晴。原拟今日偕四哥、六弟同谒三哥，以四哥等提议为实甫作生日，中止。

四日　晴。晨起返馆，晓雾甚重。今日举行团拜礼，主任未到，秩序甚乱。馆员李师淹、萧远①、胡荫藩②，录事袁坚、刘祖禹③均去职。三时后赴三哥处，四哥、六弟继至。三哥留余等晚餐，十一时返馆。

五日　晴。

六日　晴。社会司司长高阆仙来观书，言减薪事仍将进行，特不知如何着手耳。未返西城。

七日　晴。午后，以《林氏通书》一册、汀鹭画一幅送三哥，遂至三哥处，晤三哥嫂、王大表姊、许二表姊、少侯、三侄女。

八日　晴。寄玉成一函，附去写经印本六纸，昙花明片六纸，并以快邮属平伯将《嘉耦怨耦》寄师梅。

九日　晴。寄铁眉一函，并昙花明片六纸，并致三哥一书，索介绍函。傍晚偕任父至四牌楼。

十日　晴。午后劭吾、雨苍来。晚偕左文、劭吾、雨苍饮于鸿运楼，以三君皆将南下也。

十一日　晴。部中来文，馆中全体减薪八折，余亦仅得六十元矣。

十二日　晴。傍晚偕任父散步至四牌楼。

---

①　萧远，字涤尘。1922年12月至1923年12月，在京师图书馆工作。
②　胡荫藩，1922年12月至1923年12月，在京师图书馆工作。
③　刘祖禹，字铸九。1923年1月至12月，在京师图书馆工作。

十三日　晴。午后访三哥,取致菊生①函,值二侄女归宁。此儿明慧绝人,夫婿亦擅文名,不幸结缡之后,即染心疾。余八年入都,曾往一视,年前又一面,今见其状态,不殊当年。斯人斯疾,为之黯然。稍坐即返西城。伯珊自奉天来。

十四日　晴。晨访实甫长谈。晚六弟为伯珊洗尘。

十五日　阴。晨起返馆。左文南旋。

十六日　晴,傍晚有薄雾。偕任父出外散步。拟译《换巢鸾凤记》,检视原稿,计三十二章。

十七日　阴,午后微雪,旋霁。译书一千字。今日有鄂人王君来参观写经。

十八日　晴。译书三千字。

十九日　晴,大风,傍晚始息。今日闻介卿言,长沙病将不起,近延女巫诊视,不知自爱,可见一斑。译书四千字。得玉成函,知丽则已改县立第一女子高等小学校,玉成任校长。味知已自柏林返国,闭户读书,研求科学。杞人胶断复续,身弱家贫,颇无聊赖。守存任上海绛围中学教务,守梅肺病复作,在杭养疴,近亦在家。品叔病几不起,近已康复。仲纳任《新闻报》记者,因病失眠返苏。同川旧侣久不知消息,得此一慰。

二十日　晴。译书二千字。傍晚六弟来长谈,属修正一《宣言书》,事毕,同至鸿运楼晚餐,三哥亦来,未返西城。

二十一日　晴。夜月绝佳。偕任父散步至单牌楼,自长安街至王府井大街,返馆。

二十二日　阴。作一函致师梅,询售书消息。译书三千字。今

①　菊生,张元济(1867—1959),字筱斋,号菊生,浙江海盐人。著名出版家,版本目录学家。商务印书馆元老,历任商务印书馆编译所所长、经理、监理、董事长等。

日报载:朝命张乾若①为教长。

二十三日　阴,夜雪。译书三千字。

二十四日　阴,晚晴。译书四千字。

二十五日　晴。译书四千字。六弟送我红烧肉一大盘。

二十六日　译书三千字。

二十七日　晴。午后返西城。

二十八日　晴。上午走访劭吾,以其将南下,思尼其行,不果。少选,雨苍亦来,拟同返东城,步行出毛家湾,见旧庄王府已改平安里,因念庄王怀攘夷志,与端邸误引匪为伍,清祚几于是时即斩。乘舆蒙尘秦洛,数年始回銮。今故邸夷为民舍,亦可怜也。东行至宛平城隍庙,看火判。余入都后,即闻三哥言有此判,年年元宵前过庙门,辄见庭中有巨像高踞庭中,烟雾迷离,耳鼻口目似有火星喷发。初未入视,今始见之。判像约高丈许,范土为之,身躯中空,耳目口鼻亦多巨孔,用代焚帛之炉。祭赛者多,焚化纸锞不绝,故有火星喷发。雨苍拟游积水潭,以腹空,出庙后,经实府大街至西四北小肆,食水饺。绕道至积水潭,古木萧瑟,湖水已冰。渡湖观梁巨川②殉道碑,摩挲遗碣,为之慨然。东行,在前海坐冰床过湖,经醇王府出鼓楼,分道而归。

二十九日　晴。译书三千字。

三十日　晴。译书四千字。

三十一日　晴,晚阴。译书五千字。长沙去职,仍由吴兴来任

---

①　张乾若,张国淦(1876—1959),字乾若,湖北蒲圻人。1924年1月至9月,任教育部总长。随后调任司法部总长,1924年10月31日去职。1926年5月13日至7月6日,再次任司法部总长。

②　梁巨川(1858—1918),名济,字巨川,一字孟匦。广西桂林人,生于北京。著名学者梁漱溟之父。清光绪十一年(1885)举人。宣统元年(1909)任京师高等实业学堂斋务提调,官至四品。清亡后投水自尽。后其儿女亲家彭翼仲在他投水的地点立碑,上书“桂林梁巨川先生殉道处”。

主任。

民国十三年(1924)二月

一日　晴。译书三千字。至隆福寺斌升购棉帽。

二日　晴。森玉主任来馆就职。午后访吴孝侯于天成木厂。此君官兴颇浓,奇甚。

三日　晴。森玉来,言部薪明日可发。未返西城。

四日　晴。午后至三哥处辞岁,遂返西城。

五日　晴。甲子岁元日也。晨起,随四哥偕六弟等在神影前行礼,遂至实甫、仲华、钰妹处贺年。十时许,随四哥偕六弟、仲华、实甫,同车至蔚文、旭光、定九、少侯、啸陆、三哥、少麟处贺新岁。

六日　大雪。午后,三哥嫂冒雪来拜神影。菉坡与实甫冲突,实甫震怒,有悔婚意。仲华不在家,杨姨来乞援,驰往排解,幸即敉平。

七日　晴。晚在仲华处偕菉坡、规征、幼华①等打牌,二时许始返寓。

八日　阴。晨起返馆。晚得雨苍电话,谓沪宁车已断,即以此消息转询少麟。少麟云:闽浙确已开火,苏浙战事则尚未前闻,俟访询实甫。实甫亦称不知江浙和战关系,东南大局设有不测,膏腴锦绣之乡将付劫灰。南望怃然。任父以余今岁五十,送余墨盒一,镌"成汤寿一百岁",颇精美。梅花一帧,均受之,如意及蜡均辞返。夜雪。

九日　大雪。得滕君②电话,知章道岩于昨夜六时许辞世。此君于前年十二月十六日来馆就职,一月三十一日去职,在职计十三个半月。耗公费七千余金,使图书馆沉沦至此,诚死有余辜矣。晚,雪稍止,偕任父步出安定门赏雪。夜,雨苍以电话来辞行,谓明日将

---

①　幼华,杨幼华,浙江衢州人。杨仲华长女,俞锡侯继配。

②　滕君,滕树德,字纯甫。1922年12月至1924年2月,在京师图书馆工作。日记中又称纯府、滕纯府。

南下。

十日　晴。午后至市场,遂至三哥处,晤许二表姊、王大表姊、三侄女。今日三哥招饮,座有四哥、六弟、少侯、少桐。四哥以毕维垣①总裁招饮先行,余等作雀战。十时,余先六弟返西城。

十一日　雪。宜侄生日也。午前,以伯珊九时三刻病殁首善医院,偕实甫往唁仲瑚,晤仲华等。

十二日　晴。晚钰妹招饮春酒。

十三日　晴。晨起以铁眉来京,往北京医院访之。晤南湖,希民留午膳。膳后访旭光,晤焕文、掌衡等。借得震曼殊②《天咫偶闻》一部。返馆知寅斋复来,而钦和、纯府、贻上三人则停职矣。读《天咫偶闻》三卷。

十四日　大风。检查《梵网经》八卷。读《天咫偶闻》七卷。

十五日　晴。检查《梵网经》十八卷。

十六日　晴。检查《梵网经》十卷。夜作黄季子挽词六绝。

十七日　晴。检查《梵网经》十二卷。午后,堵申父③来接洽文澜阁补钞《四库》事。访三哥,未晤,遂返西城。商务《月界历险记》润资已来,以百二十金托隽人寄家。

十八日　晴。晨访铁眉长谈,晤毓荃、卓如。午后代六弟作一函,致江梅友,报告伯珊死状。仲瑚来。晚实甫、仲华假六弟处,宴余等兄弟。

----

①　毕维垣(1871—?),字辅廷,吉林长春人。作为地方绅商,1909年春,成为创办《长春日报》的主要出资人,担任报社名誉总理。

②　震曼殊,震钧(1857—1920),姓瓜尔佳氏,字在廷,满族人。汉姓名唐晏,号涉江道人。曾执教于京师大学堂。辛亥革命后,居住在南方。

③　堵申父,堵福诜,字申甫,号屹山,浙江绍兴人。曾任教于浙江省立第一师范学校,后到浙江图书馆工作。其间,受浙江省教育厅厅长张宗祥委派,任监理,于1924年2月至12月,到京师图书馆督理补钞文澜阁《四库全书》事。日记中又称申父、申甫、堵屹山等。

十九日　阴。晨起返馆，检查《梵网经》十二卷。复劲风①一函。

二十日　晴。检查《梵网经》十卷。铁眉来长谈。晚月食正月十六几尽。

二十一日　晴。日人加地哲定②来参观。此人为金刚峰寺僧，入东京大学读书，得学位，于密宗颇有得。有志士也。来日下从游者颇众。检查《梵网经》十二卷。

二十二日　大风，晴。检查《梵网经》八卷。此种计九十卷，今日蒇事，为甲子年所检查第一种。

二十三日　晴。检点《佛名经》，备查。

二十四日　晴。继续检点《佛名经》。按此经与正藏诸品及续藏、续收一种，均有异同，大概即开元伪妄乱真中所谓《大乘莲华马头罗刹经》，后附《宝达菩萨问报应沙门经》，续藏所收有三十卷，而此本则仅二十卷。下星期检查时，当细校之。午后返西城，与实甫等打牌。晚偕实甫、六弟至中天观电影，所演为罗克之《好事多磨》六本、《后台老班》二本。

二十五日　晴。仲华假六弟处宴客，客午后即来，有汪姓者且挟妓来。座有王、杜、沈氏三兄弟及余兄弟三人，十一时后始散。菉坡新婚，今日返都。

二十六日　晴。晨起返馆。伯良自南方来。闻馆人言，三哥前日来相视，余已西行。检查《佛名经》九卷。傍晚至市场，购烟嘴一，拟赠三哥，并购肥皂、缎带。寄师梅一函。

---

①　劲风，叶劲风（生卒年不详），湖北武昌人。著有小说《时代之花》《午夜角声》等。时任上海商务印书馆 1923 年 1 月 5 日创刊的《小说世界》主编。

②　加地哲定（1890—1972），日本金刚峰寺僧，出生于爱媛县。毕业于京都大学文学部中文系，深受汉学家内藤湖南和猎野君山的熏陶。1922 年至1926 年，到中国北京留学，从事佛教文学研究，有《中国佛教文学》专著出版。日记中也称"加地"。

二十七日　晴。检查《佛名经》六卷。傍晚访三哥,同至鸿运楼晚餐。闻汲侯及啸鹿家事,为之黯然。人间原无完善快乐家庭,此余之所以有《嘉耦怨耦》之作也。

二十八日　晴。检查《佛名经》六卷。晚访申父、仲苏①、海望于头条胡同汇丰公寓。

二十九日　阴。检查《佛名经》四卷。续译《换巢鸾凤记》四千字。

民国十三年(1924)三月

一日　晴。检查《佛名经》五卷。傍晚志闲招饮其家。

二日　阴。午后访三哥,遂返西城。东森自海上归,访诸其家,未晤。

三日　薄阴。上午访东森、旭光。午后三哥夫妇及琲侄来。晚膳后,至奉天会馆观肆雅社昆曲彩排。《见娘》:王十朋(朽木)程木安,王老夫人(呆定)陆麟仲②,李成(静寄);《楼会》:于叔夜(吴侬)孙紫菡,穆素徽(怀瑾馆主)陈叔良,鸨母(呆定),文豹(徐兰生);《抚兵》:左良玉(沁芳馆主)方震甲;《佳期》:张生(荃庐),莺莺(菊侬)廉燕五,红娘(敬棠)童曼秋;《拷红》:红娘□□③,老夫人则呆定也;《望乡》:苏武(拙厂)掌衡,李陵(笑僧)孙叔英;《乔醋》:艳厂(任棣卿),潘岳,菊侬夫人;《絮阁》:明皇(艳厂),梅妃(敬棠);《惊变》:明皇(廉水)张朴斋,杨妃,韩世昌;《酒楼》:汾阳(静寄);《弹词》:李

---

①　仲苏,徐伟(1876—1943),字仲苏,浙江绍兴人。辛亥革命光复会成员,徐锡麟烈士的胞弟。自1915年到杭州文澜阁修补《四库全书》,一直担任总校,捐款、出力,最终使文澜阁《四库全书》补抄工作圆满告罄。

②　陆麟仲,陆润庠之子,江苏元和(今江苏苏州)人。昆曲演员。

③　《日记》原稿即空二字。

龟年(红豆馆主①)。尚有《回营》《跪地》，以寒云②告假、梅艇失音，未演。返西城寓庐已二时矣。

　　四日　　阴，微雪。晨起返馆，检查《佛名经》八卷。晚，森玉为浙江抄书事，设宴煤市桥北泰丰楼，为申父等介绍，专宴北海、介卿、羽逵、伯良、舜人③、申父等六人，志贤、任父及余作陪。

　　五日　　晨起，庭中弥望皆白，终日阴。检查《佛名经》十卷。

　　六日　　晴。检查《佛名经》十五卷。今日得一卷，为后梁贞明六年之物。访三哥。

　　七日　　晴。检查《佛名经》九卷。

　　八日　　晴。检查《佛名经》十卷。

　　九日　　晴。检查《佛名经》十八卷。午后访三哥，晤少侯，遂返西城。

　　十日　　晴。晨餐后至琉璃厂取杂志，访孙如宾于京华印书局。午后访三哥。

　　十一日　　晴。检查《佛名经》八卷。

　　十二日　　晴。检查《佛名经》十卷。

　　十三日　　晴。检查《佛名经》十一卷。

　　十四日　　晴。检查《佛名经》十二卷。

　　十五日　　晴。检查《佛名经》十三卷。森玉以所印《北山录》一部见赠。

　　十六日　　阴。午后返西城。

---

　　①　红豆馆主，爱新觉罗·溥侗(1871—1952)，字原斋，号西园，别署红豆馆主。精通昆曲、京剧表演艺术。

　　②　寒云，袁克文(1890—1931)，字豹岑，号寒云，袁世凯次子，河南项城人。京昆名票，曾与梅兰芳、俞振飞同台演出。

　　③　舜人，李坤，字舜人。1921年9月至1925年9月，在京师图书馆工作。日记中又写作"李堃"。

十七日　晴。上午访旭光,晤莲白、掌衡等,即在旭光[处]午膳。膳罢访三哥,即返馆。今日梦旦①约余等在西车站午餐,以公宴余未往。

十八日　晴。检查《佛名经》十五卷。译《野人记》二集《还乡记》四千字。

十九日　阴。检查《佛名经》二十一卷。译书三千字。

二十日　阴。检查《佛名经》十四卷。译书四千字。东森来。

二十一日　阴,午后雨,夜晴。检查《佛名经》二十卷。译书四千字。

二十二日　晴。检查《佛名经》十二卷。译书四千字。

二十三日　晴。译书四千字。庚先来长谈,同游国子监。今日余房中陶制观音碎去,数载相依,一早[朝]永诀,为之怅怅。

二十四日　晴。晨起访旭光长谈。旭光留午膳,膳罢同至安福胡同访敦敏,不晤,遂至公园一转。归途访三哥,正在种槐树。闻三哥[言],王揖唐②索蛰闺③甚急,蛰云大惠成病。富贵人亦有烦恼,奇极怪极。如是,则不如吾侪寒士远矣。寄师梅、汀鹭函并三哥序文。

二十五日　晴。译书四千字。晚仲荪、申父招饮东华饭店,同席

---

①　梦旦,高梦旦(1870—1936),名凤谦,字梦旦,福建长乐人。先后任商务印书馆编译所国文部部长、编译所所长、出版部部长等。

②　王揖唐(1878—1948),初名志洋,字慎吾,后改名赓,字揖唐,别号逸塘。安徽合肥人。清光绪三十年(1904)进士。历任清政府兵部主事、东三省督署军事参议、吉林兵备处总办、袁世凯总统府秘书、临时参议院议长、安福国会众议院议长等。1924年任安徽省省长。日记中又称王一堂。

③　蛰闺,郭可谱(1910—1971),后改名郭豸,福建福州人。郭则沄与俞玭的长女。毕业于辅仁大学。

均馆中同人,外客仅吴雷川①及一韩姓者。

二十六日　阴。译书五千字。午后三哥来,以余今年五十,赠余俄毯一。同至极乐庵访宝一师②。以东森在馆,余先返,未晤也。今日有微雪。

二十七日　晴。译书五千字。

二十八日　阴。译书八千字。夜晴。

二十九日　阴。译书五千字。

三十日　晴。译书四千字。午后返西城,始知新侄之病转亟,弟妇终日哭泣,亦孽障也。

三十一日　阴。上午访剑泉于察院胡同白寓汪颂屏家。弟妇挟新侄赴医院。未返馆。

民国十三年(1924)四月

一日　阴。译书六千字。

二日　晴。译书五千字。

三日　晴。译书四千字。

四日　晴。译书七千字。

五日　晴。译书八千字。劲风书来,知此书已经沪上人译出,中止译事,作一函责劲风。

六日　晴。译《驯兽记》三千字。

七日　晴。六弟以电话见告,谓东森昨夕以冶游入警署,钰妹悲愤痛不欲生,邀余返西城相劝,遂返西城,访钰妹。晚仲瑚来,报告营

---

①　吴雷川,吴震春(1869—1944),字雷川,浙江杭州人。曾任协和大学、燕京大学国文系教授,燕京大学第一任华人校长。1925年2月20日至1927年3月9日,任教育部参事。日记中又称雷川。

②　宝一师,即宝一法师(1868—1936),俗家姓高,名祥珍,河北清河人。1921年被请到北京极乐庵任住持。

救东森已得蒲署长允许，大约明日即可释出。

八日 晴。国会纪念，未返馆。

九日 晴。晨起返馆，译书五千字。午后服部老博士①来参观，同行有陈仲骞②、邓芝园③、高阆仙、常国宪④、朱念祖⑤等。

十日 晴。译书七千字。

十一日 晴。译书七千字。今日森玉主任来自房山，言房山左近石经为曹三取去。古迹就湮，殊可惋惜。

十二日 晴。译书七千字。

十三日 晴。译书七千字。未返西城。馆长改聘傅治芗⑥次长。

十四日 晴。译书九千字。

十五日 晴。译书五千字。

十六日 晴。译书五千字。傍晚至三哥处长谈，即在三哥处晚

① 服部老博士，服部担风(1867—1964)，名辙，字子云，雅号莩塘，后改为担风。日本著名汉学家、诗人。一生致力于汉诗的研究和指导工作。

② 陈仲骞，陈任中(1874—1945)，字仲骞，江西赣州人。1925年6月30日，以教育部参事兼代次长职，同年8月兼任京师图书馆馆长。日记中又称仲骞、陈任中等。

③ 邓芝园，邓萃英(1885—1972)，字芝园，福建闽侯人。曾留学美国，回国后，历任北京高等师范学校教授、教育部参事、北京师范大学董事等。1922年任王宠惠内阁教育部次长。

④ 常国宪，字毅箴，湖南衡阳人。教育部社会教育司主事，曾兼任京师图书馆主任。

⑤ 朱念祖(1882—?)，字伯策，江西人。曾赴日本宏文书院、明治大学留学。1912年任吉安府知事，次年调任抚州知事。

⑥ 傅治芗，傅岳棻(1878—1951)，字治芗，湖北武昌人。清光绪二十八年(1902)举人。1919年6月至1920年8月，任教育部次长，代理部务，兼任京师图书馆馆长。1924年4月至11月，再次被聘为京师图书馆馆长，后改任名誉馆长。日记中又称馆长、治芗等。

膳。返馆已十二时矣。

十七日　晴。译书八千字。

十八日　晴。译书八千四百六十八字。《驯兽记》告终,全书计七万一千四百六十八字,分二十一回,以十一天告竣,亦快事也。

十九日　薄阴。点定《驯兽记》。

二十日　晴,大风,傍晚始息。今日为三月十七日,三哥生辰。上午至三哥处作贺,晚三哥邀饮东安市场森隆,同席为少侯、少桐、振先、四哥、六弟。返馆后作函致劲风,以《猿虎记》寄之。

二十一日　晴。午后偕仲苏、申甫至崇效寺。牡丹尚含苞未绽,稍坐,折至法源寺看丁香,值传戒,从后门入内,徘徊花下久之。归途至中央公园,海棠盛开。遇珽、琳二侄,稍谈,偕仲苏等啜茗春明馆。出后门,在鼓楼南进茶点,始归。

二十二日　晴,大风竟日。

二十三日　晴。

二十四日　晴,午后大风。晚珽侄招饮森隆,同席有少侯、三哥、四哥。

二十五日　晴。

二十六日　晴。

二十七日　晴。午后返西城,访实甫长谈。实甫自岭南归,以燕官病,来京省视,拟仍作南游。

二十八日　阴,午后微雨。今日四哥、六弟为三哥饯行、实甫洗尘。三哥三时许即来。

二十九日　晴。晨起返馆。

三十日　晴。傅治芗馆长来馆就职。

民国十三年(1924)五月

一日　晴。

二日　晴。

三日　晴。

四日　晴。译《野人记》四编《弱岁投荒录》五千字。

五日　晴。译书五千字。傍晚偕申甫、任父至柏林寺,观牡丹。夜在申甫处小酌。

六日　晴。馆长来,言中央有建筑图书馆之意,地址已择定参谋部东首操场,直达北海西岸,迁养蜂夹道于西。属量取全馆书籍体积。傍晚量善本、《四库》两处。译书二千字。得平伯函。

七日　阴,微雨即止。量藏经及普通书籍。复平伯一函。译书三千字。傍晚偕任父访颂生,遂至柏林寺。

八日　晴。译书四千字。

九日　晴。译书四千字。

十日　晴。译书六千字。

十一日　阴。午后返西城,在杨宅打牌,十一时后始返寓庐。

十二日　阴。

十三日　阴。晨起返馆。加地哲定来访密宗经典。译书四千字。

十四日　晴,大风竟日。译书三千字。午后子京来长谈。

十五日　晴。以所印曲园老人扇面百张寄平伯。译书六千字。

十六日　晴。译书五千字。

十七日　晴。译书五千字。傍晚散步至四牌楼。

十八日　阴。勖吾自无锡来就女师文牍,今日值星期,来访长谈,傍晚始去。译书六千字。

十九日　阴,晚晴。译书六千字。

二十日　晴。译书六千字。

二十一日　阴,夜雨。译书六千字。

二十二日　大雷雨。译书四千字。

二十三日　阴,夜晴。译书六千字。

二十四日　晴。译书二千字。俊人来长谈。夜至波止处观弈。

二十五日　晴。译书二千字。返西城,在杨宅打牌,深夜始返寓。

二十六日　晴。午后偕四哥至妇婴医院,省视六弟妇。弟妇于四月二十日又添一女。遂访三嫂,则三哥已返京。稍坐,至森隆夜饮,同席有实甫、蔚文、仲华、俊人、四哥。

二十七日　晴。上午四哥宴客灶温,同席有子戴①、少侯、三哥及余兄弟。

二十八日　晴。译书五千字。

二十九日　晴。译书六千字。新同事何迈尘②来长谈。

三十日　晴。《弱岁投荒录》今日藏事,计十万七千四百九十二字。

三十一日　晴。点定译稿十七回。

民国十三年(1924)六月

一日　晴。点定译稿十回。午后返西城,晤定九、蔚文昆季。

二日　晴。上午返馆。以《弱岁投荒录》稿寄劲风。

三日　阴,午后大雷,夜晴。

四日　晴,傍晚有风雨。

五日　晴。上午,子戴、湘丞来参观善本及写经,一时许始去。傍晚至三哥处,晤少桐,即返西城。

六日　晴。重五也,休息。上午出外贺节,在三哥处晤少侯、啸鹿、季湘、谷波等。即在三哥处午膳,膳后西行。晚六弟宴客。

七日　阴。晨起返馆。作一函致劲风,询润资。五日闻少桐言,

---

①　子戴,宗舜年(1865—1933),字子戴,江苏南京人。俞樾孙女婿。俞樾长孙女俞庆曾(1865—1897)夫婿。

②　何迈尘,何则相,字迈尘,江苏丹阳人。1924年5月至1927年8月,在京师图书馆工作。其间曾任清室善后委员会特聘顾问。日记中又称迈尘。

干臣谢世。三哥年来一月中,于清晨未醒前,目前时见白光,可询休咎。三十一日晨八时,复见白光,适忆干臣卧病,因默询吉凶,似有人告以试听一百八回钟,是时适钟鸣八下,乩为干臣危,知必不能过四日,后果于四日午后八时病亟,五日晨一时谢世。亦奇事也。

八日　晨大雨,午后霁。未返西城。

九日　阴晴不定。

十日　晨雨,午后晴。

十一日　晴。

十二日　晴。

十三日　晴。得劲风复函及夷门各函。

十四日　晴。

十五日　阴。午后至三哥处,晤少侯,遂返西城,雨。

十六日　雨,午后雨止。夜偕四哥等公宴仲华。仲华明日生辰(五月十六日)。

十七日　晴。晨起返馆。森玉来言曹仲珊将印《四库全书》。

十八日　晴。

十九日　阴雨,晚晴。

二十日　阴。得平伯函,云暑中将来京。

二十一日　阴。

二十二日　晴。今日为六弟处第五侄女弥月之辰,六弟招饮,午后径返西城。同席有季平、仲华、仲瑚、丙华、子京等。

二十三日　阴雨,未返馆。闻平伯于三哥南下时,曾开谈判,要求析居。以曲园老人之裔,尚有此种事发生,"生男勿喜欢"之谚,于以大信。可叹也。

二十四日　薄阴。晨起返馆。

二十五日　晴。闻马叔平以悍妻相迫,弃家远扬,亦可怜也。马妻叶氏为澄衷之女,有神经病,以叔平远逸,至叔平之弟家骚扰。

二十六日　晴。

二十七日　晴。

二十八日　阴。

二十九日　阴。午后访三哥,即返西城,仲华招饮。

三十日　晴。上午,梅畹华之母出殡①,偕仲华、六弟至前门观之,仪仗绝盛,畹华居幄,次有军士四人持枪护随。一伶人耳,而猖獗若是,狐鼠跳梁,可胜浩叹。

民国十三年(1924)七月

一日　晴。晨起返馆。

二日　晴。

三日　阴,午后雨,晚晴。马厂誓师,再造共和,休息一天。

四日　阴。

五日　阴。译《古城得宝录》五千字。

六日　阴晴不定,夜雨绝大。译书五千字。未返西城。

七日　阴晴不定。译书五千字。

八日　阴雨。译书五千字。

九日　阴雨。译书五千字。

十日　晴。译书五千字。

十一日　阴。译书五千字。

十二日　雨。译书七千字。

十三日　阴。六弟速返西城,以马车相迓,车过交道口南,水深没胫。入都以后,雨后未尝外出,自窗中遥望,水势滔天,至皇城根始见马路。返寓,见四哥不豫,询之则云有微疾。仲瑚、实甫均在寓,遂至钰妹[处],妹适不在,折至仲华家,讯燕官疾。

十四日　晴。为四侄女治汤饼,未返馆。

十五日　雨。晨起冒雨返馆,道上水势澎湃,有若洪荒景。闻永

---

① 此处有误,实为梅兰芳的祖母陈氏(1841—1924.6.15)出殡。

定河将有决口之耗,北京或受影响。到馆,雨仍不止。傍晚前院水深几及尺。译书四千字。

十六日　上午雨,午后雨止。译书四千字。傍晚偕任父、迈尘出安定门观水。

十七日　晨雨,旋霁。久不见日光,心胸为之一畅。译书五千字。

十八日　阴晴不定。译书六千字。作一函致劲风,催稿酬。

十九日　晴。译书四千字。傍晚偕迈尘、潜厂出东直门,访观音庵,闻为近今新修之刹,遂由朝阳门入城。

二十日　晴。译书五千字。午后大雷雨,傍晚即霁,未返西城。

二十一日　阴。译书六千字。

二十二日　晴。译书四千字。

二十三日　晴。《古城得宝录》全书告成,计八万三千六百七十四字。午后偕六弟同访三哥。

二十四日　阴。点读所译书九章。

二十五日　晴。午后晓南来长谈。点定《古城得宝录》全书。

二十六日　晴。午后至灯市口,报谒晓南,未晤。入夜热甚。

二十七日　阴。

二十八日　晴。晨访森玉长谈。午后雨。钰妹、实甫等均来。夜雨不止。客散,与四哥、六弟长谈,子夜始归寝。

二十九日　雨。晨起冒雨返馆。森玉来。

三十日　晴。

三十一日　晴。

民国十三年(1924)八月

一日　阴。午后,腹痛甚剧。

二日　雨。身子疲倦不堪。

三日　雨。

四日　阴，午后晴。扶病访三哥，以晓南托购之准提镜交三哥，晤平伯，遂至商务分馆取钱，交兴业银行，汇百四十元至苏。入城访绍裘，乞其诊疾，即返西城。实甫亦有疾，闻余以疾返，扶病来视。钰妹、桂甥等均来。

五日　雨，午后晴。疾稍瘳。读《镜中人影》四册。晚与炳华长谈。

六日　晴。读《镜中人影》二册。午后绍裘来，为余复诊。访钰妹长谈。归遇实甫，至实甫处稍坐。

七日　晴。读《战地莺花录》四册。

八日　晴。读《战地莺花录》二册。绍裘来复诊。

九日　晴。夜，实甫以细故与余起龃龉，事后又浼桂甥及仲华、如君来道歉。实甫卞急，动辄如是，殊自苦也。

十日　晴。晨起子京来长谈。实甫亦亲来道歉。午后访绍裘乞诊。归至实甫处报谒。

十一日　晴。

十二日　晴。本拟今日返馆，以药未饮尽，又乞假一天。

十三日　晴。晨起返馆。夜雨。

十四日　晴。夜与申甫长谈。以《古城得宝录》寄劲风。

十五日　夜雨。

十六日　阴。傍晚珽侄招饮大陆。

十七日　晨，微雨。

十八日　阴。午后返西城。

十九日　阴，夜雨。公宴三哥嫂、平伯、珽侄于西城寓庐。腹泻发热。

二十日　阴。实甫为延其表叔李君来诊疾。乞假一星期，未赴馆。

二十一日　晴。

二十二日　午后，大风雨。

二十三日　晴。午后偕四哥访绍裘，乞诊疾。

二十四日　晴。上午,洪君煨莲①偕李炳华来访。午后绳甫②来。

二十五日　晴。上午偕六弟、仲华至光明配眼镜。

二十六日　阴。晨起返馆。作函复康胡及致子京一函。

二十七日　晴。森玉来长谈。晚与申甫谈故乡事。黄钟毁弃,瓦釜雷鸣,为之黯然。午后子京来。

二十八日　阴。

二十九日　午后,大雷雨,晚晴。偕任甫、子年、迈尘、潜庵散步,出安定门,为病后第一次出外。

三十日　晴。夜至申甫处,闻秋瑾③、徐锡麟④事。

三十一日　晴。午后至光明取眼镜。晚实甫在西城寓庐宴余等兄弟,以桂甥明日三十生辰也五[八]月初三。四哥患肝厥,以电话速绍裘来诊疾。夜宿西城。今日访旭光,商量伯龙家寿屏事。

民国十三年(1924)九月

一日　晴。晨实甫来,同赴光明,归途,访勋吾于女子师范大学,遂至杨宅贺寿,即在渠处食汤饼。夜宿西城。

二日　晴。晨起返馆。午后森玉来。度节需钱,以书一部托其

----

① 洪君煨莲,洪业(1892—1980),原名正继,字鹿岑,号煨莲,福建闽侯(今福建福州)人。早年留学美国。1923年8月回国,任燕京大学历史系副教授,1924年任燕京大学男校文理科科长兼图书馆馆长。日记中又称洪煨莲、煨莲、洪威廉、威廉等。

② 绳甫,马准(1886—?),字绳甫,浙江鄞县(今宁波)人。1924年4月至1927年8月,在京师图书馆工作。日记中又称太玄。

③ 秋瑾(1875—1907),初名闺瑾,字璿卿,东渡后改名瑾,字竞雄,号鉴湖女侠,祖籍浙江绍兴,出生于福建省云霄县城紫阳书院。辛亥女杰,近代民主革命志士。

④ 徐锡麟(1873—1907),字伯荪,号光汉子,浙江绍兴府山阴东浦镇人。近代民主革命志士。

出售。

三日　晴。午后得六弟电话，言四哥猝于今晨昏迷不醒，言语蹇涩，急乞假返西城省视，果然。即延绍裘诊视，则云阴虚阳亢，恐将晕脱，急告三哥，并加延徐绍武定九介绍诊治。绍武无所表示。少延，三哥来，与绍裘商定，用三甲汤加定风珠，即鳖甲、龟板、左牡蛎、阿胶、白芍、鸡蛋清也。服后亦不见效。

四日　阴雨。绍裘来诊，仍用三甲汤、定风珠及童便。雨。桂珍来视疾，则谓似睡疾。定九来。夜以电速锡侯来京。

五日　晴。绍裘有卸责之意，少桐亦露不佳消息。另由定九介绍一陆晋笙凤石相国①之侄，四哥之友张君亦介绍一沈姓医士，先后来诊，言人人殊，取决三哥。三哥为延徐志芸来，断定温热肝风积滞，用羚羊角、竹沥，商诸三哥，三哥言方极佳，但羚羊太寒，改用三分。

六日　晴。今日四哥似稍佳，羚羊用五分。

七日　晴。午后三哥、琲侄来视四哥，与志芸商量，用半夏、桂枝、羚羊、竹沥等药。

八日　晴。锡侯、恩祥昨日先后来。四哥病状大见起色，舌苔已由白而黄，不敢再用原方，延志芸来，另定杭菊、白芍、羚羊、石决明之剂。上午访旭光。

九日　晴。晨起返馆。连日疲劳，得稍休息。

十日　阴，夜大雷雨。六弟电话来告，四嫂来京省视四哥。

十一日　晴。实甫以电话来辞行，言当晚南下。鸣一则明日行。作一函致实甫。

十二日　阴。午后访三哥，先行贺节。三嫂病尚未愈，消瘦不堪。遂至市场购零物，返西城。四哥已下床，唯言语蹇涩，右臂仍不

①　凤石相国，陆润庠（1841—1915），字凤石，谥号文端，江苏元和（今苏州）人。清同治十三年（1874）状元及第，曾授太保、东阁大学士、体仁阁大学士。辛亥后，留清宫，任溥仪老师。

能举。见四嫂、涵宝①，十年未见，道苏州现状及家事，为之黯然。

十三日　阴。旧历中秋。未出外贺节，亲友处仅至钰妹及仲华处。钰妹亦有不适。晚六弟设宴款客。微雨。

十四日　阴。晨起六弟以车送余返馆。森玉来馆，定十九日起晒书十天。午后返西城。志芸、绍裘来为四哥诊疾，速余回寓任招待也。在滨来香进牛乳一杯，返寓晤少桐。

十五日　阴。报载颜惠庆内阁已在国会通过，黄膺白②郛复长教育，张乾若调司法。昆山之兵已退守毗陵。

十六日　晨雨，午后晴。到馆，造本馆职员到馆日期、职务、薪俸表一纸，送部。迈尘言得家信，丹阳到有败兵数百，大概阳羡已失守矣。报载孚威将来日下。

十七日　晴。为文澜阁校《普济方》二卷。午后，森玉偕友人来参观写经。今日警厅禁止人民阅览《顺天时报》③。晚膳前，滕纯府来长谈。膳后偕迈尘散步至四牌楼。

十八日　阴。校《普济方》二卷。

十九日　阴。开始晒书。校《普济方》一卷。

二十日　晴。今日春榆世叔七旬双寿八月廿二，晨赴东安楼俟六弟，十时三刻同往恭祝。礼毕，访三哥，在三哥处长谈。

二十一日　晴。校《普济方》一卷。钰妹之臂前得子年介绍，延瞿师占诊视，每次医药费一元，车钱在外。钰妹以窘辞。昨由颂僧电招来馆长谈，言明每次只送车钱五角，特回西城报告，且闻四哥嫂迁

---

①　涵宝，俞涵，小名越男，浙江德清人。俞箴玺的孙女，俞锡侯之女。日记中又称越男、侄孙女。

②　黄膺白，黄郛（1880—1936），字膺白，浙江绍兴人。在留学日本期间，加入同盟会。1923年9月至1924年1月，1924年9月至11月，曾任教育部总长。日记中又称膺白。

③　《顺天时报》，日本外务省在北京出版的中文报纸，初名《燕京时报》。1901年10月创刊，1930年3月26日停刊。北京顺天时报社出版。

钰妹处。午后返西城,杨、沈二宅送来菜数种,即在钰妹家晚膳。膳后邀仲华至六弟处,为锡侯向之乞婚。仲华似有允意,唯有条件:(一)锡侯在局仍宜用功;(二)嫁妆不多;(三)以后锡侯进身,三哥宜予助力。

二十二日　晴。晨至四哥处,取锡侯生辰、照片,交送杨宅,即返馆。校《普济方》一卷。作函寄母亲及东森。

二十三日　晴。校《普济方》二卷。函三哥,报告锡侯姻事。

二十四日　晴。校《普济方》二卷。伯良来,属草致仁冰函,言语奇突,似有心疾。晚邀波止来长谈。介卿得吴军卫队军法处处长,拟辞去本馆会计,以会计事交颂生。约余明晚至其寓吃蟹。午后绳甫来。

二十五日　晴。今日晒书之末日也。校《普济方》一卷。傍晚至介卿处吃蟹,同席有李彤阶、荣甫二人。

二十六日　晴。校《普济方》一卷。值日。午后至市场购物,即返西城。

二十七日　阴。曝书后休息。

二十八日　晴。为慰存订婚杨幼华女士,女士为仲华长女,人极婉娈,或可宜家。三哥来作主人,在钰妹处写礼帖,偕余及六弟亲送杨宅取允帖,归向四哥嫂道贺。仲华亦来道喜,即拉其赴六弟处午膳。

二十九日　晴。原拟返馆,为六弟夫妇苦留,未返。

三十日　阴。晨起返馆。森玉来言膺白总长又有裁员之意,将亲来视察,属造履历表一册。午后,作函上母亲赵老太太,报告慰存订婚事。校《普济方》一卷。

民国十三年(1924)十月

一日　阴,夜雨。校《普济方》四卷。绳甫、溯伊来,均言东北战事,谓恐有剧变。锡侯来辞行。

二日　晨雨,旋霁。森玉来,命草请维持本馆手折稿。校《普济方》四卷。

三日　晴。校《普济方》三卷。

四日　晴。校《普济方》三卷,《四分律比丘戒本》十五卷。

五日　阴。校《普济方》一卷。未返西城。晚膳后偕迈尘散步至四牌楼。校《四分律比丘戒本》十五卷。

六日　晴。未出外。

七日　晴。校《普济方》二卷,《比丘戒本》十五卷。

八日　晴。校《普济方》二卷,《比丘戒本》五卷。

九日　晴。校《普济方》一卷,《比丘戒本》十卷。午后返西城。

十日　晴。民国成立后,第十三次双十节。国中内乱未已,南北被兵,即向称安乐土之苏杭,亦罹兵革,生灵涂炭,谁实为之? 晨起为钰妹作一函致东森。归读报章,则山海关军已退滦州矣。在寓中与六弟等闲谈,晚四哥亦至。

十一日　晴。晨起返馆。校《普济方》一卷,《比丘戒本》十卷。

十二日　薄阴。校《比丘戒本》八卷。森玉来,令治于政①解职。普通收发书籍处,拟由馆中同人轮值。

十三日　晴。译《覆巢记》六千字。晚膳后偕迈尘、任父散步出东直门。

十四日　阴。校《普济方》百三十三页,《四分尼戒本》五卷。拟请加经费稿及通知治于政书。

十五日　阴,大风。校《尼戒》六卷,《普济方》百七页。译书二千字。

十六日　阴。校《普济方》百四十三页。译书四千字。

十七日　晴,午后阴。校《普济方》百五十一页。译书三千字。

十八日　晴,晚风。校《九华集》《丹铅余录》二百页。

---

①　治于政,字衷夫。1920年2月至1924年10月,在京师图书馆工作。

十九日　薄阴。校《实宾录》百七十九页。傍晚返西城。

二十日　薄阴。未返馆。

二十一日　晴。校《普济方》百二十六页。晨起返馆。

二十二日　晴。校《普济方》九十九页。午后访三哥，珽侄送余袍褂料一套，遂返西城，以明日旧历九月二十五日，为六弟夫妇生辰也。

二十三日　晴。晨起仲瑚来，言冯焕章昨夜拥兵入都。出外视之，则各街衢均有军士荷枪鹄立，右臂围红布，上缀圆形白布一块，布上书"不扰民真爱民誓死救国"十字。访敦敏于安福胡同，敦敏赠余枇杷叶露二瓶，以余咳嗽故也。同访旭光长谈。午后，贞、宜二侄自校归，言校中学生到者绝少。罗文干女公子汽车为人劫去。六弟赴东城归，亦言天安门前兵队林立，东西豁口亦用土囊堵塞。晚闻李彦青①昨夜为冯军捕去。城隍庙街九时即禁止行人，幸席散早，诸客早去也。

二十四日　晴。晨起返馆，北栅栏及校场后豁口禁止通行，西华门亦多军士，红帽箍之，曹氏卫队均已褫去红箍，亦一快事也。方家胡同口亦有冯军站立，盖保卫外人者。馆门半掩，问之，则为寅斋、任父等意见。少项，森玉来，余以不可闭门，闭恐招人误会之说进，复启门。今日报上遍载山海关直军失利事，有数师已沉没。焕章主张下令停战，召集海内耆硕开国民大会，以定国是。傍晚至三哥处探问消息。

二十五日　晨微雨，即止。译书六千字。今日报载，下令停战及免去吴子玉本兼各职，特任督办青海垦务事宜。前敌收束军队，则派

---

① 李彦青(1886—1924)，山东省临邑县李元寨村人。北洋直系官员，曹锟亲信。

王承斌①及彭寿莘②。实孚来,托余至汾阳处,为仲华进言。

二十六日　晴。译书五千字。校《尼戒》十卷。

二十七日　晴。译书三千字。午后为仲华欲求啸麓为华丞作函,访珏侯,以后日为十月初二,珏侯生辰,购笔筒一双赠之。晤啸麓及珏侯,长谈。啸麓援笔为华丞作一函,致赣督蔡虎臣③。闻珏侯言,胡景翼④将统领京师步军,都人惶急,有辇箱笈寄交民巷者。遂访三哥嫂。归馆,闻王儒堂⑤将重任总理,定明日就职。

二十八日　晴。儒堂未就总理,吴子玉已回军。津沽、京师震动。校《明诗选》百七十二页。

二十九日　晴。校《元诗》百三页。译书三千字。午后仲华来取啸麓函。

三十日　晴。校书一百八十九页。译书三千字。午后六弟来,约余明后天回家。

三十一日　晴。校经十卷,书百三十六页。在魏了翁⑥《鹤山集》百八卷《师友雅言》中,见汉初以未央宫舍太上皇,自居长乐,故崩

<hr>

①　王承斌(1874—1936),字孝伯,奉天(辽宁)兴城人。北洋直系军阀。历任直隶省长、直隶督军。1924 年 10 月,参与冯玉祥策划的"北京政变"。

②　彭寿莘(1872—1947),字子耕,山东平度人。北洋军中高级将领。1924 年 9 月,第二次直奉战争时,被吴佩孚任命为第一路军总司令兼前敌总指挥。

③　蔡虎臣,蔡成勋(1871—1946),又名虎臣,直隶天津县人。时任江西督理。

④　胡景翼(1892—1925),字笠僧,又作励生,出生于陕西省富平县长春乡。民国将领。日记中又称胡笠僧。

⑤　王儒堂,王正廷(1882—1961),字儒堂,浙江奉化人。1922 年 12 月 6 日,任北洋政府外交部总长。1922 年 12 月 11 日至 1923 年 1 月 4 日,代理国务总理。1924 年 10 月,任外交部总长兼财政部总长。日记中又称儒堂。

⑥　魏了翁(1178—1237),字华父,号鹤山,邛州蒲江(今四川蒲江)人。南宋教育家、理学家、政治家。

于长乐独高祖一人。后吕后即居长乐，而惠帝居未央，以此，长乐遂为母后之宫。汉未央为正衙，自未央视长乐居东，所以谓之东朝。又汉惟有北阙、东阙，自北阙出入，而南阙、西阙无之，至今只说北阙。

民国十三年(1924)十一月

一日　晴。校经二卷，书百十九页。午后三哥来贺生辰，余以赠珽侄瓶，托其转送。晚偕申甫散步至东直门，听申甫讲浙江一师妖异。夜，迈尘来长谈。

二日　阴。校书百二十余页。午后返西城。六弟等为余补祝生辰。实甫、仲华、仲瑚、季平、四哥、四嫂、钰妹均来。会少侯来，余未见。蔚文赠余梅花一帧，晚约其来寓夜饮。曹锟辞职。

三日　晴。晨至实甫、仲华、四哥、钰妹处道谢。偕实甫、仲华同访蔚文，未晤。晚约诸戚眷在六弟处吃面，两侄以雪茄一匣相赠。内阁摄政，吴佩孚乘海轮出走。

四日　晴。晨起返馆。校书百九页，译书三千字。

五日　晴。译书五千字。午后三哥来长谈。宣统[①]为鹿司令[②]强迫去帝号，迁居醇王府。

六日　阴。译书五千字。

---

①　宣统，爱新觉罗·溥仪(1906—1967)，字曜之，号浩然，北京人。1908年12月2日即位，年号宣统。末代皇帝，1911年辛亥革命后退位，根据《清室优待条件》，不废帝号，暂居宫禁。1924年10月23日，冯玉祥成功发动"北京政变"。同年11月5日，京畿卫戍总司令鹿钟麟、京师警察总监张璧以及民众代表李煜瀛奉摄政内阁之命，率领军警将溥仪驱逐出宫，并废除皇帝称号。

②　鹿司令，鹿钟麟(1884—1966)，字瑞伯，直隶定兴(今河北定县)人。中国西北军著名将领、国民革命军陆军二级上将。1924年10月，冯玉祥发动"北京政变"，鹿钟麟率部先行入城，迅速控制了北京城。随后，鹿被冯玉祥任命为北京警备司令。黄郛摄政内阁成立后，又被任命为京畿警卫总司令。日记中又称鹿钟麟、鹿瑞伯。

七日　晴。复铁眉一函,为庚先介绍。致商务王岫庐①一函,告以《覆巢记》已着手移译。致四哥一函,报告徐志芸事及三嫂生辰事。译书四千字。

八日　晴。译书五千字。森玉来,邀馆中人同入清宫点收书籍。挟任父同去。

九日　晴。晨膳后偕迈尘入宫,驱车至神武门投刺,由军警导入清室善后委员会②,晤裘子元③及六弟。少顷,委员长高阳李石曾④及沈兼士⑤、马叔平等陆续来,以鹿司令、张总监⑥未来,委员会尚不能

---

①　王岫庐,王云五(1888—1979),字岫庐,广东香山人。现代著名出版家。1921年9月任商务印书馆编译所所长,在此工作长达25年。

②　清室善后委员会,溥仪出宫后,摄政内阁对清宫旧藏文物进行系统点查,以防国宝的损坏或外流而成立的专门委员会。经过紧张的筹备工作,"清室善后委员会"决定于1924年11月9日宣告成立。因为人事安排都已敲定,俞泽箴等人入宫,就是去参加成立会的。后因故拖至1924年11月20日,才正式宣告成立。李煜瀛出任委员长,同时任命汪兆铭(易培基代)、蔡元培(蒋梦麟代)、鹿钟麟、张璧、范源廉、俞同奎、陈垣、沈兼士、葛文濬、绍英、载润、耆龄、宝熙、罗振玉14人为委员,监察员6人,另由各院部派助理员数名,会同行事。

③　裘子元,裘善元(1890—1944),字子元,浙江绍兴人。曾任教育部办事员、北京历史博物馆馆员。1924年11月曾任"清室善后委员会"特聘顾问,参与清宫文物的清点工作。日记中又称子元、裘善元。

④　李石曾,李煜瀛(1881—1973),字石曾,河北高阳人。社会活动家、教育家。1924年11月,参与驱逐溥仪出宫后,出任清室善后委员会委员长,力排阻挠,组织全面清点故宫文物、图书、物品,同时筹建故宫博物院,曾任临时董事兼理事会理事长、故宫博物院院长等。日记中又称石曾、李煜瀛。

⑤　沈兼士(1887—1947),祖籍吴兴(今浙江湖州),出生于陕西汉阴。时任北京大学国学研究所主任、北京女子师范大学国文系教授、清室善后委员会委员等。日记中又称兼士。

⑥　张总监,张璧(1885—1948),字玉衡,直隶霸州(今河北霸州)人。1924年任京师警察总监,兼任清室善后委员会委员。日记中又称警察总监。

成立。在神武门见所有遣散之宫监、宫人等，襆被而去，仓皇可怜。昨日检查行李，得右军①《快雪时晴帖》真迹，已经用保险柜存贮会中，静候处理。三时至乾清宫，由毓将军②导入，参观南书房及上书房③，知瑾太妃④灵尚停慈宁宫中。至宫外，见黄杠及长旛竿已陈列宫外，未经奉移，已生巨变，亦可怜生。薄暮，先行至三哥处道谢，三哥嫂留余晚膳后始归。

　　十日　晴。晨起督同翰章摹绘清宫图。午后至三哥处，祝三嫂生辰。归访介卿。晚三哥招饮森隆，同席有少侯及其族弟、振先甥、六弟等。

　　十一日　晴。今日为欧战纪念，休息一天。午后旭光来长谈。作一函致森玉主任，有"射影之策既穷，窃屦之谤必集"句。

　　十二日　晴。校《戒本》二十卷，《石林燕语考异》百八十一页。介卿来报谒，任父、颂生及余公宴之于东来顺。

　　十三日　晴。校《戒本》十卷，《六艺之一录》百余页。于《六艺之一录》，见其中载《金石文字记》十一则，有人于魏县土中得郑恒夫人崔氏墓志铭，铭为大中十二年十二月，秦贯撰正书，言夫人卒时年七十六，有子六人，与郑合葬。此即世俗所传《会真记》中双文也。

　　十四日　晴。校《六艺之一录》七十二页。作书致铁眉，托觅潜

---

①　右军，王羲之，字逸少，别名右军，琅琊临沂（今山东临沂）人。东晋书法家。

②　毓将军，爱新觉罗·毓朗（1864—1922），字月华，清朝宗室大臣。辛丑后封镇国将军。

③　上书房，清代皇子、皇孙上学的地方，从康熙时起称"上书房"，乾隆时选定地点，在乾清宫西庑，乾清门东五间。

④　瑾太妃（1874—1924），姓他他拉氏，满洲镶红旗人。清德宗光绪皇帝的妃子，谥号端康皇贵太妃。日记中又称瑾妃。

夫在圣约翰所编《国文教授顺序》。复观蠡①一函，述都中近事，并函
少侯，索张母朱太君寿文。傍晚至三哥处长谈，得读近事诗。诗曰：
万骑衔枚夜勒兵，赤眉求印竟翻城。袖章特制安民字，衷甲谁知盗
国心。

　　十五日　晴。校《六艺之一录》百二十三页。

　　十六日　阴。校《国子监志》六十余页。午后返西城。以四哥病
后，尚未赴三哥处道谢，三嫂生辰，四嫂亦未赴贺，至四哥处，促其东
行。四哥以囊涩辞，余以五元赠之。任父来约同访森玉。六弟得教
部司长。

　　十七日　晴。旭光来长谈。

　　十八日　阴。晨起返馆。撰寿伯龙太夫人文千五百余言。作一
函致琎侄，寄瞿医仿单。复子京一函，并以燕大事询六弟。夜雨雪。

　　十九日　雪。校《六艺之一录》百二十七页。晚以张太君寿文寄
焕文。

　　二十日　晴。校《六艺之一录》三十三页。

　　二十一日　晴。译书四千字。傍晚访三哥长谈。

　　二十二日　晴。译书二千字。晚洪威廉招饮森隆。段芝泉
入都。

　　二十三日　晴。译书五千字。校《国子监志》八十页。

　　二十四日　晴。译书四千字。午后至三哥处长谈。段芝泉午前
在陆军部就总执政之职。张雨亭②挟重兵入都。

------

　　①　观蠡，吴观蠡（？—1946），原名骥德，笔名测海、半老书生，江苏无锡
人。无锡报界耆宿。

　　②　张雨亭，张作霖（1875—1928），字雨亭，奉天海城（今辽宁海城）人。北
洋军阀奉系首领。1924年9月，入关发动第二次直奉战争，奉系夺取了中央政
权。冯玉祥发动"北京政变"后，与冯共推段祺瑞为临时执政。日记中又称张镇
威、雨亭等。

二十五日　晴。校书百四十六页。译书三千字。闻旧国务院有改组消息,执政院移陆军部,陆军部则移军医学校,海军部移四照堂。摄政内阁完全改组。

二十六日　晴。译书四千字。

二十七日　晴。译书五千字。晚偕申甫、颂生、潜厂至介卿处晚餐。申甫先返,余等作竹林游,返馆已十二时矣。

二十八日　晴。译书七千字。晚至海军前,遇段执政出,全街警跸,共和之怪现象也。

二十九日　霾。译书六千字。昨日部文来,馆长仍由次长兼领①,治芗改名誉馆长。李公武来长谈。

三十日　晴。校书百四十页,译书二千字。午后返西城。闻实甫于三日前随胡笠僧出都。

民国十三年(1924)十二月

一日　晴。本拟返馆,为六弟所留。

二日　晴。晨起返馆。闻中山将来京。清室善后委员会有改组消息。校书二百页。张镇威出都。

三日　晴。译书四千字。午后三哥来长谈。

四日　晴。译书四千字。

五日　晴。译书三千字。校书百七十三页。

六日　晴。校书一百余页。译书五千字。又校《金石经眼录》八部。

七日　晴。校书百三十余页,译书三千字。晚与申甫、伯珊、颂

---

①　馆长仍由次长兼领,当时有《1924 年 11 月 28 日教育部训令第 258 号京师图书馆馆长由教育部次长兼任》,见《北京图书馆馆史资料汇编(1909—1949)》,书目文献出版社 1992 年版,第 105 页。当时的次长是马叙伦,兼任京师图书馆馆长。

生等小酌,未返西城。

八日　晴。译书八千字。教育部有派人来查《四库》之说。

九日　晴。译书五千字。

十日　晴。译书五千字。

十一日　晴。译书四千字。森玉为申甫等祖饯,假座泰丰。

十二日　晴。译书六千字。四哥来。

十三日　晴。译书三千字。申甫、伯珊移装寓正阳旅馆,将以明日行。

十四日　晴。《覆巢记》全书计十四万三千三百余字,于昨日托申甫、伯珊带申。午后携《金石经眼录》一册赠三哥,三哥以石鼓研一相报。晤少侯,即返西城。

十五日　晴。晨偕隽人、六弟至西单市场玉壶春吃常州点心。访小禅长谈。晚六弟为隽人接风。

十六日　晴。晨起返馆。校《六艺之一录》二册。作一函寄申甫,拟明日交邮。

十七日　晨起雾极浓,为冷气所激,化为微雪,入午不休。午后寄申甫函,复雨苍一函及致锡侯函,为四哥索人参。北京电车今日举行开车礼。

十八日　晴。

十九日　晴。

二十日　晴。

二十一日　晴。

二十二日　晴。今日为长至节。译《金星靖难记》千八百字。

二十三日　晴。今日馆中补行休息,未他出。

二十四日　晴。

二十五日　晴。云南起义拥护共和纪念节,休息一天。

二十六日　晴。森玉来,拟调寅斋至分馆,寅斋辞不就。午后又商诸九峰,九峰亦不就,遂有调少逸①之议。三哥、平伯来长谈,同往灶温晚膳。

二十七日　阴。东城电车开始行驶。

二十八日　阴。上午胡适之②来访,嘱为代抄写经中俗文各卷。午后三哥电话来,约余三十日送郭家大侄赴津。

二十九日　雪。今日年假第一天,轮该余值日。

三十日　晴。午后至琎侄处,三哥嫂、平伯均在。四时偕琎侄及三侄孙出城,平伯送余等出城外。同行尚有徐伯瑜。四时二十五分开车,在丰台稍停,有军人五人次第上车,在余等所乘车中盘旋数次,即入第一辆车中。车过杨村,天黑已久,忽闻第一辆车中忽被盗劫,盖即从丰台上车之五军人也。至北仓附近,始相继下车。第一辆车中客人损失约五六千金,无一幸免者。八时许抵津,筱麓已以汽车相迓,至意界四马路二十二号。是晚即宿大侄处。大侄夫妇均来夜话,四时始就寝。夜雪。

三十一日　晴。晨起,偕伯瑜入都,车上拥挤不堪,抵站已二时许矣。入城至玉壶春进餐,即返西城。

民国十四年(1925)一月

一日　晴。未他出。

二日　晴。晨起偕菉坡至石驸马后宅三十五号访蔚文,贺迁居。少顷,旭光亦来,遂至旭光处午膳,仍返六弟处。

三日　晴。为六弟夫妇所留,未返馆。

四日　晴。晨起返馆。主任未来,未举行团拜礼。午后四时许至三哥处,六弟亦来,即在三哥处晚膳。返馆已将十时。

---

①　少逸,王崇周,字少逸。1924 年 7 月至 12 月,在京师图书馆工作。

②　胡适之(1891—1962),学名胡洪骍,1910 年参加"庚款"留学考试时,改名胡适,字适之,祖籍安徽绩溪,出生于上海。著名学者。时任北京大学教授。

五日　晴。午后至市场,偕三哥、平伯在东来顺晚膳。

六日　晴。检查《四分含注戒本》六卷。

七日　晴。检查《四分含注戒本》九卷。

八日　晴。

九日　晴。检查《四分律删繁补阙行事钞》十三卷。

十日　晴。得六弟电话,知四哥复病,商量再行延请徐志芸诊治。三哥亦来电话。

十一日　阴。午后返西城。四哥似已稍愈。上灯后,志芸来诊视。据云气血两亏,又受新感,先从宣解入手。晚膳后至仲华处夜话。

十二日　阴。上午至商务书馆领稿费并订《小说世界》《儿童画报》①,又至中华订《小朋友》②,至劝业场购物。入城赴浙江兴业银行汇款赴苏,遂返六弟处。

十三日　薄阴。晨起返馆。本星期轮应伯诚收发书籍,伯诚卧病,绳甫代之。绳甫不来,余暂为接之。午后上母亲一书。

十四日　阴。有历史博物馆中董姓者携写经一卷来相示,询问是否真迹。

十五日　阴。

十六日　阴。

十七日　阴。

十八日　阴。森玉来,言沅叔总长之封翁③捐馆津上。以朱延恩、侯炳南所赠红梅一株转送三哥。

---

①　《儿童画报》,上海商务印书馆创办的儿童半月刊,1922 年 8 月创刊,1938 年停刊,上海商务印书馆出版发行。

②　《小朋友》,中华书局创办的儿童周刊,1918 年后创刊,中华书局出版发行。

③　沅叔总长之封翁,即傅增湘之父傅世榕,字申甫。日记中又称傅申甫封翁。

十九日　晴。未他出。范阳①宣抚苏皖,汝南②抗命战于润州。晚间迈尘闻其丹阳同乡言,汝南退守丹阳,范阳率师攻之。汝南不支,师溃而南,以毗陵、梁溪无险可守,饱掠而去,退守昆山。此前日事也。

二十日　晴。

二十一日　晴。

二十二日　晴。今日晚报有乐安出师宜兴,协助汝南反抗范阳。如事果确,实则苏、锡将糜烂矣。

二十三日　晴。午后至三哥处辞岁,遂返西城。晚四哥嫂均来六弟处拜神影,即留晚膳。蔚文、实孚、仲华均来,约明晨出外贺岁。

二十四日　晴。乙丑年元日也。偕六弟至四哥、钰妹、仲华、实孚处贺年。十时许,偕实孚、蔚文、仲华、六弟乘汽车访衡山、旭光、少桐、绍裘、少侯、三哥、少麟。

二十五日　晴。上午访劻吾、旭光。午后三哥嫂及平伯夫妇来贺年。

二十六日　晴。实孚挈陈姨、燕官赴林县。晚偕隽人、六弟送之车站。京汉路军兴后,无头、二等车,群伏三等车中。车窄人众,亦可怜也。回家已十时许。仲华来长谈,至一时许始去。

二十七日　晴。晨起返馆。访志闲、介卿、颂生。晚颂生邀任父、迈尘及余夜饮。迈尘稍有不适,辞。任父及余同往。同席尚有师占、王氏兄弟及包君。

二十八日　晴。今日开馆。森玉、绳甫均来贺年。午后季明③

---

①　范阳,古代地名,卢氏为当地望族。此处以"范阳"代指卢永祥。关于卢永祥简介,参见 1922 年 5 月 30 日日记注释。

②　汝南,指赵倜(1871—1933),字周人,河南汝南(今平舆)人。北洋时期军阀。

③　季明,马鉴(1882—1959),字季明,浙江鄞县(今宁波)人,出生于江苏宝山(今属上海)。1925 年获得美国哥伦比亚大学研究教育学硕士学位。回国后,任燕京大学国文系教授,兼系主任。

偕美国人黄奴来参观写经。

二十九日　上午雪，午后晴。式之①为华洋义赈救灾总会介绍高、方二人来馆参观。作一函，送特别、普通阅览券各二纸，径寄义赈会。

三十日　晴。晚偕任父、迈尘、潜厂在颂生处夜谈。

三十一日　晴。森玉来，言美专已解散，教部决行停办，拟请教部拨校舍全部予本馆作总馆，而以方家胡同之馆作第一分馆，属予草呈文②。

民国十四年(1925)二月

一日　晴。午后至市场，与峄生在森隆啜茗、购物，遂返西城。晚访森玉，请其核呈文稿。

二日　晴。以呈文托隽人缮写。未返馆。

三日　晴。晨起返馆。本周轮应颂生及余收发书籍，议定前三天，余在普通书收发处，今日阅览人计二十有五，阅旧书比阅新书者多一人。晨间赴馆，在西单牌楼见颂生，同附电车至前门，再从前门至北新桥。

四日　阴，午后晴。今日阅旧书者十四人，新书三人。

五日　阴。今日阅旧书者七人，新书三人。得鸣一元日书。

六日　晴。今日阅书者都二十三人，阅旧书者多二人。

七日　晴。旧历元宵。正午时阁议通过休假一天。本馆以已经

———————

①　式之，章钰(1865—1937)，字式之，江苏长洲(今苏州)人。清光绪二十九年(1903)进士，官至一等秘书，事务司主管兼京师图书馆编修。1914 年任清史馆纂修。

②　属予草呈文，指俞泽箴代徐森玉主任草拟的呈送教育部总长，请提交阁议，拨给北海西岸官地为京师图书馆馆址。文件手稿已被收入《北京图书馆馆史资料汇编(1909—1949)》上册，书目文献出版社 1992 年版，第 108—109 页。

开馆半天,改于十日补行休息一天。

八日　雪,旋止。访雨华于大羊毛胡同三十号寓中,托其用打字机打美洲赠书会复函。午后返西城。

九日　阴。

十日　阴。晨起历访康胡及希民,讯锡中战事,遂访旭光,托以蒋贵全事,即返馆。饭后访三哥,为馆中同僚托撰公挽傅申甫封翁联。三哥夫妇适赴津,未晤,晤平伯,手谈两局而归。

十一日　阴。

十二日　晴。撰《虹尾》六千余字。晚仲华来长谈。

十三日　晴。加地哲定君来抄俗文经。午后川人刘君来访,谈舍利奇迹。

十四日　晴。加地来抄俗文经。午后绳甫来。

十五日　晴。午后以体中时有不适,往访绍裘,乞其诊视。遂至三哥处,值三哥自津上归,馆中同人托撰挽傅申甫封翁联已撰就,曰:松柏得长龄,德劭年高,蜀国渊云标硕望;菁莪宏教育,父作子述,眉山轼辙启人文。

十六日　晴。未他出。午后偕曼人散步。

十七日　晴。

十八日　晴。未他出。加地来抄俗文经。

十九日　晴。晚在森隆为仲华饯行,六弟亦在座。今日森玉来馆,携来清室善后委员会聘书二,聘余及任父为顾问。与六弟约拟星期二、四、六入内办事。

二十日　霾。

二十一日　晴。查《四分戒本疏》,《疏》首有"沙门慧述"四字,按诸《高僧传》"明律"类中,虽名慧者,校其文,似即法砺大师①所撰,言

① 法砺大师(569—635),唐代僧人,俗姓李,赵州(今河北赵县)人。

辞略简。考法砺讲律临漳，慧休①曾往听讲，撰《四分律疏》时，休大师实预其役，此本疑为《四分律疏》略出之本，休大师所述者。

二十二日　晴。午后返西城。

二十三日　晴。

二十四日　晴。晨起偕六弟入宫，清查物品，晤森玉。签名入第二组，组长即森玉，同行七人至昭仁殿，即天禄琳琅，奇书满架，最佳者为宋版《四朝名臣言行录》《六臣注文选》，明版《上京集》《文心雕龙》《农书》。《文心雕龙》中有《隐秀篇》第四十，为人间不可多得之品。十二时返馆。

二十五日　晴。

二十六日　晴。晨起入宫，签名入第四组，组长吴承湜②，余任监视。同行七人，检查乾清宫东群屋一小室，室中所藏为磁器及玉器。磁器均乾隆名窑，玉器中有镶宝鹰架及三角碟、玉杓最为精绝。十二时返馆。午后森玉来，为公膳事，于主任室开一特别会议。

二十七日　阴。

二十八日　阴。晨起至清宫，随组长吴瀛③检查天禄琳琅。今日所见以《瀛奎律髓》为最精。正午返馆。

---

①　慧休，唐代僧人，俗姓乐，瀛洲（河北）人。

②　吴承湜，吴承仕（1884—1939），字绖斋、检斋，安徽歙县人。著名经学家、古文字学家、教育家。时任北京师范大学国文系主任、中国大学教授、"清室善后委员会"特聘顾问等。

③　吴瀛（1891—1959），字景洲，亦作景周，江苏武进（今常州）人。1924年11月，任北京政府内务部警政司第三科科长兼市政公所（后改称市政府）坐办，同时，被"清室善后委员会"聘为顾问，参加清点故宫文物的工作。后任故宫博物院秘书。

民国十四年(1925)三月

一日　晴。午后,北京图书馆协会①假座馆中特别阅览室开第一次年会,改选职员,袁同礼②君为会长。傍晚返西城。今日六弟假春华楼宴亲友,余未赴。访森玉。

二日　晴。

三日　晴。晨起即返馆。未入清宫。检查《四分律疏》二十余卷。

四日　晴。

五日　晴。晨起入宫,随组长吴承湜检查摛藻堂。堂在琼苑,苑即俗称御花园也。本为庋藏《四库荟要》之所,近则兼贮珐琅及玉器矣。有镂花玉缸一,碧玉瓶一,颇精美。遂至市场购物,送贞侄。侄今日生辰也。在四时春午膳。

六日　晴。绳甫未来,余代其收发书籍。晚六弟邀饮五芳斋,斋在市场,同席有三哥、平伯。

七日　晴。上午入宫,随组长裘善元检查钦安殿及四神祠。

八日　晴。午后以四哥、钰妹移居,赴西城道贺。钰妹留余晚餐。

九日　晴。上午至市场购烟,即返馆。得苏信及瑛儿照片。儿

---

①　北京图书馆协会,1924年3月30日成立,为全国最早的图书馆联合团体。最初由中华教育改进社敦请戴志骞发起。组织成立后,推举戴志骞为会长,冯陈祖怡为副会长,查修为书记。会址设于清华学校图书馆。该协会有团体会员20个,个人会员30余人。1925年3月1日,该协会在京师图书馆召开了第一次年会,改选职员,袁同礼当选为会长,冯陈祖怡为副会长,查修为书记。

②　袁同礼(1895—1965),字守和,河北徐水人。曾留学美国攻读图书馆学,获得纽约州立图书馆学校图书馆学学士,美国匹兹堡大学赠名誉博士学位。1923年回国后,任北京大学目录学教授兼图书馆馆长、北京图书馆协会会长、中华图书馆协会董事等。1926年3月至京师图书馆工作。

生十一年矣,余尚流浪在外,景状大不如前,为之黯然。去年所译《换巢鸾凤记》仅成一半,拟足成之,聊助菽水。译五千字。

十日　晴。上午入宫,随陈绍前组长检查景仁宫。宫在乾清宫东日华门外,中间所藏大都为内家旧衣及缎匹、呢绒等。午后译书三千字。闻人言,景仁为珍妃[1]所居,按珍妃谥恪顺。

十一日　晴。加地来长谈。译书六千字。

十二日　晴。入宫为第四组组长,检查承乾宫从屋,都属普通用磁器。返馆闻中山于九时许去世。

十三日　阴。译书六千字。

十四日　晴。上午入宫,随陈绍前组长检查毓庆宫,陈设都丽,为所见各宫殿冠。译书四千字。

十五日　雪,午后霁,寒甚,未返西城。

十六日　晴。今日新教育总长王竹村[2]就任,为教职员所阻,挟警察总监来,始得视蒙。次长马夷初去职。晚偕三哥、六弟、仲华饮五芳斋。

十七日　晴。上午入宫,随吴瀛组长检查永和宫。宫为瑾太妃所居,见鼓儿词绝夥,《三国》《三侠五义》等均有抄本,为外间所罕见。瑾妃谥端康。

十八日　晴。实甫拉余饮东单二条聚丰园,沈氏诸姨、仲华、六弟夫妇、钰妹、桂珍、实甫二侄女、一寄女、仲瑚、俊人、菉坡、贞宜两侄均在座,颇热闹也。今日《换巢鸾凤记》告成,全书计九万四百余字。

十九日　晴。上午入宫,值中山举殡至中央公园。人数太少,只

①　珍妃(1876—1900),姓他他拉氏,满洲镶红旗人。清德宗光绪皇帝的宠妃,谥号恪顺皇贵妃。

②　王竹村,王九龄(1880—1951),字竹村,云南云龙人。曾留学日本。1925年3月15日,被段祺瑞任命为教育部总长,3月16日就任,遭到教育界的反对,4月即离职。日记中又称新总长。

出四组。余任第四组组长,偕万华监视检查景阳宫。宫中所藏明磁极多,以时促不及多视。午后摘抄《国朝宫史》二卷,均记内廷宫殿位置及名称者,用备考查。

二十日　阴。点定《换巢鸾凤记》。午后森玉来。

二十一日　晨微雨。冒雨入宫,任组长,偕六弟及刘含章、朱希祖[1]、齐单诸君检查景阳宫,见宋、元、明磁绝多,至十二时后始退出。午后续点定《换巢鸾凤记》。夜雨。

二十二日　阴。午后访三哥,拟请三哥撰《换巢鸾凤记》题词,未晤,见三嫂,即以此事托三嫂转求,遂返西城。至单牌楼遇雨,入四如春暂避,稍止始复行。视四哥疾,似已稍愈。六弟夫妇来,言仲华邀饮春华楼,余以雨虽止,风势绝猛,辞未行。二侄来拉余晚餐,遂至六弟处。

二十三日　阴。上午为四哥作一函,致李鼎今,送一证明书。晚六弟夫妇邀饮煤市街致美斋,同席有实孚、德孚、蔚文、仲华夫妇、钰妹及贞、宜两侄女。

二十四日　晴,晓雾甚重。入宫随吴承湜组长检查永和宫,余任监视。今日所查为西暖阁,瑾妃卧室也。室中多古玩,有妃之小像绝多。午后,以新总长到任,草手折一,报告馆中窘状,造职员名单[2]。

二十五日　晴。丽棠[3]未来,余代其收发书籍。

二十六日　晴。晨起入宫,任第三组组长,偕万君华等检查毓庆

────────

① 朱希祖(1879—1944),字逷先,又作逖先,浙江海盐人。日本早稻田大学史学专业毕业,历任北京大学、北京师范大学、清华大学等校教授。

② 以新总长到任,草手折一,报告馆中窘状,造职员名单,指俞泽箴代徐森玉主任草拟文件,呈送新教育总长王九龄,胪陈京师图书馆困难情形,请妥筹维持馆务的经费。文件手稿已被收入《北京图书馆馆史资料汇编》上册第110—118页。

③ 丽棠,张树华,字丽棠。1924年5月至1927年8月,在京师图书馆工作。1925年初,曾任"清室善后委员会"特聘顾问。日记中又称张丽棠。

宫。作一函致陈委员援庵,陈四事:一速事审查;一筹办图书、博物二馆;一从缓开放;一分部进行善后事宜。托陈君子文转交。返馆,森玉已到。拟请拨国务院所藏杨守敬书籍手折稿并其他文稿二件。傍晚,亲交丽棠缮写。遂访三哥。三哥为余题《换巢鸾凤记》已成,曰:天游弟以悱恻芬芳之笔,写缠绵诡谲之情,丽则相宜,情文并茂,此编一出,当与金饼菊庄重其价值,即以《换巢鸾凤》调题之,用史达祖①韵:

> 月痩云娇。倩羽陵神鹊,清浅填桥。微波捐楚佩,仙侣阻秦箫。御河春柳斗宫腰。水远山长,离魂黯销。心期误,镇临镜、一鸾羞照。　清悄,波浩渺。树隐昭阳,重把云和抱。小劫移花,回风聚燕,更结红心芳草。颠倒天吴说因缘,蛾眉未合长门老。话檀栾,漾银钩、霞衾梦晓。

二十七日　阴。作三函,一致桐嫂,一复素文,一复旭光。

二十八日　阴。晨起入宫,任第三组组长,偕谭元检查毓庆宫后殿,见毓庆宫宝。平伯代六弟任斋宫监视。

二十九日　阴。今日轮应寅斋收发书籍,寅斋不愿任普通收发,起怨言,要求与伯诚交换。伯诚未来,余至收发处代之,殊忙。午后丽棠来,即以托之。傍晚返西城。

三十日　阴。今日子元来访六弟,谈善后委员会诸委员人各一心,为之慨然。齐念衡来,言会中有事故发生。星期日会中办事人之出神武门,为军队截留搜检。晚间得通告,宣言放假二天。

三十一日　晴。未入宫。晨起返馆。

---

①　史达祖(1163—1220?),字邦卿,号梅溪,汴州(今河南开封)人。南宋重要词人。

民国十四年（1925）四月

一日　阴。拟请临时费四百元手折稿。午后马叔平来长谈，知清宫事实由于误会。据兼士报告，鹿钟麟并不承认发有命令，仅于闲谈时，嘱丁营长出入人等须加留意。丁营长新升团长，大概于将去时，有告诫军人之言，涉及此事，遂演出此剧。晚丽棠来，亦言搜检事已停止。晚间作一函，致堵屺山，报告四库分架图事。今日森玉为作函致菊生，介绍《换巢鸾凤记》。

二日　晴，春寒尚滞。造一新到书籍表揭示。伯良南行，余以五元托其购红茶五斤。

三日　晴。

四日　晴。傍晚访三哥长谈，即至五芳斋晚膳。

五日　晴。旧历清明。民国成立改为植树节，休息一天。午后偕迈尘出外踏青，至净业湖，登湖北上小石磴高盘，寺门半露，汇通祠也。在石上稍憩，望隔湖高庙，日下第一楼已为寺僧拆去。此楼数年前，曾偕友人在此啜茗，不图不能复见矣。湖水盛涨，有女子数人在湖堤掷石击水为嬉，颇有天真佳趣。少选，一绿裳女子挟女伴二亦来山上。余偕迈尘觅径循湖堤而南，经松树街，法梧门之诗龛及小西涯已不可复见矣。南经石板房至西单市场食饼，附电车东归。

六日　晴。未他出。

七日　晴。晨起入宫，随刘含章组长检查乾东五所之如意馆，馆为有明故物，近称北五所，清代书画、供奉居于是。清社玩屋供奉星散，正殿庋置杂物，诸供奉作品均庋置大匮中，佳者绝少。午后云生来长谈。十七年未见，颜色亦已苍老矣。

八日　晴。国会纪念，休息一天。六弟为扶轮中学请校长，嘱余探询铁眉，因以快邮询之。午后访三哥嫂，晤平伯及王、许两表姊。

九日　晴。晨起入宫，随陈绍前组长检查景仁宫，均属细缎。遂偕六弟往三哥处，祝生辰。余迟到，三哥已赴五芳斋，四哥亦来，稍坐即至五芳斋午膳,同席尚有少侯、少桐、振先三人。

十日　晴。吕健秋①次长来馆视察。唐滇赓代表周君来参观,分别招待。森玉偕李木斋②亦至。

十一日　晴。晨起入宫,随吴翔甫钟麟检查景仁宫,同行为陈希孟、李雪涛、约之、张潜庵等。闻清宫中路定明日开始售票。午后,劳祖云鉴勋来。

十二日　大风。午后,返西城。今日收发书籍。

十三日　晴。至四哥处谈天。四嫂拟为锡侯赶办喜事,余力持异议。在四哥处午膳,未返馆。

十四日　晴。晨起入宫,随陈希孟组长查永和宫,同行为吴翔甫。午后森玉来馆。

十五日　晴。

十六日　晴。晨起入宫,检查景仁宫后殿及司房,多剧本及簿籍。午后少麟来长谈。

十七日　阴。晨起入宫,检查景阳宫后殿御书房,均属红本。组长为席启骃③。

十八日　阴。晨起入宫,续查景阳宫御书房,监视为南湖公子劭成。

十九日　阴,微雨。未返西城。

二十日　上午雨,午后晴。未他出。

---

①　吕健秋,吕复(1879—1955),字健秋,河北涿鹿人。1925 年 3 月至 8 月,任教育部次长兼京师图书馆馆长。

②　李木斋,李盛铎(1858—1937),字椒微,号木斋,江西德化人。清光绪十五年(1889)榜眼及第,官至山西巡抚。著名版本目录学家、藏书家。日记中又称木斋。

③　席启骃(1896—1966),字鲁思,湖南东安人。现代学者、教授。时任"清室善后委员会"特聘顾问。

二十一日　晴。晨起入宫，续查景阳宫红本，监视为王褆[①]君。森玉来。

二十二日　阴。编辑本馆概括[况]。夜雨。

二十三日　晴。晨起入宫，随陈希孟检查斋宫，与六弟同任监视。斋宫，余闻名久，恒思入内一视，不图今日始达目的，不意仅余糟粕，清代平常磁器。

二十四日　雨。晨起冒雨入宫，未出组即返馆。

二十五日　晨雨，正午晴。未入宫。

二十六日　阴。值普通书库之第一日。齐君树屏来长谈。午后访洪煨莲君于崇内迤东毛家湾五号私宅。遂返西城。

二十七日　晴。未返馆。

二十八日　晴。晨起偕六弟、隽人出前门，送仲华之上海。九时许入宫，偕寿鹏飞[②]君、叔平检查景阳之古鉴斋。返馆值普通书库。

二十九日　晴。值普通书库，未他出。上午，稻孙[③]为善本展览会事来馆接洽。清宫又发现事故。

三十日　阴。入宫，偕潘君检查缎库，得宋版《诗学宝山》及《资治通鉴纲目》，又见杨廷玙手书《金经》。宫中昨日上午发现长春宫为

---

①　王褆（1880—1960），原名寿祺，字维季，号福盦，浙江仁和（今浙江杭州）人。著名书法篆刻家。1904年与叶铭、丁仁、吴隐等创设西泠印社。民国初年，任北京印铸局技正，兼故宫博物院古物陈列所鉴定委员。时任"清室善后委员会"特聘顾问。

②　寿鹏飞（1873—1961），字洙邻，浙江绍兴人。1904年优贡会考获一等第一名。历任吉林农安知县、东三省屯垦局科长、山东盐运使、北京平政院首席书记官等。1925年初，任"清室善后委员会"特聘顾问，参与点查故宫文物的工作。

③　稻孙，钱稻孙（1887—1962），字介眉，浙江吴兴（今浙江湖州）人。历任教育部主事、视学、金事等。1925年10月至12月，由徐森玉介绍，到京师图书馆任代主任。

人私启,失去物品绝多。午后森玉来,发表子年、子干①、体仁改名誉职,咏琴②、卣甫准予辞职。又发表加薪人名单,余亦得加十元。

民国十四年(1925)五月

一日　晴。傍晚,威廉约余及季明在南河沿欧美同学会晚膳。返馆已将十时矣。

二日　晴。入宫,随吴元凯组长检查缎库。

三日　阴。未返西城。

四日　阴。上午偕迈尘、颂生、瀚章及颂生戚串张君出城,至城南麻线胡同淮阴会馆,访旧同事王少逸,少逸夫人具午餐见饷。午后同至崇效寺看牡丹,姚黄、粉西施、玉堂春等淡色者已大放,魏紫、葛巾、紫一品、朱衣则尚含苞。闻艺花人已他去,灌溉失时,花事颇阑珊。人事代谢,花木何独不然?张君为余等摄影四纸,又摄牡丹一纸。三时许偕颂生入城。季明来长谈。晚三哥以电话来,代玵侄约余明日赴森隆晚餐。今日《社会日报》对于清宫失物事,痛斥善后委员会,辞气咄咄逼人,读之颇凛凛,不知委员会对于此事作何抵制。俟明晨往视,若不自整饬,则拟辞去顾问,以省是非。

五日　晨起微雨。未入宫。晚至森隆,赴玵侄招,同席有三哥、少侯夫妇、四哥、六弟、平伯。闻大、二外甥均病,玵侄亦时有不适,憔悴可怜。

六日　阴,微雨。检点提送善本展览会写经。

七日　晴。以北京图书馆协会善本展览会将次开会,检点写经二十卷,前往陈列。撰成说明书二十条。晚六弟宴玵侄于春华楼,同席有三哥夫妇、四哥、平伯、六弟妇、宜侄。曲园老人易箦③后,于书

---

①　子干,濮世桢,字子干。1924年5月至1925年4月,在京师图书馆工作。

②　咏琴,陈应麟,字咏琴。1921年12月至1925年4月,在京师图书馆工作。

③　易箦,旧时称人病重将死为"易箦"。

笈中得其手书谶语诗九章,当时以有所顾忌,未经付印。近有人于湖南彭家辗转传抄而来,六弟得之,遍示座中人,于时事颇有相吻合处,亦可异也。诗曰:

历观成败与兴衰,福有根苗祸有基。
不过循环一甲子,酿成大地是疮痍。

无端横议起平民,从此人间事事新。
三五纲常收拾起,一齐都作自由人。

才说平权喜自由,谁知从此又戈矛。
弱之肉是强之食,膏血成河满地流。

英雄发愤起为强,各画封疆各设防。
道路不通商贩绝,纷纷海客整归装。

大邦齐晋小邦滕,百里侯封处处增。
郡县穷时封建起,秦皇废了又重兴。

几家玉帛几兵戎,又见春秋战国风。
太息当时无管仲,茫茫杀运几时终。

触斗蛮争年复年,天心仁爱亦垂怜。
六龙一出乾坤定,八百诸侯拜殿前。

从此人间又华胥,偃武修文乐有余。
璧水桥门兴坠礼,山崖屋壁访遗书。

　　　　　　　　张弛从来道似亏,略将数语示儿童。

　　　　　　　　悠悠二百余年事,都付衰翁一梦中。

老人精易理,所言如是,将来或有验也。

　　八日　晴。今日报载:昨日学生游行,为军警阻止。函石曾,辞顾问。

　　九日　晴。报载:前日学生至章行严①总长家诘问,有逾越范围行动,警士与之激战,伤十数人,为警士捕去十四人。朝阳学生林某因伤殒命。今日在天安门开会,学生到者甚多,齐赴执政府请愿。午后走访玭侄,侄留余吃螺蛳及挂面。

　　十日　阴。午后至三哥处,晤少侯夫妇、玭侄。晚膳后,始返西城,闻菉坡有疾,往视之。

　　十一日　晴。更生来长谈。午后至前门,送玭侄赴津,车行始返。晚六弟招饮,以玲侄周岁也。

　　十二日　晴。晨起返馆,以绳甫未来,代其收发书籍。晚介卿招饮私邸,同席有任父、颂生。归馆得森玉电话,以北海开放作为公园,命拟呈请拨官房作为图书馆。

　　十三日　竟日雨。

　　十四日　晴。森玉来,言沅叔往见芝泉执政,为图书馆重申前请拨养蜂夹道官地为馆址。执政已许可,命具手折前往,嘱余主稿。傍晚柏梁邀余至西四牌楼南岗瓦市锦园晚膳。

　　十五日　阴,午后雨。季明约余至其私邸晚膳。傍晚冒雨赴约,

────────────

　　①　章行严,章士钊(1881—1973),字行严,笔名孤桐、秋桐等,湖南长沙人。1925年4月至12月,任教育部总长。日记中又称秋桐、章士钊等。

士远①、君默②、煨莲陆续来，兼士则膳时始来，谈极酣畅。膳罢，商量燕大国文课程。一时许，雨尚不止，煨莲、君默先行，余及兼士、士远同车返。

十六日　阴雨竟日。撰请地手折稿。

十七日　阴。原拟不返西城，贞、宜两侄以电话苦邀，五时许西行。在锦园略食饼饵，即返寓庐。六弟赴怀来，唯弟夫人在耳。晚膳后至四哥处略坐。

十八日　阴。晨至四哥处略谈，又访钰妹，步行至女师大访劻吾长谈。闻劻吾言，去年锡中守埠之役，无锡饭店大受损失，蔚如、保三等均荡如矣。为之慨然。驱车至市场进午餐，返馆已一时许。波止来长谈。昨波止曾偕比丘三人来参观写经，问之，则均为藏文学校学生，为大雄高足，闰四月中将入藏，在峨眉歇夏，打箭炉过冬。入藏恐将明岁。因告余以大雄本一军法官，中道出家，为太虚弟子，游日本学密宗，即真言宗，返国后在五台潜修期年，拟入庐山。道出都门，为都中人所挽留，长藏文学校，闰四月亦将赴藏，年仅三十许。

十九日　大风竟日。兼士来函，属募写官三十人。

二十日　晴。上午访少侯，托其撰书送吕健秋次长封翁望卿先生七十一及夫人全氏七十五双寿联。

二十一日　阴。

二十二日　晴。

---

①　士远，沈士远（1881—1955），祖籍吴兴（今浙江湖州），出生于陕西汉阴。曾任教于北平大学、北京女子师范学院、燕京大学等。日记中又称沈士远、思远。

②　君默，沈尹默（1883—1971），原名实，又名君默，后改尹默，祖籍吴兴（今浙江湖州），出生于陕西汉阴。曾任教于北京大学、燕京大学、北京女子师范大学等。

二十三日　晴。覃孝方①以所著《六月十三》一册赠本馆，书中述黄陂被迫逊位事。

二十四日　阴。午后至五芳斋，晤三哥嫂、二表姊、龙姨、平伯夫妇，即在五芳斋食汤饼等作晚餐。晚，大雷雨。今日午前季明来谈燕大事。午后张博士来。

二十五日　晴。未返西城。

二十六日　雷雨。

二十七日　阴晴不定。午后，美国圣路易图书馆馆长 Bostwick 鲍士伟②、武昌文华大学图书馆馆长 Wise Wood 韦棣华③女士由清华图书馆馆员查修④相陪，来馆考查。三哥亦来。

二十八日　阴晴不定。上午闻什克多笈觉巴在波止处，遂往晋谒，闻什克谈道。午后来馆随喜，为馆中印证藏文经一卷。傍晚至森隆上层，为平伯介绍季明，就燕大讲席。季明先行，余偕平伯至五芳斋进膳。返馆将《四库》、唐经装箱，以备明日运往公园。

---

①　覃孝方(1880—1959)，名寿坤，又作寿堃，字孝方，湖北蒲圻人。清光绪三十年(1904)进士，历任广东新宁、香山知县，钦州、直隶州知州，广州府工艺学堂总办。民国建立后，曾任副总统府顾问、湖北省议会议长、北洋政府教育部秘书、参事、河南省教育厅厅长等。

②　Bostwick 鲍士伟，原名 A·E·Bostwick，美国学者、博士、图书馆学家。时任美国圣路易图书馆馆长。应中华教育改进社的邀请，受美国图书馆协会委派，来华考察中国图书馆事业的状况，为期两个月。

③　Wise Wood 韦棣华(1861—1931)，原名 Mary Elizabeth Wood，美国圣公会教士，1899 年来华，在武昌传教，考察中国文化发展状况，发现教育不能普及的主要原因是没有图书馆。于是，致力于图书馆事业，热心倡导，广植人材。1920 年创办中国第一所图书馆学专科学校——武昌文华大学图书科。1922 年发起并促成以美国退还庚子赔款，来发展中国图书馆事业。1927 年，她以中国图书馆界代表的身份，出席不列颠图书馆协会的 50 周年纪念会。

④　查修(1901—1990)，字修梅，别号士修，安徽黟县人。武昌文华大学图书科 1922 年首届毕业生，入职清华学校图书馆工作。

二十九日　阴晴不定。晨起押运《四库》、唐经赴会,即在公园午膳。午后陈列书籍。傍晚送药至钰妹处,四哥嫂留余晚膳,膳罢返馆。

三十日　阴。晨起赴会。今日开幕,游人来参观者约二三百人,鲍士伟、韦棣华均到。晚膳后始返。

三十一日　阴晴不定,夜雨。晨起赴会。今日游人来会参观者愈众。

民国十四年(1925)六月

一日　午后雨。晨起赴会。夜值宿会中廊间,翰章相伴,夜雨未止。对面为来今雨轩,游人绝迹,全园万籁悉寂,廊外桐叶为雨声所打,瑟瑟萧萧,颇有秋意。电灯似疏星,深夜时闻鹤唳。

二日　晨,暴雨如注,檐溜泻玉,廊外几成泽国,八时始止,游人渐有来者。湖北严尺生①代表来会参观。午后天霁。今日闭会,五时停止售券。拆卸陈列,主管品物装入箱中,交任父。余先归,出前门附电车北返。夜月绝佳。

三日　阴。归理赴会物品,清检文件。

四日　阴,午后晴。江苏图书馆代表李小缘②来参观。

五日　阴。上午河南代表何子文、山西代表侯□□③、湖北代表严尺生来参观。晚代主任拟复范体仁函一件。

---

　①　严尺生,湖北省图书馆代表,到北京出席中华图书馆协会成立大会,顺便到京师图书馆参观。

　②　李小缘(1897—1959),原名国栋,江苏南京人。著名图书馆学家、目录学家。1925 年 5 月,任金陵大学图书馆西文编目部主任、教授。1925 年 6 月,作为江苏省和南京市图书馆界的代表,到北京出席中华图书馆协会成立大会,顺便到京师图书馆参观。

　③　何子文,河南省图书馆代表。侯口口,山西省图书馆代表。均借到北京出席中华图书馆协会成立大会之机,顺便到京师图书馆参观。

六日　晴。午后主任来，发表寅斋调《四库》，照亭调善本，任父调普通，九峰任招待，绍彭①帮庶务，星槎②移宿庶务室。

七日　晨雨，旋止。六弟以电话见邀，三时许返西城。

八日　晴。原拟返馆，以六弟夫妇相留而止。晚见仲瑚。仲瑚经马君武③长校后，与国鎏等均为君武所斥，不自惭悔，反盘踞校中，声言非欠薪全部发还不走，亦可叹也。上海因日人虐待工人，学生起为请命，为英工部局中人枪杀数人，全市哗然，相率辍业。事闻于京，京中学界起而应之，自三日起辍课业，出外游说，商工各界加以援助。昨日来西城沿途，已见通衢之上，榜有各校宣言，且有学生四五人一组，沿途演讲。今日午后，培华女中学生在寓前演讲，威海交涉尚悬而未决，关税会议则尚未发轫，今忽起此风潮，后事殊可殷忧。

九日　阴。四时许起身，为六弟拟《研究班同学录·序言》，即返馆。得森玉书，知以事赴津，二三日后即可返京。傍晚访三哥，索书旭光夫人挽联。

十日　阴，午后大雨，傍晚霁。挽旭光夫人联，三哥已为书就。联云：

> 作配得靖节，高门鸿庑，相依彤史，芳留蔚宗传；
> 捐佩后浴佛，数日龙禅，证果青莲，香满妙鬘天。

---

①　绍彭，金毓年，字叔彭。1925年4月至1926年，在京师图书馆工作。日记中又称金叔彭。

②　星槎，叶贵源，字星槎。1925年5月入京师图书馆工作。日记中又称叶星槎。

③　马君武（1881—1940），祖籍湖北蒲圻，出生于广西桂林。著名教育家、政治活动家。时任国立北京工业大学校长。

五时许赴市场,稍购食品,即赴西总布胡同燕寿堂,司徒雷登[①]招饮,同席为兼士、君默、士远、援庵、雷川、平伯、季明等,均燕京大学中人。今日北京各界在天安门开国民大会,闻有断指者。返馆已十时。

十一日　阴。

十二日　晴,夜雨。

十三日　阴,微雨。今日报载:汉口又出外人残杀中国人案。

十四日　晴。报载:九江又有英人戕害华人事。未返西城。

十五日　晴。午后访三哥长谈,四时许返馆。在东四见学工商界人游行示威。

十六日　阴。

十七日　阴。检查《写经》十一卷。傍晚访波止于极乐庵。今日丽棠来,言昨日宫中出一小窃案,窃物者即会中书记白玉祥,所窃则一珐琅花瓶,当场发觉,开全体委员会,押送检察厅惩办。白玉祥为甲午举人,度支部员外,军机章京,家计尚佳,做此不名誉事,亦可叹也。

十八日　阴。

十九日　阴。傍晚偕迈尘散步,至什刹海啜茗,返馆已十时。

二十日　阴。

二十一日　阴。未返西城。

二十二日　竟日雨,未他出。

二十三日　阴。

二十四日　阴。傍晚至三哥处,以明日端午,全城将举行总示

　　① 司徒雷登(1876—1962),名 John Leighton Stuart,美国人,出生于中国杭州。1904 年 11 月,受美国南长老会的派遣,来华传教。1919 年 1 月,到北京筹办燕京大学,任校长。后聘请中国人任校长,他改任校务长。日记中又称司徒校长、司徒。

威,深恐来往不便,先往向三哥嫂贺节。三哥出示唐花砖片四幅。稍坐,赴市场购物品,即返西城。闻四哥发痧,走视,似已稍愈矣。暴雨忽来,偕六弟等返寓。

二十五日　阴。晨起菉坡来贺节。晨餐后偕六弟往访实甫兄弟,渠等已他出,遂至施宅、杨宅及四哥处贺节。少顷,实甫等亦来,在四哥处午膳。午后平伯来。晚六弟夫妇留饭,同席有樊右善夫妇。樊君为从前助援庵次长来馆检查《四库全书》册数、页数之人。夜雨。

二十六日　阴。晨起返馆。森玉来为庚款事,属主稿至委员会请款。波止来,借《续藏目录》。傍晚至极乐庵访波止,为三侄女乞药,携访三哥,在三哥处长谈,十时返馆。

二十七日　阴。

二十八日　阴。午后返西城。

二十九日　薄阴,夜雨。晨访实甫,不晤。在四哥处午膳,与四哥等夜谈。

三十日　晨,薄阴。返馆,草向庚款委员会请款意见书。

民国十四年(1925)七月

一日　晴。绳甫来,以遭家难,有避难馆中意,余以森玉赴津,未加可否。

二日　晴。

三日　阴。至羊管胡同德爱堂购七珍丹,附电车至太平仓,在玉壶春午膳,膳后赴滨来香购点心,以六弟妇将携诸侄赴青岛避暑也。即返西城,在四哥处稍坐,未返馆。夜雨。

四日　晴。晨起返馆,步行至东四牌楼,始附电车。森玉来。

五日　晴。今日交通部员来参观者四人。四时访季明长谈。遂至市场晚膳,未返西城。夜月绝佳。

六日　晴。

七日　晴。新同事蓟县王焕宸[1]文清来,引之遍访各同事。

八日　晨,大雷雨,午后霁。

九日　阴。草上教长请拨北海西岸官地呈文一,交张丽棠誊真。

十日　阴。

十一日　晴。

十二日　晴。六时许至东四二条访雁南,以今日为交通大学检验体格,携之同往李阁老胡同。至校始知五百号以后,需午后检验。折回东城,一时许复往,延亡至三时许始毕。遂访三哥,六弟、少侯均在,四哥亦来长谈,至七时许始散。六弟拉至市场五芳斋晚膳。未返西城。

十三日　晴。未他出。

十四日　晴,午后微雨。

十五日　晴。

十六日　晴。晨餐后至东四二条郭宅,偕雁南至交通大学投考,晤啸缑乔梓。啸缑拉至财政部机要科长谈,晤蔚文、梅琛。蔚文告我以实甫上次来京,久久不到差,为地方绅士控其擅离职守,携款潜逃,已为省当局摘去印信,另行派代矣。十一时至交大迎雁南,同至机要科午餐。餐时晤振先。午后送雁南赴交大考历史,上午考国文也。即访四哥、钰妹。妹留余盘桓,晚膳后返馆。

十七日　晴。今日交大考英文及地理。晨至东四二条,送雁南登车后始返。

十八日　晴。

十九日　阴。上午季明招余饭于平则门内大街路北广济寺,同席有幼渔[2]、绳甫、士远、伯彦等,饭罢返西城,晤仲瑚、菉坡等,作手

---

① 王焕宸,王文清,字焕宸,1925 年 7 月到京师图书馆工作。

② 幼渔,马裕藻(1878—1945),字幼渔,浙江鄞县(今宁波)人。时任北京大学国文系主任。

谈。夜雨。

二十日　晨阴，午后霁。铁眉自锡来，长谈一年来锡中变故。偕六弟访实甫，闻西安已为孙禹行①占领，吴新田②之师已溃退。晚四哥、钰妹留晚膳，膳后即返馆。

二十一日　阴。撰致南浔刘翰怡征求"吴兴丛书"、绒线胡同胡继樵征求"续金华丛书"启，及复教部令行检举旷职馆员呈文，交丽棠缮写。夜微雨，即止。

二十二日　阴。读翁松禅③手书《日记》三册。夜雨。

二十三日　竟日雨。读翁松禅《日记》五册。

二十四日　雨。读翁松禅《日记》五册。

二十五日　雨。读翁松禅《日记》三册。自咸丰戊午迄光绪丁丑，松禅以琴川望族、少年鼎甲历事三朝，忠孝之忱溢于词表。《日记》中述穆宗④早夭事至详。

二十六日　雨。傍晚得六弟电话，云琎侄谋为锡侯[商]量移津浦路，征余同意。余以此事为琎侄盛意，不可却，即托六弟去书询之。上灯后三哥亦来电话，命余电速锡侯回京。未返西城。连日苦雨，淹象已成，哀哀小民，究何辜耶！

二十七日　雨，午后晴。未他出。晚见月。久不见月，胸次为之

---

①　孙禹行，孙岳（1878—1928），字禹行，直隶（今河北）高阳人。民国将领。1924 年 10 月，与冯玉祥、胡景翼发动"北京政变"。后相继任国民军副司令兼第三军军长、河南省长、陕西军务督办、直隶军务督办兼省长等。

②　吴新田（1876—1955），字莒荪，安徽合肥人。北洋皖系军阀将领。历任湖南岳阳镇守使、陆军第七师师长等。1925 年夏，任陕西军务督办。因其士兵与学生发生冲突，造成惨案，引起民愤，遂爆发"驱吴"运动。

③　翁松禅，翁同龢（1830—1904），字叔平，号松禅，谥号文恭，江苏琴川（今常熟）人。清咸丰六年（1856）状元，官至户部、工部尚书、军机大臣兼总理各国事务衙门大臣。

④　穆宗，爱新觉罗·载淳（1856—1875），清同治帝。

一快。午后季明以电话来，约余赴燕大会，议招考及补行暑假大考，威廉招也。余允于明日下午赴会。得申甫书，云有红茶一匣相赠。属余将存余处之抄《四库》红格寄一千张去。发锡侯处电，曰：四平街四洮路局，俞锡侯，有要事，速请三四周假回京，星。电资二元五角二分，附税二角。

二十八日　晴。午后访威廉，同至燕大注册处，会商考试事。少顷，季明亦来，议定国文一项，计考论说、问答、测验、口问四项。晤Juokslwy。五时许始散。遂至森隆，铁眉、雨苍已先在。少顷，峥生亦至，迟，劬吾不来，即在森隆晚膳。返馆已十一时矣。

二十九日　雨。上午晦暝迅雷。午后作书致分馆，缴还垫款二元。京兆尹署来函，言有讲习所中四十人，八月三日来馆参观，乞予允许。即作一函复之。森玉来言教部有允拨清太庙为图书馆之意，迁太庙中神主入宗人府，给代价五万金，不识能成事实否。平伯来议出题事。夜函致季明。

三十日　晴。傍晚出外散步。拟测验智量题四十。

三十一日　晴。季明来长谈。以测验题寄威廉。锡侯自西城以电话来报到。

民国十四年（1925）八月

一日　上午雨，午后阴。锡侯来商量津浦事，余嘱其早赴天津接洽。闻三哥有疾，傍晚拟往视之，而铁眉、雨苍相继来，不果行。

二日　雨。午后往视三哥，始知前日发晕三次，已转寒热。中年弟昆能人人皆健好，始可放心。三哥为兄弟中最健全之人，处境亦较吾辈安适，亦有此衰征，至为悬悬。稍坐即出，返西城。得铁眉电话，邀余明日午膳。钰妹、四哥嫂等均来夜话。

三日　阴。上午访铁眉，晤希明、南湖、蓝城等。少顷，劬吾、雨苍亦至。听劬吾谈女师大事，校长软懦，学生猖獗，校事将不可收拾。劬吾等已襆被移寓太平湖饭店。希明留余等午膳。闻希明谈李都统鸣钟①以铁手腕治绥远事。傍晚返寓庐,至四哥处长谈,即同至六弟处,商量锡侯事。钰妹、实甫等亦来。实甫将以明日赴汴。十一时始散。

四日 微雨。晨起返馆。

五日 晴。今日清室善后委员会宣布去年康有为等密谋复辟事。

六日 晴。上午李振纲来参观。王凤喈②来摄取写经及善本、《四库》照片,以充其《中国教育史》中资料,午后始去。今日清室善后委员会宣布江亢虎③函、金梁④等奏折,此案涉及名流绝多,不知若何收拾也。晚锡侯来言已到天津,琎侄所荐津浦一席系在浦口,将于后日南下。昨日傍晚,余偕任甫、迈尘游京兆公园,即前朝地坛,园中有世界园,极佳。昨日忘,未记,补志于此。今日兹俦⑤捐来《西麓诗钞》一册,述近年无锡改革事甚详,即复一函谢之。

七日 阴。傍晚偕任甫、迈尘往觅樵李脉望寄庐,湫隘似其人下乔木入幽谷矣。

---

① 李都统鸣钟(1887—1949),李鸣钟,字晓东,河南沈丘人。西北军将领。1925年春,升任国民党第一军第六师师长,兼绥远都统。

② 王凤喈(1896—1965),湖南湘潭人。1916年考入北京高等师范学校学习。1921年到湖南省立第一师范学校任教,讲授《教育史》课程。后编成《中国教育史大纲》一书,1928年由上海商务印书馆出版,1930年再版。

③ 江亢虎(1883—1954),出生于江西弋阳。民国时期文化学者、政治人物。

④ 金梁(1878—1962),号息侯,浙江杭州人。清光绪三十年(1904)中进士,授内阁中书。曾任京师大学堂提调、民政部参议、新民府知府等。民国后,因忠于清室,被逊帝溥仪封为内务府大臣,赐太子少保衔。1924年赴东北,建立沈阳故宫博物院,任院长,完成沈阳故宫古物典守工作。

⑤ 兹俦,胡介昌(1873—1939),原名承禧,字兹俦,号西麓,江苏无锡人。著有《西麓诗钞》。

八日　雨。上午，日本全国中等学校地理、历史科教员鲜满旅行团副团长、东京高等师范学校教授、文学博士中村久四郎①偕文学士山口察常来馆参观，以所著《历史及历史教育》一册相赠，即以本馆旧印《善本书目》一部报之。

九日　阴。午后访三哥，即返西城。雨。在钰妹、四哥处晚膳。

十日　阴雨，未返馆。

十一日　晓雾甚重。晨起即返馆。子元来，属翻请愿书，余以事冗却之。

十二日　晴。

十三日　晴。以翰章为馆中缮写《四库》样本，代其收发书籍。读《畏庐漫录》三册。

十四日　晴。仍代翰章收发书籍。读《畏庐漫录》一册、《越缦堂日记》二册。

十五日　晴。读《越缦堂日记》五册。胸口作痛。铁眉、希民来。

十六日　晴。胸口作痛甚剧，委顿不堪。傍晚访雨苍长谈，即在其寓晚饮，勖吾亦来。酒为雨苍令姊济扶手泡火酒中入柠檬冰糖，上口极甘洌，性极烈，两杯后已醺然矣。阅《越缦堂日记》四册。

十七日　晴。读《越缦堂日记》五册。以疾诣绍裘，请其诊视。绍裘断为温滞于胃，用川朴、茯苓、黄芩、桔皮、泽泻、蔻仁、木香、枳壳、通草、佛手、荷梗等药疏理之。遂访铁眉，以其将南还，送之，晤谈甚久。铁眉侄希民精于西医，为予诊视，则谓为慢性胃病，给药十八片，嘱每日分三次于食后服。予以是药为德国产，购之不易，以三金托希民代购。勖吾、雨苍亦来。五时许辞铁眉行。勖吾以雨苍及余均在城东，步行送余等至单牌楼，迟，电车不至，改乘洋车。偕雨苍至市场购烟草，即在一咖啡馆饮古古茶，略进点心。归赴乐家老铺购药，归馆煎饮之。

---

①　中村久四郎(1874—1961)，日本东京高等师范学校教授、文学博士。

十八日　晴。上午森玉来,以沉香末一包见诒,属和烟草吸之,可医气痛。情至可感。读《越缦堂日记》七册,始知同治十三年八月,恭王①等谏阻修复圆明园工程一折,为奕劻②主稿,而润色之者则高阳李文正也。

十九日　阴,夜雨。读《日记》八册。

二十日　晴。读《日记》七册。

二十一日　晴。读《日记》八册。合五十一册,以六日阅毕③。越缦④以名下士,以资郎入都,历四朝始成进士,虽曰文章憎命,其怀才詈人,亦为招人疾视之端,特其文章、气节,要亦不可及也。闻尚有数十卷未刊,存子民处,中述联军焚圆明园事极详,特骂座之辞则尤咄咄逼人,子民不敢出也。丽棠丁内艰,未赴。

二十二日　阴雨。托叶星槎代表,往唁丽棠及其兄子清,致赙一元。今日,秋桐总长以武力解散女师大,凡学生之不肯出校者,雇健妇挟之出。

二十三日　雨。午后森玉偕叶德辉⑤、薛大可⑥、席启驷来参观写经。得申甫书,托补抄《四库》百八十一卷。

二十四日　晴。上午锡侯自南方来,送到素文所寄细红茶一

---

①　恭王,爱新觉罗·奕䜣(1833—1898),号乐道堂主人。清末政治家、洋务运动主要领导者。

②　奕劻,爱新觉罗·奕劻(1838—1917),封庆亲王。晚清宗室重臣,清朝首任内阁总理大臣。

③　"以六日阅毕",此处笔误,实为八日阅毕。

④　越缦,李慈铭(1830—1894),字爱伯,号莼客,室名越缦堂,晚年自署"越缦老人",会稽(今浙江绍兴)人。晚清著名文史学家。

⑤　叶德辉(1864—1927),字焕彬,祖籍江苏吴县,出生于湖南长沙。目录版本学家、藏书家、刻书家。

⑥　薛大可(1881—1960),字子奇,湖南益阳人。民国年间报界名人,曾任国会众议院议员。

包,玫瑰一盒。黔娄夫婿不能赡家,以弱息累之,素文不加怨诽而见宁,若斯诚汗颜也。午后赴西城,与六弟长谈。折至四哥处,晤四哥嫂、钰妹及杨姨、菉坡诸人。闻六弟妇随西妇浴于海,几遭灭顶之凶。事事摹仿西俗,宜得此报。四哥言实甫自豫返,遂偕杨姨、菉坡访之。实甫留余晚餐,四哥亦至。晚膳后宿六弟处,辗转不能成寐。

二十五日　晴。晨起至滨来香进晨餐及购面包、牛油等,即返馆。上午森玉来,商量补钞《四库》事。庚先来,此子心疾未瘳,且行为悖谬,欲余介绍铁眉处馆,岂易事哉。缠绕不休,殊苦之。午后镜芙来,数年不见,忽修净宗,弃儒逃禅,亦士子之不得意者欤。函致申甫,言补钞《四库》先决事,厥有数端:(一)期限过促,需宽以时日;(二)辞经理经济事;(三)问询捐赠《道藏》事。

二十六日　阴。

二十七日　阴。森玉来言馆址业经勘定,在北海西南岸,袁项城时模范团操场,南为阳泽门,西邻养蜂夹道,大概可望成功。争持数年,卒底于成,亦森玉奔走之力也。

二十八日　阴,傍晚雨。上午锡侯来问疾,且以一二日内将回四平街来辞行。谈吴下琐事,知金奎之子在苏亦颇不安,因嘱锡侯在四平街站上为留心一糊口地。锡侯言仲华已就徐州西坝垦务事,带来天禄饼二匣、雪茄一匣、气痛丸二匣及五凤砖拓片见赠。午后镜芙来抄经,送我所著《梨园外史》初集①一册。书中述咸、同时诸名伶轶事,为章回体小说。书分十二回,尚隽永有味。晚出外散步。天气骤凉,有秋意。夜雨潇潇,颇动人愁绪。

---

①　《梨园外史》初集,以描写清代同治、光绪年间北京戏曲艺人生活为内容的章回体小说。全书共 12 回,由潘镜芙、陈墨香合著,署名作剧先生和观剧道人。1925 年由北京京华印书局印制。1930 年天津百城书局再版时,内容增至 30 回,分上下两册出版。

二十九日　晴。得敦皇[煌]经典[籍]辑存会小柬,约九月一日赴会,参预成立典礼。因一日午后,需赴燕大举行口试,傍晚至三哥处访平伯,拟托其代赴燕大,不晤,晤三哥,少侯亦在。稍坐,平伯亦归,因举此事属之。

三十日　晴。森玉来言馆址及建筑费大概可望如愿,唯是否即用阳泽门内地,尚不能预定。午后以潘家亲事访实甫长谈,即在实甫处晚膳。六弟亦来,同返寓庐。至四哥处略谈,即归寝。午后偕雨苍至大同公寓访勖吾。

三十一日　薄阴。上午至四哥处,晤四哥嫂及钰妹,在四哥处午膳。傍晚返馆。

民国十四年(1925)九月

一日　晴。七时赴燕大举行入学试验,晤煨莲,煨莲属帅罗导余至第二院,杜、陈二君已先在。九时试测验问答、作文、楷书、口试,十一时三十分毕事,仍至煨莲处略坐,晤全希贤,燕大庶务也。又赴全君处略谈。因访平伯,以考卷给其评定甲乙,晤绍原。入谒三哥嫂,三哥留余午膳。膳后闻旧同学程仁初来。仁初为汲侯表嫂之弟,进见表嫂并与仁初谈天。二时许赴午门敦皇[煌]经典[籍]辑存会,参预成立典礼。会所在阙左门北,玉虎总长、仲骞、夷初、援厂、兼士、叔平、阆仙等均莅会。会散,偕诸君参观历史博物馆。傍晚至四时春略进点心,即返西城寓庐。六弟妇及诸侄女均于昨晚回京,实甫以六弟于三日将东渡扶桑,约余等祖饯,且为弟妇洗尘。实甫以病痔不能预座先行。同席有四哥、钰妹、杨姨及一闽人吴姓者。诸侄女送余德制小洋刀一,弟妇赠余苹婆果八枚。

二日　晴。晨起返馆。午后为任父和阳羡汪令诗四章。丽棠来,赠余茶食二种、面二匣。

三日　晴。依《大正一切经》,编次馆中所藏敦煌经典。森玉来言北大与教部宣告脱离关系事,内幕初不若表面之单简。财李①默允北大,予以经济上之援助。此事若确是,阁员中将起同室之戈矣。傍晚出外散步,见有军人与电车上司机人冲突者。月色绝佳。

四日 晴。今日有自称李俊者,在阅览室窃去宋刊本《东坡先生和陶渊明诗》一部,傍晚始行觉察,人去已久。收发处轮应谭志贤值日。事发,以电话速森玉来,侦骑四出,卒无所获。作一公函,报告内左三区警署,署长于十二时后派本区区官及一巡长来履勘,扰扰至二时许始就寝。

五日 阴,午后雨,傍晚晴。晨起森玉即来,续派人至隆福寺、琉璃厂一带访查,始知此贼昨夜已携书至厂肆求售。续函外右一区,遴派干练巡士协同踩缉,以琉璃厂属内右一区也。并函请北大舍监胡墨青侦查学生。

六日 阴。主任来,知所失之书已由李木斋先生在文德堂得,有确实消息。文德堂主人韩逢源②向来收买此项货物,鉴别颇精,且与诸收藏家有密切关系。木斋初拟以假支票购之,后惧不能集事,且韩某之罪仅为收买贼脏,并无伙同窃盗情事,亦无应得之罪,只能设法用钱赎回。午后镜芙来。校《龙舒净土文》,事毕始返西城,访实甫、四哥,宿六弟处。晚与吴长涛君谈社会复古事,颇畅。

七日 晴。在西城。

八日 阴。晨起返馆。上午李正刚来。午间闻森玉言,所失之书已由沅叔以三百金向文德堂代为赎回。子泉来,为余带来《西堂全集》及《鲒埼亭全集》各一部。子泉以圣约翰已告结束,来清华任国文讲席,不见已六年矣。追话前尘,殊多怅触。夜得雨苍电话,女大组

---

① 财李,李思浩(1882—1968),字赞侯,浙江慈溪(今余姚)人。1924 年 11 月至 1925 年 12 月,任财政部总长。日记中又称李思浩。

② 文德堂,北京古籍书肆,光绪年间开设于文昌馆内,民国时迁琉璃厂路南文贵堂旧址。文德堂主人韩逢源,字左泉,直隶省衡水县(今河北衡水)人。

织将次就绪,劻吾竟落孙山。劻吾少年时,在同辈中最为圆滑,中年后潦倒如此,亦可怜也。

九日　阴。为季明评阅协和医预科卷五十册。

十日　晨,大雷雨。草呈报窃书,复获详细情形,呈文一函,请内左三区警署严行踩缉自称四川学生李俊少年。森玉来商量取赎所失之书事。今日《顺天时报》载失书事,有监守自盗字样,作函致报社总编辑,加以更正。即督同丽棠等书之,又为森玉撰一处分馆员手折稿,命星槎誊真,即打包封交星槎,径送森玉。夜晴,星斗灿然,凉气逼人。

十一日　阴,午霁,下午雷雨时作,而天气绝凉。以协和考卷命号房赍送协和。今日《顺天时报》已为更正。潜庵来言,窃书者确是某大学学生。

十二日　阴。上午志闲为赔偿书款事部中有赎书钱三百元,命谭、邓二人摊赔说颇肆跳踉,来查案卷,称黄羽逵代左文任监视,应令羽逵摊还若干。余为检卷宗,羽逵实任普通阅览室办事,初非监视,志闲不自钦迹,尚跳踉不已。午后赴燕大,代季明考国故,与考者六十六人。考毕访三哥长谈。晚膳时大雷雨。八时许返馆,评阅试卷,十二时始就寝,雨声淅沥,动人愁思。

十三日　晴。上午以试卷交张耀卿送燕大都振华 Tewhslm。森玉来定晒书日期。午后自太平仓返西城,至四哥处略坐。晚偕六弟妇、钰妹走访实甫探病。以闻人言,实甫病痔,将赴医院割之。六弟有电回,云已到东京。

十四日　晴。晨访劻吾于白庙胡同大同公寓长谈。闻尧臣野性大发,劻吾将与断绝婚约。在劻吾处,晤公侠之子,且闻南湖以慰祖死,谋印铸局帮办,不惜自贬身价,呼合肥作老佛。名士如此,大可喷饭。仍返西城。

十五日　晴。晨起返馆。今日写经室添一书记傅润田[①]万春,

① 傅润田,傅万春,字润田。1925年9月,在京师图书馆工作,不久离职。

宛平人,以将结束写经,选燕京女大国文。森玉来。

  十六日 晴。上午镜芙来,力劝余修净土。作一函致申甫,报告抄书事,并为京馆托补《金华丛书》。午后出外散步。

  十七日 晴。选燕大女校模范文。今日傅润田到馆抄写经目。

  十八日 微雨,晚晴。

  十九日 晴。午后燕大女校开职员会,二时赴之。以馆中有事,于茶话时先行返馆。傍晚至市场森隆,迟,雨苍同赴五芳斋晚膳,步行返馆。今夕祭丁,闻干木有亲与典礼之说。雨苍闻人言,直系有重起孚威,合大树与奉天决战之意。

  二十日 晴。今日为旧历八月初三日,桂甥生日也。甥为从姊同和所出,彬彬有礼,视余等若骨肉,其婿德生死于汉口,青年守寡,至可钦敬。实甫从姊丈设宴张之。午后至西城,购薄荷酒二瓶,赠之。晤沈氏六弟。夜饮,四哥、六弟妇及诸侄均在座。十一时返六弟寓中,与六弟妇及胡君夜谈。

  二十一日 阴。旧历八月初四日,中宪公①弃养迄今日恰三十年。余频年旅居于外,春露秋霜未设酒醴,人子之职久忝。今岁,四哥以四嫂在京,发议家祭,余以馆中今日为晒书第一天,原拟返馆服务,既值家祭,因于清晨访森玉,乞假半日。十二时,在北京西城都城隍庙街四哥寓中设奠并附祭。归洪氏绛文姊、归赵氏绿文姊随四哥嫂率侄孙女越男行礼。实甫姊丈、同钰从妹、小东甥、燕官外孙桂珍子均来行礼,而六弟妇竟未来,无礼极矣。礼成,实甫以患痔不能久坐先行,四哥嫂留燕官、钰妹母子食馂余②。午后至实甫处致谢,即返馆,见志闲与修书人冲突。

---

  ① 中宪公,俞祖绥(? —1896),字履卿,号剑孙,浙江德清人。俞林幼子,俞篯玺、俞泽篯之父。清光绪二年(1876)举人。

  ② 馂余,祭祀用过的食品。

二十二日　晴。上午至佟府夹道燕大女校授课，晤莆榴夫人①，女校教务主任也。学生本一，十人，本二，十九人，未授课，仅谈话而已。女校庶务石君、书记孟君。晤李小峰②及兼士。兼士误记钟点，致与余授课钟点冲突，所以相遇。得实甫电话，知定明日赴同仁医院割痔。

二十三日　晴。上午至燕大第二院授课，本一，三十人，本二，四十三人。返馆已二时许。晤威廉。本一讲"中国学术胚胎时代"，本二讲"老学、佛学之蜕化"。

二十四日　晴。上午至女校，讲"周秦诸子学说分派大概"，为下星期授课准备。

二十五日　晴。上午至燕大，本一讲"诸子分类"，本二讲"佛教入中国之始末"。晤旧学生袁履真。遂至孝顺胡同探访实甫，见六弟妇亦在院中，询之则铃儿亦病矣，移住医院。视之则颜色如恒人，似无钜疾，不识弟妇何以住院。返馆为延绍裘往诊。夜选国文二篇手录之，备明日付女校印刷。

二十六日　晴，夜雨。晨起才拟赴女校，得六弟妇电话，言铃儿病状颇危，嘱余即往。因函女校教务主任，乞假并以昨选国文托石君付印。又作一函致煨莲，以蒲洛斯"太山丛书"③七册寄赠燕大图书

---

①　莆榴夫人，费宾闺臣夫人（Mrs. Alice B. Frame）（1878—1941），美国基督教公理会传教士。1905年到中国通州一所教会女校工作。1912年调到北京协和女子大学。后协和女子大学与燕京大学合并，她任燕京大学女校文理科科长。日记中又称教务主任、教务长、课长、费夫人、费教务长、费课长、费科长等。

②　李小峰（1897—1971），江苏江阴人。1923年毕业于北京大学哲学系，曾参与《新潮》月刊、《语丝》周刊的出版工作，与鲁迅等现代作家有较多接触。日记中又称小峰。

③　蒲洛斯（1875—1950），美国科幻小说作家。20世纪20年代，我国将其译为E. R. 巴洛兹，又称"蒲博思"。现在译为埃德加·赖斯·巴勒斯（Edgar Rice Burroughs）。他的"太山丛书"，即长篇小说《野人记》系列，均被我国翻译出版。

馆,命张耀卿送往。即命车径赴妇婴医院。枵腹而往,则铃儿因无大变,而钰妹已为弟妇唤来。二伯父①遗胤六弟仅此弱妹,身负病痰三年有奇,必欲劳之夤夜东来,深堪骇怪。弟妇梦梦不知处分,初拟延中医,实甫介绍黄兽医胡同李□虞,弟妇不欲,又拟请德医狄博,继又欲往南池子请日医沙田诊视。往商院长葛大夫,葛大夫主留院,为延协和痢疾专家来诊。弟妇从之。专家来,力言尚可救。因馆中事冗,辞归。闻颂生言,森玉晨间来,言商务承印《四库》已定,用文津阁本,而以文渊本归吾馆供展览。庚款建筑图书馆,大概可以办到,而馆长则有主梁任公②说。闻有根本改组之议,若能实地整顿,亦是嘉事,所惧成画饼耳。午后弟妇又以电话见招,再往医院,又是一筹莫展,至九时余始返馆。归途遇雨。

二十七日　晴。七时许得吴长涛电话,言铃儿已于昨夜十二时三刻化去。即赴医院,则已移入死人房。弟妇等尚未来,因登楼视实甫,稍坐。少选,弟妇、贞偲等陆续来,遂偕季平出市,棺木用西式,并出城购绢花、十字架。十二时棺成,因移柩出葬,例需报区,俟区中执照来已二时,又以送殡马车未集,三时许出城,送殡者宋建勋、梁季平两夫妇、陈世兄敏望子、仲瑚、吴长涛、桂珍甥女、弟妇、贞偲及余,又有一许姓教士。出城至铁辘轳把美以美会公坟葬之。一抔黄土永隔人天,可伤也。入城返馆,草请将文渊阁本《四库》移换文津本付印呈文,属星楼缮正,并作一函,托星楼面呈主任。未返西城。

二十八日　阴。馆中书昨日晒毕,森玉设宴相款,余未赴。午后访雨苍,以所假勷吾书二种《留芳记》《寒厓集》,托其转交。见其甥夺

---

①　二伯父,俞祖福(约1846—1898),字戴堂,浙江德清人。俞林次子,俞同奎、俞同钰之父。曾官福建万两县令、候补盐大使等。

②　梁任公,梁启超(1873—1929),字卓如,一字任甫,号任公,广州府新会县(今广东江门)人。1925年12月,被聘为京师图书馆馆长。1926年3月,出任由中华教育文化基金董事会创办的"国立北京图书馆"馆长。

先所绘纨扇上山水,九龄童子作品苍老无比,询之始知每日必以山水为消遣,亦神童也。稍坐,至三哥处,三哥赴史馆未还,晤三嫂及许二表姊、平伯,因以铃儿化去告之。迟,三哥不归,顺道访松云于礼士胡同。前年九月十三见后,即未相见,阔别已将二载,既不好诣人,又不欲客过,疏懒十倍梅村矣。松云病胃已年余,容貌尚润腴。稍谈,至市场购烟草及铅笔一,即返馆。今日寄银五十元致素文,嘱其以一半供甘旨,此款假诸介卿,以燕大款尚未送来也。端节时不名一钱,竟未寄分文,此时又只能寄此数,殊汗颜也。

二十九日　晴。上午至女校,本一授《天下篇》,本二授司马谈《论六家之要指》。午后作一函致女校教务长,索名单,并上母亲书,报告目前京中经济困难情形及协济家用办法。

三十日　天未明,为大雷雨所惊醒,复睡去,醒已七时许,雨仍不止。九时,乘车冒雨赴盔甲厂授课。车行水中,似渡长河,流水虦虦,泥深没轴,景象之惨,不类帝景。燕大旧校集城东南众小屋而成,教室奇窄,室外即属荒原,出外一步,即水可及踝,此种况味,久已不尝,不期垂老之年尚一试之。本一授《天下篇》,本二续讲"佛教入中国后经典之分别及出版"。今日得燕大薪金百元,系汇丰支票,命张耀卿往取。因时间已过,未得取出。

民国十四年(1925)十月

一日　晴。晨至女校授课,本一授《天下篇》至"诸子所由兴",本二授名家及道德家。取回百元,以五十元还介卿。得馆薪六成。伯诚来谈天。

二日　晴。旧历中秋。天阴。至异香源,以银饼二购饼饵及糖制兔神七。至三哥处贺节,晤兄嫂、平伯、灵伯、振先等。以兔神三及饼饵分赠侄孙儿女。稍坐,至少侯处,晤少侯、许二表姊、王大表姊。访实甫于孝顺胡同医院,始知数日前已还寓。驱车至西单牌楼,因腹饥,至四如春进午膳。遂返六弟处,以在法国面包房所购饼饵赠诸侄。至四哥处，四哥已赴东城，以兔神赠侄孙女及小东甥、燕官外孙。访实甫贺节。晚六弟妇留饮，十二时返馆，此为近年所无。六弟处，六弟他出，铃儿逝世，颇多愁惨气象。而明日又需至女校上课，所以决计冒风露归馆，至馆已一时许。

三日　晴。晨至女校授国文课，本一讲《史记·项羽传》中"鸿门之会"，本二讲《三国志》注中所引魏武故事《让县自明本志令》。

四日　晴。午后返西城。实甫招余夜谈，为阿珠事，浼余作函致旭光。晤汪荟元。即在实甫处晚膳。

五日　晴。原拟即返馆，以量衣故稍延，晚膳后始归。天街人静，凉露侵衣，冷月昏黄，疏灯黯淡，抵馆已十一时后矣。

六日　晴。晨至女校授课，本一授"墨翟、禽滑氂学说"，本二授"法家言"。返馆校书四卷。晚作函致旭光，为新人礼服首饰事。致申甫一函，述抄书事，并收到代购二十字事。致仲华一函，谢惠雪茄及砖文，并询砖文是一砖或系数砖。

七日　晴。晨至燕大，本二授"律宗略说"，本一授"墨子学说"。下课后访少侯，未晤，遂访三哥，为石雨农乞书名刺，返馆已二时许。

八日　晴。晨至女校，校中以双十节庆祝国庆练习校歌，本一之课未授，本二授"名、道二家言"。今日为中宪公生忌，自校出即返西城设奠，遥拜先灵。二时许礼成，与四哥嫂、钰妹饮胙酒，返馆已将四时。以仲瑚之联，托介卿书之。六时许以电话告仲瑚派人来取。

九日　晴。晨至燕大，本二授"律宗及俱舍宗"，本一"墨子学说"毕。傍晚返西城，先访实甫，知六弟已返自扶桑。归寓，听六弟谈东瀛风景，复偕六弟至四哥处。

十日　晴。民国成立后第十四度双十节也。今日故宫博物院图书、文献两馆行开幕典礼。弟妇为六弟洗尘，未北返。

十一日　晴。晨起返馆晨餐。赴燕大浙省同乡会之欢迎会，会场在北海五龙亭，男女同学到者三十人，一时先返。返馆闻森玉来馆相寻。傍晚仍返西城。十时许至森玉处夜话，为森玉拟一函致阆仙司长,为史子年索欠薪事。

十二日　晴。晨访勖吾于大同公寓,即返馆。选录文二篇,备明日女校付印。草呈文稿一通,复执行摊赔书价及李堃解职训令。

十三日　晴。晨至女校已十时矣。本一"墨学"终。本二《论六家之要指》终,续授"诸子学说所由兴"。今日沈家从甥女小蘼受定,要余至大陆春陪冰人,未往。午后往贺喜,晤蔚文、符诚及蔚文夫人,即在实甫处晚膳。膳后返寓,与六弟夫妇、俊人等作手谈,一时许始就寝。

十四日　傍晚返馆。今日孔子圣诞,休息一天。闻实甫等言,恐又将有战事。

十五日　晴。晨至女校授课。本一因特殊讲演,未授课。本二授"太公之谋及儒学之发生"。归馆,在扁担胡同遇森玉,知馆中《四库》书定明日发运赴沪,已派任父、照亭、寅斋经理发书事。馆长派黄崿①为馆员,月支薪五十元,即作函通知。

十六日　晴。商务印书馆孙伯恒②、李拔可③来查点《四库》,预备装箱。森玉亦来。赴燕大,本二授"成实宗",本一授"宋钘、尹文学说"。夜雨。晚报有孙传芳④自称建国护宪军司令之说。沪宁、津浦车均不通。编"十宗略说"讲义。

十七日　晴。女校因开校纪念,停课一天,未赴。午后代寿祥任南楼发书事。夜,窗外叶落似雨。

---

①　黄崿,字沟侯,1925年10月至1928年3月,在京师图书馆工作。日记中又称"黄君"。

②　孙伯恒,孙壮(1879—1943),字伯恒,大兴人。商务印书馆工作人员。日记中又称伯恒。

③　李拔可,李宣龚(1876—1953),字拔可,福建闽侯人。清光绪二十年(1894)举人,官至江苏候补知府。民国时曾任商务印书馆经理兼发行所所长。

④　孙传芳(1885—1935),字馨远,山东历城人。北洋直系军阀首领之一。日记中又称孙馨远、孙、馨远等。

十八日　上午风雨间作，午后雨止。未他出。代森玉复夷初书一函，以余樾园①属查书库中有无《芥舟读画编》也。

十九日　晴。午后以二先伯母姚太夫人八旬冥寿事访三哥，商量作佛事，议定重九日在贤良祠举行。晚浴于中华园，晤雨苍。今日报载：浙军已入常州，奉军退守镇江。《顺天时报》谓孙馨远受赤俄百万金卢布，遂首先发难。一星之火，或将燎原。南望殊恻也。

二十日　晴。晨至女校，本一授"宋钘、尹文学说"，本二授"墨学、管晏及纵横家学说所由兴"。归作一函致女校课长。今日报载：杨宇霆②已退江北，陈调元③留守南京，沪宁路已断。

二十一日　晴。晨至燕大，授本二"三论、法华二宗"，本一"彭蒙、田骈、慎到学说"。部中来训令二件，一铁路道梗，暂停发运《四库全书》，一为国立编译馆提取本馆重复书籍及调目录课中人一人赴该馆供职。

二十二日　晴。女校课长来函道歉。晨至女校，本一授"彭蒙、田骈、慎到学说"，本二因《淮南子》讲义未印出，取《庄子·天下篇》略陈大义。午后为馆中与商务拟一运还《四库》合同稿，稿成，交星槎送呈主任检定之。

二十三日　晴。晨至燕大，本二授"贤首、法相二宗"，本一授"关

----

① 余樾园，余绍宋（1883—1949），字樾园，中年后改为越园，号寒柯，浙江龙游人。1910年毕业于日本法政大学。民国元年后，历任司法部佥事、参事和司法部次长。平生旨趣尽在金石书画、画学论著、方志编纂，为近代著名史学家、鉴赏家、书画家和法学家。

② 杨宇霆（1885—1929），字邻葛，又作麟阁，出生于奉天省法库县（今辽宁法库）。北洋奉系军阀首领之一。第二次直奉战争后，被任命为江苏军务督办，进入南京。不久，遭到浙江军务督办孙传芳和江苏陈调元等的武装袭击，败回山东。

③ 陈调元（1886—1943），字雪暄，河北安新人。国民革命军陆军一级上将。1925年升皖军总司令、安徽督办。

尹老聘学说"。返馆造图籍分表、职员表、经费支出简表,备送庚款委员会。森玉将之日本赴佛教会,主任有派稻孙暂代说。

二十四日　阴。森玉偕稻孙来,以将赴日本,介绍稻孙也,商量应付国立编译馆调取重复书籍事。赴女校授选文,续上次未讲完之文。今日司徒校长回京,学生张光禄乞假赴前门欢迎。晚,俊人约饮春华楼,同席为仲瑚、实甫、杨姨太太、四嫂、钰妹、六弟夫妇及贞、宜、新三侄女。夜宿西城。访森玉,则已行矣。

二十五日　晴。晨访四哥嫂长谈。以实甫将南行往送,未晤。遂至西砖胡同十五号访镜芙,同至青云阁茗谈。十一时半入城,至市场午膳。膳后访三哥,询明日佛事,即返馆,检点移送国立编译馆书籍。草一复呈,呈报移送书籍事。今日各团体在天安门集会,反对关会。

二十六日　晴。今日重九。赴贤良寺讽经,祝二伯父母①八旬冥庆及三嫂彭淑人②六旬。三哥、平伯已先在。今日讽经合计四坛:三哥、啸麓、季湘及余兄弟。少顷,蔚文、四哥、少侯、少桐、季湘、梦吉、少琳、佩荑、六弟、许氏兄弟等先后来。送神后始返馆。今日关税会议行开幕典礼,各团体在天安门开会阻止,与警士冲突,学生伤巡长一人,学生亦有受伤者。闻少琳言,秋桐于金佛郎案得贿三十万,惧人言,以法长让杨庶堪③,独任教长,力主振作,以取悦当局。张汉卿④

---

①　二伯父母,俞祖仁(1846—1914),一名绍荣,字寿山,浙江德清人。俞樾次子,俞陛云之父。德配咸丰辛亥举人、候补同知姚六吉之次女。

②　彭淑人,彭见贞(1866—1894),湖南衡阳人。彭玉麟长孙女,俞陛云发妻,清光绪六年(1880)冬完婚。育有俞珏、俞珉两女。

③　杨庶堪(1881—1942),字沧白、沧北,四川巴县(今重庆)人。1925年8月任司法部总长,本年末辞职。

④　张汉卿,张学良(1901—2001),字汉卿,出生于辽宁鞍山。国民革命军将领,奉系军阀首领张作霖之长子。1924年第二次直奉大战之后,升为京榆地区卫戍总司令。

与李景林①不睦,以去年雨亭入关,在津门小住,颇纵情声色。一日,召李景林,谓津门何无佳丽。李景林退,以某妓进奉。某妓者,津门上选也。既进,果得雨亭欢,与李景林商为之脱籍。李景林购以赠之。初不知此妓为汉卿外室,既进,汉卿疑李景林夺其禁脔,思杀李景林以泄愤,为某政客所知,携反奉电乘夜见景林,劝其署名。景林大骇,询之,则曰:君命已在呼吸间,何不作救死计以自令。因以汉卿见疑之事告,且告以汉卿谋甘心于君,景林叱之去。招汉卿具杯酒以释嫌。汉卿虽佯诺,而复仇之心初未稍已。又言梁众异②近纳一丽妓为妾,既置诸金屋,而妓仍与故欢私媾。一日宿北京饭店,有人密告众异。众异挟手枪携卫队长索诸饭店中,故欢惊逸,妓出,责众异自堕声誉,约返宅后再谈判。既归,则怒颜求去,众异开笼放之,则尽掣所有而行。次日故欢来见众异,具言妓已在渠家,衣装悉在,如君需此人,可派车往迎。余不愿受诱拐君妾之名,否则乞以券见还。众异无奈,竟以券归之。

二十七日 晴。晨至女校,本一授"关尹、老聃学说",本二讲《淮南子·要略》。傍晚至市场,与雨苍、劭吾在森隆茗谈,即赴春申楼晚膳。闻雨苍言,时局绝紧张,吴孚威有电致中央,索惩四凶七恶。吴、孙起兵,实大树召之。馨远处有大树亲笔手翰,大概言兄起于南,弟应于北,所不同心,人神殛之。而孚威则以张之江③、刘之骥为之介

---

① 李景林(1885—1931),字芳宸,又字芳岑,直隶枣强(今河北枣强)人。奉系军阀。1925年1月,任直隶军务督办。1925年11月,与郭松龄、冯玉祥结成反张作霖密盟,宣布脱离奉系,并电劝张作霖下野。

② 梁众异,梁鸿志(1882—1946),字众异,福建长乐人。1924年10月至1925年,任段祺瑞执政府秘书长。日记中又称众异、梁鸿志。

③ 张之江(1882—1966),字子姜,号子岷,又作紫岷,河北盐山(今黄骅)人。1924年10月,参与北京政变,任西北军前敌总指挥。同年12月任察哈尔都统。1926年1月,任西北边防督办兼察哈尔都统、西北军总司令兼国民军第一军军长,驻张家口。

绍,真叵测人也。

二十八日　晴。至燕大,本二续讲"法相宗",本一讲"惠施学说"。访司徒,未晤。

二十九日　晨雾绝重。赴女校,本二授《韩非子·五蠹》。归造本馆藏书表及经费表,备交庚款委员会。

三十日　晴。晨餐后访司徒校长于其私邸,长谈。九时赴燕大,晤全庶务,知第四院失物事恐将扩大,威廉责学生不自谨慎,学生殊愤愤,或将起反抗。本二授"禅宗",本一授《天下篇》终。返馆后,汇款五十元至苏。

三十一日　晴。晨至女校,本一讲毕"鸿门之会",本二讲毕孟德①《让县自明本志令》,学生对于此两篇似尚有兴会。下课后,教务长费夫人邀余至教务长室长谈,历询学生对于余有无不恭顺事,余答以无之,唯告以闻学生言,兼士授课太速,学生不能明瞭,或有龃龉。是以最近一周,兼士乞假未至,费夫人唯唯。出询石、孟二君,始知上一日,李小峰与学生微有冲突。返馆后,加地哲定来,摄《维摩诘经俗文》及《目连救母变文》各一卷去,且托余抄《敦煌经典目》。晚准备下星期女校国文讲义。

民国十四年(1925)十一月

一日　晴。上午稻孙来,商量复中华教育文化基金会文。午后波止来长谈。访雨苍,遂至恒利,以银十八元购一银牌,送星枢五十双庆。牌作桃形,中镌以介眉寿款,为星枢六弟、淑莲弟妇五旬双庆,篆玉、丹石、同钰谨赠。返西城晚膳后,访四哥长谈。

二日　晴。晨访四哥、钰妹长谈。隽人欲购送六弟寿礼,与余同赴东城,在五芳斋午膳,同至四牌楼北宝源首饰铺,购一银爵,价二十

---

①　孟德,曹操(155—220),字孟德,沛国谯县(今安徽亳县)人。三国时著名政治家、军事家和文学家。

元。走谒三哥，以雨苍甥夺先为余所绘"黄石赤松"乞题。三哥以夺先仅九龄，而所诣已如此，颇为欣赏。归馆途遇沈伯珊。伯珊自南中来，代表申甫接洽补钞《四库》事，邀返馆中长谈，为定策与稻孙、伯恒商量启封事。

　　三日　晴，风绝大。晨至女校，本一授"庄子学说"，费夫人亦来旁听。本二授《韩非子·五蠹篇》。今日，本一交来作文评阅之，以高君哲、黄庆厚、梁佩贞、胡惇五四人为最佳，晚为润泽之。午后，伯珊来长谈。

　　四日　晴。晨至燕大，本一授《荀子·非十二子》，本二授"禅宗、真言宗"。鸣一来。

　　五日　晴。晨至女校，本一授"惠施学说"，本二授《五蠹》。午后伯珊来辞行，余以石鼓研一，托其转赠申甫，答其红茶之赠。晚偕任父饯伯珊于五芳斋。

　　六日　阴。晨，稻孙来谈移馆北海事。赴燕大，本一续讲《荀子·非十二子篇》，本二授"净土宗、十宗略说"，至此告一段落。今日闻人言，浙军占徐州，奉军则略清江浦，而国民军有加入浙军之势。因侦得奉军私制国民军服装，颇不悦也。

　　七日　晴。晨至女校，本一授"优孟"，本二授《鸣机夜课图记》。午后计算普通书籍数。

　　八日　晴。晨起偕瀚章至北海，测绘临时图书馆图。中华教育文化基金委员会近与教育部订立契约，合办国立京师图书馆，以原图书馆书籍移交两机关，合组委员会，由中华教育文化基金委员会拨款百万元，作为建筑费，经常费则各任其半。新馆未建筑成功之前，由该会出资七千元，暂租琼岛西部普安、圣果等四殿及悦心殿、庆霄楼等处，作为临时图书总馆。预计年内迁入。稻孙属瀚章绘图，故余偕往履勘。既至，则稻孙已在漪澜堂相俟，同登琼岛巡视一回，址颇逼窄，特风景殊宜人耳。下山在漪澜堂进茶点而散。午后返西城，知实甫已移家西城根六十八号。

九日 阴。晨起至滨来香进晨餐。走谒四哥，与钰妹、四嫂等长谈。复至四如春吃面，遂至实甫家道贺，返馆已十二时后矣。继续核算普通书史、子二部册数，以便造册呈报教育部，为移交委员会地步。得燕大校长室秘书蓝君函，约余十七日午后六时半，赴司徒住宅晚膳，司徒夫人①之招也。即作一函复之。

十日 雨。晨冒雨至女校，已过十时，本一授《庄子·天下篇》，本二授《韩非·五蠹篇》。

十一日 阴。晨至燕大，本一《荀子·非十二子》讲毕，本二"十宗略说"亦于今日讲了。以今日为旧历九月二十五日，六弟五旬双庆，下课后即西行，至则均在四哥处。稍坐同归寓所致祝。午后三哥嫂、平伯均来。晚六弟治酒觞客。夜宿西城。今日雾绝重。

十二日 晴。晨起自西城径赴女校，本一《天下篇》讲毕，本二续讲《韩非子》。返馆复呈教育部送各项清册，以备移交。晚至雨苍处长谈。

十三日 晴。晨至燕大，本二授太炎《案唐》，本一授《淮南子》。返馆草一呈复教育部，为清史馆向本馆提借浙江全省舆图也。史馆因编《地理志》需用此书。余得稻孙同意，以光绪间黄垕所编二十册借之，备文送部转交。

十四日 晴。晨至女校，本一授"殽之战"，本二续授《鸣机夜课图记》。返馆读《忠雅堂集》。晚作一函致稻孙，言迁馆事。

十五日 晴。诠释太炎《案唐》篇及曹丕②《致[与]朝歌令胡[吴]质书》。未返西城。午后三哥来长谈。

---

① 司徒夫人，名 Aline Rodd，中文称"艾琳""路爱玲"，1904 年 11 月与司徒雷登结婚，并同受美国南长老会的派遣，于 1904 年底来华传教。1926 年 6 月在北京病逝。

② 曹丕(187—226)，字子恒，曹操之子。三国时期的政治家、文学家。日记中又称魏文帝。

十六日　晴。上午读杭县徐仲可①珂《大受堂札记》,知京中能望气者为黄桐笙,前苏松太兵备道黄祖络②之子,雄于赀,以贾破产,今长斋奉佛,初不以望气术弋利,非亲友亦不谈,休咎其言。曰常人之气五六尺,多灰蓝色,黄色者富,红色贵。当今名人中,以张雨亭之气为最高,几四丈,芝泉则三丈耳,唯较雨亭为纯洁。午间邀迈尘作陪,为介卿设饯,以其明日将南下游浙。返馆途遇子佩。作一函致申甫,以剑堂③手抄《紫山大全集》卷二、三,交介卿转致申甫。晚读《翁文恭公日记》戊寅一册。

十七日　晴。晨,稻孙来谈移馆事。上午至女校,本一未授课,本二续讲《五蠹篇》。遂赴子佩东来顺之招。子佩饯介卿也,而介卿已南矣。读翁氏己卯《日记》一册。

十八日　晴。旧历十月初三,四哥生日。晨至燕大,本二续授《案唐》,本一续授《淮南子》。课后即返西城,为四哥称庆。与钰妹等在四哥处吃面,遂至六弟处。六弟赴津祝部长生辰,弟妇苦留,未返馆。

十九日　晴。晨至女校授课,始返馆。午后至贤良祠。今日王康侯④姑丈八旬冥庆,少侯兄弟在祠作佛事。晤四哥、六弟、蔚文、许氏兄弟叔侄、丁道津⑤等。晚三哥在春申楼设宴,为四哥补祝、为余

---

①　徐仲可,徐珂(1869—1928),原名昌,字仲可,浙江杭县(今杭州)人。商务印书馆编辑、学者。

②　黄祖络(1837—1903),字幼农,江西庐陵(今吉安)人。清代政治人物。曾任上海道、浙江盐运使等。

③　剑堂,杨宪成,字鉴溥。1918年3月至1927年8月,在京师图书馆工作。

④　王康侯,王豫卿(1845—1890),字康侯,江苏宝应人。王凯泰次子,俞樾长女婿,俞锦孙夫婿。

⑤　丁道津(生卒年不详),字佩瑜,贵州织金人。晚清名臣丁宝桢之孙。1913年3月至5月,1916年至1918年1月,任财政部库藏司司长。1920年任财政厅长。

预祝生日。兄弟四人及平伯均集。

二十日　晴。晨稻孙来。遂至燕大举行临时试验,本二、本一各四题。返馆作一函致海宁知事,索新印色。乘晚阅燕大试卷,穷而毕。阅翁《日记》庚辰一卷。今日为余生辰,六弟夫妇、四哥嫂、贞侄等均以电话来致贺,约余明夕在西长安街大陆春晚饮,却之不允。劳人遇非劳人苦处,固未能相谅也。一叹。

二十一日　晴。凉甚,庭中木叶尽脱矣。晨至女校,本二授杜少陵①《赠卫八处士诗》,本一续授"崤之战"。读翁《日记》辛卯一卷。晚六弟等招赴西长安街大陆春夜饮,盖弟等为余及四哥嫂公祝生日也。同席为四哥嫂、六弟夫妇、杨、沈两姨太太、仲湖、长涛、隽人、小东甥、燕孙,共十四人。饮罢返馆。

二十二日　阴。校《敦煌经典目》。读翁《日记》壬午、癸未两册,未他出。

二十三日　晴。读翁《日记》甲申一册中,光绪十年八月初七,都察院递呈纠参闽浙总督何璟②及船政大臣张佩纶,有"佩纶头顶瓦盆,短衣赤足行三十里"之语。记得少时,闻闽人讥刺何、张有傅粉画眉之喻,盖即此事也。饭后访三哥,即返西城,拜四嫂寿。夜,六弟夫妇治具称庆,留余,遂宿西城,未返馆。

二十四日　晴。晨起返馆,盥洗进晨餐,始至女校,举行临时国故试验,每级四题,尚顺利。返馆后,以昨夕迟眠、今日早起,稍事偃息。六时至马匹厂,赴司徒夫人晚餐,会晤庶务长全君、农科蔡君及美教士马君夫妇及其少君,又司徒夫人伴侣柯夫人③。司徒校长及其夫人颇殷勤。餐后至第二院赴教员联席会议,晤吴雷川。返馆已

---

①　杜少陵,杜甫(712—770),字子美,自号少陵野老。盛唐著名诗人。

②　何璟(1816—1888),字伯玉,广州府香山县(今广东中山)人。清末大臣。1876年任闽浙总督。

③　柯夫人,美国乔治·柯里先生的夫人。日记中又称柯女士。

十一时后矣。

二十五日　晴。晨稻孙来,言图书馆委员会定后日投票选委员长,迁移馆舍事,新历年内惧不克举行。至燕大授课。闻郭松林[1]对奉有不稳举动。返馆校阅女校试卷,大致尚可。晚读翁《日记》丙戌一册。作一函致稻孙,言部中索薪事。

二十六日　晴。至女校授课,孟君病痢,余允以药馈之。返馆后孟君亲自来取。今日报纸已盛传郭松林反戈事。晚得稻孙电话,言信已收到,索薪确有其事,虽未知照本馆,而有渠在部,若得请,馆中亦可照成分润,决无偏枯。稻孙托余促瀚章绘庆霄楼图。即命馆人往速瀚章来,以稻孙语告之。

二十七日　晴。晨至燕大,晤司徒校长,即面谢二十四日之夜宴,略谈校中事,即赴教室发还诸生临时试验卷,以许畹君前日有不明了南中语之语,加以训辞。返馆以庆霄楼图及职员表寄稻孙。

二十八日　晴。晨,稻孙来稍谈。赴女校授课,本二授魏文帝《致[与]胡[吴]质书》,本一授"崤之战"毕。今日,本一诸女生交来札记本,以朱淑瑀、仲淑琦为最佳。吴榆珍询学诗入手方法,归后略写数行予之。今日丽棠等来言,共产党有大示威行动,其传单有实行武装推倒段政府,打死朱深[2],解散关税会议,惩办卖国贼,建设革命政府。《中美晚报》出版时,会尚未散,警监朱博渊深遁入交民巷,合肥以卫兴武[3]代之。郭松林已将榆关占领,而张雨亭尚有负隅之意。

---

① 郭松林,即郭松龄(1883—1925),字茂宸,辽宁沈阳人。奉系将领。1925年11月,通电脱离张作霖,改称东北国民军,自任总司令,劝张作霖下野,声讨杨宇霆,率兵出关,遂被奉军俘获,在解往沈阳的途中被枪杀。

② 朱深(1879—1943),字博渊,直隶霸县(今河北霸州)人。民国成立后,历任大理院总检察长、内阁司法部总长、京师警察总监等。

③ 卫兴武(生卒年不详),字彦平、燕平,安徽合肥人。皖系将领。1925年8月,晋升为陆军中将加上将衔。

众异辞职,代者为许世英①。朝局又将大变矣。

　　二十九日　晴。上午整理写经室。午后新任馆长梁任公、副馆长李四光②偕图书馆筹备委员会诸委员均到,向各课周视一周而去。今日三嫂生辰,上午余至老君堂拜贺,即在彼处午膳。晚三哥招饮春申楼,同席仅少侯、振先表甥、三哥及余耳。顺道在佩文斋为陈生购《史通通释》一部,余亦自购一部。

　　三十日　晴。报载昨日国民大会散后,游行示威,焚晨报馆。前日已毁章士钊、李思浩、梁鸿志等住宅,昨复有此种举动,殊轶出常轨,似非北京之好现象。午后绍兴徐益甫思谦来,为申甫代表,促补抄《四库》事,住进化书局,电话南二六三七。

民国十四年(1925)十二月

　　一日　晨至女校授课,本二《韩非·五蠹》讲毕,本一续授《非十二子》(荀子③)。午后李四光副馆长来。晚与稻孙谈改革事。

　　二日　晴。晨至燕大,本二续授《案唐》,本一授《六家要指》。归至明大取大氅,在五芳斋午餐,遇仁初,同至森隆啜茗,闻镜芙有断弦之戚。晤芝云。归与雨苍长谈。雨苍新来馆,任写经室事,昨始到差。

　　三日　晴。晨至女校,本二授任公所著《儒学统一时代》,本一续

　　①　许世英(1873—1964),字静仁,号俊人,安徽至德(今东至)人。1922年11月29日至1923年1月4日,任司法部总长。1924年11月,任善后会议筹备处长及秘书长。1925年12月26日至1926年2月15日,任国务总理兼财政部总长。

　　②　李四光(1889—1971),原名李仲揆,湖北黄冈人。科学家、社会活动家。1925年11月,应中华教育文化基金董事会执行委员会聘请,任京师图书馆副馆长。日记中又称副馆长、李馆长等。

　　③　荀子,荀况(约公元前313年—公元前238年),字卿,战国末期赵国人。著名思想家、文学家、政治家。

授《荀子·非十二子》，今日毕。归遇颂生于途，知森玉已归，在馆相俟。急返馆晤之，始知昨日始自津门归，略谈馆中事，匆匆别去。

四日　晴。晨至燕大授课，归与雨苍谈。

五日　晴。晨至女校，本二授《史通·疑古》，本一授"垓下之役"。归闻森玉来，以委员会有解散图书馆策略，拟赴清华向任公力争。傍晚返西城，访四哥等长谈。十时许至森玉处，访问谈判结果，始知任公定馆章，设会计、庶务、文牍三主任，直隶馆长下，旧同事无一可保全者。馆长、副馆长薪月千一百元。森玉大愤，有辞执行委员，退就京师图书馆主任，据理力争，宁为玉碎，不作瓦全之意。属返征同人意见。

六日　晴。晨起返馆，携六弟所赠奶粉归。遍谒同僚，以森玉意告之，均愿一致为森玉后盾。午后代剑堂收发书籍。李四光来清丈各室厨匦，与颂生言，倘馆中需钱，可向委员会支领，盖刺探同人意旨坚定与否耳。初无善意也。即作函报告森玉取进止，交星槎面呈。

七日　晴。未他出。午后波止父子来斋中长谈，述近事，颇多感喟。

八日　晴。晨至女校授课。室中煤气太甚，晚购香熏之。

九日　晴。晨至燕大，本二《案唐》授毕，本一续授《六家要指》。十二时二刻出校访威廉，晤其夫人。威廉留余午膳，膳后长谈。威廉抱壮志，拟集文士振兴燕大国文，属予物色人材，返馆已三时后矣。闻颂生言，森玉晨间曾来，在目录课开会，商量委员会所发之一千余元应否收受。

十日　晴。晨至女校，课罢访如宾，不晤。遂至老华胜，购绒线鞋一双。返馆，闻馆中饿莩已将委员会款瓜分，强余收受，余竟亦成饿莩矣。饮鸩止渴，且有是非。即作一函告森玉，交邮局寄去。自作孽之人，固不可活也。晚李伧又来聒噪。

十一日　晴。晨至燕大，闻全君言，有焚毁晨报馆诸暴徒扬言将焚燕大，期二十四日举事，并毁女校。事绝诡奇，茫茫古帝都，岂今后将入于恐怖之境界乎！本二授《史通·自叙》，本一授《李耳列传》。

十二日　晴。晨，森玉来，言委员长范静生[1]、次长陈任中、副馆长李四光将于午后来馆，宣布改组方法。至女校授课毕，即返馆，与同人议应付方针。二时开会。范静生备陈教育文化基金董事会与教部订立契约，合办图书馆之经过。次又报告举定委员由委员会票选，梁、李二馆长力图刷新馆中经费，并未明定数目，唯馆长薪俸，则以对外表示隆崇之意，已定千一百金正六百、副五百，馆员应用有图书馆学识之人，旧馆员茹苦多年，亦思借重，唯以经费需用以购书，薪水一项不能过丰。口吻间颇多轻眇之语，且谓馆长为便利进行起见，对于各人职务上当有重新改编之事。次由李四光发表图书馆应行振刷意见，而若何改组则不题一字。余等本思作答，而范、陈已起立行矣，不得已，公推照亭向李副馆长诘问，照亭不善措词，语多紊乱，加以谭志闲、吴寅斋别有肺腑，相继发言，遂致一无结果而散。胸中作恶。晚伯良等来长谈。伯良沉醉，语无伦次，中夜始去。

十三日　晴。与雨苍校《大般若波罗蜜多心经》。傍晚返西城。今日东森妹倩[生日]，至钰妹处道贺，妹设面款客。闻东森旧历八月中有信来后，至今消息杳然，而钰妹笃于伉俪，尚能如此，实堪钦敬。稍坐，即返六弟处。夜宿西城。

十四日　晴。晨访森玉长谈。森玉对于馆中人罔知大体，颇致不悦，言委员会拟令余领一股长，余以材力不胜固辞，托森玉代达歉忱。旋至四哥处晨餐，以钰妹生辰将届，以五元托四嫂代办汤饼，为之称庆。遂访勋吾于白庙胡同大同公寓，稍坐，至玉壶春午膳。出前

---

①　范静生，范源廉（1876—1927），字静生，湖南湘阴人。1920 年 8 月至 1921 年 5 月，任教育部总长。1924 年 9 月，任新成立的中华教育文化基金董事会董事、临时会长。1925 年 6 月，在中华教育文化基金董事会第一次年会上，当选为干事长。1925 年 11 月任国立京师图书馆委员会委员、代馆长。1925 年 12 月，任中华图书馆委员会委员长。日记中又称教育总长。

门至门框胡同华昌公司,以银币三元三角购黑羊毛皮帽一只。入城访三哥长谈。返馆已五时许矣。

十五日 晴。晨至女校。费课长以小峰辞职,嘱余代觅替人。归与雨苍商量,雨苍力辞。

十六日 晴。晨至燕大授课。下课后,访威廉长谈,返馆已二时许。

十七日 晴。晨至女校。森玉来长谈。

十八日 晴。晨至燕大。下课返西城,祝钰妹生辰。妹治肴相款,返馆几十时矣。饱啖之后又中寒气,夜睡刺促不宁。

十九日 晴。晨至女校归,遍体作酸,懒进饮食,颇有病意。八时即就寝。

二十日 晴,而寒威殊甚。八时后始起,疾似稍可。雨苍来长谈。午后返西城。

二十一日 晴。未返馆。午后延绍裘诊视,断为气化不及。因余向有湿痰,肝胃又不甚调和,食入作噎,且易饱脘,黎明时常觉腹胀,皆气化不及之象。拟方从肝胃主治,药用于术、新会皮、佛手干、乌梅炭、法半夏、竹茹、茯苓、白芍炭、左金丸、代代花、淮山药等,并允为余定膏子药方,约日去取。至可感也。晚闻桂珍甥女谈南苑医治南苑伤兵事。

二十二日 晴。旧历馆中停止阅览。晨起返馆,饮牛乳一杯,即赴女校。闻孟君言,国军有不利消息。午后伯良馈余馄饨。晚作一函致稻孙,以馆中文书室所用纸件样式附去,托任父携交。

二十三日 晴。晨至燕大,本一始授《韩非子·显学篇》。晚赴女校参与圣诞会,返馆已九时后矣。

二十四日 晴。午后返西城。以明日为云南起义纪念日,馆中循例休息也。

二十五日 晴。晚在四哥处晚膳。今夕六弟为弟妇设宴,庆祝圣诞且宴教范。乌琳①琴师至，则新剧家朱旭东②之子小隐也，识余颜殊忸怩。晚与长涛等长谈。

二十六日　晴。晨访森玉，定馆中值宿名单。森玉留余晨餐，餐后返馆。校《紫山大全》四册。

二十七日　阴，夜晴。校《紫山大全》四册。

二十八日　晴。作一函致申甫，以《紫山大全》寄之，并寄各处贺年柬。

二十九日　晴。晨至女校，课后至市场购烟草，即在市场午膳。返馆雨苍已在相俟，长谈。渠已由稻孙调任文书事。晚丽棠来。

三十日　晴。晨至燕大，午后返西城。汇款五十元予素文。

三十一日　晴。晨至女校，课罢仍返西城。晚与诸戚友赠彩为戏。隽人得一猫头，为江、吴二人捉其臂，强使戴之，作猫鸣，一堂轰笑，亦强事追欢之一事也。夜间冻云低压，寒意中人，有雪意。

民国十五年（1926）一月

一日　晨起，天日晴朗。徐又铮昨日为人狙击而死。此君固段氏忠臣，如此收场，实于意计之外。近来，有名人物死者络绎，姜登选③死于滦州，郭松林死于沈阳，均在意料中。林长民④、饶

---

①　乌琳，朱小隐艺名，朱旭东之子。教授孩童琴艺。

②　朱旭东，新剧家，1912 年 6 月与李君磐在上海创办开明新剧社。日记中又称旭东。

③　姜登选（1880—1925），字超六，直隶南宫县（今河北南宫）人。奉系将领。1924 年第二次直奉战争时，任镇威军第一军军长，与郭松龄对立。1925 年 11 月，郭松龄在滦州发出反奉通电，姜登选正好乘坐归奉专车到达滦州车站，被郭松龄扣押枪杀。

④　林长民（1876—1925），字宗孟，福建福州人。曾任袁世凯北京政府国务院参事，段祺瑞内阁司法部总长。1925 年 11 月，参与反奉时兵败身亡。

汉祥①以从郭而死,亦属情理。又铮不死于直皖战后,而死于此时,难乎其为段氏矣。午后小禅来长谈。

二日　晴。晨起返馆,即至女校,分配试题与诸生。仍返馆,饭后返西城。今日在女校见费教务长,推荐小禅为预科及幼稚师范国文讲师,费教务长所托也。

三日　晴。晨起至大同公寓访小禅,即返馆。今日轮应余值日也。雨苍来长谈,午后始去。

四日　阴。午后访三哥,晤三哥嫂及少侯。三嫂以骥制半夏面见赠。三哥有事赴前门,余及少侯又长谈一小时。少侯拉余返寓,晤少桐、绍裘、灵伯。少侯留余吃片儿汤,傍晚始返馆。得师子函,赠余《探梅图》一帧,并询起居。即作一函复之,并和其题画句三叠谢之:

> 京华尘海暂沉浮,古馆萧条景色幽。
> 鼙鼓惊心烽火赤,仲宣多病怕登楼。
>
> 沧涟北海水天浮,琼岛春阴万象幽。
> 莫作凄凉亡国痛,卜居许傍庆霄楼。
>
> 孤山原是小罗浮,猿鹤相迟洞壑幽。
> 多谢王郎招隐意,垂天风雪写俞楼。

五日　晴。晨至女校,石君传费课长意,询劻吾姓氏、地址,即书以与之。返馆后,绍彭、雨苍、绳甫等陆续来。今日教育部部员开索薪大会,议决将本馆善本、《四库》一律移入教部,由索薪会中人共同

---

① 饶汉祥(1883—1927),字瑟僧,湖北广济人。1922年6月,黎元洪任大总统,饶任总统府秘书长兼侨务局长总裁。1925年11月,郭松龄反戈讨伐张作霖,饶为代拟讨张通电。郭军溃败,饶得以逃脱。

保管。图书馆委员馆如需迁入北海,需先行纳款取赎。上灯后,执行委员罗普、崇岱、谭孔新、庄恩祥、俞蔚芬、孙家骧、叶润猷、谢冰、陈荣镜、王守兑、茅介寿等十一人来,出会中公函,索取书籍,势颇恫恫。因招森玉来,再四开导,仅取去《善本目录》二册,《四库简明目录》十二册。险矣!

六日　晴。晨至燕大温课,课罢访煨莲长谈。返馆后神气沮丧。绳甫又来邀余强代,余以疾辞。四哥自西城来问疾。中年手足关心若此,可感也。绳甫竟不告出走,不得已扶病至收发处代之。

七日　晴。晨至女校,课后至市场午餐而返。返馆始知绳甫竟未来,任父以此与颂生小有冲突。余往,任父又力阻余代。点《韩非子》三卷。

八日　晴。晨至燕大。返,点《韩非子》二卷。

九日　晴。晨至女校。晚赴煨莲处晚餐,晤福州魏君,英华之教务主任也。奉校命考察日韩教育,道出北京。煨莲为之洗尘,邀余等作陪。同席有雷川、在新[1]、荣芳[2]、全君等。菜系粤人所治,颇有鲜美者。返馆已十时许矣。

十日　晴。上午子泉自清华来,小禅、雨苍亦来,同至五芳斋午餐,谈甚酣畅。餐后子泉以急于西行,先行。遂偕小禅、雨苍啜茗森隆。六时赴大陆饭店,公宴实甫,洗尘且为补庆生辰也。同席除杨及隽人外,均属家人。席罢返西城。

---

[1]　在新,陈在新,燕京大学数学系创始人,教授。早年毕业于北京汇文大学,后赴美国深造,获得哥伦比亚大学数学硕士学位和哈佛大学博士学位。回国后,任教于汇文大学,1919年,因学校并入燕京大学,转任燕京大学男校文理科副科长兼天算系(后改名数学系)主任。日记中又称陈在新。

[2]　荣芳,李荣芳(1887—1965),河北省滦县人。曾留学美国,获得芝加哥大学哲学博士学位。回国后,任汇文大学教授,后转任燕京大学宗教学院教授。

十一日　晴。上午访四哥长谈。午后至山本医院[①]就诊。据山本医生云,心脏、肝脏均有疾。

十二日　晴。晨起返馆。午后赴燕大考试,本科二年级国故,上灯后始返馆。

十三日　晴。晨至女校,考试本二国故。在市场午餐。午后考试本一国故,又代平伯考试本二文学史。事毕访平伯,以试卷授之,晤三哥及琳侄。三哥以半夏面一匣见赠。遂至灶温晚膳。

十四日　晴。阅三级试卷,未他出。函复申甫、千里。

十五日　阴,未他出。

十六日　晴。晨至燕大,考试本一国故。

十七日　晴。女校庶务石君约余赴校午膳,有所商榷。十一时往,坐定而勖吾适来,不及谈。膳后访三哥,取少侯为雨苍姊济扶所作《采芝图》诗,遂至雨苍处交卷。雨苍留余长谈,三时许返西城。在六弟处晤四哥,商量送三哥夫妇珠婚贺礼。夜宿西城。

十八日　晴。晨餐后访四哥长谈,即至山本医院诊疾、取药。出遇俊人于途,遂返馆。阅女校本一国文试卷十五份。

十九日　晴。晨至女校。今日为春季始业第一天,两级皆改谈话会,宣布本学期授课方针。晤勖吾。

二十日　晴。晨至女校,以本二国文试卷交庶务代缴课长处存查。遂乘人力车至男校,亦以今日为春季始业第一天,改为谈话。返馆已二时矣。晚偕迈尘至隆福寺街购酱菜。

二十一日　晴。晨至女校,本二续授"汉初儒教之统一",本一授《六家之要指》。午后雨苍来长谈。三哥夫妇今年十一月初八日为结婚三十年纪念,是日举行庆祝珠婚典礼,余未之知。以今日为旧历十

---

① 山本医院,1912年由日本人山本忠孝(1876—1952)在北京开设的医院。院址先是在北京东城八宝胡同,1920年迁至旧刑部街,西城复城门内大街路北。

二月初八,即珠婚弥月之期,又为平伯生日,故购银爵一,亲往晋爵。三哥先出,晤三嫂、王、许二家表嫂、三侄女、平伯、昂若等,吃腊八粥而归。

二十二日　晴。晨至燕大,本二授韩愈①《进学解》,本一续授《显学篇》。

二十三日　晴。晨至女校,本一授韩愈《画记》,本二授《谏迎佛骨表》,皆《昌黎集》中文字。傍晚返西城。

二十四日　晴。晨至山本医院验胃液,痛苦万状而绝无所得。约次日再用 X 光线照视。遂留西城,未返馆。

二十五日　晴。饭后至山本医院,用 X 光照视,即返馆。为陈在新君调查本馆所藏算学书籍,即作一函致之。

二十六日　晴。晨至女校,柯女士来邀,询分数。课罢代石君点《墨子》三篇。

二十七日　晴。晨至燕大,课毕,以煨莲将南下,访之长谈。午后益甫、崇厚来,为抄文渊阁书事。

二十八日　晴。晨至女校。归,益甫来。

二十九日　晨至燕大,本一开始授《孔子世家》。归,森玉来长谈。

三十日　晴。晨至女校。傍晚赴金鱼胡同福寿堂燕大浙江同乡会之招,教员与会为刘廷芳②、李荣芳、吴雷川、沈士远、君默、兼士等,言笑宴宴,颇有乐趣。

三十一日　阴。午后访雨苍长谈。同往东四南北京公寓访勋吾。赴市场购糖果,遂返西城。

---

① 韩愈(768—824),字退之,河南河阳(今孟州)人,自称祖籍昌黎郡。唐代文学家、思想家、教育家。日记中又称昌黎。

② 刘廷芳(1890—1947),浙江温州人。曾留学美国,1920 年回国后,任燕京大学神学院院长、宗教系主任、教授、燕京大学校长助理等。

民国十五年(1926)二月

一日　阴。在西城,未返馆。午后实孚来长谈。

二日　晴。晨起返馆,洗面后赴女校,授《老子韩非列传》本一。晚至隆福寺购菜。

三日　晴。晨至燕大,课罢至市场午膳。晚丽棠来。

四日　晴。晨至女校。今日本一女生到堂绝迟,加以训辞,尚能听从。胃疾大作,竟夕呕吐,未能安眠。

五日　晴。四时即起,静坐片刻,呕吐稍已。晨至燕大,课罢至市场饮椰浆二杯、饼六块。乘车访绍裘,乞其诊视。据云肝胃不和,上焦痰浊弥漫,阻抑气分,今复加新寒,所以食时易呕吐。宜用温中方法。诊毕,与少桐长谈。少桐力劝余服宋制半夏,又以“化州橘红”见赠。归作二函,一致申甫,一致左文。今日祀灶,爆竹绝多。

六日　阴。晨至女校。课罢撮药,因至北京公寓访勖吾,稍坐,取药归,煎服之。药香一室,服之颇适。

七日　阴。十二时至雨苍处,勖吾亦在。雨苍留余等午膳,吃冷羊肉,颇鲜美可口。即赴市场购物,晤敦敏。遂返西城,与弟妇及吴长涛等夜谈。四哥嫂亦来,颇畅。服绍裘药。

八日　阴。晨访森玉,不值。午后访绍裘兼晤少桐,谢其馈药,仍返西城服药。

九日　黎明即起,走访森玉长谈。晓雾甚重,沾衣欲湿。至东四牌楼雾始散,仍阴。得介卿快邮,言馆中帐目事,即以电话告子佩速速来。子佩辞以有事,期次日相见。

十日　晴。子佩来,以介卿书予之,属其即复。晚浴于中华园。夜服绍裘药。

十一日　晴。点校《管子》两册。

十二日　晴。今日为乙丑年除日。入世已五十一年矣,潦倒似昨,而精神敝疲,恐亦不久也。闻爆竹声,为之黯然。午后四时,领得馆薪九成。至四牌楼购水果,亲赴三哥处辞岁,在神影前叩首。出赴市场购糖果,遂返西城,至四哥处辞岁,折往六弟处拜神影。

十三日　晴。丙寅年元旦也。晨起在神影前叩首,偕隽人至四哥、钰妹、杨宅贺年。遂偕四哥、六弟乘汽车出贺新岁。实甫、定九、少桐、绍裘均未晤。少侯、三哥、少麟均见之。衡山处则投刺而已。少麟夫人及其长公子,去年自沪附轮北来,在海中遇盗,七日始脱,谈之尚凛凛也。

十四日　阴,午后晴。在西城,未他出。午后三哥嫂偕平伯来拜神影。

十五日　晴。十时许,偕六弟夫妇、杨姨、长涛、仲瑚、三侄女游北海,在慧日亭外野餐。余以呕吐不已,先归,服姜片红枣汤始定。仍宿西城。

十六日　晴。晨起返馆。午后访雨苍、劼吾长谈。购药归煮之。

十七日　晨间梦醒,觉风来甚尖峭,仰视窗外,则雪压檐际,有二三寸许。今日第一天开馆,恰值雨雪,阅览之人寥寥无几。午后至脉望处贺年。

十八日　晴。

十九日　晴。森玉来。

二十日　晴。闻迈尘言,伯良纵酒不已,病矣。此子近颇消极,终日沉醉酒国愁城,均非乐土,其沉湎不返,何耶? 今日同僚黄君招饮,未赴。

二十一日　晴。子泉来贺岁,小禅、雨苍亦先后来长谈。小禅邀往五芳斋午膳,竟席作吐,无所进。膳后至森隆茗谈,颇畅。小禅等走后,余一人至荣华斋,进椰茶二杯、西点四件,遂返西城。

二十二日　晴。四哥为余招绍裘来诊脉。渠主张仍从事暖胃健中。以余依三哥说,请服肉桂,渠不以为然,勉用炮姜、附片各五分。

二十三日　晴。晨起返馆,盥洗后至女校,本一续授《老子列传》,本二授"老学时代"。购药归,煎服之。三哥以枣来问疾,并馈余豆沙包子二十枚，即函谢。夜食馒头三枚，大吐。

二十四日　晴。晨至燕大，本二授"理学学统"，本一讲孔子。访威廉长谈。

二十五日　晴。晨至女校。午后雨苍来长谈。金叔彭来为余诊疾，据云肝肺皆有疾，不能专用热剂，因胃中发热，故食不能入，若再加以热剂，则将成嗽。其言似有因。

二十六日　晴。晨至燕大，闻司徒校长病颇重，亦以校事不顺手所致耳。

二十七日　晴。旧历元宵，休息一天。女校亦放假。午后至实甫处，商量次日珠儿遣嫁事。雨人已来京，寓掌衡家，闻掌衡言。钰妹亦来，实甫留晚膳，膳罢始归。

二十八日　晴。晨至四哥处，为实甫敦促四嫂、钰妹同赴其家。十二时偕四哥、六弟至聚贤堂，实甫等已先在。道贺后留余午饮，辞之。出至和兰饮蔻蔻贰盂、西点四块，重赴聚贤堂。二时许行礼，主婚实甫，证婚六弟，介绍掌衡及余，鸣赞敦敏。礼毕，又至实甫私宅道喜。少顷，新郎新人回门，玳梁即在实甫家，客亦陆续来。十时许偕弟妇及诸侄女乘汽车归。

民国十五年(1926)三月

一日　晴。晨访镜芙于延寿寺街吴县会馆，至则正在作早课，佛号之声至形哀厉。镜芙有宿慧而命多舛忤，事事拂逆，近又丧偶，遁于禅，唯以环境相束，尚未祝发。课罢长谈。遂至琉璃厂为宜侄购碑拓三种。从南新华街北新辟城门入城，访雨人、实甫，在实甫处午膳。步至后细瓦厂，请绍裘为余复诊，晤少桐。诊罢返西城，以碑拓交宜侄，又至四嫂处略坐，即行返馆。

二日　晴。晨至女校。归任收发书籍。晚评阅本一课作，以梁佩贞卷为最佳。

三日　晴。晨至燕大，本二授《原道》，本一授《孝经》。

　　四日　晴。晨至女校。今日得国立京师图书馆函,该馆暂行停止进行,此亦在意计中者。

　　五日　晴。晨至燕大,遂至市场购书四种。得素文函,询病状,即复之。晚雨苍以电话来问馆中事。

　　六日　晴。晨至女校,本一、本二均以昌黎《原道》授之。

　　七日　晴。星期也。上午未他出。午后访三哥长谈。以余久病,兄嫂力劝余迎眷,意颇殷拳,至可感也。遂至市场,饮椰茶二杯,购花生糖三磅。访实甫,不晤,留糖一磅予燕官。返西城,开明社社长朱旭东假六弟处开音乐会,余至已将藏事矣。于会场上晤旧生陈淑,其外子丁君亦在座,略谈即散会。会罢与旭东长谈。

　　八日　晴。上午访沈博士谦①求诊。博士为衡山太史之子,遂先访衡山,实甫已先在。据博士言,余胃中酸汁太多,力劝余洗涤,嗣见余有难色,因主先用药之说。未返馆。夜雨。

　　九日　晴,大风。晨至女校上课后,始返馆。晚雨苍来,赠余朱墨一丸。

　　十日　晴,有风。晨至燕大,晤长涛、士远、雷川等,均以余病为询,致足感也。作一函向沈博士索药。

　　十一日　晴。本二"老学时代"讲毕。本一授《显学篇》。

　　十二日　晴。今日孙文周年纪念,在太和殿开会,校中停课,未赴燕大。午后森玉、叔平来摄取敦煌写经中旋风叶书,即俗称手折式。此项物品为卷子本化为折叠本之基础。

　　十三日　晴。晨至女校。

――――――――――

　　①　沈博士谦,沈谦(1895―1977),号汝兼,祖籍浙江嘉兴,出生于苏州。沈钧儒长子。10岁随父亲赴日本学习一年,回国后入上海南洋中学、上海同济医工大学学习。1920年11月赴德国留学,就读于法莱堡大学医学院,获得医学博士学位后,1925年初回国,6月在北京开业行医。日记中又称沈谦、沈医士、汝兼、小营等。

十四日　晴。雨苍、翰章、星槎等来,以新受北海北京图书馆命来取进止。余均以士各有志,进退一视各人意旨为断,非他人所得干预为答。燕大学生陈维伦来长谈。傍晚偕雨苍游国学,遂返西城。

十五日　晴。晨访沈谦医士,实甫亦来,晤衡山。至老天利,为桂珍制涂磁额一,以将悬壶也。以腹饥,在荣华斋进茶点,遂返馆。午后访实甫,值它出,稍坐,实甫归,仍同至六弟处,未返馆。晨间曾访森玉长谈,报告北海事。

十六日　晴。晨起返馆,即至女校。午后徐益甫来。

十七日　晴。晨至燕大,本二《原道篇》授毕。课毕,访沈医士乞诊,晤衡山及童君杭时。返馆晤森玉于二条胡同外。晚得东森电话,知以昨日来都门。得兼士函,约星期日上午摄影。盖以文澜补抄《四库》,至近日始大成也。今日午后加地来辞行,将东返扶桑。

十八日　晴。连日报载:国民军在大沽口筑炮垒,以防奉舰攻袭。前数日以误会故以炮击日舰,双方死伤不及二十人。日使单独提出抗议外,且纠合公使团,下最后之警告,谓于十八日正午,中央政府不予保障,各国即承认中央无约束军阀能力,将自动的排去阻碍交通之障碍物。共产党得此机缘,于日昨煽诱学生同赴国务院请愿,结果与卫队冲突,数人负伤。晨至女校,第一时授一年级课时,学生即详询中外所订《辛丑条约》及大沽口冲突实况,余详告之。第二时以学生开临时会,未上课。见渠等结队出校,始知今日天安门尚有国民大会。即返馆。午后二时许,闻南方起枪声,声若贯珠,为之憪然。讯路人言,国务院中正在围杀请愿学生。以电话询男女两校,皆不能通。傍晚步行访三哥嫂,至十二条胡同西口,交通已断,入胡同拟走北小街,至六条胡同东口,又为军队所阻。复西行,自小巷辗转出朝阳门大街,至三哥处已上灯矣。稍谈,始乘车返馆。

十九日　雪。昨夕辗转不能成寐,清晨始入睡乡,醒已八时半矣。剑堂言,昨日之事,完全为张之江有整顿学风电而起,而徐季龙①暴烈份子又有利用学生之意,始激成此变。至燕大,则因昨日停课,男生伤七人,女生死一人、伤一人。女生尸已领回,停放礼堂中。因购鲜花一束,至女校吊已死女生魏士毅②。魏生在二年级读书,人极温淑,无疾言遽色,遭此摧折,至堪惋惜。为张光录撰挽联二,挽之。瞑目深思,似尚可双鬟来案前问字也。所受之伤自左乳入,自右脊出,大概所中系心房,谅亦无多痛苦。尸身系昨夜由费科长亲往领回。受伤者系杭县魏拯之女士,左腿或将废矣。闻孟、石二君言,将以午后四时开会追悼,因留女校。胸中作恶,所食皆吐,成礼而返。竟日雪,涸阴冱寒,似助人悲痛也者。夜见星月。

　　二十日　晴。女校因魏女士出殡,仍停课。报载政府下令通缉提倡过激主义学说之徐谦、李煜瀛、顾兆熊③、易培基④、李大

---

① 徐季龙,徐谦(1871—1940),字季龙,安徽歙县人。1919 年五四运动时,曾任天津《益世报》主笔,评论时政,支持学生运动。1922 年 9 月至 11 月,任司法部总长。1925 年任国民党北京分部主任,后任国民党北京执行部主任。1926 年 3 月 18 日,主持北京各界在天安门的国民大会,反对日舰进攻大沽口,驳斥帝国主义的八国通牒,因此受到通缉。日记中又称徐谦。

② 魏士毅(1904—1926),原名魏士娟,出生于天津。1919 年小学毕业后,以优异的成绩考入天津私立严氏女子中学。读书期间,她不仅学习勤奋刻苦,而且关心国家前途,积极参加抗议帝国主义侵犯中国主权独立和领土完整的集会、游行、演讲等活动。1923 年,考入燕京大学女校预科,1924 年升入燕大女校理科数学系。1926 年 3 月 18 日,在反抗帝国主义和北洋军阀的斗争中,英勇牺牲,时年 22 周岁。日记中又称魏生、魏女士。

③ 顾兆熊(1888—1972),字孟余,原籍浙江上虞,出生于河北宛平(今北京)。政治家、教育家。1917 年任北京大学文科德文门主任、教授。1925 年 12 月,任广东大学校长。

④ 易培基(1880—1937),字寅村,湖南省善化(今长沙)人。1919 年任湖南省立第一师范学校校长。1925 年 12 月 31 日,任教育部总长,未就任;1926年 3 月 4 日免职。

钊①等，而以暴徒目群众，殊堪痛恨。午后以实甫及雨人夫妇将南行，至西城根送之。同至车站，车行后始归。在车站晤衡山，同至其寓，乞药。

二十一日　晴。午后访雨苍长谈，晤劢吾。即返西城。夜至森玉处长谈。

二十二日　晴。午后访沈医士，欲请其洗胃，未果，乞药而归。

二十三日　晴。晨起至女校，未上课。晤雨农，即返馆。今日来一冒君，专任收发书籍事。森玉来命拟一通告，重宣夜间门禁。函复王一堂，为馆中谢赠书。复师梅一函，谢馈药。

二十四日　晴。晨至燕大，未上课。为中央大学雷殷②校［长］提议，于公园中公葬殉难诸烈士事，为司徒校长拟一复函，告以当以此函转告魏士毅女士家属，取其同意，再行奉复。至于此案倘能成立，当然赞同。即魏女士遗骸未能加入，凡有公葬公祭典礼，本校得有通知，决当敬谨参预，以慰殉难诸烈士英魂。

二十五日　晴。晨至女校，未上课。遂至市场，购得楷而士·贾维思小说十二种，并洋点二十。返馆得燕大电话，约余往开华籍职教员联合会。一时许往赴，到者有威廉、雷川、荣芳、在新、兼士、思远等十余人，商量关于惨案发表宣言事，并发起"三一八"教职员善后委员会，即以到会之人作为发起人，宣言即公推雷川等三人起草。作一函致汝兼博士，乞药。晚得燕大电话，定明日午后开紧急会议，商量重要校务。雨苍来长谈。

① 李大钊（1889—1927），原名耆年，字寿昌，后改名大钊，字守常，河北乐亭人。早期马克思主义者，中国共产党创始人之一。1918年1月任北京大学图书馆主任，并参加《新青年》的编辑工作。1919年，领导并参加了五四运动。

② 雷殷（1886—1972），原名雷凯泽，字渭南，广西邕宁县（今南宁）人。1922年任北京私立民国大学教务长，1924年至1927年，任民国大学校长。俞泽箴日记中写成了"中央大学"。

二十六日 晴。上午森玉来。正午至协和医院,拟请其再以爱克司光照胃,晤王雪赓医士。据云需住院一日方可照,遂出院至市场午膳。膳后赴燕大职教联合会,商量补课事。返馆已五时矣。

二十七日 晴。晨至女校,两级皆改谈话,征集各生对于魏士毅之文字。午后赴燕大"三一八"中国教职员联合会,到会者约二十人,通过善后委员会简章及宣言,公推刘廷芳、洪威廉、吴雷川、陈在新及王素意女士五人为委员。

二十八日 晴。上午仲威、勗吾、雨苍来长谈,即留其午膳,膳后又长谈。三时许至市场,为贞侄购物,以前数日为其十五岁生日也,并购糖果,返西城。晤东森。子玑夫人自清河镇避难来京。

二十九日 晴。晚西城戚友联合为东森接风。东森仍潦倒,无振作气,颇为钰妹疚心。夜北城闻东南有枪炮声。

三十日 晴。晨起返馆,盥洗、早膳后,赴女校照常授课。返,读《春明外史》第一集十三回,《广陵潮》第九、十集二十回。

三十一日 晴。晨起赴燕大。返馆后,读《九尾龟》第十三集至第十六集。

民国十五年(1926)四月

一日 晴。晨起赴女校。以六十元汇苏,托女校工人携交兴业。归,读《九尾龟》第十七集至二十集。

二日 晴。上午闻西方有巨声似炮者二。午后至协和医院,访王雪赓医士,由王医士介绍,住院中二等病房。当夜诊查数次。主任医士美国人韦尔诺 Willner,助手一刘姓、一李庭庵,庭庵粤人,意极恳切。晚王医士来夜谈。

三日 晴。上午以 X 光照胃部。午后四哥、六弟、东森、桂珍均来院看视,始知昨日巨响,系奉军飞机掷下炸弹,均在西直门外。意在炸毁国军粮台。今日又掷下十余枚,炸裂地:(一)光明殿内;(二)大红罗厂;(三)北海;(四)宝庆会馆;(五)草厂九条;

（六）延旺庙街；（七）惠生工厂；（八）旃檀寺后；（九）景山附近。
仍住院中。

　　四日　晴。今日飞机第三次炸击北京城，炸裂地：（一）鞭子巷
内；（二）安福胡同；（三）文渊阁外；（四）北池子南；（五）石头胡同；
（六）延庆楼外。且闻东四十条亦有炸弹落下。李庭庵言，余胃管
上，似生有毒瘤一枚，颇危险，且言明日当再行试验。

　　五日　晴。上午飞机复来，在城南掷炸弹，毁住房绝多：（一）南
横街东口；（二）香厂大森里；（三）铺陈市后；（四）估衣街后；
（五）鞭子巷三条；（六）香厂大安里。六弟、桂珍均来看视。午后偕
桂珍出院。

　　六日　晴。晨至女校上课。今日馆中补放植树节假一天。乘车
访三哥，值三哥赴史馆，三嫂亦将出门，邀余小坐，待三哥归。遇许二
表姊及三侄女。少顷，三哥亦归，询病院中经过情形，为余煮面，食
之，薄暮返馆。

　　七日　晴。晨至燕大，晤威廉，谢其介绍协和医院证查，照燕大
职教员优待例减费事，并托其函协和，索诊断书。威廉许诺，并嘱校
医为余证查，余以需上课，约星期五前往。

　　八日　大风。晨至女校。午后四哥来馆省视。劻吾赠余铜印
一方。

　　九日　晴。晨森玉来，言西山一带受二三军骚扰，几鸡犬不留，
民生涂炭。至燕大，本二续讲理学之名词，本一授《大学》。未上课
前，全希贤君导余访校医。午后雨苍来，赠余云豆糕二十块即去。糕
为御膳房中人所作，颇鲜美可口。傍晚翰章来，雨苍亦来，上灯后
始去。

　　十日　晴。晨起闻仆人言，北新桥交通复断，军士荷枪实弹且携
机关枪，似有所仞。迈尘亦言，昨夜东南来炮声，隆隆达旦。晨餐后
赴女校，在二条胡同雇车至交道口，南行数十步，即有警士阻止，从棉
花胡同西行，走锣鼓巷折而西，循旧皇城遗址而南，入豹房胡同，出油

房胡同至女校。门亦半掩，孟书记在门外，问之，则知灯市口东首亦有军人荷枪、伏地支炮以待，亦不识所以。仅知昨夜三时警士来校，嘱灭校门外电灯而已。闻三时许已戒严矣。上午十一时三十分始解严，电车已断，步行至四牌楼，购食品数种。傍晚得叔平电话，言段于昨夜遁交民巷府，卫队已改编。剑堂自国务院回，亦言如此。上灯前得晚报，始知鹿瑞伯已逐段释曹，以电速吴子玉来京定国是。府卫队则由唐之道①往。解除武装，临时主持国政，有请王聘卿②出山之说，前途尚难乐观。

十一日 晴。晨森玉来，竟牺牲以前主张，将国立京师图书馆致送百五十元薪金收回，散给照亭、任父、梦华、伯良、迈尘、尹民各二十一元，丽棠十六元，乃文③八元，亦可怜也。午后至雨苍处，雨苍留吃面。劻吾亦在。访三哥，未值，晤少侯、平伯，遂至市场购物，返西城。六弟妇自黄宅返，言奉军下令，以三日取北京，准许军士大掠三日。商避难方法，收拾衣饰，决托吴长涛携存燕大宿舍中。飞机来，夜炮声甚烈。

十二日 晴。飞机来掷炸弹二十余处，实甫之二姨太太窗前廊下亦坠下一枚，幸未炸裂。偕六弟往道惊，六弟妇、子玑夫人、东森亦继至。始知附近未英胡同中尚坠一枚，炸毁学校中厕所一间及示人周姓大门。衡山夫妇④、蔚文、绍九均来。还家午膳，膳后，复至实甫处，拟一看炸弹之状。三时许得蔚文电话，言今晚国军将退入城内。桂珍挈眷入医院，余亦急行至六弟处，促六弟妇挈三侄女入医院暂

---

① 唐之道(1880—1931)，字润甫，河南南乐人。辛亥名将。

② 王聘卿，王士珍(1861—1930)，字聘卿，直隶正定县(今河北正定)人。清末民初军事将领、政治家。1917 年 5 月，曾任京畿警备总司令。1923 年 1 月，被授予将军府"德威上将军"。1925 年 2 月，任善后会议议员，军事整理委员会委员长。

③ 乃文，茅乃文，字攸也，京师图书馆工作人员。

④ 衡山夫妇，沈钧儒与夫人张象徵(1874—1934)，字孟婵。江苏吴县人。

避。晚至四哥处长谈。

十三日 晴。晨至女校,拯之伤愈,今日已到教室随班上课,为之一慰。正午返馆,值森玉于途,言会计、庶务已辞职,无人接受,言下愤愤。绍彭来为余处方。

十四日 晴。晨至燕大,闻全君言,昨日飞机复来,在东南城外掷炸弹二枚而去。夜炮声复烈。访桂珍等于医院。

十五日 晨阴,似有雨意,入午渐见日光。炮声达午不息。晨至女校,诸生均戚戚无欢容,改谈话慰藉之。午后得三哥电话,谓通州已为联军占领,唐军退大王庄,距京仅十有三里。事急将挈眷赴汇文。余允即往取神影。三时半至三哥处,取神影返。三哥夫妇、珠姨及三侄孙避汇文,平伯夫妇则住东单牌楼二条胡同饭店中。

十六日 雨。晨至燕大,本二授《太极图》,本一授《大学》。昨日国民一军之在京城者,悉数退出京师。治安由王聘卿出维持。公推吴炳湘①为警监,王聘卿、恽宝惠②为京兆尹。唐之道军队入城。苦雨,寒风料峭。段芝泉返吉兆胡同。

十七日 晴。晨至女校,本一授《李陵答苏武书》,本二授《进学解》。今日贾德耀③赴国务院,开国务会议。法长卢信④未列席,财长

---

① 吴炳湘(1874—1930),安徽合肥人。北洋将领。1913年任京师警察厅总监、总统府秘密侦探处主任、京师警察厅厅长兼市政公所会办。1924年底,再次被任命为京师警察厅长,但未到任。

② 恽宝惠(1885—1979),字恭孚,江苏常州人。民国初期,曾任北洋政府国务院秘书长、北京总统府顾问等。

③ 贾德耀(1880—1940),字昆庭,安徽合肥人。1926年2月15日,以陆军部总长代理国务总理,3月4日组成内阁,4月20日辞职。

④ 卢信(1885—1933),字信公,广东顺德人。1926年3月4日至4月17日,任司法部总长。

贺德霖①亦然，外长胡维德②、教长胡仁源③到而未曾出席。四长闻均需更换，以前此有组织摄阁宣言。段既复来，当然予以排斥也。午后有唐军团副来馆看屋，似有鸠占之意。夜东北有巨响三，且发声前有火光，闻今日安定门外小有冲突。

十八日　阴。午膳即吐，胸中作恶，颇不耐。森玉来。午后访雨苍，讽使辞职，雨苍亦首肯，允即致函森玉。返西城，在滨来香饮蔻蔻亦吐，晚膳亦吐。早睡，十时许饮牛乳一杯。

十九日　阴。晨起食面包二片、羊肉汤一小碗。至四哥处，又进鸡子二枚。午饭复吐。访绍裘乞诊，则绍裘亦病矣。少桐留余长谈，劝余茹素食香燥品，药则以半复、橘红二味煎汤服之。晚啜炒米粥一小盂。

二十日　阴，寒。晨起径赴女校，困顿殊甚。午膳进面一碗，晚膳后吐，彻夜不已。段氏去职出都，命胡馨吾摄阁。

二十一日　晴。困甚，命馆人以电话向燕大乞假二小时。日来市上金融大起恐慌，兑铜圆机关悉停止。午后吴长涛、四哥均来问病。四哥七时后始去。

二十二日　阴。未赴女校。上午雨苍来问疾，以梳打饼干一箱、牛肉汁一瓶见赠。六弟来，亦以牛肉汁、烤面包见投。午后四哥复以牛肉汤一瓶来长谈，至五时许始行。开化王君来。今晨森玉来馆，言马冀平④以暴疾捐馆京邸，冀平长禅学，年来奔走社会事业颇著勤

---

①　贺德霖，浙江宁波人。1926 年 3 月 4 日至 4 月 20 日，任财政部总长。

②　胡维德，即胡惟德（1863—1933），字馨吾，浙江吴兴人。1926 年 3 月 25 日至 5 月 13 日，任外交部总长，代理国务总理。日记中又称胡馨吾。

③　胡仁源（1883—1942），字次珊，浙江吴兴人。1926 年 3 月 31 日至 5 月 13 日，任教育部总长。

④　马冀平（1876—1926），字振宽，号寄翁，安徽桐城人。出身于名门望族。近代佛教界知名人士。1925 年任国务院参议，兼中国佛教协会会长、中国红十字会理事长。

劳,不图遽尔长逝,壮志未酬,殊可惋悼。

二十三日　晴。未赴燕大。四哥、菉坡等来问疾,酬应甚苦。

二十四日　晴。力弱,仍未能至女校。廉颇老矣,尚复何言。得上海廖莲芳君函,言《嘉耦怨耦》一书已可脱售,问二百金左右价值若何。即作函复之。午后三哥、隽人、子京络续来。

二十五日　晴。大吐二次,见血。女校孟君、子京、四哥等均来。访绍裘、少桐。绍裘为余处方,少桐则力劝余请假静养。归,函威廉乞退,并复素文。未返西城。上午六弟来。夜吐血块二三。

二十六日　晴。上午携血块访桂珍,遂访绍裘,均言系胃上纤血,血热所致。江仲瑚来,未见。长涛来长谈。傍晚石君携水果见赠。京报社长邵飘萍为奉军枪决。

二十七日　阴。森玉来言,飘萍受祸后,夷初、梦麟[1]等均相率去都。森玉且讽兼士暂避。午后访绍裘,晤四哥于少桐处。绍裘为处方,仍宗前方下药,加戌腹米三钱。菉坡来。

二十八日　晴。今日为旧历三月十七日,三哥五十九岁生辰。午间往祝,晤王、许二家表侄,三嫂留余食面一小碗,即返馆。午后孙蔚材来言,雷川约渠任余未竟之课,故来接洽一切。余以学生程度告之。四哥、雨苍先后来。

二十九日　晴。上午六弟来。午后三哥来,取神像去。蔚材复来。

三十日　晴。午后赴绍裘处乞诊疾,似稍有起色,唯食少、气短促耳。

---

① 梦麟,蒋梦麟(1886—1964),原名梦熊,字兆贤,号孟邻,浙江余姚人。著名教育家。曾任北京大学教授及代理校长。1926 年"三一八"惨案后,被奉系军阀列入黑名单。

民国十五年(1926)五月

一日　薄阴。读贾维思《恨缕情丝》一卷。森玉来。

二日　晴。绍彭、小禅、雨苍等来长谈。午后三时许,始先后散去。未返西城。

三日　晴。四哥来。

四日　阴。上午六弟来,以牛肉汤一瓶见赠。午后访绍裘,请其复诊,晤少桐长谈。归馆始知三哥来访,留示大侄女函,以余病颇为忧虑,即作一函谢三哥,交邮寄去。

五日　薄阴,微有雨意,渐起风,晚晴,寒气侵人。森玉来,以大觉寺僧为军人骚扰,拟出城调解。

六日　阴。女校一年生全体以花见惠,即复函谢之。

七日　晴。午后至继仁堂购药二剂,遂至市场。

八日　晴。森玉来,拟上教部振顿本馆呈文一件。

九日　阴。瀚章来,为余购玫瑰花二百五十朵,每百交钱九吊。子泉来谈清华校长事,至堪浩叹。取瑟之歌,贤者所不忍闻。子泉归志已决。午后返西城,遍谢诸兄弟戚串。

十日　晴。晨访四哥,与四哥嫂、钰妹、东森等长谈。少选,杨姨、六弟夫妇亦来。午后访绍裘乞诊,即返馆。

十一日　晴。得雨农、季明、素文书,即复。昨晚西北又有炮声。据晚报言,系国民军反攻,未知确否。京中舆论界,本属柄政者私有之物,欲如何斯如何,仗马寒蝉,非毛瑟特蜡制刀枪耳,安有真消息予人哉!

十二日　晴。

十三日　晴。森玉来,言颜骏人今日复内阁总理职,摄行大总统职权。王亮俦之教长虽经指定,而亮俦意在司法,颇不欲掌冷部,其余尚有张、孙派数人,亦无就任意,前途暗礁正多。骏人久于宦途,何孟浪若斯,可怪可怪。午后四哥送戌腹米来。

十四日　阴。午后赴灯市口购药。太玄来,属题玉禅老人①《玉泉寻梦图》,为题三绝:

玉泉山色郁葱茏,塔院深沉积翠浓。
犹忆当阳寻梦日,万松丛里独扶筇。

蕉鹿黄粱事有无,寺前旧路未模糊。
茶床药铲分明在,隔世人来径已芜。

星云电露幻非真,莫把浮沤证夙因。
我为先生作转语,画中山水梦中人。

十五日　阴。森玉来,教育部发薪二成二,全馆之人又起大哄,群要多发。《晨报》九日登有"京师图书馆将大兴土木"一段新闻,森玉恐滋误会,嘱余去函更正。午后三哥来长谈。女校二年级生送余月季一株,即复谢。

十六日　晴。森玉来。照亭以任父摄会计颇不满,午后来絮谈,三时许始去。原拟访绍裘乞诊,竟以此耽误。琐事恼人,真无谓也。任父好揽权,易招人言,才具既短,又好弄诡谲,宜有此事发生,将来尚不知如何下台也。骏人登台已经四日,所任命各部总长无一应者,实民国纪元后第一次怪事。

十七日　晴。午后访绍裘乞诊。傍晚翰章来。余以三哥题《青松红杏图》词、汀鹭《校经图》及师梅、蔚文二君所赠立幅,托翰章交东华门外精研斋装池。

十八日　晴。上午森玉来。晚公度来,托余检查馆中所藏关于

---

①　玉禅老人,吴兆元(1858—?),字养臣,江苏丹徒(今镇江)人。曾任清四川候补道。辛亥革命后,主要从事慈善和著述。

西藏之历史、地理,以将入西康,佐西康刘督办湘经营西康也。

十九日　晴。森玉来,言将赴津,约明日回京。

二十日　晨阴,午后晴。劳组云来,以药方见赠,少麟之哲嗣也。

二十一日　薄阴。

二十二日　阴。森玉来。函复素文。并作一函致保三,索《蜀辂诗记》。

二十三日　雨,午后晴。公度来,以第威德补肾丸一瓶见贻。

二十四日　晴。上午煨莲来,结束校事,奉司徒校长命,以银三百元见赠。即复一函,托煨莲带去。午后访绍裘乞诊。傍晚石、孟二君来问疾,谈极畅。

二十五日　雨。森玉来。

二十六日　阴。得平甫[1]书,属任无锡图书馆代表,以《书目》见赠。

二十七日　雨。森玉来。

二十八日　阴雨,午后雨止。蔚材来询积分。

二十九日　阴,午后晴。晚吴长涛毕业燕大,招饮大陆饭店,同席四哥、六弟夫妇、桂甥、杨姨、菉坡、仲瑚。返馆已十时许。今晨森玉来。

三十日　晴。午前潜夫自清华来,大概下学期仍蝉联也。午后访雨苍,不晤;访勖吾,晤之。遂访绍裘乞诊,诊毕,访蔚材于石灯庵,以积分交之,长谈。折至乐寿堂购药,滨来香进牛乳一盂、洋点二方。

三十一日　晴。未返馆。今晨服丸药即不适,及进膳,继续大吐不已。午后服汤药亦感异臭,全行吐出。及晚不能进汤水,困顿不

---

①　平甫,秦毓钧(1873—1942),字祖同,号平甫,江苏无锡人。1925年8月,接任无锡县图书馆长。1926年,将前任馆长严尧钦编就的《县图书馆书目》五册铅印出版。

堪。晚公请吴长涛，未能列座。

民国十五年（1926）六月

一日　晴。晨起返馆。森玉来。昨日之呕吐居然好矣，唯一日水米未下咽，精神颇委顿。

二日　晴。得锡侄函，问婚费约需若干，即作一函复之。

三日　晴。傍晚公度来谈，稍坐即去。至灯市口购药，遂访三哥，为志闲求题乃祖像赞，返馆已将十时。

四日　晴。森玉来。午后得三哥电话，言像赞已题就，即作函命馆人往取。赞曰：

> 谭公宿德，钟灵秀州。日星河岳，光气常留。实至名归，行芳谊正。维孝与义，增荣色乘。重瞻道范，品重璠玙。名贤披室，如接巾裾。绳武后起，秀苗孙行。崇祠俎豆，鸳湖之旁。穆穆威仪，乡邦敬式。千载而下，视此贞石。岁在丙寅，禾城谭氏昆季为其先德刻遗像于义庄，敬为题赞。乡后学俞陛云谨识。

五日　晴。

六日　晴。森玉来。午后访雨苍，劻吾亦来。在雨苍处晚膳后始归，已十时二刻矣。

七日　晴。晨返西城，以俊人忽患失血，住四哥处，因往访之。见其徙倚西厢，色似纸灰，衿上血迹模糊，颇为惶骇。以电话约幼诠来相商，即返馆。

八日　阴晴不定，热甚。上午得西城电话，言俊人脉已垂绝。傍晚返西城视之，则已稍苏，唯时作痉耳。

九日　阴，傍晚雨。俊人病仍不减。傍晚冒雨归。

十日　竟日雨。得雨苍电话，言将于明日南下。实甫自河南回，以电话问讯。

十一日　晨阴,午霁,午后雨,晚晴。颂生来,为余以十四元购《瓯北全集》一部。陈生来长谈。函谢琎侄以火腿见饷,并作一函致仲华,询起居。夜雨。

十二日　阴晴不定。森玉来。

十三日　晴。午后清华学生王姓来,属抄写经。晚瀚章来。

十四日　晴。晨访少侯贺节,长谈。晤振先夫妇。遂至三哥处,晤三嫂、季湘、平伯等,六弟亦在座。稍坐,访少桐、绍裘,以银拾元致绍裘,作节敬,未晤,托少桐代为致送。遂访实甫长谈。实甫留余吃面。返西城,至四哥、钰妹、仲华、六弟处贺节。俊人之病又延汝兼诊治,已入危途。夜宿六弟处。

十五日　晴。晨至四哥处,视钰妹及俊人疾,二人之病均不甚嘉。午后本拟返馆,为六弟夫妇所挽留。代钰妹复其小姑书,并作一函致东森,告钰妹病状,促其返京。六弟夫妇以细故又脱辐,形势极险,尽力调解,迄十时许始敉平,险极。与仲珊、长涛二人夜话。

十六日　晴。凌晨未起床,四哥处派人来,促仲珊等去,言俊人已垂绝。余拟往视,为六弟夫妇所阻,遂返馆。午后三哥来长谈。四哥以电话来告,俊人已逝世,明日出殡,后日假某饭庄送三。

十七日　雨。夜间嗽甚,不能安睡,起而待旦。

十八日　阴晴不定。昨夜未安枕,精神委顿不堪。森玉来。午后俊人在锦什坊街富寿饭庄送三。乘车往吊,见四哥夫妇、六弟及工校诸君。云生于昨日赶到,已不及送殡。殡停阜城门外慈恩寺中。俊人素和易,对朋友颇热心,故吊者有三四十人。闻六弟言,俊人于十六谢世前二日,其盟兄陈芝生在家一夜未能入寐。芝生夫人及芝生之弟且见其灵魂。云生十日在宁亦见之,盖离魂也。早睡。

十九日　晴。晨波止来。

二十日　雨。午后云生来谢吊俊人之丧。

二十一日　阴晴不定。晨餐复吐,饮麦乳精两盏,即赴西城,附北线电车西行,颇拥挤,不若南线多多。访云生于四哥处,钰妹益委顿，闻已缮遗嘱，不入施家坟墓，棺用西式，葬京郊教会丛葬。所殓衣亦叮嘱式样，亦可怜也。本拟即返，为六弟所留，宿六弟处。六弟夫妇力劝余保寿险，意极可感。

二十二日　阴。晨访实甫长谈，问燕官疾。遂至市场购物，返馆已十一时矣。森玉来，未见。

二十三日　晴。勚吾来长谈，午后始去。

二十四日　薄阴。森玉来，以余痰嗽，力劝余就小菅乞诊，且属马叔平为余介绍。十时许驱车前往，小菅断为肋膜炎，以药授余。余以得商务分馆函，言总馆有信寄余，遂出前门，至厂中，得银五十元，顺道至粉坊琉璃街和平通信社访仲瑚，不值。归途在市场东亚楼食糕，尽吐去，无入咽喉者。

二十五日　雨晴不定。今日为旧历五月十六日，亲家杨君仲华五旬大庆，西城诸兄弟邀余同往庆祝，遂于午前乞假西行，晤实孚等。仲华游闽未归，其姨太太置酒相款，同席为实孚、东森、四哥、六弟夫妇、仲瑚、长涛、沈家三姨、四姨。午后访钰妹，妹似稍轻减，然仍未出险也。

二十六日　晴。晨访钰妹，妹颇牢骚。访四哥嫂，晤云生。十时许至小菅处乞诊，携药归。为六弟撰挽沈仲朴①一联，有"守斯有为，遗爱常留，他年社鼓灵旗，应折瓣香祀贤人；人有斯疾，内行无愧，此日五宗三党，同挥痛泪哭畸人"。仲朴为淇泉②次子，实孚之从弟也。

二十七日　晴。午后云生来，辞行南下。颂生来，拟至东四同春荣纸店购淳宣，请三哥作立轴，送接三、任父、汀鹭、勚吾，并为迈尘乞书聚头扇。车至八条北为军队所阻，遂自九条东南行，拟出四条西

① 沈仲朴，沈孝儒，字嘤士，号仲朴，浙江嘉兴人。沈卫次子，沈钧儒堂弟。

② 淇泉，沈卫（1864—1945），字友霍，号淇泉，浙江嘉兴人。沈钧儒叔父。清光绪二十年（1894）进士，授翰林院编修。后任甘肃正考官、陕西学政。

口,亦复梗塞不通,东行出北小街。谒三哥嫂,略谈。适李氏表姊在市场东亚楼宴三嫂等女宾,三哥及余送诸市场。因在市场购淳宣一纸四开之交三哥。因赴荣华斋进茶点,购饼饵数种送云生,遂返西城。实孚、云生等均在六弟处,仲瑚亦在。晚四哥、云生来夜话。

二十八日　晴。晨至四哥处,送云生行,兼探视钰妹。午后返馆。

二十九日　晴。上午森玉来,镜芙继至,长谈至午后始去。得王芙生函,定今日乘怡和阜生轮船南回。

三十日　晴。晨起七时许,得六弟妇电话,言钰妹病亟,促余西行。晨餐后即赴西城,至则已长逝。七年过从,友于之情至深且笃,一旦永诀,良用凄然。即日大殓,殡于北郊地坛后美以美会义阡中。殓用红裙绣衣,柩用西式,杠则用普通平金红缎罩,有军乐一副前导,执绋之人分乘马车五辆,余送诸安定门边,即返馆。

民国十五年(1926)七月

一日　晴。晨访小菅乞诊,携药返。勖吾、雨农在馆相俟,为勖吾事,即作一函致费科长,托雨农带去。竟日吐,人亦昏沉思睡,至晚十二时,始进牛乳一小杯。

二日　晴。日本田畸博士来参观,博闻强识人也。午后四哥来。今日仍未进勺水。四哥力主重延绍裘诊视。余亦听之。

三日　晴。东森、六弟、三哥陆续来问疾。三哥亦力主仍延绍裘。傍晚绍裘来诊,作一方而去。服药后吐似稍止,且进米汤一盂。

四日　晴。上午实甫来问疾。傍晚绍裘来复诊。得四哥书,劝余至首善医院打针。仍服昨方。

五日　晴。上午三哥来,以鲜石斛露三瓶见赠,且为琎侄致意:如赴香山养疴,医药一切费用由琎侄任之。意绝可感。三哥又邀余迁至老君堂寓中养病。中年后得此种厚待,不觉泫然。午后勖吾来,即以请三哥手书立轴赠之,并以接三、汀鹭两立轴,托其携带赴锡。

今日进绍裘所订昨日之方。

六日　晴。森玉来。仲瑚来问疾,十二时许始去。午后溯伊来长谈,余以公度调查康藏图籍事托之。今日仍服前天之方。

七日　晴。森玉来。午后绍裘来诊疾。晚颂生来。

八日　晴。读《檐曝杂记》七卷,讹字绝多,会当以馆中本校之。

九日　晴。午后潜庵来。绍裘来诊疾。傍晚少麟来长谈,力劝余从运动血脉以资调养,且传公度语问候,意极可感。以不及购药,未服药,中夜狂嗽不已,遂起篝灯读书,读《陔余丛考》五卷。

十日　三时许雨,清晨未已,入午始霁。读《陔余丛考》七卷,讹字綦多。上午,命馆人以绍裘昨方,至同济堂购药,煎服之。森玉来言京西又有难民数千来京。自昨夕起,炮声络绎不断,正不知西部作何状况。夜得实孚电话,言田维勤①攻怀来未下,而其部曲已越怀来而西,不知如何过去。

十一日　阴晴不定,人亦困顿,夜痰绝多。读《陔余丛考》八卷。

十二日　阴。晨访实孚,问燕官疾。十一时许绍裘来,为燕官诊疾,余即附诊,购药而返。得素文、锡侯书。傍晚大雷雨,彻夜不止。

十三日　晴。森玉来。日人子爵渡边赠馆中《古籀篇》,计十三函,印刷极精,装潢典雅,全书搜罗亦颇丰富可爱也。即为馆中作函谢之。劢吾来长谈,不日将挈装南下矣。中年后朋旧判袂,颇动天君,再见未识尚有期否耶。夜作一长函致铁眉,拟于明日往送劢吾时,托其带去。今日晚报言,田维勤部下有一旅兵变,尚盘踞妙峰山。读《陔余丛考》十二卷。

十四日　阴雨。原拟访劢吾未果。读《瓯北诗钞·五古》四卷。仍服前方。已入六月,而天气凉似深秋。天心示警,当轴者仍不之悟,世变恐未已也。夜拥俄毯卧尚冷,易棉被。

十五日　阴。午后四哥来,以津贴送之,并托四哥为余办送仲骞

①　田维勤(1884—1927),字毅民,陕西富平人。民国将领。

太夫人九十寿礼。读《瓯北诗钞·七古》五卷,《五言律》二卷。

十六日　晴,稍热。上午森玉来。午后赴绍裘处乞诊,遂访三哥,值三哥出外,三嫂劝余坐待,殷勤劝余勿使气。少顷,三哥归,亦劝余勿西行,勿问家事。玭侄亦来,以百金助余调养,意绝可感,且言入都后闻余疾,拟来馆省视,三哥以未便止之。余有何德而劳玭侄至此,颇戚戚也。玭侄又赠余蕙兰四剪,作斋头清供。三嫂亦以火腿、萝菔丝、青果见赠。饱载而归。玭侄上月二十九日旧历五月添一孙女①,琳侄亦已怀妊,皆可喜也。读《瓯北诗钞·七言律》六卷。

十七日　晴。上午东森来,言钰妹坟已在动工建筑。小东病则非旦夕可愈,送沪一议拟作罢。将来赴奉天,即挈以同去,看护之人拟雇一女仆,经济充裕则雇日人,此亦为渔色计耳,岂真为爱子哉。可恨!傍晚六弟来,仍力促余保寿险,余以延宕答之。小鹿孙女礼,即托六弟代办,因渠往访小鹿,即托其送去。读《瓯北诗钞·七律》一卷,《绝句》二卷,《诗话》四卷。

十八日　晴。森玉来。东森来借去《野叟曝言》一部。午后三哥来,携来玭侄送我肉松一包,笋尖一包,酱油一瓶,言明晚八时,六弟在福全馆邀玭侄晚膳,约余同去。傍晚波止来。

十九日　阴。上午访绍裘乞诊,诊罢出外,车已不见。北京人真可恨,另雇一车返馆。午后东森复来。傍晚赴福全馆六弟之约,同席三哥、大侄、三侄、平伯夫妇。三嫂以感冒,四哥以腿肿,均未来会。玭侄又送我鲜石斛露、炊饼、窝窝头等。返馆已十时许。

二十日　晨雨,午霁。商务印书馆已将《换巢鸾凤记》收受,寄来上册稿润百三十元,托丽棠之兄子清,向琉璃厂分馆代领。译短篇《羊皮篋》三千字。读《瓯北诗话》八卷。

二十一日　阴,夜雷雨。森玉来。晨起甚凤,译《羊皮篋》六千余字。读《瓯北集》十卷。

---

①　孙女,郭蕴宜,郭学群与齐夫人之女。日记中又称小鹿孙女。

二十二日　晴。译书五千余字。得四哥函,知仲骞太夫人之联已经送去,联曰:"曼衍九铃,问年将鹤,算不知其纪;起居八座,有子如龙,门为世所宗。"晚颂生来谈天。

二十三日　晴。译《羊皮箧》八千字。合计二万二千余字。森玉来。

二十四日　阴。作一函致莲芳,以《羊皮箧》及《新日》二稿寄之,并将酬金三十八元交邮汇去。

二十五日　阴。译《觉来之物》五千字。访绍裘乞诊,遂返西城,四侄女生日也。实甫等均在,余以病未列席。夜雨。

二十六日　阴。未返馆,终日徙倚榻间,胃不纳食,委顿不堪矣。夜以保寿险事发狂,言惊四座,事过殊歉然。

二十七日　阴。晨至市场购物,即返馆。作一函促锡侯办喜事,加封,交六弟阅后交邮。病体为天气所困,益复委顿,入夜,始能饮牛乳三杯。得勖吾函,已于二十四日附急行车南下。数年相聚,未能一送,至歉。中年后朋旧判袂,最足动人愁绪。此别未识能再见否耶。函锡侯促其办结婚事,要其于八月十日前复我。

二十八日　阴。作一函致勖吾,寄无锡。午后延绍裘来诊疾。东森来,拟请三哥为钰妹写墓碑,余恐三哥不愿见东森,婉言辞之。晚四哥以仙方来言,仙住朝内豆芽菜胡同八号。药系蔻仁一、砂仁二、竹叶、香灰、茶叶各一包。四哥去后,即煎服之。今日读云南黄云生[①]所著《蜗寄庐随笔》,言天下孔子实不止孔子一支,派别綦多,明末孔子六十五代孙衍圣公衍植命族人以"兴、毓、传、继、广、昭、宪、庆、繁、祥"十字为次序,而摹效益多。道光三年,袭公繁灏以十字垂尽,复奏请,以"令、德、维、垂、祐、钦、绍、念、显、扬"十字继之,此亦遗闻之足供谈助者也。昨作锡侯函,寄六弟阅之。六弟书来,亦赞成。

---

①　黄云生(1863—1939),名诚沅,字云生,广西武鸣(今南宁)人,出生于云南。壮族学者。清末曾在云南做过官吏,此后主要从事教学工作。

书已发。

二十九日　晴。连日延一赵君为余画符,据云三日可见效。今日已第二日。病急乱投医,此种事不意余亦为之,自思亦菀尔也。

三十日　晴,夜雷电大作。今日赵君仍来,三日矣,无大效,又有四十九天之说。再四磋商,以一星期为限,无期作罢。

三十一日

人名字号音序索引

凡　例

一、本索引是《俞泽箴日记》中重要人物姓名或字号的索引,以汉语拼音为序。凡古代人名、姓名不详、仅出现一次而身份不明或无关紧要的,均不收入。

二、除个别情况外,本索引均以第一次出现的姓名为查阅主体,列为检索条目。日记中出现的一人多种称谓的,如别名、习称、昵称、官称、简称等,均在检索条目之后的括号中,予以列出。如:

　　徐鸿宝(字森玉,京师图书馆主任。日记中称徐森玉、徐主任、森玉、吴兴、主任)

三、在检索条目括号中列出的诸称谓,亦分别列为检索条目,以互见的形式出现。如:

　　吴兴　　见徐鸿宝

　　徐森玉、徐主任　　均见徐鸿宝

四、在检索条目后所列之数字,为该人物在日记中出现之年、月、日以及月、日(以公元纪年为准),每一年出现的日期中,只在第一次标注年份,如:

　　陈垣(字援庵。日记中称陈援庵、援厂、援庵、馆长)**1922.**1.4,4.11,4.12,4.13,5.21,5.26,7.20;**1925.**3.26,6.10,9.1

这里的数字表明,1922年1月4日,陈垣第一次在《日记》中出现,1925年9月1日,则是他最后一次在《日记》中出现。

五、为便于查阅,日记中出现的人物,凡是作了简介的,均在其

初现之日,标有"＊"。如:

　　徐世昌(号东海。日记中称东海)**1921**. 2. 18＊;**1922**. 4. 1, 6. 2,6. 3,6. 5;**1923**. 6. 13

　六、《日记》中不同人物的相同称谓,如"主任",即京师图书馆主任一职,当年更替频繁,因此,不同时期的主任,均在互见的姓名后,以括号的形式注明任期时间,以免混淆。如:

　　主任　见徐鸿宝(1922. 2. 18—7,1924. 2 至《日记》终止,任京师图书馆主任)

　　主任　见洪逵(1922. 7—9,任京师图书馆主任)

　　主任　见叶渭清(1922. 10—12,任京师图书馆主任)

　　主任　见章勤士(1922. 12. 14—1924. 1,任京师图书馆主任)

A

阿珠　见珠儿

埃文斯・爱德华(英国人。日记中称伊文思)**1920**. 3. 2＊, 4. 9, 4. 12;**1921**. 4. 28;**1923**. 3. 8

艾琳(Mrs. Aline Rodd,又称路爱玲。日记中称司徒夫人)**1925**. 11. 9＊, 11. 24

爱理　见汤中

爱新觉罗・溥侗(别署红豆馆主。日记中称红豆馆主)**1924**. 3. 3＊

爱新觉罗・溥仪(日记中称清逊帝、宣统)**1922**. 12. 1＊;**1924**. 11. 5＊

爱新觉罗・奕劻(庆亲王。日记中称奕劻)**1925**. 8. 18＊

爱新觉罗・奕䜣(日记中称恭王)**1925**. 8. 18＊

昂若　见许宝驹

B

八妹　见施东森之八妹

巴骆(京剧演员)**1920**. 12. 31

包丹亭　见包丹庭

包丹庭(京昆名票。日记中称包丹亭)**1923**. 11. 12＊

保三　见侯鸿鉴

宝一师 **1924**. 3. 26＊

鲍士伟(Bostwick,美国圣路易图书馆馆长)**1925**. 5. 27＊, 5. 30

北海　见孙初超

北山、北珊、伯珊　均见江北山

毕维垣（字辅廷）**1924**. 2. 10*

冰兰　见夏冰兰

冰人　见冰生

冰生（日记中又称冰人）**1920**. 10. 15,
　　10. 18,10. 25,10. 26,11. 15;**1925**.
　　10. 13

丙华、炳华　均见李炳华

波止　**1924**. 5. 24,9. 24;**1925**. 5. 18,
　　5. 28, 6. 17, 6. 26, 11. 1, 12. 7;
　　1926. 6. 19,7. 18

伯诚、博诚　均见邓高镜

伯春　**1920**. 5. 24,7. 13

伯刚　**1921**. 2. 6;**1922**. 12. 1

伯恒　见孙壮

伯良　见杨伯良

伯林、伯苓、柏林、柏梁　均见张伯苓

伯珊　见沈伯珊

伯慎　**1920**. 6. 3,6. 6,6. 20

伯棠　见汪大燮

伯雄　见马伯雄

伯瑜　见徐伯瑜

博诚乃弟　见邓念观

步兰（南方同事）**1920**. 4. 10,8. 18,
　　8. 22,8. 23,12. 11,12. 16

C

财李　见李思浩

财政张、财长　均见张英华

财政总长　见周自齐

采人（无锡私立竞志女学校同事）
　　1920. 3. 7, 3. 14, 3. 24, 4. 11, 9. 2;

1922. 3. 3, 3. 17, 4. 17, 4. 23, 8. 27,
　　11. 22

蔡成勋（又名虎臣。日记中称蔡虎
　　臣）**1924**. 10. 27*

蔡锷（字松坡。日记中称松坡）**1920**.
　　6. 11*

蔡虎臣　见蔡成勋

蔡吉宝（俞桐园夫人。日记中称桐
　　嫂）**1923**. 7. 23*;**1925**. 3. 27

蔡元培（字鹤卿，号孑民。日记中又
　　称孑民）**1920**. 4. 24*;**1923**. 1. 18;
　　1925. 8. 21

曹、曹三、曹氏、曹巡阅使、曹仲珊
　　均见曹锟

曹锟（字仲珊。日记中又称虎威、曹
　　氏、曹巡阅使、曹三、曹仲珊、曹）
　　1922. 11. 28*;**1923**. 6. 16, 10. 5,
　　10. 10;**1924**. 4. 11, 6. 17, 10. 24,
　　11. 2;**1926**. 4. 10

昌子（日本人，侯毓汶之东夫人）
　　1920. 11. 8;**1921**. 8. 28

长沙　见章勤士

长涛　见吴长涛

常国宪（字毅箴）**1924**. 4. 9*

陈德霖（京昆演员）**1920**. 10. 31*,
　　11. 13;**1923**. 2. 11

陈乐山（字耀珊。日记中称乐安）
　　1922. 11. 28*;**1925**. 1. 22

陈敏望（日记中又称敏望）**1921**.
　　2. 14,5. 18,8. 21,8. 22,9. 4,11. 6,
　　11. 13; **1922**. 4. 16, 7. 30;**1925**.

9.27

陈任中（字仲骞。日记中又称陈仲骞、仲骞）**1924**.4.9*；**1925**.9.1，12.12；**1926**.7.15，7.22

陈绍前 **1925**.3.10，3.14，4.9

陈生　见陈维伦

陈叔良（怀瑾馆主，昆曲演员）**1924**.3.3

陈调元（字雪喧）**1925**.10.20*

陈维伦（燕京大学学生，日记中又称陈生）**1925**.11.29；**1926**.3.14，6.11

陈文启（京剧演员）**1920**.11.28*

陈希孟 **1925**.4.11，4.14，4.23

陈漪涟（俞同奎夫人。日记中称六弟妇、星弟夫人、六弟夫人、弟夫人、弟妇、淑莲弟妇）**1920**.3.6*，3.7，3.22，3.24，4.4，4.7，4.8，4.24，5.16，5.23，5.30，6.19，6.21，7.12，7.18，7.19，8.29，9.13，9.17，9.27，10.6，11.5；**1921**.1.31，2.12，2.27，2.28，5.2，5.8，5.11，5.23，6.1，6.11，6.13，6.17，6.20，6.27；**1922**.7.21，7.24，7.30，8.13，11.5，11.12，11.13，11.20，11.27，12.3，12.12，12.19；**1923**.2.5，2.22，2.17，3.5，3.15，3.18，3.19，3.20，4.8，4.23，5.21，6.4，6.24，7.1，8.12，9.9，11.2，11.11，12.10，12.23；**1924**.3.30，3.31，5.26，9.29，10.22；**1925**.

1.3，3.18，3.22，3.23，5.7，5.17，6.8，6.25，7.3，8.24，9.1，9.13，9.20，9.21，9.25，9.26，9.27，10.2，10.10，10.13，10.24，11.1，11.18，11.20，11.21，11.23，12.25；**1926**.2.7，2.15，2.28，4.11，4.12，5.10，5.29，6.15，6.16，6.21，6.25，6.30

陈应麟（字咏琴，京师图书馆工作人员。日记中称咏琴）**1925**.4.30*

陈垣（字援庵。日记中称陈援庵、援厂、援庵、馆长）**1922**.1.4*，4.11，4.12，4.13，5.21，5.26，7.20；**1925**.3.26，6.10，6.25，9.1

陈援庵　见陈垣

陈在新（日记中又称在新）**1926**.1.9*，1.25，3.25，3.27

陈中（京师图书馆工作人员）**1922**.11.2*

陈仲骞　见陈任中

诚孚　见李师淹

程富云（京剧演员）**1921**.12.19*

程继先（京剧演员）**1923**.8.24*，11.12

程克（字仲渔。日记中称司法程）**1923**.6.15*，6.30

程木安（朽木，昆曲演员）**1924**.3.3

程仁初 **1925**.9.1，12.2

程艳秋（京剧演员）**1920**.10.31*；**1923**.2.11

赤忱　见周承菼

赤忱夫妇　见孙拯

春榆　见郭曾炘

纯府　见滕树德

爨君　见爨汝僖

爨汝僖(字颂生,京师图书馆工作人员。日记中称颂生、爨君、颂僧)**1920.** 3.19*，3.20，4.13，4.14，4.16，4.18，4.19，4.20，4.22，5.1，5.5，5.26，5.31，6.10，6.11，7.24，7.28，8.5，8.18，8.26，8.30，9.1，9.3，9.22，9.29，10.21，10.27，11.22，11.23，12.16；**1921.** 1.14，1.25，1.28，2.10，2.13，2.19，2.21，2.22，2.24，3.5，3.8，3.9，3.12，3.24，3.30，3.31，4.1，4.2，4.20，4.22，4.25，4.26，4.30，5.4，5.5，5.7，5.12，5.18，5.20，5.21，5.25，6.21，7.19，7.26，8.4，8.5，8.10，8.11，8.12，8.17，8.18，8.26，8.30，9.1，9.2，9.5，9.7，9.8，9.9，9.10，9.14，9.18，9.27，9.29，10.4，10.7，10.11，10.12，10.13，10.21，10.22，10.24，10.26，10.27，12.14；**1922.** 1.24，1.26，2.3，2.4，2.9，2.14，2.16，2.17，2.23，2.28，3.2，3.9，3.16，3.18，3.21，3.23，3.24，3.25，4.3，4.10，4.15，4.17，4.19，4.28，4.29，5.1，5.29，9.6，9.11；**1923.** 2.10，2.23，3.5，4.11，5.10，5.19，7.3，7.12，9.2；**1924.** 5.7，9.21，9.24，11.12，11.27，12.7；**1925.** 1.27，1.30，2.3，5.4，5.12，9.26，12.3，12.6，12.9；**1926.** 1.7，6.11，6.27，7.7，7.22

崔灵芝(河北梆子演员)**1920.** 10.31*

D

大表姊　见王氏表姊

大树　见徐树铮

大侄　见俞慰存

大侄、大侄女　均见俞珽

大侄孙　见俞润民

道岩　见章勤士

稻孙　见钱稻孙

德生　见杨德生

邓博诚、邓君　均见邓高镜

邓萃英(字芝园。日记中称邓芰园)**1924.** 4.9*

邓高镜(字博诚,京师图书馆工作人员。日记中称邓博诚、邓君、博诚、伯诚)**1921.** 5.20*；**1922.** 5.24，9.4，9.6，9.14，9.27，10.17，10.28，10.29，11.3，12.8，12.31；**1923.** 1.1，1.3，1.5，1.23，2.14，3.12，3.17；**1925.** 1.13，3.29，9.12，10.1

邓芰园　见邓萃英

邓念观(日记中称念观、博诚乃弟)**1922.** 9.14，10.17，10.29，12.30，12.31；**1923.** 1.4，1.5，2.1，2.14，4.22

弟夫人、弟妇　均见陈漪涟

丁道津(字佩瑜,丁宝桢之孙)**1925.**
　11.19[*]

定九　见沈保儒

东海　见徐世昌

东屏　见徐东屏

东森　见施东森

董财长、董绶金　均见董康

董康(字绶金。日记中称董绶金、董
　财长)**1922.7.15**[*]

都振华(Tewhslm,燕京大学教师)
　1925.9.13

堵福诜(字申甫。日记中称堵申父、
　申父、申甫、堵屹山)**1924.2.17**[*],
　2.28,3.4,3.25,4.21,5.5,8.14,
　8.27, 8.30, 11.1, 11.27, 12.7,
　12.11, 12.13, 12.14, 12.16,
　12.17;**1925.** 4.1, 7.27, 8.23,
　8.25, 9.16, 10.6, 11.2, 11.5,
　11.16,11.30,12.28;**1926.** 1.14,
　2.5

堵申父、堵屹山　均见堵福诜

杜富隆(京剧演员)**1921.4.8**[*]

杜富兴(京剧演员)**1921.12.19**[*]

端方(字午桥。日记中称午桥)**1920.**
　4.2[*]

段、段将军、段氏、段芝泉、段执政
　均见段祺瑞

段祺瑞(字芝泉。日记中称合肥、段
　将军、段执政、芝泉、段氏、段、段芝
　泉)**1920.7.20**[*];**1921.**3.8,5.12;

1924. 11.22,11.24,11.28;**1925.**
　5.14,9.14,11.16,11.28;**1926.**
　1.1,4.10,4.16,4.17,4.20

敦敏　见庞国锜

夺先　见周夺先

E

恩祥　见庄恩祥

二表姊　见许二表姊

二伯父　见俞祖福

二伯父母　见俞祖仁与姚夫人

二先伯母姚太夫人　见姚太夫人

二侄女　见俞玟

二侄女　见俞锡玑

F

樊君　见樊右善

樊右善(日记中又称樊君)**1925**.6.25

范、范卿　均见范体仁

范静生　见范源廉

范腾端(字九峰,京师图书馆工作人
　员。日记中称九峰)**1921.1.14**[*],
　1.25,1.28,2.24,3.24,4.19,8.5;
　1922.2.3,2.14,2.16,3.23,4.10,
　7.20;**1923.** 1.18, 2.25, 4.19,
　5.15,11.17,11.19;**1924.**12.26;
　1925.6.6

范体仁(字宜章,京师图书馆工作人
　员。日记中又称范卿、范、体仁)
　1920. 9.14[*];**1922.** 11.2;**1925.**
　4.30,6.5,12.12

范阳　见卢永祥

范源廉（字静生。日记中称教育总
　　长、范静生）**1920**. 10. 14*；**1925**.
　　12. 12*

方连元（京剧演员）**1921**. 12. 19*

方震甲（沁芳馆主，昆曲演员）**1924**.
　　3. 3

费宾闺臣夫人（美国人，Mrs. Alice
　　B. Frame。日记中称莆榴夫人、教
　　务主任、教务长、课长、费夫人、费
　　教务长、费科长、费课长）**1925**.
　　9. 22*，9. 26，9. 29，10. 20，10. 22，
　　10. 31，11. 3，12. 15；**1926**. 1. 2，
　　1. 5，1. 20，3. 19，7. 1

费夫人、费教务长、费科长、费课长
　　均见费宾闺臣夫人

冯焕章　见冯玉祥

冯恕（字公度。日记中称公度）**1920**.
　　3. 2*，4. 6，4. 9，4. 13，4. 18，5. 5；
　　1921. 7. 3；**1926**. 5. 18，5. 23，6. 3，
　　7. 6，7. 9

冯玉祥（字焕章。日记中又称冯焕
　　章、焕章）**1923**. 6. 13*；**1924**.
　　10. 23，10. 24

冯织文（日记中称织文）**1921**. 1. 22*

凤卿　见王凤卿

凤石相国　见陆润庠

孚威　见吴佩孚

莆榴夫人　见费宾闺臣夫人

服部担风（日本人。日记中称服部老
　　博士）**1924**. 4. 9*

服部老博士　见服部担风

符鼎升（字九铭，历史博物馆工作人
　　员。日记中称九铭、符九铭）**1921**.
　　2. 20*，2. 21，3. 26，4. 7，4. 12

符九铭　见符鼎升

福芝芳（京剧演员）**1920**. 10. 31*

阜农　见彭椿

副馆长　见李四光

傅润田　见傅万春

傅申甫封翁　见傅世榕

傅世榕（字申甫。傅增湘之父。日记
　　中称沅叔总长之封翁、傅申甫封
　　翁）**1925**. 1. 18*，2. 10，2. 15

傅万春（字润田，京师图书馆工作人
　　员。日记中称傅润田）**1925**.
　　9. 15*，9. 17

傅岳棻（字治芗。日记中称傅治芗、
　　馆长、治芗）**1924**. 4. 13*，4. 30，
　　5. 6，11. 29

傅增湘（字沅叔。日记中称沅叔）
　　1921. 6. 20*；**1925**. 1. 18，2. 10，
　　2. 15，5. 14，9. 8

傅治芗　见傅岳棻

G

干臣　见钱能训

高步瀛（字阆仙。日记中称高君、高
　　阆仙、高司长、阆仙）**1921**. 5. 31*；
　　1922. 10. 24；**1923**. 5. 10；**1924**.
　　1. 6，4. 9；**1925**. 9. 1，10. 11

高凤谦（字梦旦。日记中称梦旦）

1924.3.17*

高君、高阆仙、高司长　均见高步瀛

高凌霄(字泽畬。日记中称内务高)
　1923.6.15*,6.30

更生 1922.3.26,4.16,4.30,5.28,
　5.29,9.23,11.5,11.12,11.13,
　11.20;1923.2.16,2.17,2.18;
　1925.5.11

庚先 1924.3.23,11.7;1925.8.25

恭王　见爱新觉罗・奕䜣

龚处　见龚云甫

龚澜(字壮甫,京师图书馆工作人员。
　日记中称壮甫)1922.11.21*,
　12.21

龚云甫(京剧演员。日记中又称龚
　处)1920.10.31*;1921.1.22,
　10.16;1923.2.11

公纯　见阮公纯

公度　见冯恕

公侠　见薛凤昌

谷波　见彭谷波

顾兆熊(字孟余)1926.3.20*

顾祖瑛(字子静。日记中称子静、子
　竟、子京)1920.5.25*;1922.7.2;
　1924.　5.14、6.22、8.10、8.26、
　8.27,11.18;1926.4.24,4.25

观蠡　见吴观蠡

馆长　见陈垣(仅限 1922.4.13)

馆长　见傅岳棻(仅限 1924.5.6)

馆长　见胡鄂公(仅限 1923.1.4)

馆长　见马邻翼(仅限 1921.12.27)

贯大元(京剧演员)1920.11.28*

桂甥、桂珍　均见沈桂珍

郭家大侄　见俞琎

郭可诚(字学庄,号雁潭。日记中称
　雁南)1923.1.31*,4.7;1925.
　7.12,7.16,7.17

郭可诠(字学衡。日记中称三外孙、
　三外甥、三侄孙)1920.11.20*;
　1921.11.18,11.19,12.8;1924.
　12.30

郭可诜(字学群。日记中称学群)
　1921.11.12*;1923.1.31,2.2,
　2.4

郭松林　见郭松龄

郭松龄(字茂宸。日记中称郭松林)
　1925.11.25*,11.26,11.28;1926.
　1.1

郭雁宾 1922.9.23

郭蕴宜(日记中称孙女、小鹿孙女)
　1926.7.16*,7.17

郭则沄(字蛰云,号啸麓。日记中称
　啸陆、啸鹿、啸麓、啸六、筱麓、小
　鹿、蛰云、蛰)1920.4.11*,4.25,
　5.31、8.3、9.26、10.8、12.11、
　12.16;1921.1.10,2.8,6.5,6.6,
　6.10,9.29,11.12;1922.1.28,
　5.31,6.17,8.29,9.3,9.30,10.5;
　1923.2.16、3.20、6.18、9.25;
　1924.2.5,2.27,3.24,6.6,10.27,
　10.29,12.30;1925.10.26;1926.
　7.17

郭曾炘（字春榆。日记中称春榆）**1921**.11.12*；**1924**.9.20

郭仲衡（京剧演员）**1920**.9.25*

国鎏（北京高等工业专门学校教员）**1922**.11.5，11.12；**1923**.2.15，2.17；**1925**.6.8

过接三（无锡私立竞志女学校同事。日记中称接三）**1920**.3.5，10.23*，10.25，11.1，11.7；**1926**.6.27，7.5

H

海军李　见李鼎新

涵宝　见俞涵

韩逢源（琉璃厂文德堂主人）**1925**.9.6*

韩景陈　见韩元龙

韩君　见韩嵩寿

韩亮侯（无锡私立竞志女学校同事。日记中称亮侯、亮父）**1921**.2.1，2.4，11.13，11.17；**1923**.11.24

韩世昌（昆剧演员）**1921**.1.9*；**1923**.11.12；**1924**.3.3

韩嵩寿（字孟华，京师图书馆工作人员。日记中称韩君、梦华）**1920**.2.26*，2.27；**1926**.4.11

韩元龙（字景陈。日记中称韩景陈、景陈）**1920**.5.2*，5.9，8.11

寒厓　见孙揆均

寒云　见袁克文

翰章、瀚章　均见李文裿

郝寿臣（京剧演员）**1923**.8.24*

郝振基（昆剧演员）**1921**.1.9*

合肥　见段祺瑞

何　见何人璧

何璟（字伯玉）**1925**.11.23*

何连涛（京剧演员）**1921**.4.8*，12.19

何迈尘　见何则相

何人璧（京师图书馆工作人员。日记中称何）**1922**.11.2*

何则相（字迈尘，京师图书馆工作人员。日记中称何迈尘、迈尘）**1924**.5.29*，7.16，7.19，8.29，9.16，9.17，10.5，10.13，11.1，11.9；**1925**.1.19，1.27，1.30，4.5，5.4，6.19，8.6，8.7，11.16；**1926**.1.20，2.20，4.10，4.11，6.27

何子文（河南省图书馆代表）**1925**.6.5*

和姊　见俞同和

贺德霖（财政部总长）**1926**.4.17*

衡山　见沈钧儒

红豆馆主　见爱新觉罗·溥侗

红螺山 **1920**.11.8

洪芰龄、洪主任　均见洪逵

洪君煨莲、洪威廉、洪煨莲　均见洪业

洪逵（字芰龄。日记中称洪芰龄、洪主任、主任、芰龄）**1922**.7.22*，7.26，7.28，8.2，8.4，9.24，9.25，10.1

洪业（号煨莲。日记中称洪君煨莲、

洪煨莲、煨莲、洪威廉、威廉）**1924**.
8. 24ﾟ，11. 22；**1925**. 4. 26，5. 1，
5. 15，7. 27，7. 28，7. 31，9. 1，9. 23，
9. 26，10. 30，12. 9，12. 16；**1926**.
1. 6，1. 9，1. 27，2. 24，3. 25，3. 27，
4. 7，4. 25，5. 24

侯炳五　见侯炳武

侯炳武（昆剧演员。日记中称侯炳
五）**1921**. 1. 9ﾟ

侯鸿鉴（字保三，号铁梅。日记中称
铁眉、保三）**1920**. 3. 3ﾟ，3. 5，
3. 13，6. 30，10. 15，10. 31，11. 4，
11. 6，11. 8，11. 10，11. 13，11. 15，
12. 20，12. 22，12. 24，12. 25；**1921**.
3. 19，3. 21，3. 27，4. 4，4. 5，4. 10，
4. 11，4. 19，4. 21，5. 2，5. 14，5. 16，
5. 19，5. 22，5. 24，6. 17，6. 27，
6. 30，7. 14，7. 16，7. 19，8. 1，8. 8，
8. 9，8. 14，8. 15，8. 16，8. 21，8. 28，
8. 31，9. 3，9. 4；**1922**. 7. 4，9. 11；
1923. 1. 25，4. 10，8. 4，8. 7，8. 17，
9. 19；**1924**. 1. 9，2. 13，2. 18，2. 20，
11. 7，11. 14；**1925**. 4. 8，5. 18，
7. 20，7. 28，8. 1，8. 2，8. 3，8. 15，
8. 17，8. 25；**1926**. 5. 22，7. 13

侯俊山（河北梆子演员）**1920**. 10. 31ﾟ；
1921. 10. 16

侯益隆（昆剧演员）**1921**. 1. 9ﾟ

侯毓汾（侯鸿鉴之女，小名慰竞。日
记中称慰竞）**1921**. 8. 1，8. 9，8. 28

侯毓汶（字希闿。日记中称希闿、希

民、希明）**1920**. 10. 14ﾟ，10. 15，
11. 4，11. 6，11. 8，12. 22，12. 25；
1921. 1. 17，2. 8，6. 27，8. 21，8. 28，
8. 29，11. 7；**1923**. 8. 6，8. 7，12. 3；
1924. 2. 13；**1925**. 2. 10，8. 3，8. 15，
8. 17

胡鄂公（字新三。日记中称馆长）
1923. 1. 4ﾟ

胡尔夫（丹国方言教授）**1922**. 10. 25，
10. 27

胡介昌（字兹傅，号西麓。日记中称
兹傅）**1925**. 8. 6ﾟ

胡景翼（字笠僧。日记中又称胡笠
僧）**1924**. 10. 27ﾟ，11. 30

胡笠僧　见胡景翼

胡适之 **1924**. 12. 28ﾟ

胡仁源（字次珊）**1926**. 4. 17ﾟ

胡惟德（字馨吾。日记中称胡维德、
胡馨吾）**1926**. 4. 17ﾟ，4. 20

胡维德　见胡惟德

胡馨吾　见胡惟德

胡荫藩（京师图书馆工作人员）**1924**.
1. 4ﾟ

胡振（字汀鹭。日记中称汀鹭）**1923**.
9. 4ﾟ，11. 27，12. 5；**1924**，1. 7，
3. 24；**1926**. 5. 17，6. 27，7. 5

虎威　见曹锟

焕文　见潘焕文

焕章　见冯玉祥

黄豹光（字蔚如。日记中称蔚如）
1920. 3. 11ﾟ，11. 27；**1925**. 5. 18

黄崿(字沟侯,京师图书馆工作人员。
　日记中又称黄君)**1925**.10.15*;
　1926.2.20
黄郛(字膺白。日记中称黄膺白、膺
　白)**1924**.9.15*,9.30
黄君　见黄崿
黄君、黄先生　均见黄醒民
黄陂　见黎元洪
黄任之　见黄炎培
黄润卿(京剧演员)**1920**.11.13*
黄庶务、黄先生、黄羽逵　均见黄
　顺鸿
黄顺鸿(字汝奎,京师图书馆工作人
　员。日记中又称黄先生、黄庶务、
　羽逵、黄羽逵)**1923**.4.20,7.10*,
　9.27;**1924**.3.4;**1925**.9.12
黄桐笙 **1925**.11.16
黄醒民(警铎,日记中又称黄先生、黄
　君、醒民)**1922**.11.30,12.8,12.11,
　12.13;**1923**.4.30,5.8,5.9,5.12,
　9.19
黄炎培(字任之。日记中称任之、黄
　任之)**1920**.3.31*;**1922**.6.13
黄膺白　见黄郛
黄云生 **1926**.7.28*
黄祖络(字幼农)**1925**.11.16*

J

嵇长康(字绍周,号健鹤。夫人系吴
　松云之女。日记中合称绍周夫妇)
　1920.3.3*

吉人、戟人　均见李宏义
汲侯　见许引之
芰舲　见洪逵
济扶　见孙济扶
计斌慧(京剧演员。日记中称小桂
　花)**1920**.10.31*,11.26,12.13,
　12.31;**1921**.2.10,3.6
季明　见马鉴
季平　见梁季平
季上　见许丹
季湘、季细　均见许宝蘅
济扶　见孙拯
加地　见加地哲定
加地哲定(日本人。日记中又称加
　地)**1924**.2.21*,5.13;**1925**.
　2.13,2.14,2.18,3.11,10.31;
　1926.3.17
嘉维思(日记中又称楷而士·贾维
　思、贾维思)**1922**.2.5*;**1926**.
　3.25,5.1
贾德耀(字昆庭)**1926**.4.17*
贾维思　见嘉维思
兼士　见沈兼士
剑丞　见夏敬观
剑泉、鉴泉　均见冷鉴泉
剑堂　见杨宪成
江安真(日记中称威廉夫人)**1925**.
　12.9
江北山(日记中称北山、江伯珊、伯
　珊、北珊)**1920**.10.18,10.29,
　11.5,12.27;**1921**.2.12,2.13,

2.27,5.9,5.15,5.22,7.10,7.31,
8.14,8.21,9.4,9.21,9.22,9.23；
1924.1.13,1.14,2.11,2.18

江伯珊　见江北山

江杜（京师图书馆工作人员。日记中
　称江君）**1920**.9.28*

江君　见江杜

江君　见江仲瑚

江亢虎 **1925**.8.6*

江梅友 **1922**.5.23；**1924**.2.18

江绍原（日记中称江绍源、绍原）
　1923.8.30*,12.1；**1925**.9.1

江绍源　见江绍原

江仲瑚（北京高等工业专门学校人
　员。日记中又称仲瑚、江君）**1920**.
　9.13,9.26；**1921**.4.4,6.13,7.31,
　8.14,9.21,10.2,10.3,10.16,
　10.30,11.3,11.13,12.11；**1922**.
　3.26,4.16,9.23,10.5,10.29,
　11.5,11.12；**1923**.2.15,2.16,
　2.17,6.4,9.9,11.4,11.11；**1924**.
　1.2,2.11,2.18,4.7,6.22,7.13,
　10.23,11.2；**1925**.3.18,6.8,
　7.19,9.27,10.8,10.24,11.21,
　12.31；**1926**.2.15,4.26,5.29,
　6.15,6.16,6.24,6.25,6.27,7.6

姜登选（字超六）**1926**.1.1*

姜妙香（京昆演员）**1920**.10.31*,
　11.13；**1923**.11.12

蒋成瑞（京师图书馆工作人员。日记
　中称蒋君）**1921**.3.28*,4.3

蒋君　见蒋成瑞

蒋梦麟（日记中称梦麟）**1926**.4.27*

蒋士荣（字仲怀,无锡私立竞志女学
　校同事。日记中称仲怀）**1920**.
　5.25*

交通总长　见叶恭绰

教务长、教务主任　均见费宾闺臣
　夫人

教育总长　见范源廉

接三　见过接三

孑民　见蔡元培

介卿　见杨景震

介孙 **1920**.3.3

今井君（日本大阪图书馆馆长）**1920**.
　6.6

金君　见金守淦

金梁（号息侯）**1925**.8.6*

金守淦（字任父,京师图书馆工作人
　员。日记中称任父、金君、任甫、任
　乎、任公）**1920**.3.2,8.13*；**1921**.
　2.11,3.24,5.23,8.3,8.23；**1922**.
　2.23,4.10,4.28,4.29,5.1,5.16,
　7.8,9.6,9.17,9.27,10.20,
　11.23,12.21；**1923**.2.7,2.10,
　3.3,4.20,4.21,4.25,5.15,5.19,
　7.5,7.10,8.9,8.18,8.22,8.23,
　9.2,9.4,9.6,9.10,9.12,9.17,
　9.29,10.3,10.10,10.11,10.12,
　12.12；**1924**.1.9,1.12,1.16,
　1.21,2.8,2.9,3.4,5.5,5.7,
　7.16,8.29,10.13,10.24,11.8,

11.12，11.16；**1925**．1.27，1.30，
2.19，5.12，6.2，6.6，8.6，8.7，
9.2，10.15，11.5，12.22；**1926**．
1.7，4.11，5.16，6.27

金叔彭　见金毓年

金幼安（厦门集美师范学校同事。日
　记中又称幼安）**1920**．3.31，4.30，
　5.25，6.16；**1921**．4.28，9.1，10.6

金毓年（字叔彭，京师图书馆工作人
　员。日记中称绍彭、金叔彭）**1925**．
　6.6*；**1926**.1.5，2.25，4.13，5.2

瑾妃　见瑾太妃

瑾太妃（日记中又称瑾妃）**1924**．
　11.9*；**1925**.3.17，3.24

劲风　见叶劲风

靳云鹏（字翼青。日记中称总理）
　1920.5.31*；**1921**.1.3

琎侄　见俞琎

京兆　见孙振家

京兆尹　见刘梦庚

景陈　见韩元龙

景惠　见张景惠

警察总监　见张璧

靖宸　见张定勋

镜芙　见潘镜芙

镜秋　见凌镜秋

静寄（昆曲演员）**1924**.3.3

静山　见许珏

九峰　见范腾端

九铭　见符鼎升

九阵风　见阎岚秋

菊侬夫人（昆曲演员）**1924**.3.3

菊生　见张元济

君默　见沈尹默

俊人、隽人　均见徐俊人

骏人　见颜惠庆

K

楷而士·贾维思　见嘉维思

康胡（无锡同事）**1922**.11.26；**1924**．
　8.26；**1925**.2.10

康有为（广东南海人。日记中又称南
　海）**1921**.9.9*；**1925**.8.5

柯　见柯昌济

柯昌济（字纯卿，京师图书馆工作人
　员。日记中称柯）**1922**.11.2*

课长　见费宾闺臣夫人

劼吾（无锡同事）**1920**.3.11，3.13；
　1922.10.13，10.15，10.17，10.23，
　11.22；**1923**.3.9，4.8，5.21，6.3，
　8.7，9.22，11.25；**1924**.1.10，
　1.28，5.18，9.1；**1925**.1.25，5.18，
　7.28，8.3，8.16，8.17，8.30，9.8，
　9.14，9.28，10.12，10.27，12.14；
　1926.1.5，1.17，1.19，1.31，2.6，
　2.7，2.16，3.21，3.28，4.8，4.11，
　5.30，6.6，6.23，6.27，7.1，7.5，
　7.13，7.14，7.27，7.28

L

兰芳　见梅兰芳

蓝月春（京剧演员）**1923**.11.12*

阆声　见张宗祥
阆仙　见高步瀛
劳勤余（字少麟。日记中写作少琳、
　少麟、少林）**1920**.4.8*，4.11，
　4.13，4.23，5.24，5.31，6.6，6.17，
　6.20，6.23，7.8，7.13，9.15，9.29，
　11.11；**1921**.1.17，2.8，2.9，5.15，
　6.5；**1922**.1.28，5.30，5.31，6.27，
　6.30；**1924**.2.5，2.8；**1925**.1.24，
　4.16，10.26；**1926**.2.13，5.20，7.9
劳祖云（字鉴勋。日记中又称少林之
　子）**1922**.6.29；**1925**.4.11；**1926**.
　5.20
乐安　见陈乐山
雷川　见吴震春
雷殷（字渭南）**1926**.3.24*
冷鉴泉（日记中又称鉴泉、剑泉）
　1922.6.27，6.28，7.2，9.24，11.8；
　1923.5.24；**1924**.3.31
黎、黎总统　均见黎元洪
黎元洪（字宋卿。日记中称黎、黄陂、
　黎总统）**1922**.6.2*，6.3，6.8，
　6.11；**1923**.1.31，6.10，6.13，
　6.14，6.16，9.12；**1925**.5.23
李　见李厚基
李拔可　见李宣龚
李炳华（日记中又称李君炳华、炳华、
　丙华）**1921**.10.1，10.9，12.11，
　12.18；**1922**.2.20，4.16，11.12；
　1923.2.17，11.11；**1924**.6.22，
　8.5，8.24

李慈铭（字爱伯，室名越缦堂，晚年自
　署"越缦老人"。日记中称越缦）
　1925.8.21*
李大钊（字守常）**1926**.3.20*
李鼎新（字成梅。日记中称海军李）
　1923.6.15*，6.30
李都统鸣钟　见李鸣钟
李厚基（字培之。日记中称李）**1922**.
　10.7*
李公武 **1924**.11.29
李翰章、李君、李录事翰章　均见李
　文祸
李宏义（字吉臣，京师图书馆工作人
　员。日记中称戟人、吉人、李吉人）
　1922.1.31*，2.16，3.14，3.20，
　3.24，4.29，7.15，11.2
李吉人　见李宏义
李景林（字芳宸）**1925**.10.26*
李敬山（京剧演员）**1920**.11.13*
李君炳华　见李炳华
李坤（字舜人，京师图书馆工作人员。
　日记中称舜人、李堃）**1924**.3.4*；
　1925.10.12
李堃　见李坤
李鸣钟（字晓东。日记中称李都统鸣
　钟）**1925**.8.3*
李木斋　见李盛铎
李荣芳（日记中称荣芳、李荣芳）
　1926.1.9*，1.30，3.25
李盛铎（号木斋。日记中称李木斋、

木斋)1925.4.10*,9.6

李师淹(字诚孚,京师图书馆工作人员。日记中又称诚孚)1923.4.19*;1924.1.4

李石曾 见李煜瀛

李寿山(京剧演员)1920.10.31*;1923.11.12

李思浩(字赞侯。日记中称财李、李思浩)1925.9.3*,11.30

李四光(日记中又称副馆长、李馆长)1925.11.29*,12.1,12.5,12.6,12.12

李庭庵(协和医院主任医士助手)1926.4.2,4.4

李万春(京剧演员)1923.11.12*

李文禔(字翰章,京师图书馆工作人员。日记中称李翰章、李君、瀚章、李录事翰章、翰章)1920.3.20*;1921.1.3,4.3,8.4,9.27;1922.5.29;1924.11.10;1925.5.4,6.1,8.13,8.14,11.8,11.26;1926.3.14,4.9,5.9,5.17,6.13

李小峰(日记中又称小峰)1925.9.22*,10.31,12.15

李小山(京剧演员)1921.1.22

李小缘(江苏图书馆代表)1925.6.4*

李宣龚(字拔可。日记中称李拔可)1925.10.16*

李彦青 1924.10.23*

李瑶官(字振先。日记中称瑶官、振先)1922.6.27;1923.2.19,5.2,

9.25,11.21;1924.4.20,11.10;1925.4.9,7.16,10.2,11.29;1926.6.14

李耀南(字照亭,京师图书馆工作人员。日记中又称照亭)1920.2.26*,3.16;1922.8.4;1923.5.15;1925.6.6,10.15,12.12;1926.4.11,5.16

李煜瀛(字石曾。日记中又称李石曾、石曾)1924.11.9*;1925.5.8;1926.3.20

李振纲(日记中又写作李正刚)1925.8.6,9.8

李正刚 见李振纲

丽棠 见张树华

莲芳 见廖莲芳

廉泉(字惠卿,号南湖。日记中称南湖)1920.10.31*,11.4,11.8;1924.2.13;1925.4.18,8.3,9.14

廉劻成(廉泉之子。日记中称劻成)1925.4.18

廉燕五(菊侬)1924.3.3

梁 见梁士诒

梁馆长、梁任公 均见梁启超

梁鸿志(字众异。日记中又称梁众异、众异)1925.10.26*,11.28,11.30

梁季平(日记中又称季平)1921.2.8,5.14,6.13,6.19,7.10,8.14,8.21,9.4,11.6,12.11;1924.6.22,11.2;1925.9.27

梁济（字巨川。日记中称梁巨川）
　　1924.1.28*

梁巨川　见梁济

梁君 1920.3.28,3.29,8.8,10.29,
　　11.15;1921.10.1,10.30,11.13

梁启超（日记中称梁任公、任公、梁馆
　　长）1925.9.26*,11.29,12.3,
　　12.5,12.12

梁士诒（日记中称梁）1922.4.1*

梁众异　见梁鸿志

亮畴　见王宠惠

亮父、亮侯　均见韩亮侯

廖莲芳（日记中又称莲芳）1926.
　　4.24,7.24

林长民（字宗孟）1926.1.1*

林君（北京工业专门学校教师）1921.
　　10.16,11.3,11.13,12.11,12.18

玲侄、铃儿　均见六弟处第五侄女

玲侄、琳侄　均见俞琳

凌镜秋（日记中又称镜秋）1921.2.1,
　　11.13

麟伯、灵伯　均见王肇祥

刘督办湘　见刘湘

刘含章 1925.3.21,4.7

刘潘吾、刘前主任、刘主任　均见刘
　　同恺

刘梦庚（日记中称京兆尹）1923.
　　6.13*

刘念慈（无锡私立竞志女学校同事。
　　日记中又称念慈）1920.3.11*,
　　3.13

刘廷芳 1926.1.30*,3.27

刘同恺（字潘吾。日记中称刘潘吾、
　　主任、刘主任、刘前主任）1921.
　　2.1*,2.11,2.23,2.25,4.7,
　　4.12,6.20;1922.1.4,2.16

刘湘（日记中又称刘督办湘）1921.
　　7.3*;1926.5.18

刘之骥 1925.10.27

刘祖禹（字铸九，京师图书馆工作人
　　员）1924.1.4*

六弟　见施东森之六弟

六弟　见俞同奎

六弟处第五侄女（日记中又称玲侄、
　　铃儿）1924.6.22;1925.5.11,
　　9.25,9.26,9.27,9.28,10.2

六弟夫人、六弟妇　均见陈漪涟

六六旦（京剧演员）1920.12.13;
　　1921.3.6

六桥　见三多

卢信（字信公）1926.4.17*

卢永祥（日记中称卢浙督、范阳）
　　1922.5.30*;1925.1.19*,1.22

卢浙督　见卢永祥

陆晋笙（医生）1924.9.5

陆麟仲（陆润庠之子，昆曲演员）
　　1924.3.3*

陆润庠（字凤石。日记中称凤石相
　　国）1924.9.5*

陆彤士　见陆增炜

陆增炜（号彤士。日记中称陆彤士）
　　1920.7.17*

陆征祥（字子欣。日记中称子欣）
　　1922.10.20*
鹿瑞伯、鹿司令　均见鹿钟麟
鹿钟麟（字瑞伯。日记中又称鹿司
　　令、鹿瑞伯）**1924.**11.5*，11.9；
　　1925.4.1；**1926.**4.10
露德（向京师图书馆赠书的外国人）
　　1923.8.14,8.16,8.17
罗氏　见罗文干
罗文干（字钧任。日记中又称罗氏）
　　1922.11.28*；**1923.**1.18；**1924.**
　　10.23
吕复（字健秋。日记中称吕健秋）
　　1925.4.10*,5.20
吕健秋　见吕复
楼坡、菉坡　均见杨菉坡

M

马伯雄（南京图书馆工作人员，日记
　　中又称伯雄、马君）**1920.**4.1*，
　　4.4,4.16,4.18,4.26,5.18,5.24,
　　5.27,5.30,6.2
马朝铣（京师图书馆工作人员。日记
　　中称马明公）**1922.**11.2*
马次长　见马邻翼
马衡（字叔平。日记中称马君叔平、
　　马叔平、叔平）**1923.**3.17*；**1924.**
　　6.25,11.9；**1925.**4.1,4.28,9.1；
　　1926.3.12,4.10,6.24
马冀平（字振宽，号寄翁）**1926.**4.22*
马鉴（字季明。日记中称季明）**1925.**

　　1.28*，5.1，5.4，5.15，5.24，
　　5.28,6.10,7.5,7.19,7.27,7.28,
　　7.29,7.31,9.9,9.12；**1926.**5.11
马君　见马伯雄
马君叔平、马叔平　均见马衡
马君武 **1925.**6.8*
马连良（京剧演员）**1921.**12.19*
马邻翼（字振吾。日记中称马次长、
　　馆长）**1921.**6.4*，12.27
马明公　见马朝铣
马星联（日记中称星联）**1920.**3.5*，
　　4.10,4.12
马叙伦（字夷初。日记中称马夷初、
　　夷初）**1922.**11.19*；**1925.**3.16,
　　9.1,10.18；**1926.**4.27
马夷初　见马叙伦
马裕藻（字幼渔。日记中称幼渔）
　　1925.7.19*
马准（字绳甫，京师图书馆工作人员。
　　日记中称绳甫、太玄）**1924.**
　　8.24*，9.24，10.1；**1925.**1.13,
　　1.28,2.14,3.6,5.12,7.1,7.19；
　　1926.1.5,1.6,1.7,5.14
迈尘　见何则相
茅乃文（字攸也，京师图书馆工作人
　　员。日记中称乃文）**1926.**4.11*
梅光羲 **1920.**4.2*
梅兰芳（字畹华。日记中又称梅畹
　　华、兰芳、畹华）**1920.**10.31*，
　　11.13；**1921.**1.22，5.23；**1923.**
　　2.11,8.24,11.12；**1924.**6.30

梅艇（昆曲演员）**1924**. 3. 3

梅畹华　见梅兰芳

孟君（燕京大学女校书记员，日记中又称孟书记）**1925**. 9. 22，10. 31，11. 26，12. 22；**1926**. 3. 19，4. 10，4. 25，5. 24

孟书记　见孟君

梦旦　见高凤谦

梦华　见韩嵩寿

梦吉　见梦姞

梦姞（日记中又写作梦吉）**1922**. 6. 27；**1923**. 5. 5；**1925**. 10. 26

梦麟　见蒋梦麟

勉皆　见瞿士勋

珉侄　见俞玟

敏望　见陈敏望

名畑应顺（日本大谷大学学生）**1923**. 9. 4

鸣一　**1920**. 4. 16，4. 23；**1924**. 9. 11；**1925**. 2. 5，11. 4

默君　见张默君

母亲　见赵老太太

木斋　见李盛铎

牧野田彦松（日本陆军通译官）**1920**. 3. 17

慕蕃、慕藩　均见慕凡

慕凡（日记中又写作慕藩、慕蕃）**1922**. 6. 19，8. 14；**1923**. 7. 7

穆宗（同治帝）**1925**. 7. 25*

N

乃文　见茅乃文

南海　见康有为

南湖　见廉泉

南皮　见张之洞

内务高　见高凌霨

念慈　见刘念慈

念观　见邓念观

P

潘焕文（日记中又称焕文）**1920**. 11. 15；**1921**. 1. 22，1. 23，2. 6，2. 8，2. 10，2. 21，3. 10，3. 27，4. 4，10. 9，12. 5，12. 22；**1922**. 1. 30，6. 5，7. 24，10. 30；**1923**. 2. 2，2. 16，9. 24；**1924**. 2. 13，11. 19

潘镜芙（日记中称镜芙）**1920**. 4. 8，10. 11；**1922**. 8. 12；**1925**. 8. 25，8. 28，9. 6，9. 16，10. 25，12. 2；**1926**. 3. 1，6. 29

潘雨人（无锡私立竞志女学校同事。日记中称雨人、新郎）**1920**. 5. 25；**1921**. 6. 10，8. 21，10. 8，10. 9，**1922**. 1. 30；**1923**. 2. 2；**1926**. 2. 27，2. 28，3. 1，3. 20

庞敦敏　见庞国锜

庞国锜（字敦敏。日记中称庞敦敏、敦敏）**1920**. 10. 25*，11. 1，12. 25；**1921**. 1. 22，1. 23，2. 6，3. 27；**1923**. 2. 2；**1924**. 3. 24，10. 23；1926. 2. 7，2. 28

佩葱（京师图书馆工作人员）**1920**. 3. 19，4. 10

彭谷波(彭玉麟之曾孙。日记中称谷波、彭世兄)**1921**. 11. 6*;**1922**. 12. 2;**1924**. 6. 6

彭见贞(俞陛云发妻。日记中称彭淑人)**1925**. 10. 26*

彭槤(字阜农,京师图书馆工作人员。日记中又称阜农)**1923**. 4. 25*,5. 10,5. 13,5. 15

彭教长、彭总长 均见彭允彝

彭世兄 见彭谷波

彭寿莘(字子耕)**1924**. 10. 25*

彭淑人 见彭见贞

彭允彝(日记中又称彭教长、彭总长)**1922**. 12. 1*;**1923**. 1. 18,1. 19,1. 24,1. 30,3. 23

彭植基(字钦和,京师图书馆工作人员。日记中称钦和)**1923**. 5. 15*,9. 7;**1924**. 2. 13

飘萍 见邵振青

平伯、平倩 均见俞平伯

平甫 见秦毓钧

蒲洛斯(美国。20世纪20年代译为"E. R. 巴洛兹",现译为"埃德加·赖斯·巴勒斯")**1925**. 9. 26*

濮世桢(字子干,京师图书馆工作人员。日记中称子干)**1925**. 4. 30*

Q

齐君树屏 见齐念衡

齐念衡(字树平。日记中又称树屏、齐君树屏)**1920**. 5. 24*;**1925**. 3. 30,4. 26

淇泉 见沈卫

杞人(无锡丽则女校同事)**1920**. 2. 27;**1924**. 1. 19

钱稻孙(字介眉。日记中称稻孙)**1925**. 4. 29*,10. 23,10. 24,11. 1,11. 2,11. 6,11. 8,11. 13,11. 14,11. 17,11. 20,11. 25,11. 26,11. 27,11. 28,12. 1,12. 22,12. 29

钱基博(字子泉,别号潜夫。日记中称潜夫、子泉)**1920**. 9. 2*;**1924**. 11. 14;**1925**. 9. 8;**1926**. 1. 10,2. 21,5. 9,5. 30

钱基厚(字孙卿。日记中称孙卿)**1920**. 4. 10*,5. 25

钱金福(京剧演员)**1920**. 10. 31*

钱能训(字干臣。日记中称干臣)**1921**. 3. 23*;**1923**. 3. 29;**1924**. 6. 7

潜厂、潜庵 均见张乾惕

潜夫 见钱基博

钦和 见彭植基

秦毓钧(字祖同,号平甫。日记中称平甫)**1926**. 5. 26*

琴雪芳(坤剧演员)**1923**. 1. 31*,11. 12

覃寿坤(字孝方。日记中称覃孝方)**1925**. 5. 23*

覃孝方 见覃寿坤

勤士 见章勤士

清逊帝 见爱新觉罗·溥仪

秋瑾（字竞雄，号鉴湖女侠）**1924.** 8.30*
秋桐　见章士钊
裘桂仙（京剧演员）**1920.** 10.31*，11.13
裘善元（字子元。日记中又称裘子元、子元）**1924.** 11.9*；**1925.** 3.7，3.30，8.11
裘子元　见裘善元
屈文六　见屈映光
屈映光（字文六。日记中称屈文六）**1920.** 3.8*
瞿师占（日记中又称瞿医、师占）**1924.** 9.21，11.18；**1925.** 1.27
瞿士勋（字勉皆，京师图书馆工作人员。日记中称瞿姓、勉皆）**1922.** 11.2*，12.19
瞿姓　见瞿士勋
瞿医　见瞿师占
曲园老人、曲园叔祖　均见俞樾
全君、全庶务　均见全希贤
全绍清（字希伯）**1922.** 7.20*
全希贤（燕京大学庶务。日记中称全希贤、全君、全庶务）**1925.** 9.1，10.30，11.24，12.11；**1926.** 1.9，4.9，4.14
荃庐（昆曲演员）**1924.** 3.3

R

饶汉祥（字瑟僧）**1926.** 1.1*
任棣卿（艳厂，昆曲演员）**1924.** 3.3
任孚、任甫、任父、任公　均见金守淦
任公　见梁启超
任之　见黄炎培
荣芳　见李荣芳
容月舫 **1920.** 7.18；**1922.** 4.3
如宾　见孙如宾
茹富兰（京剧演员）**1921.** 4.8*
儒堂　见王正廷
汝兼　见沈谦
汝南　见赵倜
阮公纯（日记中又称公纯）**1920.** 4.23*，4.28
瑞德宝（京剧演员）**1920.** 11.28*
润生　见俞润生

S

三多（字六桥。日记中称六桥）**1920.** 5.3*
三哥　见俞陛云
三嫂　见许之仙
三外甥、三外孙、三侄孙　均见郭可诠
三侄、三侄女　均见新侄
三侄、三侄女　均见俞琳
三侄孙　见俞润民
嫂　见四嫂
嫂氏　见许之仙
森玉　见徐鸿宝
山口察常（日本文学士）**1925.** 8.8
尚富霞（京剧演员）**1921.** 4.8*，12.19
尚小云（京剧演员）**1923.** 11.12*

少侯　见王念曾

少侯夫人　见许之颖

少林、少琳、少麟　均见劳勤余

少林之子　见劳祖云

少桐　见王少桐

少逸　见王崇周

邵飘萍　见邵振青

邵振青（字飘萍。日记中称飘萍、邵
　飘萍）**1921**. 8.9*；**1926**. 4.26，
　4.27

劭成　见廉劭成

绍彭　见金毓年

绍裘　见徐绍裘

绍轩　见张勋

绍原　见江绍原

绍周夫妇　见嵇长康

申甫、申父　均见堵福诜

沈保儒（号定九。日记中称定九）
　1920. 3.8*，4.27，5.16，10.21；
　1921. 1.10，4.4，11.12；**1922**.
　1.28；**1923**. 2.16，9.9；**1924**. 2.5，
　6.1，9.3，9.4，9.5；**1926**. 2.13

沈斌如（京剧演员。日记中称小小
　楼）**1920**. 10.31*

沈炳儒（号蔚文。日记中称蔚文）
　1920. 5.16*，6.20，10.21；**1921**.
　1.10，2.2，2.6，2.8，4.4，11.12，
　12.22；**1922**. 1.30，10.30，12.11；
　1923. 1.15，1.19，2.16，9.8，9.24，
　11.11；**1924**. 2.5，5.26，6.1，11.2，
　11.3；**1925**. 1.2，1.23，1.24，3.23，

7.16，10.13，10.26，11.19；**1926**.
　4.12，5.17

沈伯珊（日记中又称伯珊）**1924**. 12.7，
　12.13，12.14；**1925**. 11.2，11.3，
　11.5

沈博士、沈医士　均见沈谦

沈富贵（京剧演员）**1921**. 4.8*，12.19

沈桂珍（日记中称桂珍、桂甥、甥）
　1920. 3.7*，3.27，4.11，4.24，
　5.10，7.12，7.18，9.17，10.6，
　10.21，11.5，12.27；**1921**. 2.8，
　5.23，6.11，10.1；**1922**. 6.4，6.11；
　1923. 4.8，9.9；**1924**. 8.4，8.9，
　8.31，9.6；**1925**. 3.18，9.20，9.21，
　9.27，12.21；**1926**. 3.15，4.3，4.5，
　4.12，4.14，4.26，5.29

沈家小麓　见沈小麓

沈兼士（日记中又称兼士）**1924**.
　11.9*；**1925**. 4.1，5.15，5.19，
　6.10，9.1，9.22，10.31；**1926**.
　1.30，3.17，3.25，4.27

沈钧儒（号衡山。日记中称衡山）
　1922. 12.11*；**1925**. 1.24；**1926**.
　2.13，3.8，3.15，3.17，3.20，4.12

沈彭年（字商耆。日记中称沈商耆）
　1922. 8.13*

沈谦（号汝兼。日记中又称沈博士、
　沈医士、汝兼、小菅）**1926**. 3.8*，
　3.10，3.15，3.17，3.22，3.25，
　6.14，6.24，6.26，7.1

沈人燕（日记中称燕官、燕孙）**1923**.

7.2*；**1924**.4.27，7.13；**1925**.
1.26，9.21，10.2，11.21；**1926**.
3.7，6.22，7.12

沈瑞麟（字砚斋，外交部次长。日记
中称外次沈）**1923**.6.15*

沈商耆　见沈彭年

沈士远（日记中称士远、沈士远、思
远）**1925**.5.15*，6.10，7.19；
1926.1.30，3.10，3.25

沈卫（号淇泉。日记中称淇泉）**1926**.
6.26*

沈小麓（日记中称沈家小麓、小麓）
1921.2.14，4.3；**1925**.10.13

沈孝儒（号仲朴。日记中称沈仲朴）
1926.6.26*

沈恂儒（号实甫。日记中称实夫、实
孚、实甫）**1920**.3.11*，3.12，4.8，
4.11，4.19，4.20，4.25，4.27，5.3，
5.8，5.9，5.10，5.15，5.16，7.6，
7.8，7.12，10.6；**1921**.10.9；**1922**.
4.17，12.10，12.11，12.12，12.25；
1923.1.15，3.15，3.18，3.19，
3.20，3.21，3.26，4.2，4.8，4.16，
5.21，7.1，7.2，7.15，8.26，9.9，
9.10，9.16，9.17，9.24，9.25，
10.21，10.22，11.11，11.12；**1924**.
1.3，1.14，2.5，2.6，2.8，2.11，
2.18，2.24，4.27，4.28，5.26，
7.13，7.28，8.4，8.6，8.9，8.10，
8.20，8.31，9.1，9.11，10.25，
11.2，11.3，11.30；**1925**.1.23，

1.24，1.26，3.18，3.23，6.25，
6.29，7.16，7.20，8.3，8.24，8.30，
9.1，9.6，9.13，9.20，9.21，9.22，
9.25，9.26，9.27，10.2，10.4，
10.9，10.13，10.14，10.24，10.25，
11.8，11.9；**1926**.1.10，2.1，2.13，
2.27，2.28，3.1，3.7，3.8，3.15，
3.20，4.12，6.10，6.14，6.22，
6.25，6.26，6.27，7.4，7.10，7.12，
7.25

沈尹默（日记中称君默）**1925**.5.15*，
6.10；**1926**.1.30

沈仲朴　见沈孝儒

甥　见沈桂珍

甥　见小东甥

绳甫　见马准

师梅、师子　均见王师梅

师占　见瞿师占

施东森（俞同钰夫婿。日记中称东
森）**1920**.3.1*，3.7，3.8，3.15，
3.22，3.27，3.29，4.1，4.4，4.5，
4.12，4.16，4.18，4.21，4.24，
4.25，5.16，5.24，6.6，6.20，6.21，
7.30，7.31，8.22，8.23，8.31，9.6，
9.19，9.24，9.26，9.27，10.4，
10.11，10.13，10.18，10.29，11.7，
11.8，11.20，11.29，12.3，12.7，
12.12，12.18，12.20，12.21；**1921**.
1.1，1.2，1.10，1.17，1.23，1.24，
1.28，1.31，2.6，2.8，2.9，2.21，
3.7，4.7，6.10，6.12，6.19，7.10，

7. 13，7. 14，7. 26，8. 4，8. 16，9. 30，
10. 1，10. 2，10. 3，10. 13，10. 18，
10. 31，11. 25，11. 27，12. 4，12. 12，
12. 24，12. 25；**1922**. 1. 3，1. 15，
1. 16，1. 23，1. 28，2. 7，2. 12，2. 19，
2. 27，3. 10，3. 12，4. 25，5. 25，
7. 26，8. 25，8. 30，10. 23，11. 5，
11. 6，11. 12，12. 11，12. 12，12. 15，
12. 25；**1923**. 1. 29，2. 15，2. 16，
2. 26，3. 4，3. 5，3. 19，4. 15，5. 7，
6. 24，7. 1，8. 14，9. 8，12. 9；**1924**.
3. 2，3. 3，3. 20，3. 26，4. 7，9. 22，
10. 10；**1925**. 12. 13；**1926**. 3. 17，
3. 28，3. 29，4. 3，4. 12，5. 10，6. 15，
6. 25，7. 3，7. 17，7. 18，7. 19，7. 28

施东森之八妹（日记中又称八妹、小
　姑）**1920**. 12. 7＊；**1921**. 1. 2，4. 7；
　1922. 8. 13，8. 30；**1926**. 6. 15

施东森之六弟（日记中又称六弟、施
　家六弟、施六）**1920**. 12. 7＊；**1921**.
　1. 2，10. 1；**1922**. 7. 26，8. 13，8. 30；
　1923. 11. 11

施东森之四妹（日记中又称四妹、施
　家四妹）**1920**. 12. 7＊；**1921**. 1. 2；
　1922. 8. 13，8. 30，11. 19

施家六弟、施六　均见施东森之六弟

施家四妹　见施东森之四妹

施宅外甥　见小东甥

石君（燕京大学女校庶务。日记中又
　称庶务）**1925**. 9. 22，9. 26，10. 31；
　1926. 1. 5，1. 17，1. 20，1. 26，3. 19，

4. 26，5. 24

石雨农（日记中又称雨农）**1925**.
　10. 7；**1926**. 3. 23，5. 11，7. 1

石曾　见李煜瀛

实夫、实孚、实甫　均见沈恂儒

史、史子年　均见史锡永

史锡永（字子年，京师图书馆工作人
　员。日记中称子年、史、史子年）
　1921. 3. 24＊，8. 5，8. 11，8. 12，
　8. 17，8. 18，9. 1，9. 2，9. 14，9. 18，
　9. 19，9. 27，9. 29，10. 4，10. 7，
　10. 12，10. 13，10. 21，10. 27，
　12. 14；**1922**. 2. 14，2. 21，8. 4，9. 6，
　11. 2；**1923**. 1. 16；**1924**. 8. 29，
　9. 21；**1925**. 4. 30，10. 11

士远　见沈士远

式之　见章钰

寿鹏飞（字洙邻）**1925**. 4. 28＊

寿祥　见杨伯良

叔鲁　见王克敏

叔平　见马衡

舒贻上　见舒之鎏

舒之鎏（字贻上，京师图书馆工作人
　员。日记中称舒贻上、贻上）**1923**.
　5. 15＊；**1924**. 2. 13

淑莲弟妇　见陈漪涟

庶务　见石君

树屏　见齐念衡

舜人　见李坤

司法程　见程克

司徒、司徒校长　见司徒雷登

司徒夫人　见艾琳

司徒雷登（日记中又称司徒、司徒校长）**1925**.6.10*，10.24，10.28，10.30，11.9，11.24，11.27；**1926**.2.26，3.24，5.24

思远　见沈士远

四哥　见俞箴玺

四妹　见施东森之四妹

四嫂（日记中又称嫂）**1920**.3.2，3.6，3.19，4.23，4.28；**1924**.9.10，9.12，9.21，9.28，11.2，11.16；**1925**.1.23，4.13，5.29，8.2，8.24，8.31，9.21，10.8，10.24，10.25，11.9，11.20，11.21，11.23，12.14；**1926**.2.7，2.28，3.1，5.10，6.18，6.26

四侄女（俞同奎之女）**1920**.6.19，6.21；**1924**.7.14；**1926**.7.25

松老、松云　均见吴松云

松坡　见蔡锷

宋琳（字紫佩，京师图书馆工作人员。日记中又称子佩）**1920**.8.12*；**1925**.11.16，11.17；**1926**.2.9，2.10

颂僧、颂生　均见爨汝僖

苏斌泰（京剧演员）**1920**.10.31*

素文（俞泽箴夫人）**1920**.3.6*，3.12，3.20，4.16，4.18，4.30，6.7；**1921**.4.28，7.16，9.7；**1922**.2.8，3.25；**1923**.2.1，10.25；**1925**.3.27，8.24，9.28，12.30；**1926**.3.5，

4.25，5.11，5.22，7.12

素训（无锡私立竞志女学校同事）**1920**.3.3，3.11，3.13，3.20，3.30，6.2，7.8，9.2；**1923**.6.1

溯伊（无锡图书馆工作人员）**1923**.7.27，9.21；**1924**.10.1；**1926**.7.6

孙　见孙传芳

孙北海、孙君、孙君北海　均见孙初超

孙斌恒（京剧演员。日记中称小振庭）**1920**.10.31*；**1921**.2.10

孙伯恒　见孙壮

孙初超（字北海，京师图书馆工作人员。日记中称孙君北海、孙君、孙北海、北海）**1920**.3.24*，4.4；**1922**.7.28，7.30；**1923**.3.27；**1924**.3.4

孙传芳（字馨远。日记中又称孙馨远、孙、馨远）**1925**.10.16*，10.19，10.27

孙揆均（号寒厓。日记中称寒厓）**1921**.6.27*，8.29

孙女　见郭蕴宜

孙培亭（河北梆子演员。日记中称孙佩亭）**1920**.10.31*

孙佩亭　见孙培亭

孙卿　见钱基厚

孙荣彬（号止叟。日记中称止叟）**1921**.11.13*

孙如宾（日记中又称如宾）**1923**.4.20，7.24；**1924**.3.10；**1925**.

12.10

孙揆（字雨仓。日记中称雨苍、孙雨
苍）1920.3.11*，4.10，4.14，5.6，
5.8，5.20，5.27，6.26，6.27，6.29，
7.1，7.3，7.7，7.8，7.9，7.13，
7.18，7.19，7.23，7.28，8.11，
8.23，8.27，8.31，9.2，9.4，9.16，
9.17，9.19，9.25，9.29，10.2，
10.12，10.15，10.24，10.25，10.26，
10.31，11.2，11.4，11.6，11.7，
11.8，11.12，11.13，11.26，11.28，
12.9，12.11，12.22，12.25，12.31；
1921.1.7，1.16，1.20，1.23，1.24，
1.30，2.26，2.28，3.6，3.19，3.25，
4.4，4.5，4.8，4.11，4.15，4.21，
5.1，5.6，5.14，5.19，5.24，6.9，
6.10，6.17，6.20，6.22，6.30，7.2，
7.5，8.3，8.16，9.4，9.11，9.12，
9.25，10.26，12.5，12.21；**1922**.
1.16，2.10，2.11，3.3，4.23，5.12，
5.18，6.19，7.2，7.4，9.9，9.11，
10.17，11.26；**1923**.1.9，1.15，
2.7，3.8，3.24，4.8，4.20，4.21，
5.20，5.24，5.29，6.3，6.27，7.7，
9.18，9.22，11.12，11.16，11.25，
12.17，12.27；**1924**.1.10，1.28，
2.8，2.9，12.17；**1925**.7.28，8.1，
8.3，8.16，8.17，8.30，9.8，9.19，
9.28，10.19，10.27，11.1，11.2，
11.12，12.2，12.4，12.13，12.15，
12.20，12.29；**1926**.1.3，1.5，

1.10，1.17，1.21，1.31，2.7，2.16，
2.21，2.25，3.5，3.9，3.14，3.21，
3.25，3.28，4.9，4.11，4.18，4.22，
4.28，5.2，5.30，6.6，6.10

孙盛辅（京剧演员）**1921**.4.8*，12.19

孙叔英（笑僧，昆曲演员）**1924**.3.3

孙蔚材（日记中又称蔚材）**1926**.
4.28，4.29，5.28，5.30

孙文　见孙中山

孙馨远　见孙传芳

孙雨苍　见孙揆

孙禹行　见孙岳

孙岳（字禹行。日记中称孙禹行）
1925.7.20*

孙振家（日记中称京兆）**1921**.2.18*

孙拯（字济扶。日记中称雨苍令姊、
赤忱夫妇、济扶）**1923**.5.29*，6.
22；**1925**.8.16；**1926**.1.17

孙中山（名文，字逸仙。日记中称中
山、孙文）**1921**.2.18*；**1924**.
12.2；**1925**.3.12，3.19；**1926**.3.12

孙壮（字伯恒。日记中称孙伯恒、伯
恒）**1925**.10.16*，11.2

孙卓如（无锡私立竞志女学校同事。
日记中称卓如）**1923**.8.7*；**1924**.
2.18

孙紫菡（昆曲演员。日记中称紫菡）
1923.8.24；**1924**.3.3

T

太虚（佛教大师）**1925**.5.18

太玄　见马准

太炎　见章炳麟

谭、谭公、谭公志贤、谭君　均见谭
　　新嘉

谭富英（京剧演员）**1921**.4.8*,12.19

谭小培（京剧演员）**1920**.11.13*

谭新嘉（字志贤,京师图书馆工作人
　　员。日记中又称志贤、谭公志贤、
　　谭公、谭君、谭志贤、志闲、谭志闲、
　　谭）**1920**. 4.19*, 5.31, 6.22,
　　6.28, 7.8, 10.21, 11.17;**1921**.
　　1.3,3.31;**1922**. 1.4,2.23,4.29,
　　9.27, 10.28, 11.2, 11.3, 12.21;
　　1923. 2.3, 2.7, 3.22, 3.27, 4.25,
　　5.10,5.13,5.15,5.16,8.29,9.2,
　　9.4,9.10,9.17,10.16;**1924**. 3.1,
　　3.4;**1925**. 1.27,9.4,9.12,9.21,
　　12.12;**1926**.6.3

谭志闲、谭志贤　均见谭新嘉

汤爱理　见汤中

汤尔和　见汤𤲞

汤𤲞（字尔和。日记中称汤尔和）
　　1922.7.20*

汤中（字野民。日记中称汤爱理、爱
　　理）**1922**.5.26*;**1923**.8.6,11.30

唐溟赓 **1925**.4.10

唐之道（字润甫）**1926**.4.10*,4.16

堂上　见赵老太太

陶显亭　见陶显庭

陶显庭（昆剧演员。日记中称陶显
　　亭）**1921**.1.9*

陶岩　见章勤士

滕纯府、滕君　均见滕树德

滕树德（字纯甫,京师图书馆工作人
　　员。日记中称滕君、纯府、滕纯府）
　　1924.2.9*,2.13,9.17

体仁　见范体仁

天生　见杨鹤翔

田桂凤（京剧演员）**1923**.11.12*

田畸博士（日本）**1926**.7.2

田维勤（字毅民）**1926**.7.10*,7.13

铁眉　见侯鸿鉴

铁珊　见魏馘

铁阳 **1920**. 6.5, 7.3, 7.11;**1921**.
　　4.17,5.6,6.14,7.7,9.12,10.26,
　　12.5,12.8

汀鹭　见胡振

庭翼　见吴庭翼

同和　见俞同和

同一　见邹家麟

同钰　见俞同钰

桐嫂　见蔡吉宝

童曼秋（敬棠,昆曲票友）**1924**.3.3

W

外次沈　见沈瑞麟

外交总长　见颜惠庆

畹华　见梅兰芳

汪大燮（字伯唐。日记中称伯棠）
　　1922.12.1*

王表姊、王大表姊　均见王氏表姊

王斌芬（京剧演员）**1920**.12.13*,

12.31；**1921**.2.10

王承斌（字孝伯）**1924**.10.25*

王崇周（字少逸，京师图书馆工作人员。日记中称少逸、王少逸）**1924**.12.26*；**1925**.5.4

王宠惠（字亮畴。日记中称亮畴、王亮俦）**1922**.12.1*；**1926**.5.13

王次长　见王章祜

王大姑母　见俞锦孙

王凤喈 **1925**.8.6*

王凤卿（京剧演员。日记中又称凤卿）**1920**.10.31*，11.13；**1921**.1.22；**1923**.2.11，8.24

王馆长　见王章祜

王怀庆（字懋宣。日记中又称王懋宣）**1922**.3.3*；**1923**.6.13

王焕宸　见王文清

王蕙芳（京剧演员）**1920**.10.31*；**1921**.1.22

王九龄（京剧演员）**1921**.2.10*

王九龄（字竹村。日记中称王竹村、新总长）**1925**.3.16*，3.24

王君（湖北人，到京师图书馆参观敦煌写经者）**1924**.1.17

王康侯　见王豫卿

王克敏（字叔鲁。日记中称叔鲁）**1923**.6.14*

王亮俦　见王宠惠

王懋宣　见王怀庆

王念曾（字少猴，号啸猴，别署少侯。日记中称少侯、啸猴、啸侯）**1920**.

3.6，7.3*，7.10，7.13，8.12，8.21，10.8，10.10，11.13，11.20，11.23；**1921**.1.10，2.8，2.27，3.8，3.14，3.23，6.10，7.27，8.7，8.8，9.28，10.11，11.12，11.13，12.15，12.16；**1922**.1.28，5.31，6.18，6.27，7.25，7.28，10.5，11.28；**1923**.2.2，2.16，2.19，3.29，4.9，5.2，5.7，5.27，6.16，6.18，8.6，9.8，9.16，9.21，9.23，9.25，10.7，11.21；**1924**.1.7，2.5，2.10，3.9，4.20，4.24，5.27，6.6，6.15，11.2，11.10，11.14，12.14；**1925**.1.24，4.9，5.5，5.10，5.20，7.12，7.16，8.29，10.2，10.7，10.26，11.19，11.29；**1926**.1.4，1.17，2.13，4.11，6.14

王聘卿　见王士珍

王儒堂　见王正廷

王少桐（日记中称少桐）**1920**.6.20*；**1921**.1.10，2.8，4.4，6.27，8.7，8.15，9.28，11.12，11.13，12.16，12.19；**1922**.1.28，5.31；**1923**.2.16，5.2，5.7，9.8，10.7，11.10，11.21；**1924**.2.10，4.20，6.5，6.7，9.5，9.14；**1925**.1.24，4.9，10.26，11.19；**1926**.1.4，2.5，2.8，2.13，3.1，4.19，4.25，4.27，5.4，6.14

王少逸　见王崇周

王师梅（日记中称师梅、师子）**1920**.3.5*，3.11，4.10，4.11，4.12，

4.16,5.25,7.6,7.7；**1921**.3.3,
7.26；**1922**.3.25；**1923**.3.8,9.20,
9.26,10.14；**1924**.1.8,1.22,
2.26,3.24；**1926**.1.4,3.23,5.17

王士珍(字聘卿。日记中称王聘卿)
1926.4.10*,4.16

王氏表姊(王康侯之女。日记中又称
大表姊、王大表姊、王表姊)**1920**.
6.19；**1923**.2.19,6.16；**1924**.1.7,
2.10；**1925**.4.8,10.2,

王素意(燕京大学教职员)**1926**.3.27

王禔(字维季,号福盦)**1925**.4.21*

王文清(字焕宸,京师图书馆工作人
员。日记中称王焕宸)**1925**.7.7*

王文源(京剧演员。日记中称五龄
童)**1920**.10.31*,12.13,12.31；
1921.2.10,3.6

王岫庐　见王云五

王雪赓(协和医院医生,日记中又称
王医士)**1926**.3.26,4.2

王一堂　见王揖唐

王医士　见王雪赓

王揖唐(日记中又称王一堂)**1924**.
3.24*；**1926**.3.23

王又宸(京剧演员)**1920**.11.13*；
1923.2.11

王幼荃(北京高等工业专门学校庶
务。日记中又称幼荃、幼诠)**1922**.
10.17,10.18,11.5,12.29,12.31；
1923.1.1,1.3；**1926**.6.7

王豫卿(字康侯。日记中称王康侯)

1925.11.19*

王云五(字岫庐。日记中称王岫庐)
1924.11.7*

王占元(字子春。日记中称王子春)
1921.6.21*

王章祜(字叔钧。日记中称王次长、
王馆长)**1920**.10.14*；**1921**.
3.29*

王肇祥(字麟伯。日记中称麟伯、灵
伯)**1921**.7.21*,7.23,11.13；
1922.6.27；**1923**.2.19,5.2,9.25；
1925.7.16,10.2；**1926**.1.4

王正廷(字儒堂。日记中称王儒堂、
儒堂)**1924**.10.27*,10.28

王竹村　见王九龄

王子春　见王占元

威廉、煜莲　均见洪业

威廉夫人　见江安真

韦棣华(Wise Wood,武昌文华大学
图书馆馆长)**1925**.5.27*,5.30

卫兴武(字彦平、燕平)**1925**.11.28*

味农(京师图书馆工作人员)**1920**.
4.4*

慰苍(京师图书馆工作人员)**1921**.
2.11,2.18,2.19,5.9

慰存　见俞慰存

慰竞　见侯毓汾

蔚材　见孙蔚材

蔚如　见黄豹光

蔚文　见沈炳儒

魏女士、魏生　见魏士毅

魏士毅(燕京大学学生。日记中又称
　魏生、魏女士)**1926**.3.19*,3.20,
　3.24,3.27

魏铖(字铁三、铁珊。日记中称铁珊)
　1920.5.21*,5.24,5.30,6.2,
　6.7,11.17

魏拯之(燕京大学学生。日记中又称
　拯之)**1926**.3.19,4.13

温肃(字毅夫。日记中称温御史)
　1920.8.3*

温御史　见温肃

文襄　见张之洞

翁松禅　见翁同龢

翁同龢(号松禅。日记中称翁松禅)
　1925.7.22*,7.23,7.24,7.25

乌琳　见朱小隐

吴　见吴长涛

吴宝彝(京师图书馆工作人员。日记
　中称吴君)**1920**.7.8*,7.20,
　10.17

吴炳湘**1926**.4.16*

吴长涛(日记中又称长涛、吴)**1925**.
　9.6*,9.27,11.21,12.25,12.31;
　1926.2.7,2.15,3.10,4.11,4.21,
　4.26,5.29,5.31,6.15,6.25

吴承湜　见吴承仕

吴承仕(字緼斋、检斋。日记中称吴
　承湜)**1925**.2.26*,3.5,3.24

吴德亮(字寅斋,京师图书馆工作人
　员。日记中称寅斋、吴寅斋)**1920**.
　4.4*;**1924**.2.13,10.24,12.26;

1925.3.29,6.6,10.15,12.12

吴孚威、吴氏、吴子玉　均见吴佩孚

吴观蠡(日记中称观蠡)**1924**.11.14*

吴敬恒(字稚晖。日记中称稚辉)
　1923.3.17*

吴君　见吴宝彝

吴雷川　见吴震春

吴佩孚(字子玉。日记中又称子玉、
　孚威、吴氏、吴子玉、吴孚威)**1920**.
　7.20*;**1921**.4.19;**1922**.4.1;
　1924.9.16,10.25,10.28,11.3;
　1925.9.19,10.27;**1926**.4.10

吴荣鬯(字震修。吴松云之子。日记
　中称震修)**1920**.11.4*

吴松老　见吴松云

吴松云(日记中称松老、吴松老、松
　云)**1920**.5.31*,7.9,9.10,
　10.15,10.30,10.31,11.3,11.4,
　11.14;**1921**.1.20,1.23,1.25,
　2.21,4.25,10.11,10.13,10.26,
　11.20,11.28,12.19,12.21;**1922**.
　4.3,8.14,9.11,10.23;**1923**.1.8,
　1.15,1.29,10.22,10.25;**1925**.
　9.28

吴庭翼(日记中又称庭翼)**1921**.1.9,
　1.23,5.14;**1923**.3.5

吴翔甫　见吴钟麟

吴孝侯(日记中又称孝侯)**1920**.4.4,
　5.30;**1924**.2.2

吴新田(字芑荪)**1925**.7.20*

吴兴　见徐鸿宝

吴寅斋　见吴德亮

吴瀛（字景洲，亦作景周）**1925.**
　2.28*,3.17

吴掌衡（号拙厂。日记中又称掌衡）
　1921. 1.22，1.23，2.2，2.6，2.8，
　3.10，6.10，6.27，10.9，12.5，
　12.22；**1922.** 1.30，3.27；**1923.**
　2.2，2.16；**1924.** 2.13，3.3，3.17；
　1926. 2.27，2.28

吴兆元（字养臣。日记中称玉禅老
　人）**1926.** 5.14*

吴震春（字雷川。日记中称吴雷川、
　雷川）**1924.** 3.25*；**1925.** 6.10，
　11.24；**1926.** 1.9，1.30，3.10，
　3.25，3.27，4.28

吴钟麟（字翔甫。日记中称吴翔甫）
　1925. 4.11，4.14

五龄童　见王文源

午桥　见端方

武文华（京剧演员）**1921.** 4.8

X

希民、希闵、希明　均见侯毓汶

锡侯、锡侄　均见俞慰存

席启驷（字鲁思）**1925.** 4.17*，8.23

夏冰兰（侯鸿鉴夫人。日记中称冰
　兰）**1921.** 7.14，8.1*，8.9，8.28

夏敬观（字剑丞。日记中称夏君剑
　丞、剑丞）**1922.** 9.25*，10.13，
　10.16

夏君剑丞　见夏敬观

湘臣（日记中又称湘丞）**1920.** 11.4；
　1921. 2.21；**1924.** 6.5

湘丞　见湘臣

项城　见袁世凯

项微尘　见项骧

项骧（字微尘。日记中称项微尘）
　1923. 8.4*

项燕北（日记中又称燕北）**1920.** 4.3，
　4.5，5.21，5.30，6.1

萧长华（京剧演员）**1923.** 11.12*

小禅　见余小禅

小东甥（施东森、俞同钰之子。日记
　中又称施宅外甥、甥）**1920.** 4.12，
　6.20；**1921.** 6.19；**1923.** 7.23；
　1925. 9.21，10.2，11.21；**1926.**
　7.17

小峰　见李小峰

小姑　见施东森之八妹

小桂花　见计斌慧

小菅　见沈谦

小楼　见杨小楼

小鹿　见郭则沄

小麛　见沈小麛

小小楼　见沈斌如

小振庭　见孙斌恒

晓南　见朱晓南

啸缑、啸侯　均见王念曾

啸陆、啸鹿、啸麓、啸六、筱麓　均见
　郭则沄

孝侯　见吴孝侯

胁本寿泉（日本学生）**1923.** 9.4

新郎　见潘雨人

新人　见珠儿

新侄（俞同奎之女，日记中称新侄、三
　侄女、三侄）**1920**. 4. 4, 4. 8, 6. 19,
　7. 18, 7. 19, 7. 31；**1921**. 7. 21；
　1922. 8. 6, 12. 24；**1923**. 6. 4, 7. 29；
　1924. 3. 30, 3. 31；**1925**. 6. 26,
　10. 24；**1926**. 2. 15, 4. 12

新总长　见王九龄

馨远　见孙传芳

星槎　见叶贵源

星弟、星枢　均见俞同奎

星弟夫人　见陈漪涟

星联　见马星联

星曙　见徐桢祥

醒民　见黄醒民

杏村　见张鉴

熊锦帆　见熊克武

熊克武（字锦帆。日记中称熊锦帆）
　1920. 6. 11*

徐碧云（京剧演员）**1920**. 10. 31*,
　12. 13；**1921**. 2. 10, 3. 6；**1923**.
　11. 12

徐伯瑜（日记中又称伯瑜）**1923**. 5. 1；
　1924. 12. 30, 12. 31

徐次长　见徐世章

徐东屏（无锡私立竞志女学校同事。
　日记中称东屏）**1920**. 3. 5*, 3. 7,
　3. 19, 3. 24, 4. 8, 4. 18

徐鸿宝（字森玉。日记中称徐森玉、
　徐主任、森玉、吴兴、主任）**1922**.

2. 16*, 2. 18, 5. 28, 6. 5, 7. 22,
8. 4；**1923**. 4. 2, 4. 9, 8. 4, 8. 6；
1924. 1. 31, 2. 2, 2. 3, 3. 4, 3. 15,
4. 11, 6. 17, 7. 28, 7. 29, 8. 27, 9. 2,
9. 14, 9. 17, 9. 30, 10. 2, 10. 12,
10. 24, 11. 8, 11. 11, 11. 16, 12. 11,
12. 26；**1925**. 1. 4, 1. 18, 1. 28,
1. 31, 2. 1, 2. 19, 2. 24, 2. 26, 3. 1,
3. 20, 3. 26, 4. 1, 4. 10, 4. 14, 4. 21,
4. 30, 5. 12, 5. 14, 6. 5, 6. 6, 6. 9,
6. 26, 7. 1, 7. 4, 7. 29, 8. 18, 8. 23,
8. 25, 8. 27, 8. 30, 9. 3, 9. 4, 9. 5,
9. 6, 9. 8, 9. 10, 9. 13, 9. 15, 9. 21,
9. 26, 9. 27, 9. 28, 10. 11, 10. 15,
10. 16, 10. 18, 10. 22, 10. 23,
10. 24, 12. 3, 12. 5, 12. 6, 12. 9,
12. 10, 12. 12, 12. 14, 12. 17,
12. 26；**1926**. 1. 5, 1. 29, 2. 8, 2. 9,
2. 19, 3. 12, 3. 15, 3. 17, 3. 21,
3. 23, 3. 26, 4. 9, 4. 11, 4. 13, 4. 18,
4. 22, 4. 27, 5. 1, 5. 5, 5. 8, 5. 13,
5. 15, 5. 16, 5. 18, 5. 19, 5. 22,
5. 25, 5. 27, 5. 29, 6. 1, 6. 4, 6. 6,
6. 12, 6. 18, 6. 22, 6. 24, 6. 29, 7. 6,
7. 7, 7. 10, 7. 13, 7. 16, 7. 18, 7. 21,
7. 23

徐季龙　见徐谦

徐俊人（日记中又称俊人、隽人）
　1920. 4. 17*, 4. 18, 9. 25；**1921**.
　12. 11；**1922**. 1. 29, 2. 5, 2. 11,
　3. 26, 4. 16, 4. 30, 8. 27, 9. 10,

10.5,10.10,10.17,11.5,11.12,
11.22,12.11,12.12,12.31；**1923.**
1. 1,2.11,2.15,2.16,2.17,3.19,
4.7,5.14,6.7,7.1,7.15,9.25,
11.11,11.12；**1924.** 2.17,5.24,
5.26,12.15；**1925.** 1.26,2.2,
3.18,4.28,10.13,10.24,11.2,
11.21,12.31；**1926.** 1.10,1.18,
2.13,4.24,6.7,6.8,6.9,6.14,
6.15,6.16,6.18,6.20

徐珂（字仲可。日记中称徐仲可）
1925. 11.16*

徐兰生（京昆演员）**1920.** 10.31；
1923. 11.12；**1924.** 3.3

徐谦（字季龙。日记中称徐季龙、徐
谦）**1926.** 3.19*,3.20

徐森玉、徐主任 均见徐鸿宝

徐绍裘（日记中称徐医师绍裘、绍裘）
1921. 10.24；**1922.** 7.9,10.19；
1923. 4.9,5.7；**1924.** 8.4,8.6,
8.8,8.10,8.23,8.31,9.3,9.4,
9.5,9.14；**1925.** 1.24,2.15,8.17,
9.25,12.21；**1926.** 1.4,2.5,2.7,
2.8,2.10,2.13,2.22,3.1,4.19,
4.25,4.26,4.27,4.30,5.4,5.10,
5.16,5.17,5.24,5.30,6.14,7.2,
7.3,7.4,7.5,7.7,7.9,7.10,
7.12,7.16,7.19,7.25,7.28

徐世昌（号东海。日记中称东海）
1921. 2.18*；**1922.** 4.1,6.2,6.3,
6.5；**1923.** 6.13

徐世章（交通次长,徐世昌的堂弟。
日记中称徐次长）**1920.** 10.14*

徐树铮（字又铮。日记中称徐又铮、
大树、又铮）**1920.** 7.5*；**1922.**
10.7；**1925.** 9.19,10.27；**1926.** 1.1

徐思谦（字益甫。日记中称徐益甫、
益甫）**1925.** 11.30；**1926.** 1.27,
1.28,3.16

徐伟（字仲苏。徐锡麟烈士的胞弟。
日记中称仲苏）**1924.** 2.28*,
3.25,4.21

徐锡麟（字伯苏）**1924.** 8.30*

徐医师绍裘 见徐绍裘

徐益甫 见徐思谦

徐又铮 见徐树铮

徐云生（日记中称云生）**1920.** 4.22,
6.23；**1925.** 4.7；**1926.** 6.18,6.20,
6.21,6.26,6.27,6.28

徐桢祥（字星署。日记中称星曙）
1921. 11.13*,11.16

徐志芸（日记中又称志芸）**1924.** 9.5,
9.7,9.8,9.14,11.7；**1925.** 1.10,
1.11

徐仲可 见徐珂

许宝蘅（字季湘。日记中称许婿、季
湘、季细）**1920.** 3.21*；**1921.**
1.10；**1922.** 6.19,6.27；**1923.** 2.4；
1924. 6.6；**1925.** 10.26；**1926.** 6.14

许宝驹（字昂若。日记中称昂若）
1921. 3.23*,9.6；**1922.** 10.16,
10.23,12.15；**1923.** 1.31,2.4；

1926. 1. 21

许丹（字季上。日记中称季上）1922.
　5. 24*

许二表姊（日记中又称二表姊）1920.
　7. 9，10. 4；**1921**. 6. 10，9. 28，
　10. 31；**1922**. 4. 3，4. 9，6. 18，6. 24，
　12. 23；**1923**. 2. 2，5. 1，6. 14，7. 2，
　11. 10，12. 29；**1924**. 1. 7，2. 10；
　1925. 4. 8，5. 24，9. 28，10. 2；**1926**.
　4. 6

许珏（字静山。日记中称静山）1922.
　6. 25*

许璘　见许淑彬

许世英（字静仁）1925. 11. 28*

许淑彬（闺名许璘。日记中称许璘）
　1920. 2. 27*

许婿　见许宝蘅

许逸轩（俞熙春夫婿）1923. 3. 5*

许引之（字汲侯。日记中称汲侯）
　1920. 4. 2*；**1921**. 2. 27；**1922**.
　5. 28，6. 18，12. 2；**1924**. 2. 27；
　1925. 9. 1

许佑之（日记中称佑之）1920. 5. 31，
　9. 26；**1921**. 1. 10

许之仙（俞陛云继配夫人。日记中称
　三嫂、嫂氏）1920. 3. 5，3. 6*，
　4. 10，7. 9，8. 20，8. 21，8. 25，9. 26，
　10. 4，11. 13，11. 23；**1921**. 2. 7，
　2. 8，2. 12，5. 2，5. 8，5. 11，6. 1，
　6. 10，6. 20，9. 28，10. 31，11. 13，
　11. 27；**1922**. 1. 28，4. 9，4. 13，

4. 27，4. 29，5. 1，5. 4，5. 8，5. 9，
5. 15，5. 28，6. 17，6. 18，6. 19，
7. 10，7. 25，8. 13，8. 14，9. 23，
10. 8，12. 2，12. 17，12. 23，12. 24；
1923. 1. 8，1. 24，2. 2，2. 11，2. 15，
6. 14，7. 2，8. 19，8. 24，9. 3，9. 10，
10. 7，10. 22，11. 10，11. 21，12. 29；
1924. 1. 7，2. 6，3. 3，5. 26，8. 19，
9. 12，10. 27，11. 7，11. 9，11. 10，
11. 16，12. 30；**1925**. 1. 25，2. 10，
3. 22，4. 8，5. 7，5. 24，6. 24，9. 1，
9. 28，10. 2，11. 11，11. 29；**1926**.
1. 4，1. 17，1. 21，2. 14，3. 7，3. 18，
4. 6，4. 15，4. 28，6. 14，6. 27，7. 16，
7. 19

许之颖（日记中称少侯夫人）1920.
　3. 6* 11. 13；**1923**. 3. 29，10. 7；
　1925. 5. 5，5. 10

旭东　见朱旭东

旭光 **1920**. 11. 12，11. 15；**1921**. 1. 17，
　1. 21，1. 22，1. 23，2. 2，2. 6，2. 8，
　2. 10，2. 21，3. 13，4. 4，4. 11，4. 17，
　4. 28，6. 6，6. 10，6. 20，6. 27，8. 8，
　8. 21，8. 22，10. 8，10. 9，10. 17，
　10. 31，11. 14，12. 22；**1922**. 1. 9，
　1. 24，1. 30，3. 13，3. 23，5. 22，6. 5，
　7. 3，7. 24，8. 14，10. 30，11. 26；
　1923. 1. 3，1. 15，2. 1，2. 2，2. 16，
　2. 21，4. 9，9. 17，9. 23，9. 24，
　11. 17，11. 18，11. 19；**1924**. 2. 5，
　2. 13，3. 3，3. 17，3. 24，8. 31，9. 8，

10.23，11.11，11.17；**1925**.1.2，
1.24，1.25，2.10，3.27，6.9，6.10，
10.4，10.6

勖劼**1920**.11.1，12.25，12.26；**1921**.
1.1，3.10，3.21，3.27，9.21，12.5，
12.30；**1922**.8.21；**1923**.11.19

宣统　见爱新觉罗·溥仪

萱闱　见赵老太太

薛大可（字子奇）**1925**.8.23*

薛凤昌（号公侠。日记中称公侠）
1920.5.15*，5.17，11.17；**1921**.
10.6；**1925**.9.14

学群　见郭可诜

雪君（南方同事）**1920**.3.11，10.23，
10.25，11.1，11.7；**1921**.3.3，
5.17，7.24，8.3；**1922**.9.11；**1923**.
3.8，9.19

Y

燕北　见项燕北

严尺生（湖北图书馆代表）**1925**.
6.2*，6.5

严范生　见严修

严修（字范孙。日记中称严范生）
1920.4.29*

言菊朋（京剧演员）**1923**.11.12*

阎岚秋（京剧演员。日记中称九阵
风）**1920**.11.28*

颜惠庆（字骏人。日记中又称外交总
长、颜骏人、骏人）**1920**.10.14*；
1922.6.13*；**1924**.9.15；**1926**.
5.13，5.16

颜骏人　见颜惠庆

雁南　见郭可诚

燕官、燕孙　均见沈人燕

杨宝森（京剧演员）**1920**.12.13*，
12.31；**1921**.2.10

杨伯良（字寿祥，京师图书馆工作人
员。日记中又称伯良、寿祥）**1921**.
3.5*，3.24，8.17，8.20；**1923**.
3.13，4.21；**1924**.2.26，3.4，9.24；
1925.4.2，10.17，12.12，12.22；
1926.2.20，4.11

杨德生（日记中又称德生）**1920**.
3.7*，4.12，4.19，4.20，4.24，
5.3，5.4，5.10，5.16，7.1，9.17，
10.6，10.17；**1921**.5.23；**1923**.
8.1；**1925**.9.20

杨鹤翔（字天生，京师图书馆工作人
员。日记中称天生）**1920**.8.13*；
1921.4.27，4.30，5.5，5.20

杨介卿、杨君、杨君介卿　均见杨景
震

杨景震（字介卿，京师图书馆工作人
员。日记中称介卿、杨介卿、杨君、
杨君介卿）**1920**.3.30*，4.29，
9.22，11.22，11.23，12.16；**1921**.
2.19；**1922**.3.18，3.20，3.25；
1923.3.27，5.10，5.21；**1924**.
1.19，3.4，9.24，9.25，11.10，
11.12，11.27；**1925**.1.27，5.12，
9.28，10.1，10.8，11.16，11.17；

1926. 2. 9,2. 10

杨君仲华　见杨仲华

杨蓉坡（日记中称蓉坡、楼坡）**1921.** 5. 29*，6. 10，7. 31，8. 21，9. 4；**1922.** 1. 29，8. 27；**1923.** 7. 2，8. 1；**1924.** 2. 6，2. 7，2. 25；**1925.** 1. 2，3. 18，5. 10，6. 25，7. 19，8. 24；**1926.** 4. 23，4. 27，5. 29

杨庶堪（字沧白）**1925.** 10. 26*

杨宪成（字鉴溏，京师图书馆工作人员。日记中称剑堂）**1925.** 11. 16*，12. 6；**1926.** 3. 19,4. 10

杨小楼（京剧演员。日记中又称小楼）**1920.** 9. 25*，10. 31，11. 13；**1923.** 11. 12

杨幼华（日记中称幼华）**1924.** 2. 7*，9. 28

杨幼梅（南方同事。日记中又称幼梅）**1920.** 10. 25，10. 26，10. 31，11. 4

杨宇霆（字邻葛）**1925.** 10. 20*

杨仲华（日记中称杨君仲华、仲华）**1920.** 10. 17*，10. 18，10. 21，10. 29，11. 4，11. 5，11. 7，11. 13，11. 22，11. 29，12. 5，12. 6，12. 7，12. 13，12. 20，12. 25，12. 26，12. 27；**1921.** 1. 30，1. 31，2. 12，2. 14,2. 27,3. 10,4. 3,4. 4,4. 18，5. 8,5. 14,5. 18,5. 22,5. 23,6. 13，6. 17,6. 19,6. 26,6. 27,6. 29,7. 9，7. 10,7. 14,7. 18,7. 31,8. 6,8. 8，8. 14,8. 21,8. 27,9. 4,9. 21,9. 22，9. 23，10. 1，10. 9，10. 28，11. 6，12. 1,12. 4,12. 11,12. 18,12. 22；**1922.** 1. 27，1. 28，1. 29，2. 11，3. 26,4. 7,4. 16,4. 23,4. 30,5. 23，8. 27,8. 28,9. 3,9. 10,9. 17,10. 5，10. 10,10. 17,11. 5,11. 12,11. 22，12. 11，12. 12，12. 25；**1923.** 1. 3，2. 11,2. 16,2. 17,2. 18,3. 4,4. 2，4. 7，4. 8，6. 4，7. 1，7. 8，7. 15，8. 12，9. 9，9. 10，9. 16，10. 21，11. 11，11. 12，12. 2；**1924.** 1. 1，2. 5,2. 6,2. 7,2. 11,2. 18,2. 25，5. 26，6. 16，6. 22，6. 29，6. 30，7. 13,8. 9,8. 25,9. 13,9. 21,9. 28，10. 25,10. 27,10. 29,11. 2,11. 3；**1925.** 1. 11，1. 23，1. 24，1. 26，2. 12，2. 19，3. 16，3. 18，3. 22，4. 28，8. 28，10. 6；**1926.** 6. 11，6. 14,6. 25

养厂、养涵　均见养庵

养庵（日记中又称养厂、养涵）**1920.** 3. 9*，3. 12,6. 16；**1921.** 4. 28

姚太夫人（日记中称二先伯母姚太夫人）**1925.** 10. 19

姚玉芙（京剧演员）**1920.** 10. 31*，11. 13

瑶官　见李瑶官

瑶阶（京师图书馆工作人员）**1921.** 3. 5*，3. 24

叶（京师图书馆工作人员，日记中又

称叶先生)**1922.**11.2;**1923.**4.20

叶德辉(字焕彬)**1925.**8.23*

叶公、叶主任、叶左文　均见叶渭清

叶恭绰(字玉虎。日记中称叶玉虎、交通总长、玉虎)**1920.**4.2*,10.14*;**1925.**9.1

叶贵源(字星槎,京师图书馆工作人员。日记中称星槎、叶星槎)**1925.**6.6*,8.22,9.10,9.27,10.22,12.6;**1926.**3.14

叶劲风(日记中称劲风)**1924.**2.19*,4.5,4.20,6.2,6.7,6.13,7.18,8.14

叶渭清(字左文。日记中称叶公、叶左文、主任、叶主任、左君、左文)**1922.**10.16*,10.23,10.24,11.2,11.10,12.14,12.19,12.21;**1923.**2.2,4.25,5.15,6.11,6.13,6.15,6.28,7.3,7.5,8.3,8.4,8.9,8.16,8.18,8.22,8.23,9.4,9.6,9.19,9.29,10.2,10.12;**1924.**1.10,1.15;**1925.**9.12;**1926.**2.5

叶星槎　见叶贵源

叶玉虎　见叶恭绰

伊凤阁(Ivanov,俄国博士)**1923.**6.14

伊文思　见埃文斯·爱德华

夷初　见马叙伦

夷门　见赵正平

宜侳　见俞锡玑

贻上　见舒之鎏

易培基(字寅村)**1926.**3.20*

峄生(日记中又称峄笙)**1920.**3.8,4.11,6.17,8.18,8.22,12.11,12.15;**1921.**4.29,7.24,8.9;**1922.**9.11;**1923.**8.28;**1925.**2.1,7.28

奕劻　见爱新觉罗·奕劻

益甫　见徐思谦

音九　**1922.**1.16,2.11,5.5,5.18,6.19,7.2;**1923.**1.15,5.20,6.27,7.7,8.24,8.31,9.22,11.12

寅斋　见吴德亮

尹民　见张书勋

瑛儿　见俞兆瑾

膺白　见黄郛

咏琴　见陈应麟

卣甫　见张灿

又铮　见徐树铮

佑之　见许佑之

幼安　见金幼安

幼华　见杨幼华

幼梅　见杨幼梅

幼诠、幼荃　均见王幼荃

幼渔　见马裕藻

于紫云(坤剧演员)**1923.**1.31*

余洪元(汉剧演员)**1921.**10.2*

余联沅(字晋册)**1923.**3.17*

余绍宋(字樾园。日记中称余樾园)**1925.**10.18*

余小禅(日记中称小禅)**1920.**4.10*,5.25,6.2;**1924.**12.15;**1926.**1.1,

1.2,1.3,1.10,2.21,5.2

余樾园　见余绍宋

俞陛云（字阶青。日记中称三哥）

1920.3.2*,3.4,3.5,3.6,3.15,
3.25,3.31,4.2,4.10,5.15,6.19,
7.3,7.5,7.8,7.9,7.10,7.13,
7.14,7.15,7.16,7.18,7.19,
7.23,7.26,8.2,8.3,8.10,8.12,
8.20,8.21,8.24,8.25,8.31,9.8,
9.9,9.10,9.26,10.8,10.10,
10.19,10.23,11.10,11.11,
11.15,11.20,11.23,11.27,
11.28,11.30,12.21;**1921**.1.16,
1.30,1.31,2.7,2.8,2.9,2.15,
2.21,2.25,3.14,3.18,3.23,
3.29,4.11,4.12,4.18,4.20,
4.21,4.24,5.2,5.8,5.9,5.11,
5.15,5.16,5.17,6.20,6.26,
6.27,6.28,6.29,7.3,7.6,7.9,
7.10,7.14,7.27,7.28,8.1,8.8,
8.14,8.19,8.21,8.27,9.3,9.4,
9.6,9.16,9.26,9.27,9.28,10.3,
10.6,10.11,10.16,10.23,10.25,
10.27,10.30,10.31,11.3,11.5,
11.6,11.8,11.12,11.13,11.16,
11.19,11.20,11.25,11.27,12.3,
12.7,12.11,12.12,12.15,12.19,
12.22;**1922**.1.3,1.7,1.28,1.30,
2.8,2.13,2.15,2.17,2.27,3.7,
3.17,3.24,3.27,4.1,4.3,4.9,
4.10,4.13,4.17,5.28,5.30,
5.31,6.1,6.2,6.5,6.17,6.18,
6.19,6.24,6.25,6.27,6.29,7.4,
7.10,7.25,7.31,8.13,8.14,
8.23,8.27,8.29,9.4,9.5,9.11,
9.12,9.22,9.23,9.26,9.30,
10.5,10.8,10.13,10.16,11.3,
11.4,11.28,11.29,11.30,12.2,
12.3,12.4,12.5,12.8,12.11,
12.12,12.13,12.15,12.17,
12.23,12.24,12.27,12.28;**1923**.
1.3,1.5,1.8,1.15,1.24,1.27,
1.28,1.30,2.4,2.9,2.11,2.15,
2.16,2.18,2.19,2.26,3.4,3.17,
3.20,3.22,3.29,4.9,4.15,4.21,
4.27,4.30,5.1,5.2,5.5,5.7,
5.8,5.9,5.12,5.13,5.16,5.24,
5.26,5.27,5.29,5.31,6.3,6.7,
6.14,6.16,6.18,6.22,6.29,7.1,
7.2,7.4,8.6,8.16,8.19,8.21,
8.24,8.29,8.31,9.2,9.3,9.6,
9.8,9.10,9.19,9.23,9.25,10.5,
10.7,10.22,10.25,11.3,11.10,
11.11,11.16,11.19,11.21,
11.27,12.1,12.3,12.4,12.17,
12.29;**1924**.1.2,1.3,1.4,1.7,
1.9,1.13,1.20,1.28,2.4,2.5,
2.6,2.10,2.17,2.26,2.27,3.2,
3.3,3.6,3.9,3.10,3.17,3.24,
3.26,4.16,4.20,4.24,4.28,
5.26,5.27,6.5,6.6,6.7,6.15,
6.23,6.29,7.23,8.4,8.19,9.3,

9. 5,9. 7,9. 12,9. 20,9. 21,9. 23,
9. 28,10. 22,10. 24,10. 27,11. 1,
11. 5,11. 9,11. 10,11. 14,11. 16,
11. 21,11. 24,12. 3,12. 14,12. 26,
12. 28，12. 30；**1925.** 1. 4，1. 5，
1. 10，1. 18，1. 23，1. 24，1. 25，
2. 10,2. 15,3. 6,3. 16,3. 22,3. 26,
4. 4,4. 8,4. 9,5. 4,5. 5,5. 7,5. 10,
5. 24,5. 27,6. 9,6. 10,6. 15,6. 24,
6. 26,7. 12,7. 26,8. 1,8. 2,8. 9,
8. 29,9. 1,9. 12,9. 28,10. 2,10. 7,
10. 19,10. 25,10. 26,11. 2,11. 11,
11. 15，11. 19，11. 23，11. 29，
12. 14；**1926.** 1. 4，1. 13，1. 17，
1. 21，2. 12，2. 13，2. 14，2. 22，
2. 23,3. 7,3. 18,4. 6,4. 11,4. 15,
4. 24,4. 28,4. 29,5. 4,5. 15,5. 17,
6. 3,6. 4,6. 14,6. 16,6. 27,7. 3,
7. 5,7. 16,7. 18,7. 19,7. 28

俞步兰(京剧演员)**1920.** 10. 31*,
　11. 28,12. 31;**1921.** 2. 10,3. 6

俞涵(小名越男,俞箴玺的孙女,俞锡
　侯之女。日记中称涵宝、越男、侄
　孙女)**1924.** 9. 12*;**1925.** 9. 21,
　10. 2

俞华庭(京剧演员)**1920.** 10. 31*,
　12. 13;**1921.** 2. 10,3. 6

俞锦孙(日记中称王大姑母)**1923.**
　9. 6*

俞琎(字佩瑗。日记中称琎侄、大侄、
　郭家大侄、大侄女)**1920.** 3. 5*,

3. 6, 4. 10, 6. 19, 7. 3, 7. 9, 8. 12,
8. 20, 8. 21, 10. 4, 11. 10, 11. 11,
11. 13, 11. 20；**1921.** 2. 14, 2. 15,
3. 14,4. 11,4. 18,4. 29,5. 2,5. 11,
6. 1,6. 10,7. 6,7. 16,9. 27,9. 28,
10. 31,11. 7,11. 8,11. 12,11. 18,
11. 19,12. 8;**1922.** 1. 3,1. 7,1. 28,
4. 9,5. 29,5. 30,5. 31,6. 5,6. 17,
8. 29,10. 16,11. 29,12. 11,12. 23；
1923. 2. 2, 2. 4, 3. 29, 4. 22, 5. 1,
5. 11,5. 16,5. 19,5. 24,5. 27,6. 7,
6. 14, 6. 18, 10. 7, 11. 10, 11. 12；
1924. 3. 3,4. 21,4. 24,8. 16,8. 19,
9. 7, 10. 22, 10. 27, 11. 1, 11. 18,
12. 28,12. 30;**1925.** 5. 4,5. 5,5. 7,
5. 9,5. 10,5. 11,7. 26,8. 6;**1926.**
5. 4,6. 11,7. 5,7. 16,7. 18,7. 19

俞琳(字佩瑛。日记中称琳侄、玲侄、
　三侄女、三侄)**1920.** 8. 10*,8. 20,
　11. 10, 11. 23；**1921.** 7. 6, 10. 31,
　12. 12；**1922.** 6. 18, 12. 5, 12. 23；
　1923. 2. 4,6. 16,7. 2,9. 3,10. 22；
　1924. 1. 7,2. 10,4. 21;**1926.** 1. 13,
　1. 21,4. 6,7. 16,7. 19

俞玫(又作俞珉。日记中称珉侄、二
　侄女)**1920.** 3. 21*,4. 2;**1924.**
　1. 13

俞平伯(名铭衡,字平伯。日记中称
　平伯、平侄)**1920.** 8. 10*,8. 12,
　8. 20,8. 21;**1921.** 1. 31,2. 9,2. 12,
　2. 15,3. 18,4. 12,4. 24,5. 2,5. 8,

5. 9，5. 11，5. 23，6. 1，6. 5，6. 10，
6. 26，6. 29，7. 3，7. 6，7. 9，7. 10，
7. 15，7. 19，7. 23，8. 4，8. 14，8. 15，
8. 16，8. 18，8. 19，8. 20，8. 21，
8. 24，8. 25，8. 26，8. 27，8. 31，9. 3，
9. 4，12. 3，12. 4，12. 7，12. 11，
12. 12，12. 15，12. 16，12. 19；**1922.**
4. 17，5. 30，6. 27，8. 29，11. 28，
11. 30，12. 13，12. 23，12. 24，
12. 28；**1923.** 1. 13，1. 15，1. 23，
1. 24，1. 27，1. 29，1. 31，2. 2，2. 4，
4. 10，4. 17，8. 6，8. 16，8. 19，8. 24，
8. 30，8. 31，9. 2，9. 3，9. 20，9. 26；
1924. 1. 8，5. 6，5. 7，5. 15，6. 20，
6. 23，8. 4，8. 19，12. 26，12. 30；
1925. 1. 5，1. 25，2. 10，3. 6，3. 28，
4. 8，5. 5，5. 7，5. 24，5. 28，6. 10，
6. 25，7. 29，8. 29，9. 1，9. 28，10. 2，
10. 26，11. 11，11. 19；**1926.** 1. 13，
1. 21，2. 14，4. 11，4. 15，6. 14，7. 19

俞润民（日记中称侄孙、大侄孙、三侄
孙）**1922.** 6. 24*；**1923.** 6. 16；
1926. 4. 15

俞润生（俞泽篯的堂兄弟。日记中称
润生）**1922.** 2. 8*

俞同和（日记中称和姊、同和）**1920.**
3. 8*，5. 8，10. 21；**1921.** 5. 23；
1925. 9. 20

俞同奎（字星枢。日记中称六弟、星
弟、星枢）**1920.** 3. 1*，3. 2，3. 4，
3. 6，3. 7，3. 8，3. 14，3. 15，3. 21，

3. 22，3. 24，3. 26，3. 27，3. 29，4. 4，
4. 11，4. 23，4. 24，4. 25，5. 2，5. 3，
5. 11，5. 12，5. 15，5. 16，5. 23，
5. 30，6. 6，7. 3，7. 8，7. 12，7. 16，
7. 17，7. 18，7. 26，7. 30，8. 3，8. 12，
8. 16，8. 20，8. 21，8. 23，8. 25，
8. 29，9. 5，9. 9，9. 10，9. 13，9. 26，
9. 27，10. 4，10. 6，10. 8，10. 10，
10. 18，10. 21，10. 29，11. 5，11. 7，
11. 11，11. 13，11. 15，11. 23，
11. 29，12. 2，12. 14，12. 20，12. 26，
12. 27，12. 30；**1921.** 1. 10，1. 16，
1. 23，1. 31，2. 6，2. 7，2. 8，2. 12，
2. 21，2. 25，2. 27，3. 10，3. 13，
3. 14，3. 15，3. 23，3. 27，3. 29，4. 3，
4. 4，4. 10，4. 18，4. 24，5. 2，5. 8，
5. 11，5. 14，5. 15，5. 18，5. 22，
5. 23，5. 29，6. 10，6. 11，6. 13，
6. 17，6. 20，7. 1，7. 2，7. 14，7. 15，
7. 21，7. 23，7. 26，8. 4，8. 5，8. 8，
8. 14，8. 15，8. 21，8. 22，8. 27，9. 1，
9. 4，9. 16，9. 21，9. 23，9. 27，9. 28，
9. 29，10. 1，10. 2，10. 8，10. 9，
10. 10，10. 16，10. 23，10. 30，
10. 31，11. 3，11. 4，11. 6，11. 12，
11. 13，11. 19，12. 1，12. 11，12. 12，
12. 15，12. 18，12. 19，12. 22；**1922.**
1. 3，1. 7，1. 9，1. 27，1. 28，1. 29，
2. 8，2. 11，2. 12，2. 13，3. 12，4. 16，
4. 17，4. 23，4. 30，5. 7，5. 14，5. 28，
5. 29，5. 30，5. 31，6. 4，6. 5，6. 25，

7. 21，7. 24，7. 26，7. 30，8. 6，8. 8，
8. 13，8. 25，8. 27，8. 28，9. 14，
9. 16，9. 30，11. 4，11. 5，11. 12，
11. 13，11. 20，11. 27，11. 28，12. 3，
12. 11，12. 12，12. 20，12. 25，
12. 30；**1923**. 2. 5，2. 11，2. 16，
2. 17，2. 18，2. 22，2. 26，3. 5，3. 15，
3. 16，3. 17，3. 18，3. 19，3. 20，4. 2，
4. 8，4. 15，4. 16，4. 23，5. 2，5. 7，
5. 14，5. 21，5. 27，6. 4，6. 14，7. 1，
8. 12，9. 8，9. 9，9. 25，10. 7，10. 21，
11. 2，11. 3，11. 10，11. 11，11. 12，
11. 21，12. 2，12. 23，12. 25，12. 31；
1924. 1. 3，1. 4，1. 14，1. 20，1. 25，
2. 5，2. 10，2. 18，2. 24，2. 25，4. 7，
4. 20，4. 28，6. 6，6. 22，6. 30，7. 13，
7. 23，7. 28，8. 25，9. 3，9. 10，9. 13，
9. 14，9. 20，9. 21，9. 28，9. 29，
10. 10，10. 22，10. 23，10. 30，11. 2，
11. 3，11. 9，11. 10，11. 16，11. 18，
12. 1，12. 15；**1925**. 1. 2，1. 3，1. 4，
1. 10，1. 12，1. 24，1. 26，2. 19，
2. 24，3. 1，3. 6，3. 16，3. 18，3. 21，
3. 22，3. 23，3. 28，3. 30，4，8，4. 9，
4. 23，4. 28，5. 5，5. 7，5. 11，5. 17，
6. 8，6. 9，6. 24，6. 25，7. 12，7. 20，
7. 26，8. 3，8. 24，8. 30，9. 1，9. 6，
9. 13，9. 20，9. 26，10. 2，10. 9，
10. 10，10. 13，10. 24，10. 26，11. 1，
11. 2，11. 11，11. 18，11. 19，11. 20，
11. 21，11. 23，12. 6，12. 13，12. 25；

1926. 1. 17，2. 12，2. 13，2. 15，
2. 28，3. 7，3. 15，4. 3，4. 5，4. 12，
4. 22，4. 25，4. 29，5. 4，5. 10，5. 29，
6. 14，6. 15，6. 16，6. 18，6. 21，
6. 25，6. 26，6. 27，7. 3，7. 17，7. 18，
7. 19，7. 27，7. 28

俞同钰（日记中称钰妹、同钰）1920.
3. 1*，3. 6，3. 7，3. 15，3. 22，3. 26，
3. 27，3. 29，4. 4，4. 5，4. 12，4. 24，
5. 10，5. 16，6. 6，6. 14，6. 20，7. 12，
7. 17，7. 18，7. 19，7. 25，7. 31，8. 8，
8. 22，9. 6，9. 14，9. 19，9. 24，9. 26，
9. 27，10. 4，10. 11，10. 24，10. 29，
11. 5，11. 28，12. 3，12. 7，12. 12，
12. 19，12. 20，12. 25；**1921**. 1. 2，
1. 3，1. 17，1. 31，2. 8，2. 12，2. 21，
3. 7，3. 20，4. 3，4. 7，4. 17，4. 18，
5. 2，5. 8，5. 11，5. 14，5. 22，5. 30，
6. 6，6. 10，6. 19，6. 27，7. 10，7. 21，
7. 24，8. 14，8. 28，9. 5，9. 15，9. 22，
10. 1，10. 9，10. 13，10. 17，10. 24，
11. 7，11. 14，11. 27，12. 1，12. 18，
12. 29；**1922**. 1. 28，2. 6，2. 12，
2. 27，3. 26，4. 7，4. 17，4. 25，4. 30，
5. 14，5. 22，5. 31，6. 4，6. 11，6. 20，
6. 22，6. 24，7. 3，7. 23，7. 31，8. 13，
8. 20，8. 30，9. 3，9. 14，9. 16，9. 27，
10. 5，10. 16，10. 23，10. 30，11. 12，
11. 20，12. 15，12. 17，12. 19，
12. 20，12. 24，12. 28，12. 29；**1923**.
1. 7，2. 15，2. 21，3. 4，4. 8，4. 15，

5.14，5.21，6.24，7.22，7.23，
8.12，8.26，9.16，9.23，9.25，
10.21，11.11，11.18，12.2，12.9，
12.10；**1924**.1.1，2.5，2.12，4.7，
7.13，7.28，8.4，8.6，9.13，9.21，
9.28，10.10，11.2，11.3；**1925**.
1.24，3.8，3.18，3.23，5.18，5.29，
7.16，7.20，8.2，8.3，8.9，8.24，
8.31，9.1，9.13，9.21，9.26，10.8，
10.24，11.1，11.2，11.9，11.18，
12.13，12.14，12.18；**1926**.2.13，
2.27，2.28，3.29，5.10，6.14，
6.15，6.21，6.25，6.26，6.28，
6.30，7.17，7.28

俞慰存（字锡侯。日记中称锡侯、大
侄、慰存、俞锡侯、锡侄）**1920**.
3.2*，3.10，3.25，4.6，4.8，4.9，
4.13，4.18，4.28，5.5，5.7，5.11，
5.12，5.14，5.15，5.19，6.17，
6.23，7.10，7.20，9.9；**1921**.5.23，
7.28，7.31，8.21，9.4，9.21，9.23，
9.28，9.29，10.1，10.2，10.30，
11.1，11.3，11.4，11.6，12.3，
12.11，12.15，12.18，12.19；**1922**.
1.13，1.21，1.25；**1923**.2.2；**1924**.
9.4，9.8，9.21，9.22，9.23，9.28，
9.30，10.1，12.17；**1925**.4.13，
7.26，7.27，7.31，8.1，8.3，8.6，
8.24，8.28；**1926**.6.2，7.12，7.27，
7.28

俞五　见俞振庭

俞锡侯　见俞慰存

俞锡玑（俞同奎次女。日记中称宜
侄、二侄女）**1920**.3.27*，5.16，
5.23，10.18，12.27；**1921**.2.14，
2.27，2.28，3.2，3.6，3.7，5.23；
1922.12.3；**1923**.2.22，4.23；
1924.2.11，10.23；**1925**.3.18，
3.22，3.23，5.7，5.17，10.24；
1926.3.1

俞锡璇（俞同奎长女。日记中称贞
侄、珍侄）**1920**.3.7*，3.29，5.16，
5.23；**1921**.3.7，3.20，5.23，7.21；
1923.3.25，4.23；**1924**.10.23；
1925.3.5，3.18，3.23，5.17，9.27，
10.24，11.20；**1926**.3.28

俞樾（字荫甫，号曲园。日记中称曲
园叔祖、曲园老人）**1921**.1.10*；
1924.5.15，6.23；**1925**.5.7

俞兆瑾（俞泽箴之女。日记中称瑛
儿）**1921**.2.22*；**1925**.3.9

俞箴玺（字篆玉。日记中称四哥、篆
玉）**1920**.3.2*，3.4，3.6，3.8，
3.10，3.19，3.24，3.31，4.1，4.6，
4.8，4.11，4.12，4.18，4.23，4.28，
5.12，6.23，6.25，7.8，8.20，9.6，
9.8，9.9，9.10，9.26，10.5，11.19，
12.1，12.2，12.3，12.4；**1921**.
2.22，4.17，6.10，7.28，7.31，8.1，
8.8，8.14，8.21，8.27，9.4，9.15，
9.16，9.21，9.22，9.23，9.27，
9.28，9.29，10.1，10.2，10.3，

10.9,10.16,10.25,10.28,10.29,
10.30,10.31,11.1,11.3,11.4,
11.6,11.8,11.9,11.10,11.12,
11.13,11.14,11.19,11.25,12.1,
12.11,12.15,12.18,12.19,
12.22;**1922.**1.3,1.7,1.9,1.27,
1.28,1.29,2.11,2.12,2.13,3.5,
3.26,4.7,4.16,4.23,4.30,5.14,
5.27,5.28,5.29,5.31,6.4,6.5,
6.21,7.21,7.30,7.31,8.8,8.13,
9.14,9.16,11.3,11.12,11.20,
11.28,12.3,12.11,12.12,12.25;
1923.1.8,2.4,2.16,2.17,3.15,
3.19,4.8,4.15,4.16,4.23,5.2,
5.5,5.7,5.27,6.4,6.7,6.14,
7.1,7.23,7.29,8.12,9.8,9.9,
9.25,9.26,10.7,10.25,11.3,
11.10,11.11,11.12,11.21;**1924.**
1.3,1.4,2.5,2.10,2.25,4.20,
4.24,4.28,5.26,5.27,6.16,
7.13,7.28,8.23,8.31,9.3,9.5,
9.6,9.7,9.8,9.10,9.12,9.21,
9.14,9.22,9.28,10.10,11.2,
11.3,11.7,11.16,12.12,12.17;
1925.1.10,1.11,1.23,1.24,3.8,
3.22,3.23,4.9,4.13,5.5,5.7,
5.17,5.18,5.29,6.24,6.25,
6.29,7.3,7.12,7.16,7.20,8.2,
8.3,8.9,8.24,8.30,8.31,9.1,
9.6,9.13,9.20,9.21,10.2,10.8,
10.9,10.25,10.26,11.1,11.2,

11.9,11.11,11.18,11.19,11.20,
11.21,12.5,12.14,12.25;**1926.**
1.6,1.11,1.17,1.18,2.7,2.12,
2.13,2.22,2.28,4.3,4.8,4.12,
4.19,4.21,4.22,4.23,4.25,
4.27,4.28,5.3,5.10,5.13,5.29,
6.7,6.14,6.15,6.16,6.18,6.21,
6.25,6.26,6.27,6.28,7.2,7.4,
7.15,7.19,7.22,7.28

俞振庭（京剧演员。日记中又称俞
　五）1920.11.26*,11.28,12.13
俞祖福（字黻堂。日记中称二伯父）
　1925.9.26*
俞祖仁与姚夫人（日记中称二伯父
　母）1925.10.26*
俞祖绥（号剑孙。日记中称中宪公）
　1925.9.21*,10.8
羽逵　见黄顺鸿
雨苍　见孙揆
雨苍令姊　见孙揽
雨辰 **1920.**5.24,7.8,7.13,9.15
雨农　见石雨农
雨人　见潘雨人
雨亭　见张作霖
玉禅老人　见吴兆元
玉成（无锡丽则县立第一女子高等小
　学校校长）**1924.**1.8,1.19
玉虎　见叶恭绰
钰妹　见俞同钰
毓荃　见赵毓荃
沅叔　见傅增湘

沅叔总长之封翁　见傅世榕

袁坚（字少修，京师图书馆工作人员）
　1922.8.4*；**1924**.1.4

袁克文（号寒云。日记中称寒云）
　1924.3.3*

袁世凯（字慰亭。日记中称项城、袁
　项城）**1920**.4.29*，9.22；**1922**.
　6.5；**1925**.8.27

袁同礼（字守和）**1925**.3.1*

袁项城　见袁世凯

援厂、援庵　均见陈垣

越缦　见李慈铭

越男　见俞涵

云生　见徐云生

恽宝惠（字恭孚）**1926**.4.16*

Z

在新　见陈在新

查修（字修梅，清华学校图书馆职员）
　1925.5.27*

张璧（字玉衡。日记中称张总监、警
　察总监）**1924**.11.9*；**1925**.3.16

张伯苓（字寿春，京师图书馆工作人
　员。日记中称伯苓、柏梁、柏林、伯
　林）**1920**.6.23*，8.28，9.29；
　1921.3.24，10.22；**1922**.11.3，
　11.23；**1923**.9.2；**1925**.5.14

张灿（字卣甫，京师图书馆工作人员。
　日记中称张卣甫、卣甫）**1923**.
　5.15*；**1925**.4.30

张大椿 **1923**.12.17

张岱杉　见张弧

张定勋（字靖宸，京师图书馆工作人
　员。日记中称靖宸）**1923**.5.15*

张国淦（字乾若。日记中称张乾若）
　1924.1.22*，9.15

张汉卿　见张学良

张弧（字岱杉。日记中称张岱杉）
　1921.2.13*

张鉴（字杏村，无锡私立竞志女学校
　同事。日记中称杏村）**1920**.
　4.24*

张晋三 **1920**.4.9，4.28，5.5，5.12

张景惠（字叙五。日记中称景惠）
　1922.5.30*

张君、张潜厂　均见张乾惕

张黄斋、张樵野　均见张佩纶

张阆声　见张宗祥

张丽棠　见张树华

张默君（日记中称默君）**1920**.5.2*

张佩纶（字幼樵，号黄斋。日记中称
　张黄斋、张樵野、张佩纶）**1923**.
　9.21*，10.6；**1925**.11.23

张朴斋（廉水，昆曲演员）**1924**.3.3

张乾若　见张国淦

张乾惕（字潜庵，京师图书馆工作人
　员。日记中称潜庵、潜厂、张君、张
　潜厂）**1920**.3.3*，3.13，3.19，
　3.20，4.13，4.14，4.16，4.22，5.1，
　5.30，6.10，6.15，7.28，8.5，
　12.15；**1921**.3.24，9.26；**1922**.
　1.26，11.3；**1923**.1.27，2.23，3.6，

5.15；**1924**.7.19，8.29，11.27；
1925.1.11，1.30，4.11，9.11；
1926.7.9

张书勋（字尹民，京师图书馆工作人
　员。日记中又称尹民、张尹民）
　1920.4.4＊，9.14；**1921**.2.17；
　1922.8.19；**1926**.4.11

张树华（字丽棠，京师图书馆工作人
　员。日记中又称丽棠、张丽棠）
　1925.3.25＊，3.26，3.29，4.1，
　6.17，7.9，7.21，8.21，8.22，9.2，
　9.10，11.28，12.29；**1926**.2.3，
　4.11，7.20

张文襄　见张之洞

张孝若（张謇之子）**1922**.5.30＊

张学良（字汉卿。日记中称张汉卿）
　1925.10.26＊

张勋（字绍轩。日记中又称绍轩）
　1920.11.4＊；**1921**.6.29

张尹民　见张书勋

张英华（字月笙。日记中又称财政
　张、财长）**1922**.11.28＊；**1923**.
　6.15，6.30

张卣甫　见张灿

张雨亭、张镇威　均见张作霖

张元济（字筱斋，号菊生。日记中称
　菊生）**1924**.1.13＊；**1925**.4.1

张远红（昆剧演员）**1921**.1.9

张之洞（谥号文襄。日记中称张文
　襄、南皮、文襄）**1920**.5.26＊，
　7.28；**1921**.4.24，5.21，6.29

张之江（字子姜）**1925**.10.27＊；**1926**.
　3.19

张宗祥（字阆声。日记中称主任、张
　阆声、阆声）**1920**.3.10＊，3.24，
　5.1，6.27，7.8，12.21；**1921**.1.4，
　1.18，2.1，2.3，2.21，4.11，9.9；
　1922.9.27，9.28，11.6

张总监　见张璧

张作霖（字雨亭。日记中称张雨亭、
　张镇威、雨亭）**1924**.11.24＊，
　12.2；**1925**.10.26，11.16，11.28

章炳麟（号太炎。日记中称太炎）
　1923.3.17＊；**1925**.11.13，11.15

章长沙、章道岩　均见章勤士

章勤士（字陶严，京师图书馆主任。
　日记中称章主任陶严、勤士、主任、
　章主任、章道岩、道岩、长沙、陶岩、
　章长沙）**1922**.12.14＊，12.16；
　1923.1.4，1.6，1.11，3.22，3.24，
　5.10，5.13，5.15，5.24，5.25，6.4，
　7.10，12.13，12.21，12.27；**1924**.
　1.4，1.19，1.31，2.9

章士钊（字行严。日记中又称章行
　严、秋桐）**1925**.5.9＊，8.22，
　10.26，11.30

章行严　见章士钊

章钰（字式之。日记中称式之）**1925**.
　1.29＊

章主任、章主任陶严　均见章勤士

掌衡　见吴掌衡

赵次珊　见赵尔巽

赵尔巽(字次珊。日记中称赵次珊)
　　1923.8.16*

赵老太太　(俞泽箴之母,日记中又
　　称堂上、母亲、萱闱)**1920**.3.6,
　　3.9,4.18,8.19;**1923**.2.1;**1924**.
　　9.22,9.30;**1925**.1.13,9.29

赵连升(京剧演员)**1921**.3.6*

赵偁(字周人,河南汝南人。日记中
　　称汝南)**1925**.1.19*,1.22

赵毓荃(日记中称毓荃)**1921**.8.21*;
　　1924.2.18

赵正平(字厚生,别署夷门。日记中
　　称 夷 门)**1920**.10.14*,10.16;
　　1921.4.23;**1922**.3.25;**1923**.3.8;
　　1924.6.13

照亭　见李耀南

蛰、蛰云　均见郭则沄

贞侄、珍侄　均见俞锡璇

珍妃(清光绪帝之妃)**1925**.3.10*

振先　见李瑶官

震钧(字在廷。日记中称震曼殊)
　　1924.2.13*

震曼殊　见震钧

震修　见吴荣鬯

拯之　见魏拯之

芝泉　见段祺瑞

织文　见冯织文

侄孙　见俞润民

侄孙女　见俞涵

止叟　见孙荣彬

志贤、志闲　均见谭新嘉

志芸　见徐志芸

治艻　见傅岳棻

治于政(字衷夫,京师图书馆工作人
　　员)**1924**.10.12*,10.14

稚辉　见吴敬恒

中村久四郎(日本)**1925**.8.8*

中山　见孙中山

中宪公　见俞祖绥

钟君　见钟子玑

钟子玑(日记中称钟君、钟子玑、子
　　玑)**1920**.6.6,6.20,8.15,8.16,
　　9.13,9.18,9.26;**1921**.1.3,1.23,
　　6.10,6.11,6.13,8.14,10.23,
　　10.30;**1922**.1.27,4.30,5.28,
　　8.20,8.28,10.28,12.3,12.29;
　　1923.3.19;**1926**.3.28,4.12

仲瑚　见江仲瑚

仲华　见杨仲华

仲怀　见蒋士荣

仲骞　见陈任中

仲苏　见徐伟

仲威　见庄清华

众异　见梁鸿志

周承菼(字赤忱。日记中称赤忱)
　　1920.6.26*,7.18,9.25,11.28;
　　1922.5.18;**1923**.2.9,3.8,6.22

周典(字绍闻)**1920**.12.30*;**1921**.
　　9.23

周夺先(雨苍之外甥,周承菼、孙拯之
　　子。日记中称夺先)**1925**.9.28,
　　11.2

周瑞安(京剧演员)**1921.** 10. 16*

周子廙 见周自齐

周自齐(字子廙。日记中称财政总长、周子廙)**1920.** 10. 14*；**1922.** 6. 3*

朱桂芳(京剧演员)**1923.** 8. 24*

朱念祖(字伯篆)**1924.** 4. 9*

朱启钤(字桂莘)**1920.** 10. 14*；**1921.** 1. 12

朱深(字博渊)**1925.** 11. 28*

朱素云(京剧演员)**1921.** 1. 22*

朱希祖(字遏先,又作逖先)**1925.** 3. 21*

朱小义(京剧演员)**1921.** 1. 9*

朱小隐(日记中称乌琳)**1925.** 12. 25*

朱晓南(日记中又称晓南)**1923.** 4. 30,5. 8,5. 9；**1924.** 7. 25,7. 26, 8. 4

朱旭东(日记中又称旭东)**1925.** 12. 25*；**1926.** 3. 7

朱幼芬(京剧演员)**1920.** 11. 13*

珠儿(沈恂儒养女。日记中又称珠甥、阿珠、新人)**1920.** 5. 8,7. 18, 11. 5；**1921.** 2. 14,4. 3,6. 10,10. 8, 10. 9；**1925.** 10. 4；**1926.** 2. 27,2. 28

珠甥 见珠儿

诸茹香(京剧演员)**1923.** 8. 24*

主任 见张宗祥(1920. 3. 10—1921. 1,任京师图书馆主任)

主任 见刘同恺(1921. 2. 11—1922. 2. 16,任京师图书馆主任)

主任 见徐鸿宝(1922. 2. 18—7, 1924. 2至《日记》终止,任京师图书馆主任)

主任 见洪逵(1922. 7—9,任京师图书馆主任)

主任 见叶渭清(1922. 10—12,任京师图书馆主任)

主任 见章勤士(1922. 12. 14—1924. 1, 任京师图书馆主任)

祝秋(南方同事)**1920.** 3. 9*；**1921.** 7. 5；**1923.** 8. 27,8. 28,8. 30,8. 31, 9. 3,9. 8

篆玉 见俞箴玺

庄恩祥(日记中又称恩祥)**1924.** 9. 8； **1926.** 1. 5

庄和贵妃(清同治帝之妃)**1921.** 5. 18*

庄清华(字仲威。日记中称仲威) **1922.** 6. 25*；**1926.** 3. 28

壮甫 见龚澜

卓如 见孙卓如

兹俦 见胡介昌

子戴 见宗舜年

子干 见濮世桢

子玑 见钟子玑

子京、子静、子竟 均见顾祖瑛

子年 见史锡永

子佩 见宋琳

子泉 见钱基博

子欣 见陆征祥

子玉 见吴佩孚

子元　见裘善元
紫菡　见孙紫菡
宗舜年（字子戴。日记中称子戴）
　1924. 5. 27*, 6. 5
总理　见靳云鹏

邹家麟（字同一。日记中称同一）
　1920. 2. 27*, 5. 25
左君、左文　均见叶渭清
佐藤广治（日本人）1920. 3. 17

参考文献

B

《北京图书馆馆史资料汇编(1909—1949)》,北京图书馆业务研究委员会编,书目文献出版社 1992 年版。

《北洋政府职官年表》,钱实甫编著,黄清根整理,华东师范大学出版社 1991 年版。

C

《春在堂尺牍》,(清)俞樾著,张燕婴整理,凤凰出版社 2021 年版。

D

《敦煌学大辞典》,季羡林主编,上海辞书出版社 1998 年版。

《敦煌遗书总目索引》,商务印书馆编,商务印书馆 1962 年版。

F

《福宁公俞林和他的子孙们》,朱炜,《湖州日报》2015 年 6 月 21 日。

G

《郭则沄自订年谱》,郭则沄著,马忠文、张求会整理,凤凰出版社 2018 年版。

J

《京剧知识词典》增订版，吴同宾、周亚勋主编，天津人民出版社2007年版。

《君子至爱：沈钧儒家书》，中国民主同盟中央委员会、沈钧儒纪念馆编，群言出版社2012年版。

M

《民国高级将领列传》，胡必林、陈齐、方灏等编，解放军出版社2006年版。

《民国人物大辞典》，徐友春编，河北人民出版社2007年版。

《民国职官年表》，刘寿林等编著，中华书局1995年版。

Q

《清季淳儒：俞樾传》，马晓坤著，浙江人民出版社2021年版。

S

《沈钧儒年谱》，沈谱、沈人骅编著，群言出版社2013年版。

T

《同里》，严品华主编，苏州大学出版社1998年版。

W

《无奈的结局——司徒雷登与中国》，郝平著，北京大学出版社2002年版。

《无锡文史资料》第9辑，江苏省无锡市政协文史资料研究委员会编，1984年版（内部资料）。

《吴地教育家》，金其桢编著，中央编译出版社1996年版。

Y

《燕京大学史稿》,张玮瑛等主编,人民中国出版社 1999 年版。

《燕京大学人物志》(第一辑、第二辑),燕京研究院编,北京大学出版社 2001 年、2002 年版。

《俞樾函札辑证》,俞樾著,张燕婴整理,凤凰出版社 2014 年版。

Z

《真实劳苦:侯鸿鉴和竞志女校影像》,钱江主编,广陵书社 2022 年版。

《中国近代现代丛书目录》,上海图书馆编,1979 年。

《中国近现代人物名号大辞典》(全编增订本),陈玉堂编著,浙江古籍出版社 2005 年版。

《中国图书馆百年纪事(1840—2000)》,陈源蒸等编,北京图书馆出版社 2004 年版。

《中国现代文学总书目》,贾植芳、俞元桂主编,福建教育出版社 1993 年版。

《中国现代文学总书目·翻译文学卷》,贾植芳等编,知识产权出版社 2010 年版。

《中华民国史事件人物录》,黄美真、郝盛潮主编,上海人民出版社 1987 年版。

《中国近现代稀见史料丛刊》已出书目

第一辑

莫友芝日记　　　　　　　　徐兆玮杂著七种
汪荣宝日记　　　　　　　　白雨斋诗话
翁曾翰日记　　　　　　　　俞樾函札辑证
邓华熙日记　　　　　　　　清民两代金石书画史
贺葆真日记　　　　　　　　扶桑十旬记(外三种)

第二辑

翁斌孙日记　　　　　　　　　　翁同爵家书系年考
张佩纶日记　　　　　　　　　　张祥河奏折
吴兔床日记　　　　　　　　　　爱日精庐文稿
赵元成日记(外一种)　　　　　　沈信卿先生文集
1934—1935中缅边界调查日记　　联语粹编
十八国游历日记　　　　　　　　近代珍稀集句诗文集
潘德舆家书与日记(外四种)

第三辑

孟宪彝日记　　　　　　　　　　吴大澂书信四种
潘道根日记　　　　　　　　　　赵尊岳集
蟫庐日记(外五种)　　　　　　　贺培新集
壬癸避难日志　辛卯年日记　　　珠泉草庐师友录　珠泉草庐文录
嘉业堂藏书日记抄　　　　　　　校辑民权素诗话廿一种

第四辑

江瀚日记　　　　　　　　　王承传日记
英轺日记两种　　　　　　　唐烜日记
胡嗣瑗日记　　　　　　　　王锺霖日记(外一种)
王振声日记　　　　　　　　翁同龢家书诠释
黄秉义日记　　　　　　　　甲午日本汉诗选录
粟奉之日记　　　　　　　　达亭老人遗稿

第五辑

袁昶日记　　　　　　　　　　东游考察学校记
吉城日记　　　　　　　　　　翁同书手札系年考
有泰日记　　　　　　　　　　辜鸿铭信札辑证
额勒和布日记　　　　　　　　郭则沄自订年谱
孟心史日记·吴慈培日记　　　庚子事变史料四种(外一种)
孙毓汶日记信稿奏折(外一种)　《申报》所见晚清书院课题课案汇录
高等考试锁闱日录　　　　　　近现代"忆语"汇编

第六辑

江标日记　　　　　　　　　　新见近现代名贤尺牍五种
高心夔日记　　　　　　　　　稀见淮安史料四种
何宗逊日记　　　　　　　　　杨懋建集
黄尊三日记　　　　　　　　　叶恭绰全集
周腾虎日记　　　　　　　　　孙凤云集
沈锡庆日记　　　　　　　　　贺又新张度诗文集
潘钟瑞日记　　　　　　　　　王东培笔记二种
吴云函札辑释

第七辑

豫敬日记　洗俗斋诗草　　　　潘曾绶日记
宗源瀚日记(外二种)　　　　　常熟翁氏友朋书札
曹元弼日记　　　　　　　　　王振声诗文书信集
耆龄日记　　　　　　　　　　吴庆坻亲友手札
恩光日记　　　　　　　　　　画话
徐乃昌日记　　　　　　　　　《永安月刊》笔记萃编
翟文选日记　　　　　　　　　浙江省文献展览会文献叙录
袁崇霖日记　　　　　　　　　杨没累集

第八辑

徐敦仁日记　　　　　　　　　　谭正璧日记
王际华日记　　　　　　　　　　近代女性日记五种(外一种)
英和日记　　　　　　　　　　　阎敬铭友朋书札
使蜀日记　勉喜斋主人日记　浮海日记　海昌俞氏家集
翁曾纯日记　瀚如氏日记(外二种)　师竹庐随笔
朱鄂生日记　　　　　　　　　　邵祖平文集

第九辑

姚觐元日记　　　　　　　　　　钱仪吉日记书札辑存(外二种)
俞鸿筹日记　　　　　　　　　　张人骏往来函电集
陶存煦日记　　　　　　　　　　李准集
傅肇敏日记　　　　　　　　　　张尔耆集
姚星五日记　　　　　　　　　　夏同善年谱　王祖畲年谱(外一种)
高枏日记　　　　　　　　　　　袁士杰年谱　黄子珍年谱

第十辑

方濬师日记　　　　　　　　　　徐迪惠日记　象洞山房文诗稿
张蓉镜日记　　　　　　　　　　夏敬观家藏亲友书札
陈庆均日记　　　　　　　　　　安顺书牍摘钞　贵东书牍节钞　黔事书牍
左霈日记　　　　　　　　　　　翁同书奏稿
陈曾寿日记　　　　　　　　　　三十八国游记
龚缙熙日记　　　　　　　　　　君子馆类稿
沈兼士来往信札　　　　　　　　晚清修身治学笔记五种